The Swallows
スワロウズ

リサ・ラッツ
Lisa Lutz
杉山直子［訳］

小鳥遊書房

凡例

・日本語としての可読性を考え、段落の切替位置などを調整したところもある。

アナスタシア・フラーに

CONTENTS

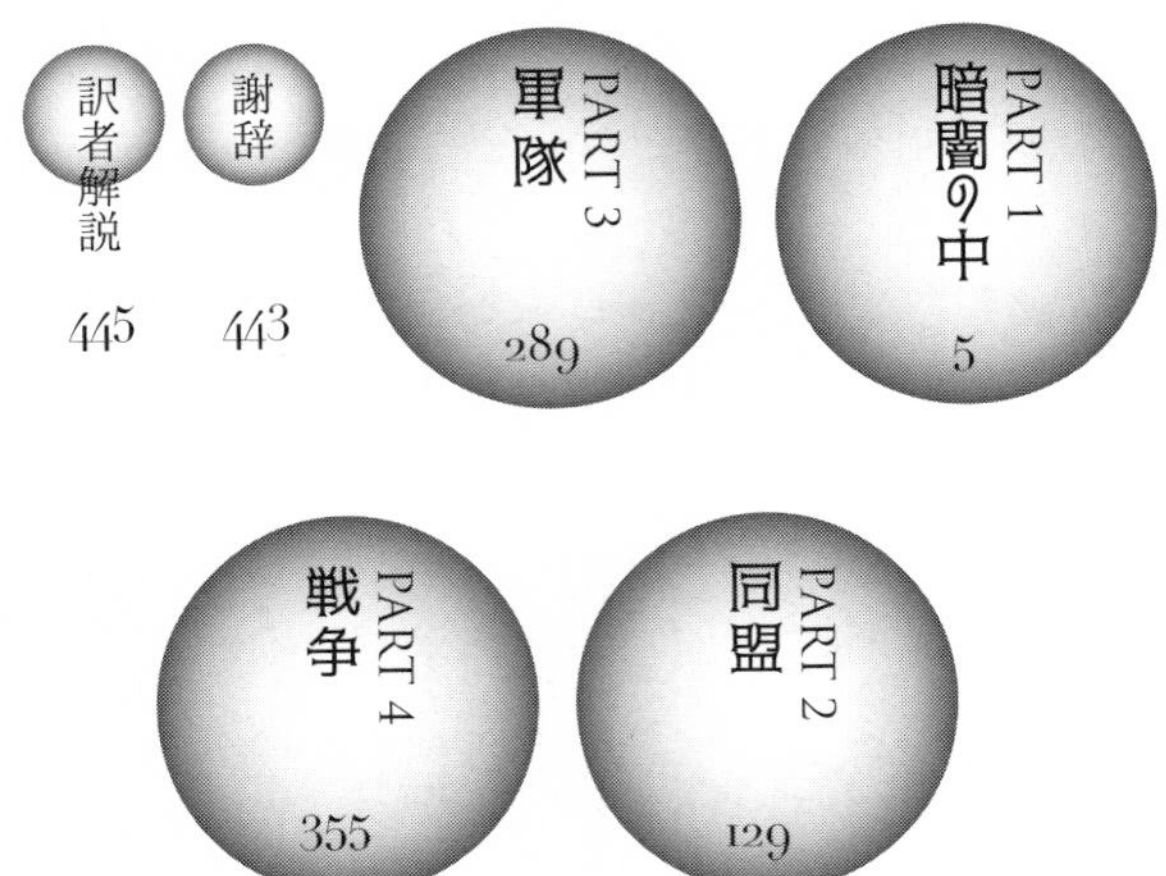

PART 1
暗闇の中

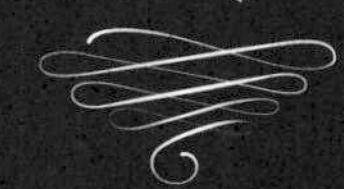

――これは終わりではない。終わりの始まりですらない。しかし、おそらくは、始まりの終わりである。

ウィンストン・チャーチル

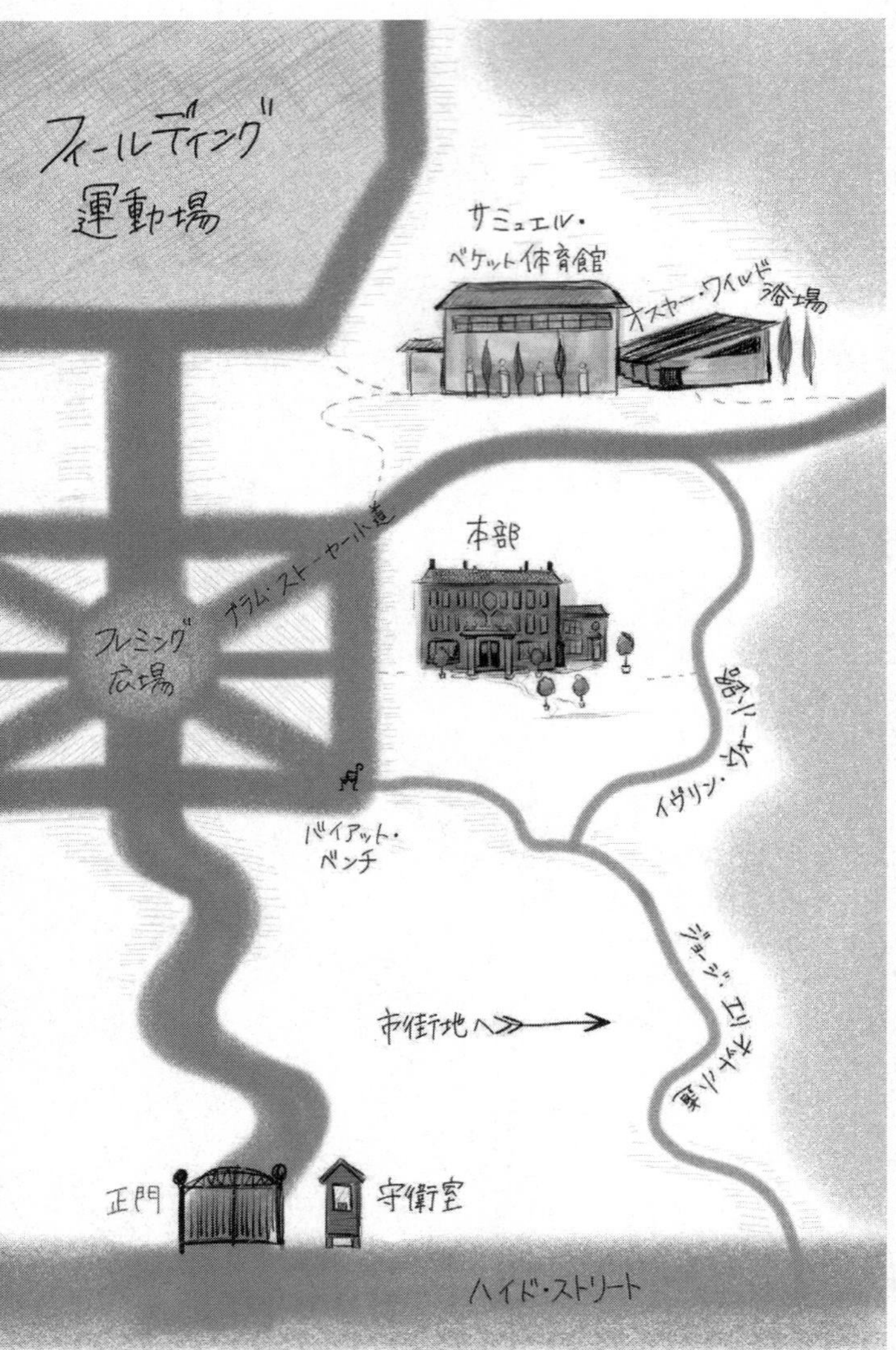

フィールディング運動場
サミュエル・ベケット体育館
オスカー・ワイルド浴場
ブラム・ストーカー小道
本部
フレミング広場
イヴリン・ウォー小路
バイアット・ベンチ
ジョージ・エリオット小道
市街地へ
正門
守衛室
ハイド・ストリート

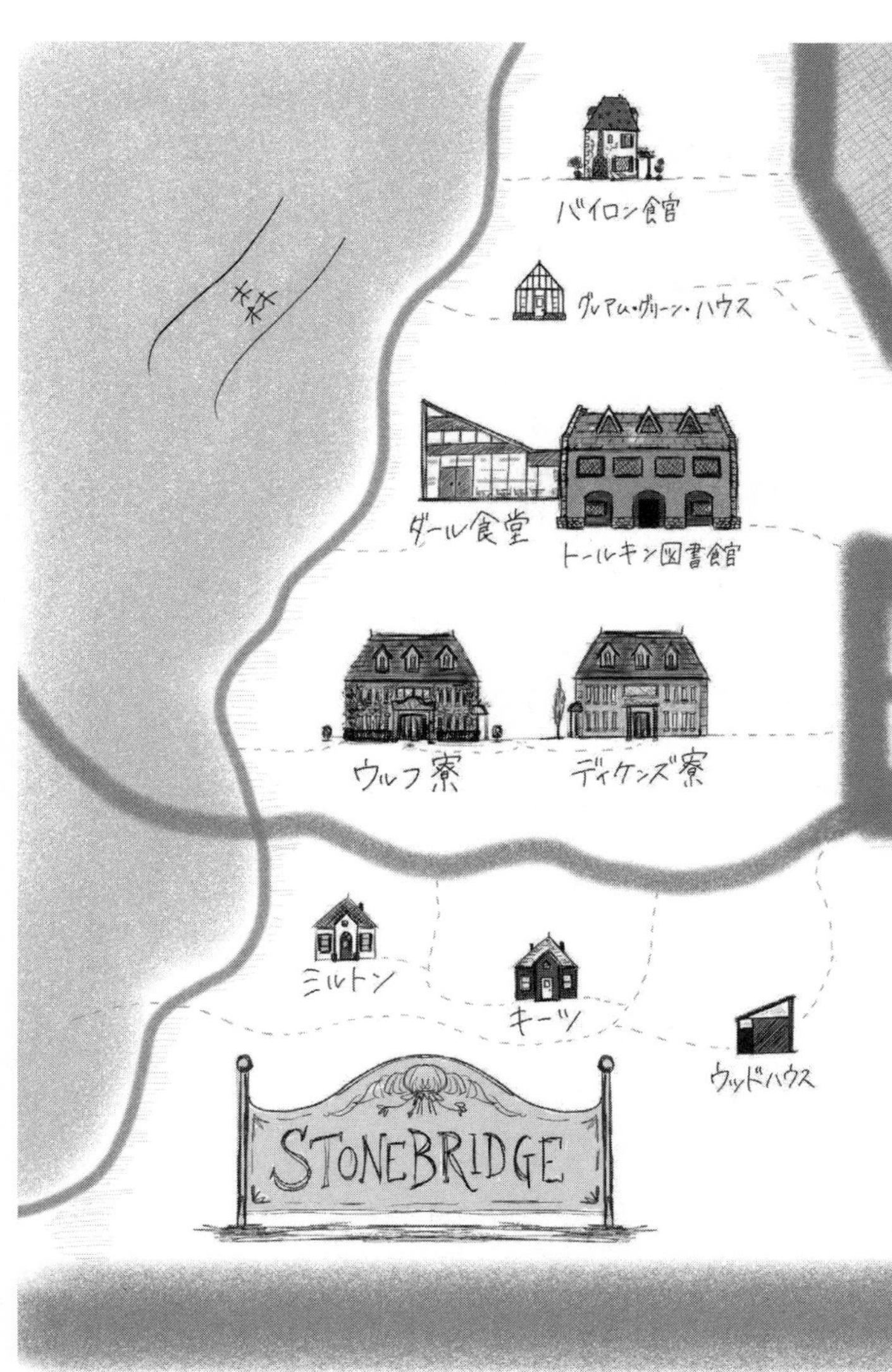
バイロン食館
グレアム・グリーン・ハウス
林
ダール食堂
トールキン図書館
ウルフ寮
ディケンズ寮
ミルトン
キーツ
ウッドハウス
STONEBRIDGE

ウィット先生

教師が天職だという人もいる。わたしにとっては違う。教えるのは嫌いじゃない。でも大好きでもない。ティーンエイジャーについても同じ。いずれは彼らが世界を回していくのだし、その結果はわたしたち全員に降りかかる。でも、その未来をよりよくするためにがんばる気にはなれない。『いまを生きる』みたいに机に飛び乗って、ブラウニングや、シェイクスピアや、ジェイ・Zを引用するなんてことはやらない。ご立派なアドバイスや経験談もしない。海藻の茂みみたいにもつれて絡まったプライバシーの中に飛び込んで、若者のホルモンでぐちゃぐちゃの脳のどぶさらいをするのもまっぴら。教えた以上のことを連中から学びました、なんて言うつもりも皆無。

ただの仕事にすぎない。他の仕事と変わらない。うんざりするほどの不平不満は、安月給に始まり安月給に終わり、その間に数々のディテールがサンドイッチみたいに挟まっている。いいこともいくつかはある。夏休みはいい。冬と春にも長期休みがある。後ろから見張っているボスもいない。わたしは本が好きで、本について話すのが好き、世界の新しい見方を教えてくれる生徒に出会うこともある。でも執着はしない。関わりあいにもならない。少なくとも、そういうつもりだった。

ストーンブリッジにやってきたのは、「よけいな質問をされない」のが確実だったからだ。校長のグレゴリー・スティンソンは、両親の昔からの友人だ。仕事を提供してくれたのは何もかも知っていたからかもしれないし、何も知らなかったからかもしれない。あの頃のグレッグは、不愉快な話題を決して口にしない人だった。もう一度やってみようと思ったのはなぜか、自分でもわからない。教えることが天職だという意識はまるでない。そもそも、わたしに天職なんてあると思えない。たぶん教職にけりをつける前に、皮膚をゾワゾワさせないような思い出が何かほしかったのだ。

学校を初めて見たのは二〇〇九年の七月。最初に訪ねた時、グレッグとわたしは二〇ヘクタールのうっそうとした森を見おろす彼のオフィスで契約書を作成した。夏の盛りで木々の葉が茂り、ストーンブリッジが学校案内で自慢げに紹介しているハイキングやクロスカントリー・スキーのための大小の道は隠れていた。四〇〇人程度の高校生のための場所としてはちょっと広すぎるようだった。私立の伝統校らしい外見——大聖堂のようないくつかの建物、すべて石造り——とはうらはらに、学校のレベルはあまり高くないという噂だった。ウォレン高校の生徒たちは、ストーンブリッジの生徒のことを「ヤク中（ストーナー）」と呼んでいた。このちょっとした事実が、わたしにとってはストーンブリッジの一番の魅力だった。

本学の自由主義的な方針に君はまさしくぴったりだ、とグレッグは断言した。その確信ぶりが、こちらのためらいを充分に補ってくれた。わたしたちは新学期の時間割について話しあった。わたしは「イギリス文学」三コマ、「アメリカ文学」一コマを担当することになった。

それからグレッグが学校をざっと案内してくれた。彼のオフィスといくつかの教室は、正式な名前のない大きくていかめしい石造りの建物の中にあった。後になって、生徒たちがその建物を「本部」と呼んでいることを知った。文学にちなんだ名前ではない建物はこれ一つ。最初に飼ったペットの名前に昔住んでいた通りの名前をくっつけると、ポルノ出演用の芸名ができあがる、というう名づけゲームがあるけれど、ストーンブリッジは建物と運動場に名前をつけるのに、同じようなやり方を採用したらしい。イングランドの（ときたまアイルランドの）詩人か小説家の苗字に、「寮」「館」「食堂」「運動場」「コモンズ」「広場」をくっつける。キャンパスの中央には「フレミング広場」があった。学生食堂は「ロアルド・ダール食堂」。「トールキン図書館」と「サミュエル・ベケット体育館」は「フィールディング運動場」に隣接していた。

本部の向かい側、ベケット体育館の隣の「オスカー・ワイルド浴場」からツアーがスタートした。二重ドアには「いかなる場合も学生立ち入り禁止」と書かれていた。大理石の内装にジャグジー、サウナ、スチームシャワー。気前のいい卒業生からの寄付らしかった。

「これで君が説得されないなら、もう打つ手はないね」

大浴場はカモフラージュではないかと思った。教員用の宿舎を見せてほしいと言ってみた。

グレッグは黙って、広場を横切って四階建てのレンガ造りの建物にわたしを連れて行った。外は濃い霧雨で、何もかもが、透明ビニールのシャワーカーテンの向こうにあるように見えた。それからわたしたちはディケンズ男子寮のほうに戻った。そう、もちろん、それは「イチモツ（ディック）寮」と呼ばれていた。ディケンズ寮の隣に似たような四階建てのレンガ造りの建物があった。ドアの上の看板には「ウルフ寮」と書かれていた。

「ここだ。どうぞお先に」とグレッグは言って、どっしりした木製のドアを開けた。

「いいえ、けっこう」わたしは一歩下がった。

中に入る意味はない。生徒と同じ建物に住むつもりはない。それは契約に反する、とわたしは説明した。ご案内には感謝するけれど、そろそろ出発しないと。君はせっかちすぎる、とグレッグ。二時間かけて運転してきたのだから、少なくとももう少し考える時間をとるべきだ。

グレッグは手描きの学校の地図をくれた。おそらく自分で描いたものだ。いずれにしても距離や建物の形の正確さという点ではダメだった。

グレッグはフィールディング運動場のはずれまでついてきた。そして決断する前に考えてみるべきだと言った。その時のことを繰り返し思い出す。もしわたしが森を散歩しに行かなかったら、多くの人の人生が違うものになっていただろう。あの散歩で、すべてが変わった。

フレミング広場から、ジョージ・エリオット小道を通ってイヴリン・ウォー小路を横切り、四〇〇メートルほど行くと、小さな石造りの小屋があった。フレミング広場から歩いて一〇分以上。その時期は野原一面が花盛りだった。杉、松、楓が頭上にうっそうと茂っていた。近くの池が小雨で波だっていた。眠りにつくために買ったあの機械よりずっとすてきな音がした。

すべてが完璧。そう思ったのは自然が見せた姿のせいではなく、わたし自身のせいだった。自分の決断が正しいと信じたくて、世界からのほんのちょっとした目配せを求めていたのだ。小屋のひび割れた土台やブロック崩しゲームみたいに見える積み石には目をつぶった。地図でその小屋を探したが、載っていなかった。

隠れ家を探している者にはうってつけだ。

グレッグのオフィスに戻り、名前のない小屋に住めるなら仕事を引き受けると伝えた。彼は、あの小屋には住めないと言った。シャワーがない。わたしは浴場のことを思い出させた。彼は抗議し続けた。わたしは、これが条件、受け入れるかどうかはそちら次第だと言った。グレッグは渋々ながら同意した。

労働記念日に学校に戻った。暗くなっていた。明日から授業が始まる。正門の守衛から小屋の鍵を受け取り、青インクで書き込みをした地図を頼りに小屋を目指した。泥道をたどると、新しいわが家の玄関からほんの二〇メートルのところへ出た。

小屋の中の冷たい石の床に立つと、自分に腹が立った。いったい何を考えていたのか。寄宿舎暮らしの危険の記憶がまだなまなましかったので、無理にでもくつろいだ気分になろうとした。台所の流しの上の棚をさぐってみた。皿が何枚か、それから開けていないバーボンが一瓶あった。瓶を取り出してみると、小さく四角に折りたたんだ紙が首のところに結びつけられていた。紙を開くと、小さな活字体で書いてあった。

ストーンブリッジへようこそ。身辺に注意。

外に置かれたぐらぐらする椅子に腰かけて、メッセージについて考えた。警告か、アドバイスか？　判断しようとするうちに、ボトルを半分空けた。それからベッドに這い込んで、眠りに落ちた。

次の朝、飲んだことを後悔しながら台所の流しで体をきれいにし、コーヒーがないことにぶつくさ言いつつ、真っ先に目についたシャツとジーンズを身につけた。

おぼつかない足取りで森を抜けて本部へ向かい、アガサ・クリスティ事務室（「アガサの部屋」）に行った。秘書のミズ・ピンスキーから手渡された封筒に、今学期に教える科目のリストが入っていた。

時間割を確かめて騙されたことを確認すると、ミズ・ピンスキーにスティンソン校長はオフィスに在室中かと尋ねた。

「廊下の突き当り、左側です」

わたしはかっかしながら怒鳴りこんだ。「詐欺だ」とか「嘘つき」も含めていろいろと叫んだ。グレッグはその時話をしていた生徒をすばやく放免した。わたしは時間割表を振り回し、机に叩きつけた。

ウィット、アレックス（2009年秋学期）
教員スケジュール

時限	科目		教室
8：00～ 9：10	創作400	上級創作	203
9：20～ 10：30	創作100	創作・選択科目	203
10：40～ 11：50	体育501	フェンシング入門	体育館
12：00～ 13：00	昼食		
13：00～ 14：10	オフィスアワー		
14：20～ 15：30	創作410	上級創作 ワークショップ	203

「わたしが教えるのは文学。創作じゃなく。話しあって決めたでしょ」

わたしは戦闘モード全開だった。でもグレッグは椅子の中で小さくなっていた。ため息を一つつく間に、一〇センチぐらい背が縮んだみたいに見えた。

「おやおや。悪かったよ、アレックス。君は時間割の変更を気にしないとレンから聞いたんだ。君にも何度か連絡をとろうとしたのだが。レンは君が瞑想センターにいると言っていた」グレッグは両手で頭を支えた。

「パパと話したの？」

「話した。新しい時間割を見せるだけでいい、絶対に違いに気がつくまいということだった」

わたしが一五歳でマリファナを吸いまくっていた頃、一度か、ひょっとすると二度ぐらいならうまくいった手だ。父が実の娘をはめる戦略をアドバイスする神経をもちあわせていたこと、しかもそのアドバイスがろくでもないものだったことがショックだった。わたしはグレッグと向かいあって、古い椅子に腰かけた。

「父がOKしたからといって、わたしの時間割を変えることはできないわよ」

グレッグはひたいにシャーペイ犬のようなしわをよせた。それから椅子の背に体をあずけ、長い足を組んだ。じっくり交渉する準備ができたらしかった。

「お父さんの言うことをうのみにするべきじゃなかった。でもわたしも今困ったことになっていてね」

「今までいた創作の先生はどうなったの？　死んだとか？」

「いや、まさか。まだうちの教員だし、必要とあらばかつての契約を尊重してくれるだろう。ただ、今小説を書いていて、教えることで自分の創作力が圧迫されると思っている」

「死んだ」と言われたほうが好意をもてただろう。出版したこともないくせに、我こそはノート型パソコンを持ったファン・ゴッホ、と思いこんでいるペテン師に親切にしてやるつもりはない。

「急な話なのはわかっている。本当に申し訳ない。でもアレックス、ここは柔軟に受け止めてほしいのだ。実際のところ、これをやってくれたらフェンシングのことは忘れてもいい」

「わたしはフェンシングはしないの。もう言ったはずでしょ。やり方を知らないのに、教えるなんてできない」

「わかったよ。フェンシングはなしだ」

「そんなの最初からよ。創作の話に戻りましょ。今まで創作を教えたことなんかない。それにもう文学の授業の準備をしてあるのに」

「レンが言うには、君は授業の準備など必要ないそうだが」

「もう一度パパのことを口に出したらね――」

「わかった、わかった」グレッグの声はパニックで緊張していた。「授業科目の変更に同意してくれたら、生活指導はやらなくていいことにしよう」

私立学校の最悪なところは、フルタイムで教えることに加えて、際限なく生徒の面倒をみる責任を負わされることだ。これよりいい条件の職場はありそうになかった。

本部二〇三号室に入った時、遅刻したことについては何も言わなかった。新学期の最初から、こちらに借りがあると生徒たちに思わせるつもりはない。今回は気を緩めない。前とは違う。

生徒たちを見回すと、毎回初日に思うことがまた頭に浮かんだ。すごく若くて、無垢。それから机の引き出しの奥にネズミの死骸を見つけて、この八年間に学んだ教訓を思い出した。若者が残酷になる理由は、大人の理由よりまっとうなものかもしれない。でも残酷さの度合いは大人と変わらない。

悪い兆候には気をつけているはずだったのに、これほど多くの「出口はこちら」の表示を無視したのはなぜだったのだろう。

わたしがストーンブリッジに来たせいで一〇〇年の伝統が終わった、というだけなら別にかまわない。夜寝られなくなるのは、二人の死のせいだ。

ジェマ・ラッソ

最初の日のことは何もかもよく覚えている。

ウィット先生は最初の授業に一、五分も遅れてきた。くたびれたリーバイス、しわくちゃの水色のボタンダウンシャツ、すり切れた灰色のカーディガン。はねた泥がこびりついたままの赤いジャック・パーセルのハイトップ・ブーツ。ストレートの茶色の髪は、今起きてきたばかりみたいに乱れたままだ。何ごとにも無頓着な様子だった。きれいだけれど、とびきりの美女ではない。顔の造作の一つひとつは普通。遠目には、長い茶色の髪の白人女性、というだけだ。でも近くから見ると、大きな茶色の目が何一つ見逃さないとわかる。微笑んだ時に曲がった犬歯が見えた。それがちょっと怖い感じがした。わたしは先生のことがすぐに大好きになった。

でもネズミの死骸を見つけた時の先生は、本当にすごかった。

その朝、ゲイブが何か企んでいるのは耳にしていた。ゲイブはその思いつきが得意でたまらないことも全員が知っていた。机の引き出しを開けたウィットは、ギャングみたいに無言だった。まず、目の前のこれは何、と言うように目を少し細めた。それから了解した印に、眉を上げた。これっぽっちも怖がらなかった。ネズミはジッパーつきのポリ袋に入っていた。ウィットはそれを引き出しから出して、机の端からぶら下げた。

「かわいそうなネズミ。これは生物実験室で飼ってたもの、それとも野生動物？」

先生は皆をさぐるように教室を眺め回して、答えを待った。

「わたしたちが解剖するのはハツカネズミで、ドブネズミはやりません」とベサニー・ワイズマン。

「ありがと」とウィット。

ゲイブリエル・スミスは、バカまる出しのありさまだった。笑いをこらえているのだが、発作でも起こしているみたい。ウィットは彼に視線をロックオンした。「その頭にネクタイを巻いてる君、名前は？」

「あ……えーっと……コーネリウス……ウェバ、バー……マカ……リスターです」

ゲイブはいつもデタラメの名前を言うけど、ちっとも面白くない。思いつくのにモタモタしすぎる。

ウィットはネズミの死骸をゲイブの机の上に落とした。「コレを安らかに眠れるところへ持ってってくれるかしら」

「俺にこいつを埋めてこいってこと？」

ゲイブはかなり沸騰していた。顔が真っ赤で、ニキビがもっと赤くなっていた。教室は静まり返った。

「そうね、ネズミが自分でやるのは無理みたいだから」

ジョナがバカ笑いした。ウィットはかすかな苦笑いを浮かべた。

「さあさあ」とウィット。

ゲイブはそそくさと立ち上がって、ネズミの袋を持って出ていった。ウィット先生は教卓に戻って、素知らぬ顔でわたしたちを完全に無視した。

「十人組」のメールで携帯が振動した。

ミック：ったく、今のは何だったんだよ？
アダム：ちょっとすごかったよな。
テーガン：すごい、クール。
レイチェル：あの服いったい何？
ハンナ：変な先生。
ミック：マジすげえ。
テーガン：服の虫には好かれてる。まちがいなく。
エミーリア：美人。髪とかすべき。
ハンナ：とかすだけじゃダメ。
ジョナ：惚れちゃったぜ。
ミック：ジョナお前ヘンタイか。あのジーンズ脱がせてケツ見てえな。
ジャック　：口がセクシー。
レイチェル：口小さいよね。ペニス全部入る？

ハンナ：ちょっとあの犬歯見た？　噛み切られちゃうよ？
エミーリア：朝からジャックに口でヤッてあげるとか無理。
ジャック：俺はいつだってオッケーさ。
ジョナ：あの歯もカワイイな。
アダム：ジョナ＝ばーか。

「十人組」というのは、一つの学年の上位一〇パーセントのことで、おおむね一〇人ぐらいに落ち着く。きっちり一〇人に固執するのは人数に関してナチスそこのけのミック・デヴリンぐらいのもの。階級は成績とは関係ない。純粋に社会階級（スクールカースト）というだけ。メンバーは投票で決まるが、仕組みは曖昧だ。寄宿学校に取り憑いた魔法使いが何年も前からどこかでコントロールしているのかも。

最上級学年の現在の「十人組」メンバーと、組織の中の役割は次のとおり。順不同。

エミーリア・レアード　母親に会わせたいタイプのイケてる女子
テーガン・ブルックス　コワモテ女、監視役
ハンナ・リクソール　ダンスが得意。カマトトの達人
レイチェル・ローズ　母親に会わせたくないタイプのイケてる女子
ジャック・ヴァンデンバーグ　アルコール調達係、実動部隊
アダム・ウェストレイク　皆の代表、事情通
ミック・デヴリン　しゃれ男、編集長
ジョナ・ワグマン　スポーツマン、ナイスガイ
ゲイブリエル・スミス　お調子者、おべっか使い、ウスノロ
わたし　この中で浮いてる人

「十人組」の誰もウィットの父親のことに触れなかった。新しい獲物の身元チェックをやらないなんて、連中らしくもない。わたしはスティンソン先生から名前を聞いてすぐ検索をかけた。結果は誰にも教えるつもりはない。でもこのバカグループの中のわたしの立場は不安定だから、おしゃべりに調子をあわせないといけない。

ジェマ：大人になったらあんなふうになりたいな。

ウィット先生はゲイブが戻ってくるまで何も言わなかった。ゲイブの靴は泥だらけで、シャツには泥の筋がついていた。

「やりました。温室の裏に埋めてきました。お別れの祈りも唱えました。どんなのか聞きたいですか？」

ゲイブは、誰か笑ったり励ますような身振りをしてくれないかと、皆のほうをちらりと振り返った。

「いいえ。それほど親しい関係じゃなかったし」

「ともかく、あいつは今、よりよい場所にいますから」

ゲイブは自分が落ちた穴からなんとか這い出そうとまだ悪あがきしていた。

「席について、コーネリウス。授業を始めます」

ウィットは自分の名前をホワイトボードに書いた。

「これは創作上級クラスです。わたしはアレックス・ウィット。ここで皆がやるように、普通に呼んでください。アレックスでも、ウィット先生でも。適当に。この授業をもつことは今朝知らされたので、考え抜いた授業計画を今すぐには期待しないで」

カール・ブルームの手がさっと挙がった。少し斜め前の角度で、ヒットラーの敬礼みたいだ。本人に言ってやらなくては。去年は機会がなかったが、たぶん今年中に。カールはダサいガリ勉そのもののふるまいをするのに、残念ながら授業についていくのがやっとだ。

「ウィット先生」カールは大声を出した。「どうしてフォード先生はもう創作を教えないんですか」

ウィットは目を上げてカールを見て、それからノートに何か書き込んだ。

「すごくいい質問ね。本人に聞くべきだわ。何度も、何度もね」

ウィットはわたしたちをまるで無視してノートにもっと何か書き、その間、フォードの最新情報がささやき声で広まった。ゴシップに一番関係ないように見えて実はいつも一番の事情通のメル・イーストマンが、フォードはホワイトホール先生の授業を全部代行することになったのだと言った。

「ホワイトホール先生はどうなったの？　死んだのかな？」イフレイム・ウィーナーがメルに尋ねた。

「まだ生きてるわよ、あんたが殺しちゃったとでもいうなら別だけど？」メルは彼に聞こえないようにつぶやいた。

イフレイム・ウィーナーはそのほうがましだと思っただろう。そうすればホワイトホール先生のことをクドクド持ち出すのをやめるはずだ。男子っていつもそう。ふられるぐらいなら相手が死んだほうがましだと思うのだ。

ミック・デヴリンは後ろの席から立ち上がって、去年の終わり頃からやっている、前のめりで足をひきずりるギャングもどきのやり方で机の間を歩いていった。教卓までたどり着くと、映画に出てくるウォール街のクソ野郎みたいに手を差し出して、正式な挨拶をした。

「ミック・デヴリンです。マダム・ウィット。何なりと、お申しつけを」

「ミック・デヴリン。覚えやすい名前ね」

彼は皆から「デヴリン」と呼ばれている。彼を

「悪魔（デヴィル）」と呼ぶ女子もいる。ワルだけどチャーミング、と思っているからだ。わたしは違う。デヴリンはあからさまにボディを品定めする視線でウィットをじろじろ見たが、子どもっぽく間抜けな笑顔でバランスをとっていた。ミック・デヴリンの顔の上半分と下半分は二人の違う人みたい、とテーガンが言ったことがある。彼女は学校で撮った彼の写真を持ってきて、小鼻のちょっと上で横半分に切った。

「ね、上下がちぐはぐでしょ」

たしかにそうだった。バラバラに見ると、どちらのパーツもそれほど魅力的には見えない。でもわたしには、なぜ他の子たちがミックを魅力的だと思うのかわからない。エミーリアは彼の目にはパワーがあると言う。噂からすると、パワーがあるのは彼の特大ペニスのほうなんだけれど。

ミックにパワーを与えているのはそれだけじゃなくて、編集長という地位だ。「十人組」の男子は全員「編集人」と呼ばれている。ばかばかしくて、どう説明していいかもよくわからない。学校新聞や雑誌の編集ではない。ストーンブリッジの男子の一部しか見られない、アクセス限定型のウェブサイトを運営しているのだ。それは「暗室」と呼ばれている。もちろん、たいした「編集」作業があるわけではない。

ウィットはミックの手のほうを向いて、戸惑ったような、疑ぐるような表情をした。彼女はその手を取ったが、彼は例によって長く握りすぎた。ウィットが厳しい目線を飛ばすと、彼は手をさっと離した。

「先生、何歳？」ジャック・ヴァンデンバーグがいつものヒキガエルのような低い声で言った。

ウィットは質問したのが誰か確かめようと目を細めた。ジャックはキャンパスで一番大柄で、よく一年生に教員と間違えられる。もちろん彼の好みは一番小柄な女の子だ。三年生や四年生には見向きもしない……一人を除いては。骨が細くて胸が平らなちっちゃいお人形タイプの女子が好みなのだ。隠れ小児愛者だと思う。一八歳の時に一五歳の（しかも一三歳に見える）子とデートしても、異常なのはバレない。でも自己規制の習慣が身につかないまま、自分の年齢がカモフラージュにならない時がやってくるはずだ。

「名前は？」ウィットはイライラした様子で言った。

「ジャック。ヴァンデンバーグ。です」

ウィットは出欠表を調べてうなずき、それから他の生徒たちを見渡した。

「出席はとりません。出欠表には一九人の名前があって、教室には一九人。皆さんの名前を覚えるために、座席表が必要です」

「わたしが作りましょうか」とサンドラ・ポロンスキー。いつでも皆の召使いのようにふるまうサンドラらしい。一度昼食の時に隣りあわせになって、へつらってばかりいるのはやめなさいよと言ったことがある。サンドラはアドバイスありがとうと言って、わたしの食器を下げてくれた。

「いいえ、けっこうよ。あなたの名前は？」

「ポロンスキー。サンドラ・ポロンスキーです」

これもまたサンドラらしい。ジェームス・ボンドのように名乗るところ。

ウィットはホワイトボードに碁盤の目を描いたが、線の歪みは視覚の異常を疑うレベルだった。ウィットは碁盤の目を見て、少しはましに見えるかも、と期待するかのように首を傾けた。それからクリーナーを取り上げて、歪んだ線を勢いよく消しはじめた。

「わたしが幾何の担当じゃなくてよかったわね」

優等生たちが自分の名前を大声で言いはじめた。ウィットは顔をしかめて「シーッ」と言った。

「今ホワイトボードに描いたのは何だったんですか?」アダム・ウェストレイクが穏やかな無害そうな声で言った。

「今言ったとおり、座席表よ」ウィットは後ろに一歩下がって、結果を眺めた。

新米の先生がホワイトボードをきれいに拭き取っている間に、アダムが進み出て、もう一本のマジックを手に取った。

「やらせてもらえますか?」アダムは言って、マジックの蓋を開けた。「ぼくはまっすぐ線を引くのが得意ですよ」

それからえくぼを作ってみせた。これはいつだって効き目がある。

「ぜひお願い」ウィットは一歩横にどいた。「最初の一週間か、それともわたしがあなたたちの九〇%を覚えるまで、同じ場所に座ってください。わたしは目から入る情報のほうが覚えやすいの。だから自分の名前をフルネームで、その場所のところに記入して」

彼女が振り向くと、アダムが特大の定規を使ったかのように、ほぼ完ぺきな碁盤の目を描き終わるところだった。

「見事な出来ね。ええとあなたは……」彼女は質問をするように語尾を上げた。

「ウェストレイク。アダム・ウェストレイクです」

ひょっとして全員がジェームズ・ボンド式に名乗るようになったのか。

ウィットはホワイトボードに描かれた列の上を、それから列の一番下を指さした。「これが最前列で、これが後ろ。わたしがあなたたちの名前を覚えるまでの数週間、自分が座る場所に名前を書き込んでください。わたしはコーヒーを飲んでくるから、その間にやっておいて」

ウィットはバッグを持って出ていった。最前列にこだわる生徒たち数人がホワイトボードに駆け寄って、自分の陣地を確保した。ウィットはドアのところで足を止めた。

「はっきりさせておきます。ホワイトボードに描かれた名前をそのとおりに覚えるつもりだし、その名前に成績をつけます。ふざけたペンネームを使うなら――コーネリアス、あなたのことだけど――別にかまいませんが、ずっとその名前で通したほうが身のため。訂正は許されません」

ウィット先生は出ていった。部屋の酸素を全部もっていったような感じだった。その時、これから物事が変わるだろうとわかった。

ウィット先生はわたしの友達、味方、信用できる相談相手になった。彼女はわたしたちを魅了し、からかい、面白がらせ、刺激し、友達になってくれた。

アレクサンドラ・ウィットは、ストーンブリッジ高校に現れたハーメルンの笛吹きだった。

フォード先生

最初にアレックス・ウィットを見た時、私服姿の生徒だと思った。彼女の制服姿が見られるならギャラをはずんでもいい。

彼女は迷った様子で、教員控室に入ってきた。ぼくは何かお困りですかと言い、彼女はそう、コーヒーを探しているのと言った。ぼくは正しい方向を指さしてあげた。彼女はコーヒーポットに近づくと、ペットの金魚を見つめる子どものように、ドリップが落ちるのを見守った。落としている途中でもポットを出して注いでいいとわからないのか。今のコーヒーメーカーは全部そのタイプなのに、どうして知らないんだ。そのうち彼女はやっとポットを取り出して、マグカップに一杯注いだ。一口飲んで、顔をしかめた。流しで体を支えてバランスをとり、排水口を覗き込んだ。

その時、誰なのか思い当たった。今年新しく採用された教員は一人だけだ。自己紹介しないのは奇妙だった。普通女性はそうするから。

「やあ、ぼくはフィン・フォード」

彼女はマグカップを置いて、ぼくをにらんだ。

「じゃあ、あなた。あなたのせいで」

彼女は怒った顔でぼくに指を突きつけた。ぼくは申し訳ないと言った。何が申し訳ないのか、よくわからなかった。でも女性にはとにかく謝ることにしている。彼女は教えるはずだった文学の授業の準備にどれほどエネルギーを費やしたか話した。

「スティンソン校長は、君は変更を気にしないと言ったから」

「彼、そんなこと言ったんだ?」

今にも飛び出しナイフを出してこちらの頸動脈に押しつけんばかりの不機嫌さ。

「本当に悪かったよ」

「わたしは『白鯨』を読み直したのよ。あの時間は戻ってこないわ」

ぼくは『白鯨』が大好きなので、変えるとしたらどこを変えたいかと質問してみた。だいたい二〇〇ページのあたりで、イシュマエルがエイハブを船から突き落とす、と彼女は答えた。

「で、それからどうなるの?」

「そんなこと誰が気にするのよ。フィン・フォード。どうしてあなたの名前にこんなに聞き覚えがあるのかしら」

「それはぼくが君に、無駄に『白鯨』を読む原因を作った奴だからだろ」

「『無駄に白鯨』」彼女はにやりと笑った。「その本なら読んでみてもいいかも」

この時、彼女のことが気に入った。クレイジーだと思った。でも気に入ったんだ。ぼくの名前にひっかかっていた。ヤバい。その話題から気をそらせようとした。移り気なタイプみたいだ。女はそのほうがいい。

「ソローの小屋に住むと言ってるそうだね」

「ええっ？　違うわ。あの小屋には名前なんかない。それに、あるとしてもその名前は間違いよ。校内のありとあらゆるものにイギリスの作家の名前がついているじゃない。適当に一つ二つだけアメリカの名前を取り入れるなんて変。それに、小屋は地図にも載っていないし」

「皆がそう呼んでいるから。近くに池もある。池にも名前があるよ。もし退屈な本の話をしたいなら言うけど」

「どうしてこのコーヒーはこんなにまずいの」彼女はもう一口すすって、言った。

「まずいコーヒーだからだよ」

「あなたの名前。知ってるはずなのに。もう、気になる」

「本当にソローの小屋に一年ずっと住むつもり？」

「その名前で呼ぶのはやめなさいよ！　一晩泊っただけよ。税金の申告用にあそこの住所を使うつもりはないわよ」

「あの小屋にはきっと住所なんかないさ」

「フィン・フォード。フィン・フォード。本を書いた？」

「書いた」

「あなたの本を一冊読んだと思う」

ぼくの本を一冊より多く読むのは物理的に無理だと説明した。タイトルは何だったかしら、と訊ねられた。

「『拘禁されて』」

彼女の表情が変わった。ぼくの担当編集者を思い出させる顔。タイトルをめぐって、ぼくたちは血みどろの闘いをした。思い出すだにみぞおちがむかついて痛くなる。

忘れていたとしても、読んだと言ってくれたのは嬉しかった。

「『拘禁されて』ね、そう、面白かったと思う。ああ、そうだ。思い出した。変な鳥類学者が出てきて。でもわたし、鳥は嫌いなのよね。そのバナナもらっていい？」

テーブルの真ん中にバナナが一本置いてあった。

それはぼくのバナナじゃなかった。たぶんマーサ・プリムのだ。彼女は機嫌を損ねるだろう。でもぼくは食べていいよと言った。四口で食べ終える勢いはあっぱれだった。噛んでいる時に口元を覆う女っぽいしぐさもしなかった。

彼女はゴミ箱にバナナの皮を投げ込んだ。「ここの事情を教えて」

何が知りたいのかと尋ねてみた。ストーンブリッジのスクールカースト、強者と弱者。この女性はずばり核心を突いてくる。そういう性格はベッドでどんなふうに発揮されるんだろう。ぼくは好奇心にかられた。

質問の答えを考えてみた。生徒全員が強者に見える時もある。蛇が自分の尾を食っている図が頭に浮かぶ。自分で見つけ出さないとダメだと彼女に言った。突然、独占欲がわいた。ぼく自身、この学校の内部事情を分析するのに何年もかかったんだ。ただで渡すつもりはなかった。

ウィットはもう一口コーヒーを飲んで、顔をしかめた。彼女のカフェインへの傾倒ぶりにぼくは感銘を受けた。今は何を書いているの、と尋ねられた。昔自分の足を一本食った鯨を殺そうとしている男についての小説を書いていると答えた。彼女は笑った。それから、あなたの名前はフィニアスなの、フィンなの、と尋ねた。ぼくはただのフィンだと答えた。ミドルネームはある？「ない」とぼくは答えた。

フィン・フォードは充分マヌケな名前だ。ウィットはフィニアス・フィン・フォードなんていう男には鼻もひっかけないタイプに見えた。

「いいわ」と彼女は言って微笑んだ。その歯にぐっとくるものがあった。飛び出た犬歯をなめてみたくなった。

作文を教えると創作の邪魔になるということがいつわかったの、と彼女が尋ねた。ぼくは彼女にキスしたくなった。そうすれば質問するのをやめるだろう、というのが理由の一つ。昨年度の終わり頃だと言った。校長は忘れていたに違いない。

彼女はコーヒーを飲み終えて、出ていこうとした。

「質問に答えたくないなら、別にかまわない。でも嘘はつかないで。あなた、嘘をつくのが本当に下手よ」

校内放送

おはよう、ストーンの生徒諸君。こちらは皆の友ウェインライト。三つのEともいうべき、啓蒙(エンライトメント)、教育(エデュケーション)、そして娯楽(エンターテイメント)の新しい一年にようこそ。今日は二〇〇九年、九月八日、気温は二二度、天気は上々だ。

本日のランチは、ツナとケールのキャセロールか、ヴェジタリアン・ファラフェル。これで君もヴェジタリアンの仲間入り間違いなしだ。ええ? 何だって?

(不明瞭)

今日は新学期の初日だから、放送も短く切り上げる。でも最後に、新しい創作とフェンシングの先生、アレクサンドラ・ウィット先生を歓迎したい。

(不明瞭)

へえ、本当かい？　じゃあ今のは取り消し。フェンシングは個人で「自習」。どうやったらそんなことができるのかな？　登録者が二人以上いるといいね。

ウェインライトからしばしのお別れだ。また会う日まで。というのは、明日。

ウィット先生

ネズミの死骸を見つけたのは、ホワイトボード用のマジックがないかと引き出しを開けた時だった。ぎょっとして飛び上がらなかったのは、一瞬何だかわからなかったからだ。警告のバーボンを前の晩に飲みすぎて、コーヒーが必要だった。死んだ齧歯類がわたしの机の引き出しに入っているのを理解した瞬間からは、平静さを保つのに全エネルギーを費やした。悪ふざけは権力闘争だ。初日に負けたら取り返しがつかない。

外目にはすごくクールだったかもしれないが、実は嫌悪感でいっぱいだった。ホワイトボードに碁盤の目を描いている時も、コントロールできないほど手が震えた。男子生徒が手伝いを申し出た。その時、わたしは教室を出た。一人になって自分を立て直す時間が必要だった。生徒たちのいないところで。


教室に戻ると、男性ののんびりしたガラガラ声がスピーカーから流れていた。わたしの名前が聞こえたような気がしたが、生徒たちは無表情だった。全員、自分のノート型パソコンを見つめてキーボードを打ちまくっていた。

わたしは自分のノートを開いて座席表を写し、すでに印象を残した生徒の名前に註釈をつけていった。

隅っこに女子が三人固まって、授業中ではないふりをしようとしていた。サイズが少しずつ違っていて、昔話の三匹のクマみたいだ。背の高い生徒はコンバット・ブーツを履き、茶色い髪にブロンドと青のメッシュを入れていた。魅力的だが、目の化粧が濃いのと、虹色に髪を染めているので、美しさが目立たなかった。おそらくそれが狙いなのだろう。二番目に背の高い生徒は彼女とは正反対で、なんの飾り気もない古典的な美女だった。つややかな茶色い髪は腰の少し上まであった。リップ・グロスを薄くつけているだけ。目は石炭のように黒く、頬骨は紙飛行機のように突き出していた。小柄な生徒は他の二人と並ぶと栄養失調みたいにみえた。わたしはノートに、三人の第一印象をメモした。「反逆者」「美女」「地味」。名前は後から付け足した。ジェマ：反逆者、エミーリア：美女、テーガン：地味。小声だが断言的な口調で相談している様子から、この三人がリーダー格だとわかった。この中の一人が女王(クイーン)なのだろう。それが反逆者か美女かはまだわからなかった。

カフェインが効いてきた。ウールの海をぼんやりと眺める。見ているだけでチクチクしそうだ。ウォレン高校は、パジャマで授業に出てもいいぐらいに何の服装規定もなかったが、ストーンブリッジの生徒は昔ふうのボタンダウンから何からの制服姿だった。女子はかっちりした仕立ての水色のオックスフォード・シャツ、細い深紅のネクタイ。ほとんどの生徒はネクタイを緩いウィンザー結びにしていた。そして女子高生ファッションにつきものの、タータンチェックの短いスカート。生足あり、黒いタイツあり、そして何人かは、例のニーソックス。これほど視姦ネタとして流通している私立高校の制服をまるで変えないのは驚きだと時々思う。娘の制服を借りて、ベッドルームで小道具に使う母親も多いのではなかろうか。

男子はあくびが出るほどありふれた安物ポリエステルの紺スラックスに、斜めにストライプの入った太めの青いネクタイ。中で一人だけ、赤い蝶ネクタイを締めていた。蝶ネクタイの男についてはある持論がある。善良か邪悪かのどちらかで、中間はない。ネクタイの結び方と人格障害を結びつける、きわめて有力な裏づけのある資料もいくつかある。時間がたっぷりあればこのテーマで博士論文を書くところだ。今のところ、エルドリッジ結びの男からは距離を置くこと、というにとどめよう。

わたしはホワイトボードをきれいに拭いて質問を五つ書いた。

1. あなたの大好きなものは何ですか?
2. 大嫌いなものは何ですか?
3. 本の中の世界で生きられるとしたら、どの本を選びますか?
4. あなたの望むものは何ですか?
5. あなたは誰ですか?

「『あなたは誰ですか?』というのは変な質問ですね」二列目、三番目の女子が言った。

「そのとおり」わたしは言って、表を見た。「メラニー・イーストマン?」

「メルと呼んでください。『あなたは誰ですか?』ってどういう意味ですか?」

メルは豊かな黒髪を、だらしないポニーテールにまとめていた。黒縁の眼鏡をかけ、両方の手首にビーズのブレスレットをつけている。

「自分自身で質問の意味を解釈するのがいいでしょう。でもまず知っておいてほしいのは、宿題には完全に匿名で答えてください。提出物に名前を書かないこと」

好きな字体を選んでいいこと、授業名を一番上の右側に書くこと、プリントアウトをアガサ・クリスティ事務室のわたしのメールボックスに投函することを指示した。いつものことだが、宿題についての生徒たちの質問は、宿題そのものの問いより数が多かった。

——答えはどれぐらいの長さが必要ですか？

——必要なだけの長さです

——一語だったら？

——じゃあ一語

——質問に質問で答えることはできますか

——わたしにはわからないけど。あなたできる？

——つまり宿題は本当に無記名で——誰が書いたか先生にはわからないってこと？

——そのとおり

このQ&Aを始めたのは教員になって二、三年目。今では恒例行事だ。すべての授業で同じことをやる。質問は少しずつ変えてきたけれど、無記名で提出させるようにして、やっと少しでも役に立つ解答がくるようになった。たいていは数週間以内に誰が書いたか特定できる。だから、そう、本当は無記名というわけではない。生徒たちをこんなふうに解剖することを後ろめたく思っていた時もある。でも彼らが何者で、どれだけのことをやれる人間か、真っ先に知っておいたほうがいい。

いまだに羽ペンとインクを使う生徒もいるし、ノート型パソコンを持ち込む生徒もいる。でも間違いなく大多数は携帯だ。わたしは原則として、授業中に携帯の使用を禁じてはいない。生徒たちの主要なコミュニケーション手段だから、駆け引きに使うにはとても便利なのだ。

わたしは自分の番号をホワイトボードに描いた。

「連絡したくなったら、これがわたしの携帯。最初にメッセージを送ってくる時には名前を書いて。もし無記名で変なクソメッセージを送ってきたらそっちの番号を突き止めて、今学期すべての提出物にDプラスの成績をつけます。あと頼むから普通の文字を使って。絵文字はよく知らないので。いい？」
　全員わたしを見上げていた、ということは誓ってもいい。それなのにつぎつぎと入ってくるメッセージで、わたしの携帯は脱水モードの古い洗濯機のようにガタガタ振動しはじめた。

サンドラ・ポロンスキー：宿題は終わりました。次は何をしたらいいですか？
アダム・ウェストレイク：何なりとお申しつけください。
ジョナ・ワグマン：あのフォードって人より先生のほうが好きです。
テーガン・ブルックス：宿題は本当に**全部**無記名で出すんですか？
イニッド・チョウ：シラバスはあるのでしょうか？

ブラックボードに掲示されますか？

　ブラックボードとは、ストーンブリッジ専用のポータルサイトだ。生徒と教員が個人的なメッセージをやりとりするだけでなく、学校からの連絡や教材を配布するのにも使う。わたしが生徒だった頃は、教師が手作業でまとめてホッチキスで閉じていた。
　わたしはイニッドのメッセージに「シラバスについてはまだ決めていない」と答えた。それから押し寄せる番号と質問をチェックする。ほとんどのメッセージは生徒の名前だけだった。スマイルくんやウィンクや、その他わたしには理解できない記号でアクセントをつけたものもあった。Q&Aを書き終わったので次に何をしたらいいかという質問が数件。創作の授業計画を魔法みたいに袖から出してこられるわけがないのに。
「そうですね。授業時間の終わりまで、何でもいいから書いて。それか、書いているふりをして」

　無表情でぼんやり見つめてくる顔がいくつか、それから何人かの前列の生徒が、ノートを出して書くふりをしはじめた。でもほとんどはうつむいて、パソコンに入力を始めた。今目撃しているのは、コミュニケーション手段の大変革の瞬間。数年前なら、静かにしなさいと何度も繰り返さなければならなかっただろう。今となっては、あの大海原がうねるようなひそひそ声が懐かしい。

　入力の音が止まった。教室全体が、吹雪の最中みたいに静まり返った。

　沈黙を雄叫びが破った。最初、人間の声とは思えなかった。その声がどこからくるか突き止めようとして見回した。それはゲイブリエル・スミスで、ハイエナのような偽りの笑い、悪意のある笑いだった。人間が上げる声ではない。他の生徒たちが、グロテスクなオーケストラのように笑いに加わっていった。思春期ならではの残酷さの立てる騒音。見回すと、薄笑い、ニヤニヤ笑い、見間違えようのない「他人の不幸は蜜の味(シャーデンフロイデ)」を地でいく顔ばかり。誰一人隠そうともしない。わたし自身も聞いたことのある、情け容赦のない嬉しそうな声。怒りと吐き気が心の底から沸き上がった。

「何がそんなにおかしいの?」

　全員、静かになった。

　二列目窓際の生徒が手を挙げた。表を見ると、名前はケイト・ブッシュ。有名な歌手と同姓同名。打ちのめされ、顔は真っ赤だ。顔色は、恥ずかしいという気持ちの表われ。同級生たちの大笑いがステレオのように鳴り響く中で、彼女の体全体が心の中を表現していた。バケツで血を浴びせたら『キャリー』そのもの。一方の腕でお腹をおさえていて、気分が悪そうだ。

「出ていいわ」わたしは言った。

　出ていく彼女を全員の目が追った。ドアが閉まると、

創作 1時間目・5時間目 4年生のみ履修可	イフレイム・ワイナー 落ち着きがない
ケイト・ブッシュ 恥をかかされた	イニッド・チョウ すばらしく姿勢がいい
ノーマン・クロウリー 思いやりが ありそうな顔	レイチェル・ローズ ピンクのスカーフ
テーガン・ブルックス 意地悪そう	ジャック・ヴァンデンバーグ 巨大
エミーリア・レアード 美人	ジェマ・ラッソ 反抗分子 笑わなかった子

カール・ブルーム	サンドラ・ポロスキー
アレルギー	熱心そうな態度
メラニー・イーストマン	ベサニー・ワイズマン
頭がいい質問をする 凝った髪型 ブレスレット	特に印象なし
アダム・ウェストレイク	エイミー・ローガン
赤い蝶ネクタイ 善良、それとも邪悪？	男子用の制服
ジョナ・ワグマン	ハンナ・リクソール
考え深そう	身体が柔軟、 ブロンド
ミック・デヴリン	ゲイブリエル・スミス
足が悪いのか ギャングの真似？	ネズミ事件の犯人 笑いのとれない三枚目

さっきより小さい笑い声が復活した。

最後列、二番目の女子がだらしなく腰かけてクラス全員を凝視していた。檻に閉じ込められた怒りが顔に滲んでいた。わたしは表を見て、メモをとった。ジェマ・ラッソはまったく笑っていなかった。

ノーマン・クロウリー

まず吠えるような声。それからケイトがぼくの横を通ってドアから出ていった。顔がレンガみたいに真っ赤だった。袖で涙を拭いていた。ぼくの携帯はその間振動しっぱなしだった。この件でもう二〇件以上の着信があった。最初のメッセージを開いてみた。

写真とキャプション：

「ケイトの陰毛(ブッシュ)」

彼女はもうお終いだ。たった数秒で、これから卒業までの一年の台無し決定。

授業時間の間に、間違いなく全員が見たはずだ。ケイト・ブッシュ——自分自身の名前が仇になるなんて。ストーンブリッジの寮に備え付けのツインベッドの上で、全裸で横たわって足を広げた姿。誰かの指示に従っているように、頭をのけぞらせてポーズをとっている。

コメントが立て続けに入ってきた。弾倉が空になるまで引き金を引き続けるガンマンみたいだった。この騒ぎに加わらないと自分の立場もあやうくなる、と誰もが思っているようだ。どうしてぼくに「十人組」のメールが来るのかわからない。たぶんジョナがリストに入れたんだろう。グループのBCCみたいなもの。携帯でそんなことができるとは知らなかった。ぼくの学校での立ち位置はちょうどそのあたりだ。向こうからはぼくが見えず、こちらからは全員が見える。皆から見えないのは、クールな超能力みたいなものじゃない。何かに利用しようとする時以外、ぼくは誰にとっても重要な人間じゃないってことだ。

レイチェル：あの子、剃刀ってものを知らないの？
ハンナ：あれ何！　ちっちゃな動物みたいじゃない？
ミック：『地獄の黙示録』かよ。
ジャック：目が腐りそうだ。
ジョナ：うちの親父の古い『プレイボーイ』みたいだ。
ゲイブリエル：アソコを剃ってない女は願い下げだな。

アダム：選べる立場にない奴が言うなよ。

ウィット先生は皆に「いい加減、静かに」と言った。先生はゲイブがネズミを使ってやったひどいいたずらを処理した手際で、多大な尊敬を勝ち得ていた。ケイトがこっそり教室に戻ってきた時には、全員がものすごく静かだった。

テーガンはケイトの前にメモを一枚置くと、静かに言った。「オルガを指名して。やってもらったら、イルカみたいにツルツルになるから」

テーガンはささやき声で嫌がらせを言う名人だ。聞き取れたはずはないのに、新しい先生は彼女をじろりと見おろした。目の中で炎が燃えているみたいだった。ほんの一瞬、テーガンは怯えたように見えた。いい気味だ。ぼくには言いたいことがあった。お前たちは最低のチンカスどもだ、と「十人組」に言いたかった。ケイトにすまないと言いたかった。いつものように、ぼくは何も言わなかった。
　ぼくはウィット先生のへんてこな匿名の宿題を完成させた。

あなたの大好きなものは何ですか？
　ブライト・アイズ、『レザボア・ドッグス』、ピーナッツバターとジャムのサンドイッチ、ＣＳ
大嫌いなものは何ですか？
　暗室
本の中の世界で生きられるとしたら、どの本を選びますか？
　『ティンカー、テイラー、ソルジャー、スパイ』
あなたの望むものは何ですか？
　本当の人生が始まってほしい
あなたは誰ですか？
　臆病者

ジェマ・ラッソ

　ストーンブリッジには「ブラザー／シスター」プログラムがある。三年生の時に一年生を一人ずつ割り当てられて、卒業までその生徒の面倒をみる。自分が上級生になった時にこの伝統を悪用して、妹・弟に私用をやらせたり、召使いのように使ったり、弟・妹をまるで無視する者もいる。それから、この仕組みに真面目に取り組もうとする者も少しはいる、と思う。
　わたしは二年生でストーンブリッジに編入したが、それでも「姉」を割り当てられた。彼女はその時三年生だった。スティンソン校長はわたしに友達を作らせたかったのだろう。それともせめて知りあいを増やすきっかけを作ってくれたのだと思う。クリスティーンは三年生の「十人組」で、わたしの知るかぎりストーンブリッジの女王への道を歩んでいた。スティンソン校長は彼女のこの立ち位置を知っていたのか、それとも、彼女がよく順応していると思っただけなのかはわからない。最初クリスティーンはわたしを無視した。その後、わたしが「十人組」のメンバーになりそうだと気づいて、わたしの存在を意識するようになった。最後に自分の立場がまずくなっていった時、警告しようとしてくれた。

わたしに「ドルシネア・コンテスト」のことを最初に教えてくれたのはクリスティーンだ。『ドン・キホーテ』に出てくるきれいな女性にちなんだネーミング。この本がストーンブリッジの課題図書リストに載ったことがないとは奇妙なことだ。クリスティーンによれば、男子が女子のフェラチオのテクニックを採点して、年度末に優勝者を発表するとか。ただ女子は自分たちが競争していることを知らないし、勝者は勝ったことを知らされない。少なくともずっとそういうやり方だった。ところが男子が次第に不注意になってきた。

なかでもだらしなかったのがキングスレー・ショウ、クリスティーンが本気でつきあっていたボーイフレンドだった。ある晩二人がイチャイチャした後で、彼はシャワーを浴びにいった。ノート型パソコンが開けっ放しで、クリスティーンの採点表が丸見えだった。最初、クリスティーンは自分が見ているものが何かわからなかった。数字がたくさん——そのほとんどが六。コメント欄を見たクリスティーンはひどいショックに打ちのめされた。

クリスティーンは逆上のあまり、学校全体で何が起こっているか見えなかった。採点システムで気が動転してしまったのだ。

クリスティーンが言うには「アソコを口に含んだら自動的に一〇点満点中八点。その後、歯を立てたら減点」

クリスティーンはキングスレーを問い詰めた。彼は自分が点をつけたことを認めた。そればかりかコンテストのこともすっかり白状し、おまけに、いついかなる時にも向上の余地がある、というネタで冗談を言いさえした。クリスティーンはあんたも友達も全員破滅させてやると言った。でも自分が何を相手に闘っているのかがわかっていなかった。編集人たちに立ち向かったが、味方も後方支援もなかった。編集人たちはクリスティーンの人格を徹底的に攻撃して応戦した。友達のえげつない噂を広める、女王気取りのビッチ。クリスティーンは皆から無視され、侮辱されて、最終年度の半ばで公立学校へ転校していった。わたしはクリスティーンの失敗から学んだ。

わたしの下級生「シスター」はリニー・マシューズだ。リニーは一五歳、一匹狼タイプで、髪型は前髪を切りそろえたショート・ボブ。編集人が真っ先に目をつけるタイプだ。とんでもなく頭がよく、意志が強く、やりたくないことをやるように人を説得できる並外れた才能の持ち主。わたしはリニーに、暗室を避けるために必要なことをすべて教えた。暗室について話題にしないことも含めてだ。リニーにやってもらうのは、計画のためのいくつかのちょっとした作業だけだ。この学校であと三年も過ごさなければならないのだ。リニーの背中に射的の的を描くような真似をするつもりはない。

リニーは昼休みの後、ラテン語個別学習をとっていた。ミルトン演習室で彼女を見つけた。彼女はアイマスクをつけて長机に寝そべっていた。ストーンブリッジは正規のラテン語の授業を開講していないから、リニーは好きなことを何でも、どこででも、その授業時間の間にやることができる、というわけ。

「起きて」

「起きてるわよ」彼女はパッと体を起こして、アイマスクをはずした。「何かあったの（クィド・ノビ）？」

リニーは勉強しているふりをするために、時々ラテン語を撒き散らしてくる。

「ケイト・ブッシュに会わなくちゃ」

ケイトの写真は、いたずらの域をはるかに超えている。ケイトを味方にする必要がある。

「ひどいよね」リニーは「気の毒に」と「ホッとした」という両方の気持ちが出た顔をして、首を横に振った。

自分以外の誰かが恥かしい思いをした時に、ほんのちょっぴり感じる興奮。「やれやれ、自分じゃなくてよかった」と思わないでいるのは無理だ。

「彼女を見かけたらメールちょうだい。誰にも知られずに二人きりで話す必要があるの」

リニーにケイトを見張るように頼んだら、ケイトが一人になるまで後を付け回すのはわかっていた。リニーには自分のやり方でやらせるより、指示を出したほうがいい。

リニーは時計を見て、バックパックを背負った。

「それだけ？」

「それだけよ」わたしは言った。

リニーとの関係が事務的なものであることに不安を感じないわけではない。とはいえ、わたしの人間関係はたいていがそんなものだ。

ミルトン演習室を出て本部の建物に戻り、ウィットのメールボックスに課題を提出する。質問と答えの表を出したとたん、疑問がわいてきた。無記名であろうと「自分が誰か」を書くべきではなかったかも。それにわたしはたった一つではなく、いろいろなものでもあるわけだし。

わたしは孤児。わたしは元マリファナ密売人。わたしは独立自営業者。わたしは二重スパイ。わたしは多数派に逆らう者。わたしは作動中の時限爆弾。わたしは敵。見晴らしのよい場所から、密かに同類を探している。わたしは、暗室をひざまずかせようとしている復讐の実行役。

ウィット先生

昼休みにダール食堂で野菜シチューみたいなものをテイクアウトし、トールキン図書館までぶらぶら歩いた。図書館員がデスクで分厚い本に顔を近づけ、本の両脇を腕で守る姿勢で調べものをしていた。食事中の受刑者と同じポーズだ。邪魔をする理由はなかったから、学習用の木の長机にシチューを置いて本棚の間を歩いた。

リノリウムの床を図書館員のパンプスのかかとがコツコツ鳴らす音。それから彼女の姿が目に入った。本棚の反対側からわたしをじっと見ていた。

「図書館に食べ物の持ち込みは禁止です」

「すみません」わたしは参考図書の棚の、本と本の隙間から顔を覗かせた。

図書館員は観察するような視線で顔を近づけた。

「あなた、学生じゃないわね」

「違います」

「レン・ワイルドの娘さん」

「たいていはアレックスで通ってます」

彼女はわたしが見ている棚のほうへ回ってきて、シチューを手渡した。

「クローディーン・シェファード。図書館員よ」彼女は完璧にマニキュアをほどこした手でわたしと握手した。

「クロードと呼んで」

「はじめまして、クロード」

わたしにとって、図書館員は人類の中で一段高いところにいる人たちだ。理由は明らか。本を愛し、しかもあたりにいる誰かれとなく本を読ませようとする博愛主義的な欲望の持ち主だから。実際に会う前から、クロード・シェファード主任図書館員（とはいえ唯一の図書館員）のことを好きになりそうだった。実際に会ってみると本当に好きになった。映画の中の図書館員そのものの、ツイードのタイトスカートとフリルのついた空色のブラウス、そして彼女の領土である書棚の間を歩き回る時に図書館中にこだまするコツコツという音を立てる七センチ・ヒールのパンプス。汗一つかかず世界を支配することができそうだ。それなのに、鋭くとがった外見の内側のどこかに温かみがあった。

「教員の場合は規則を曲げるけれど、ツナは厳禁。絶対に」

「それはもちろん」

「何を探しているの、アレックス？」

「本を」

彼女は微笑んだ。「それなら、ここはまさしくぴったりの場所ね。どんな本？」

「何か創作の授業の課題に使えそうな本」

「あなた、創作の先生じゃないの？」

「それは議論の余地あり。だから本が必要なの」

クロードはたちどころに二冊のペーパーバックを差し出した。一冊は『とにかく書きはじめよう』。もう一冊は『執筆中！』というタイトルだった。

「これしかないけれど」

「ありがとう。図書館カードか何か、必要？」

「いいえ。あなたのいるところはわかってるから」

「それじゃあ、また」わたしは言って、シチューを持っていないほうの腕で本を抱えた。

「あなた、飲める？」

「飲むほうよ」

「よかった。ヴァーモント州ローランドにはいいものが一つあるの。バーよ。気に入ると思う。学生を避けられる場所は他にないし。「ヘミングウェイ」という名前。理由は聞かないで。金曜日の午後、早割の時間にいつも何人かで集まるの」

「行けたらね」

「行けたら、ですって？　金曜日のローランド、おまけにあなたはあのぼろ小屋に住んでいるんでしょう？　バーで会いましょうね」クロードは言った。

　その日最後の授業は、「上級創作ワークショップ」とやら。名簿を見ると一時間目と同じだ。グレッグの居場所を突き止めて、説明を求めた。一九人の生徒は大きなプロジェクトに取り組むことになっている——映画の台本、長編小説、一人芝居……何でもやりたいことを。

　一日に二回同じ顔触れの生徒を教えるのは、惨憺たる結果になるか、たいした問題ではないのか、まだわからなかった。でもグレッグからそのニュースを聞いた時には、がっかりした態度を少し大げさに強調しておいた。

「後任を探しはじめたほうがいいかもね」わたしは言った。

　午後、生徒たちが教室に入ってくると、午前中に決めた場所をまるで無視した。わたしは首を横に振り、「ダメ」と言って、生徒たちが座り直すのを待った。最前列の窓側には誰も座らなかった。

「皆さんとかなり長い間一緒に過ごすことになるみたい」

「ぼく個人としては、歓迎ですね」ネクタイをアスコット・タイのように結んでいるミック・デヴリンが言った。

　講義の準備はなかったし、もうQ＆Aはやってしまっていたから、例の作文の本を一冊取り上げてしばらくパラパラめくってから課題を出した。

「五〇〇語以下で、自分がどうやって誕生したかという物語を書きなさい。今度は必ず自分の名前を書くこと」

「誕生の物語？」とハンナ・リクソール（身体が柔軟、ブロンド）。

「スーパーマン誕生、みたいな？」とアダム・ウェストレイク（蝶ネクタイとえくぼ）。

「そのとおり」とわたし。

カール・ブルーム（鼻が赤い、アレルギー？）は五〇〇語では書ききれないと言い張った。わたしは書ききれると言い張った。ゲイブリエル・スミスの手がぱっと挙がった。わたしは彼のほうにうなずいて、話す許可を与えた。

「五〇〇語以下、ということは五語とか一〇語でもいいってことですよね？」

「そう。ただそれは最低の誕生物語になるでしょうけど。四〇〇語から五〇〇語、ということにしましょうか。締め切りは月曜日。もう一つ」わたしは自分の原始的な住み処を思い出して付け加えた。「宿題は全部プリントアウトして、事務室のわたしのメールボックスに入れること。わたしは自宅からブラックボードにアクセスできないから。それ以前にインターネットにもアクセスできないので」

わたしは教卓の後ろに腰かけ、生徒たちは不満のうめき声を上げた。携帯がまた振動した。

ジョナ・ワグマン：先生はレン・ワイルドの娘さんですか？

わたしが自分の誕生物語を書くとしたら、両親のストーリーが自分のことより多くなるだろう。それは考えてみれば、何だか情けないことだ。

父のペンネームはレン・ワイルド。四〇年前、パパは本名のレオナード・ウィット名義での最初の、そして最後の本を出版した。『闇よ、身を慎め』は批評家から高く評価されたが、売れ行きはぱっとしなかった。パパは新米作家としての苦労を重ね、収入の不足を教職と、時々雑誌から依頼される記事で補っていた。

『闇よ、身を慎め』は出版の五年後に有名な映画監督によって映画化され、パパの人気は急上昇した。小説の登場人物たちは恋愛をしたり別れたりして、殺人のことばかり考えているけれど実際には誰も殺さない。映画はパパの登場人物を使って、そこにプロットを付け加えた。そうしてできたテンポのよいスリラー映画は興行的に大成功し、その結果、パパの『闇よ、身を慎め』は大ベストセラーとなった。パパは新しく手に入れた富と名声をありがたく思っていたけれど、成功は自分の作品そのものとは関係ないことを承知して、分をわきまえていた。このパターンは呪いのように、パパの人生にずっとつきまとった。

父が母、ナスチャ・ラザロフに出会ったのは、母がカナダに亡命してから数週間後のことで、父の本はまだベストセラーのリストにかろうじてしがみついていた。ナスチャはブルガリアのフェンシング・チームの補欠だった。モントリオール・オリンピックの開会式の翌日、母は亡命した。

母がもっとも情熱を注ぎこんだのは東欧から脱出することで、フェンシングではなかった。フェンシングを選んだのは、オリンピック選手に選ばれる可能性がもっとも高かったからで、それが計画の第一段階だった。父はある雑誌のために、彼女にインタビューをした。インタビューの出だしはこんな感じ――

レオナード・ウィット　フェンシングはお好きですか？

ナスチャ・ラザロフ　それほどでも。

二人はその一年後に結婚した。さらに数年後、次のオリンピック開催の年にわたしが生まれた。母は二度と試合に出なかった。ただ時々、家計が苦しくなると、高価な個人レッスンをやった。両親が仲がよかった時の記憶はない。そんな時があったかどうかさえ、わからない。母はいつも、お父さんの一番の魅力はアメリカ人だということよ、と言っていた。もっと問い詰めると、笑顔と青い目のことも話した。でも母にとっては、結婚とは安全な場所の確保にすぎなかった。どんな新婚時代だったかと尋ねると、父はまず、お母さんはとても美しかったと言い、それから母の突飛な弱点に言及することで、その褒め言葉を相殺した。左利きでフェンシングをしたせいで筋肉が左右不均等で、左の乳房が右の乳房より少なくとも一サイズは小さいし、高い位置にある。

「レン・ワイルド」時代以前のわたしの記憶は、寝る前に、父が執筆中の自作を読んで聞かせてくれたことだ。父は声を出して読みながら文章を推敲して、七歳のわたしにどう思うかと尋ねた。父は少しずつしか読まなかったので、物語の全体を把握するのは無理だった。オフィスビルの中をうろついて重役の私物の置き場所を変える掃除人の話だったと思う。

後になって、パパがその小説に一〇年以上かけていたことを知った。六〇〇ページを超えているのにまだ終わりが見えなかった。ある夜、プロットに大きな穴がある（プロットのない小説にしてはあっぱれな偉業）ことに気づいたパパが記憶をなくすまで飲んだくれた後、ママは書斎に忍び込んで、書きかけの電子データとプリントアウトを全部盗み出した。それには『メインストリートの襲撃者』という仮タイトルがついていた。その代わりに、ママは序盤・中盤・結末に分かれたオーソドックスな犯罪小説の梗概一ページを残していった。

ママは書きかけの小説だけではなく、パパが大事にしているロレックスも持ち去った。『闇よ、身を慎め』が一億ドルの興行収入を記録した時に映画会社からプレゼントされたものだ。

パパは三か月以内に小説を書き上げるか、原稿とロレックスの両方を永遠に失うかだ。

両親は狡猾に、そしてしょっちゅう闘った。一九九二年の大削除作戦の後の数々の闘いは、決して消えない子ども時代の思い出だ。空襲、手榴弾、規律が行き届いて展開の訓練をほどこされた陸上部隊の攻撃ではない。それは冷戦だった。家の中はいつになく静まり返った。二人はお互いを陥れ、相手をスパイした。情報を集めるために、友人を巻き込んで騙しあいをした。二人とも、わたしが二重スパイだと思っていた。わたし自身は自分を、最終的な被害を最小限にとどめ、可能なかぎりダメージを修復するために中立の立場を利用する独立したスパイとみなしていた。

二人の仲が徹底的に冷え切っているさなかに、父は母の梗概に従って犯罪小説を書いた。『壊れた口づけ』と彼はそれを名づけた。削除の夜からほぼ三か月後ぴったりのタイミングで、父は原稿を母のドアの前に置いた。母はそれを一気に読み終えた。次の朝、母は書き込みをした原稿を父に戻した。

「完璧。わたしが書き込みをしたところ以外はね」母は言った。

レオナード・ウィットは今、レン・ワイルド名義で犯罪小説を書くことに専念している。どんなに努力しても、長編第一作目の偶然の成功をもう一度手にすることはできない。でもレン・ワイルドは締め切りをひどく破らないでさえいれば、そこそこの収入を得て暮らしていける。

　わたしの両親。二人は一〇年前、わたしが大学に入学してちょうど一か月後に離婚した。いまさら驚くことではなかった。二人が二〇年以上も夫婦だったことのほうが、レン・ワイルド全作品の中の何よりも大きな謎だった。

ノーマン・クロウリー

ぼくの誕生物語

ノーマン・クロウリー作

一年生の時のぼくは透明人間だった。友人が一人いた。イフレイム・ウィーナー。それで充分だった。毎月~~編集人~~四年生が学校でパーティを開く。主催者と主な参加者は、上級カーストの男子だ。でも入場料を払えば誰でも飲むのを許された。実のところ、~~サイナー~~ばかげた設定の入場料だった。一年生は二〇ドル、二年生は一五ドル、三年生は一〇ドル、四年生は五ドル。そして~~編集人~~主催者はタダ。毎週金曜日に自室で『ウォークラフト』をやっていたイフレイムとぼくは、パーティをちょいと揺さぶってやることにした。

　その頃の~~編集長~~人気者でパーティを仕切っていたのはタイ・ギベンズだった。ありえないほど白人でリッチで何でも持っていてバカだった。ウォレンにいたが成績が下方向に傑出しすぎて追い出された——タイ自身のジョークだ。たぶんタイのジョークの中で、唯一笑える奴だ。イフレイムとぼくは入場料を払って、ピッチャーの近くをうろついて、飲み物をもらう順番を待った。

払っただけの元をとりたかった。ビールを二杯以上続けて飲んだのはあれが初めてだ。完全に酔っぱらった。

タイと取り巻きはトレイシー・シュリットという四年生のことを笑いものにしていた。ぼくは彼女をよく見かけていた。大きなボタンのついたヴィンテージの花柄ワンピースを着て、回りにダイヤがついた角縁の眼鏡をかけていた。MITの工学部から奨学金をもらうことになっていた。それに四年次のプロジェクトで、すごくクールなロボットを制作した。コーヒーやお茶をいれて「おはようございます」と言えて、こちらのスケジュールを把握してくれるんだ。ぼくは彼女がコリンズ先生の授業でプロジェクトの発表をした時に見学した。彼女はぼくが見ていない映画に出てくる執事からとった「ビターマン」という名前をそのロボットにつけていた。トレイシーは「スラム街ボランティア」の一人だった。

タイの友人のブレイクは、トレイシーのことをトレイシー・糞(シット)と呼んだ。それから誰か他の奴が、「割れ目(スリット)」と言って、付け加えた。「あいつ、~~コリンズ~~あの男と~~やってる~~関係があるらしいぜ」

「あの先公は手に入るモノならなんでもありがたく頂戴するんだろ。だけど俺なら、あの牝牛が地球最後の女だったとしても絶対にお断りだね」とタイ。

それから連中が目隠しすればいいとか何とかバカなことを言ったと思うと、タイが割って入った。「わがニーチェから引用すると、『脳みそのある女には、たいてい~~プッシー~~ご面相に問題あり』だとさ」

「あんたにどうやってそんなことがわかるんだ？」とぼくは言った。

イフレイムはぼくの脇腹を肘で突ついた。連中は動物みたいに吠えていた。連中がぼくの言ったことを聞き取れただけでもびっくりだ。

「何だってえ」とタイの取り巻きの一人が言った。グループが静まり返った。

ぼくはビールで気が大きくなり、その後どうなるかまるでわかっていなくて、無鉄砲になっていた。言ったことを繰り返してから付け加えた。「脳みそのある女なら、あんたにファック見向きもしないだろ」

「おいおい」誰かが警告するように言うのが聞こえた。

連中が孔雀のように胸を膨らませているのが見えたけれど、ぼくはそこで口を閉じなかった。アドレナリンの感覚。麻薬をやったことはないけど、ああいう感じなんだろう。ぼくは何週間ぶりに最高の気分だった。

「ニーチェを引用するのは肥溜め野郎ウスノロのバカだけさ。しかもニーチェを間違って引用するのは、スーパー・肥溜め野郎ウスノロバカだよな」

その時、ぼくはまだ一四歳だった。その後起こったことを考えればそれは間違いだった。でもあの間違いを、もう一度できたらと思う。ぼくは人生を全部あわせたよりもあの数分間のほうが勇敢だった。

ウィット先生

水曜日の朝早く目が覚めると、小屋がクーラーボックスみたいになっていた。わたしは暖房の温度設定を上げ、やかんに水を入れ、電気ホットプレートのスイッチを入れた。それからベッドサイドの照明のスイッチを入れたところで、停電に気づいた。おざなりにヒューズを探した。それからダッフルバッグに着替えとシャワー用品を詰め込んで、停電した小屋を後にした。

森を抜けて歩きながら、携帯を朝日の方角に向けてかざし、電波を受信できないか試した。アンテナが二本立ったところで短縮ダイヤルの二番目を選んでプッシュした。相手が電源を切っているのはわかっていたから メッセージを残した。

「ちょっと最低親父。わたしの人生を勝手に決めるのはいい加減にやめてくれる？　わたしのことに首を突っ込まないでよ、パパ。かけ直さなくていい」

エンジンの唸る音が聞こえたと思うと、ＡＴＶが森を突っ切ってきた。運転しているのは老人。白髪交じりのふさふさした茶色い髪が羽のように後ろになびいている。そこにいるのはわたしたち二人だけだったから、わたしは手を振って挨拶した。男はブレーキをかけ、スロットルを停止させた。髪がひたいの上に平らにかぶさった。

「おはよう。新入りの先生だね」

「そう。アレックスよ」

「ルパートだ。どうぞよろしく。このあたりの施設の管理をしてる」

「施設ってたとえば何？」

「どれぐらい時間がある？」と彼は言って、時計を見るしぐさをしてみせた。

「小屋が停電になって」

「ああ、やっぱり。そうなると思ってた」彼はため息をついた。

彼が修理すると言うと思った。待っていたが、言ってくれなかった。

それからルパートは首を横に振りはじめた。「わからない、わからないんだよ、アレックス」

「わたしだってわからないわよ」わたしは言った。それはわたしの言ったことの中でとりわけ正しい発言だった。

ルパートはわたしが何か深遠なことを言ったかのようにうなずき、いきなりエンジンをかけて走り去った。

小屋住まいのまずい点が目につきはじめていた。小屋に住むと決めた時に、そのすべてを知っていたはずなのだが、実際に携帯が通じず、インターネットもつながらず、テレビのローカル局までが不可能なオプションとなると、切実な実感が押し寄せてくる。サン・ラー瞑想センターで三週間過ごしている間、そういうものは何もなかった。わたしにはもう不必要だ、と自分を騙していた。他人をこの半分でもうまく騙せたらどんなにいいだろう。

ストーカー小道をたどって本部を回り、ベケット体育館に向かった。階段を駆け下りて「いかなる場合も学生立ち入り禁止」と書かれたドアから入った。ワイルド浴場は、最初に見た時のようには蠱惑的でなかった。公共浴場だということも、利用するために森の中を四〇〇メートル以上歩くということもよく考えていなかったのだ。

ワイルドにあるすべてが、湯気の向こうに隠れていた。ユーカリの香りがする霧の塊の中にいるようだった。もやの向こうにぴかぴかのロッカーの迷路がちらりと見えた。向かい側の壁に、洗面台が並んでいた。中央の仕切り壁にはオスカー・ワイルドその人のタイル肖像画をバックに、派手で装飾的な噴水があった。蒸気が提供してくれるガーゼみたいな靄には、ワイルドその人だって満足しただろう。

自分一人だけだとは思ったが、確信はなかった。ダッフルバッグを床に置くと、シャワー室の横の金属ラックから分厚いコットンのタオルを取った。どこで服を脱いだらいいか考えていると、男が一人現れた——霧の中から。腰のまわりにタオルを巻いていた。ほっそりして日に焼け、まるでビーフジャーキーみたいだ。大学時代以来、男女兼用のバスルームを使ったことはなかった。同僚同士でどうふるまうかのマナーは大学生とは違うと思ったが、そのエチケットについては見当がつかなかった。

「新しい先生だよね?」彼は言って、タオルを下に落とした。

これほどくっきりした日焼けの線を見たのは初めてだ。彼がいつもは太ももの半ばから腰まで隠しているということがわかって、ある意味ちょっと安心した。

「そう。それがわたし」

「ぼくはキース」

「どうも、わたしはアレックスよ」わたしは目をそらした。洗面所の鏡に、彼の裸の尻が映っていた。わたしはオスカー・ワイルドの肖像に意識を集中させた。

「あの小屋はどうだい?」

「ええっと――わからないわ」

彼があっけらかんと全裸でいることに驚きすぎて、頭が働かなかった。

「あそこのヒーターはまあまあちゃんと動いているかな?」

「いいえ」

「ああ」

「どうしてかわかる?」

「発電機の燃料がなくなったんだろう」

「発電機?」

「発電機というほど大げさなものじゃないけれど。千ワットぐらいしかない。あの小屋は、管理人が暖をとったり、機具を充電したりするためのものだった。住居用には作られていない」

「以前、誰かが住んでいたみたいなんだけど」

「ひょっとすると。夏ならね」

次にうっかり目をやってしまった時、キースはもうジーンズを履いていた。

「あなたはここで何をしているの?」

「ぼくはほとんどのチームスポーツのコーチをやってい

る。そういえば、フェンシングをやりたがっている子が何人かいる。手伝ってくれる気があるならだけれど。ぼくもビデオを見たり、できるだけ指導はしているけれど。でも専門じゃないから」

「わたしの専門でもないわ」

わたしはシャワー室の一つに退却した。「じゃ、またね、キース」

わたしは個室でシャワーを浴びたが、いつ誰が入ってきてもおかしくない。シャワーを急いで切り上げて、また気まずい出会いがないようにカーテンの後ろで服を着た。ワイルドから出る時には、長いハイキングをした後みたいに衣類が肌にはりついていた。

わたしは急ぎ足で、本部のアガサ・クリスティ事務室に無記名の宿題を取りにいった。湿った服が冷えて、寒くなっていた。

秘書のミズ・ピンスキーは受付のデスクに一人で座って、菓子パンをちびちび食べていた。メールボックスから分厚いレポートの束を出していると、後ろでどしんどしんと音がした。

甲高い声が言った。「あなたなの？」

この質問は嫌いだ。

振り向くと、ほんの三〇センチ離れたところに女が一人立っていた。昔パパとよく見た連続ドラマの魔女みたいに、どこからかポンと飛び出してきたようだった。わたしの腕から何枚かのレポートがすり抜けて、床に舞い落ちた。

「アレックス・ウィットね。それ以外ありえないわよね？」

彼女は漂い落ちたページを一枚拾いながら言った。

わたしはガイダンス・カウンセラーで心理学担当のマーサ・プリム。あなたのことはすっかり聞いてる、やっと知りあいになれてすごくワクワクしてるわ、と彼女は言った。
マーサ・プリムは歩くストロボ・ライトみたいだった。強烈にまぶしすぎる。ハイライトが入ったロングヘアは、完璧にカールしてあった。明るい黄緑色の巻きスカート型ワンピースのウエストには光るゴールドの紐ベルト。ブレスレットがじゃらじゃら、化繊の衣擦れがサラサラ。香水は鼻孔を侵略してキャンプを設営せんばかり。足元さえ——デイジーの飾りがついた青い厚底サンダル——明るさをごり押ししてくる。

「まあ大変、こんなにいっぱいレポートが。それに学期が始まったばっかりで。生徒たちは昨日、この宿題を出すのに一日ぞろぞろ並んでいたのよ。他の生徒のレポートを覗き見しようとあさりはじめた生徒も何人かいたけど。わたしがお引き取り願ったわ。いちおうお知らせしておくけど。それ、わたしが拾ってあげる」彼女はしゃがんで、バラバラに落ちた何ページかを拾い上げた。

「教員はほとんどブラックボードを使って宿題を提出させるの。ブラックボードの使い方講習を受けたければ、わたしに連絡して。設定しますから」

「大丈夫。前いたところで使っていたのも似たような——」

プリムは手の中の、拾ったレポートを見た。

「あら、これ、ダメじゃないの、そもそも——」といって、次のページを覗き見る。

「これも書いてない——」

プリムの笑顔は、名前があるはずなのにない場所を通り過ぎてレポートの本文へ視線を移動させるにつれて消えていった。彼女は咳ばらいをすると、わたしの抱えている束の上にそのレポートを置いた。わたしは見おろして最初の何行かを読んだ。

あなたの大好きなものは何ですか？

オマンコ

濡れてないオマンコとか？

大嫌いなものは何ですか？

カーマ・スートラ

本の中の世界で生きられるとしたら、どの本を選びますか？

「あら、まあ」と彼女はレポートを戻しながら言った。

「ごめんなさい」わたしはきまり悪くなった。

たしかにひどい、それは認める。こんなクソレポートを朝から読みたい者なんかいない。わたしは弁解しようとした。

「これは言葉の連想みたいな宿題なの。検閲はしないようにしているから」

「そうね、わたしは創作の授業のことは何も知らないから、意見も言えないわ」

「それじゃあまた」

「そうね」プリムは言って、すばやくくるりと向きを変えて、厚底サンダルを蹄のように響かせながら大理石の床を歩いて去った。

授業中、生徒たちが誕生物語を書いているふりをしつつ携帯でメッセージを交換している間に、わたしはQ&Aを男女に分類してみた。いくつかの目印は、わかりやすい。たとえば、「嫌いなもの」の答えが体の部分だったら（腹筋と大胸筋以外だが）、すぐさま「女子」行きだ。もし「嫌い」な質問の答えが人名だったら、性別は特定できない。将来もめごとのたねになりそうというだけ。その人物がヒットラー、スターリン、ポルポト、クリス・ブラウン、キッド・ロックというのでないかぎり。

たぶん男子

あなたの大好きなものは何ですか？
　暗室
大嫌いなものは何ですか？
　ブスとマヌケな奴
本の中の世界で生きられるとしたら、どの本を選びますか？
　『ドリアン・グレイの肖像』
あなたの望むものは何ですか？
　絶対権力
あなたは誰ですか？
　皆のボス
たぶん女子
あなたの大好きなものは何ですか？
　ニーコ・ケース、バナナブレッド、パインソル台所洗剤の匂い

大嫌いなものは何ですか？
　オーラル・セックス、編集人、暗室の管理人
本の中の世界で生きられるとしたら、どの本を選びますか？
　『ドラゴン・タトゥーの女』
あなたの望むものは何ですか？
　着ると姿が見えなくなるマント、青酸カリ
あなたは誰ですか？
　皆が考えているような人物ではない人
たぶん男子？
あなたの大好きなものは何ですか？
　ブライト・アイズ、『レザボア・ドッグス』、ピーナッツバターとジャムのサンドイッチ、CS
大嫌いなものは何ですか？
　暗室

本の中の世界で生きられるとしたら、どの本を選びますか？

『ティンカー、テイラー、ソルジャー、スパイ』

あなたの望むものは何ですか？

本当の人生が始まってほしい

あなたは誰ですか？

臆病者

わたしは「暗室」についてメモをとった。それが何であれ、生徒たちは「大好き」か「大嫌い」のどちらかだった。分析の材料として、Q＆Aは役に立つ情報を提供してくれる。でも嘘発見器でもレントゲンでもない。わたしが一番尋ねたい問いの答えは得られない。

――あなたにはどんなことができるのか？

ジェマ・ラッソ

あれは去年から始まった。男子寮のシャワーが熱すぎたり、冷たすぎたりするようになった。証拠はなかったが、男子は皆、誰かがわざとやったと思っていた。今学期早々シャワー犯が攻撃を再開して、わたしはワクワクしていた。男子の一日は間違いなく台無し、わたしの一日は最高。自分で考えついていたらよかった。

シャワー事件の後遺症は見ればわかる。背中を丸め、髪が乱れ、漠然とした不愉快そうな雰囲気を漂わせる。ジョナだけは違った。ジョナは、サプライズで水温が変わったせいで自分に気合が入ったと言い張った。

授業中、男子たちは不機嫌そうにひと塊になって、今朝はひどかったとか何とかぶつくさ言っていた。わたしの未知の同志、あるいは同志たちが攻撃を仕掛けているのだろうか。教室を眺め回して、候補者を物色してみる。ケイト・ブッシュは当然のことながら候補ナンバー・ワンだが、あれだけ辱められた直後にそんな無謀なことをするだろうか。

一時間目の学生がそろったが、ウィットはわたしたちに関心を払わなかった。教卓で、わたしたちのQ&Aを調べて、いくつかの束に分類していた。片手で頭を支え、そうしないとばったり倒れるとでも言わんばかりな様子。数学が苦手なのに二次方程式の解き方を図に描けと言われた人みたいに見えた。

ウィット先生は、カール・ブルームが鼻をかんでへぼなトランペットのような音を立てるまで、頭を上げなかった。かわいそうに、カールはいろんなアレルギーのデパートだ。引き金を引いたら最後だ。

ウィットは、誕生物語の続きを書きなさい、と全員に指示した。

サンドラ・ポロンスキーがすぐに手を挙げた。「今五五〇語書いたんですけれど、まだ七歳までしか書けてません。しかも幼稚園の初日のところを削ってそれなんです」

「誕生物語を書いてもらいたいの。回顧録じゃなくて……ええっと、サンドラ」ウィットは座席表を見て言った。「自分が誰だか考えて。そしてどうやって自分が今の自分になったかを、考えて。自分らしさのきっかけになった出来事が、何かありますか?」

「誕生物語がなかったらどうしたらいいんですか?」とサンドラ。

「誰にも、最低一つの誕生物語があるはずよ」

「わたしの誕生物語が、まだ起こっていないとしたら?」

「これは創作クラスでしょ」ウィットはひそひそ声になった。「全部本当のことを書かなくてもいいのよ」

「てことは、誕生物語はまるきり、くだらないクズ話でもいいってこと？」ゲイブが尋ねた。

「そりゃ自分に厳しすぎだよ。お前の人生全部がそんなにくだらないはずないよ」とデヴリン。

「お前の母ちゃんと過ごしたあの忘れられない夜以外は、くだらない人生だったさ」とゲイブ。

クラスのほぼ全員が爆笑した。「俺はお前の母ちゃんとヤッた」がゲイブの一つ覚えのネタじゃなければ、面白いジョークだったかもしれない。去年わたしはモーの店で『バカにも使えるジョーク入門』という本が二ドルで売っているのを見つけた。わたしはゲイブの郵便受けにそれを入れて、彼のネタの質がアップするのではないかと期待した。永遠に無駄になったあの二ドル。

よろしい、とウィットは言った。

たった一言でウィットが教室を静かにさせられる手際は、たいしたものだった。ウィットのことを怖がっている生徒もいると思う。特に男子。ゲイブは怯えた犬みたいに、ウィット先生の目を見ることすらできなかった。あのネズミの死骸のブーメラン効果が、ゲイブにはかなりこたえていた。

校内放送

おはよう、ストーンの生徒諸君。こちらウェインライト、二〇〇九年、九月一一日、金曜日だ。

ニュースをお伝えしよう。我らが配管工のレスターが、ディケンズ寮の給湯器を修理してくれた。今朝がた、凍るような水を浴びた男子の諸君、申し訳ない。その他の件。グレープ味のチューインガム半パックを落とした人、取りに来るように。今日のランチはハンガリーふうグヤーシュ・シチューか、ヴェジタリアンのパッタイ。

今日は一日、好天。過ごしやすい二二度、夜にはきりっと一五度ぐらいになる見込みだ。これは摂氏。華氏なら我々皆死んでしまう。我々の使用する単位をすべて統一してはどうかと議論がなされた時代もあったが、そうはならず……え、何？　了解。今日のニュース。放送部の第一回目の会合が、ミルトン演習室で行われます。土曜日、五時四五分。繰り返すが、朝の五時四五分だ。遅刻厳禁。（レコード針の音、沈黙、それから音楽）今朝の一曲。危険に満ちたこの世界への門出に、チャールズ・ミンガスをお届けしよう。

ウィット先生

「ウェインライトって誰？」わたしは生徒たちに尋ねた。「先生、それとも事務の誰か？」

「ウェインライトは誰でないか？　それが問題だ」とデヴリン。

「いいえ、それは問題じゃない。真面目な話、この人いったい誰なの？」

「彼は正体を知られたくないんです」とアダム・ウェストレイク。

「わたしたちは彼の意思を尊重することにしました」とエイミー・ローガン。

「でも天気予報は信じちゃいけない、絶対に」とジョナ。

わたしの携帯が振動した。

画面を見る。アニーから電話だ。ウォレン高校で同僚だった教員で、友人でもある。アニーは今までに一度も電話してきたことはない。携帯メールは現代の通信手段史上もっともすばらしい出来事だという持論の持ち主だ。重要なことに違いないと思い、教室の外に出た。

「どうしたの、何かあった？」

「忙しいところ悪いんだけれど、知らせておいたほうがいいと思って。バーバラにストーンブリッジの誰かから昨日電話があったの。最初、その男はあなたの経歴を確認するだけだと言ったんだけれど、それからあなたの個人的なこととか、何があったのかとか質問しはじめた」

「バーバラはどう答えたの？」

「何も。そこは心配しないで」

「名前を尋ねておいてくれた？」

「もちろんよ。ちょっと待って。どこかに書いて……あ、これ。ジム・スターク。そう、ジム・スタークよ。何だか聞き覚えがある名前なんだけど」

「父の本の登場人物だからよ」


オフィスアワーの間に、アガサの部屋に立ち寄った。わたしのボックスに「メッセージがあります」というメッセージが入っていた。

「メッセージがあるそうですが」とミズ・ピンスキーに言って、そのメモをカウンターに置いた。

「キース監督が会いたいそうです」とミズ・ピンスキー。

「キース監督は、どういう用件なのでしょうか？」

「さあ、わかりません、わたしには関係ないことですから、そうでしょう？」

彼女のメッセージ伝達システムのあまりの使えなさについて、コメントする気にもなれなかった。

「どこで会えますか？」

ちょうどその時、そばかすで日に焼けた四〇代の女性が事務室に入ってきた。

「監督がどこにいるか、わたしにはわかりません」とピンスキー。

「体育館に行ってみたら」そばかすの女性が言った。

「ひょっとしたら体育館かも？」ミズ・ピンスキーが、

自分が思いついたかのように繰り返した。

まだ紹介されていないその女性はにっこりして、手を差し出した。「アレックスね。わたしはイヴリン・ルヴォビッチ。歴史、現代社会、溶接を教えています」

「溶接？」わたしは握手しながら言った。

「スティンソン校長は「金属加工技術」と呼ぶほうが好きみたいだけれど。ようこそ。また後でね。ヘミングウェイで」

それで思い出した。

「そうね、また後で」

本部棟を出て敷石の歩道を体育館へ向かった。廊下に声がこだましていた。キースのオフィスに近づいて中を覗き込む。からっぽだ。廊下の向こうから聞こえる声のほうへ行ってみた。

「玉が一個しかないなんて、どうして？　あ、り、え、な、い」

と若い女性の声。

「何と言っていいかわからないな、リニー」とキース。

「バカげてる」と言ったのは、おそらくはリニー。

「点をとられたほうが玉を拾う」とキースは一〇〇回も言ったような口調で言った。

体育館のバスケットボールのコートの真ん中に卓球台が置かれていた。『ペーパー・ムーン』のテータム・オニールに驚くほどよく似た若い娘が、ひどいしかめっつらをしてキースにボールを打った。キースは相手のレベルをまるで考えず、サーブを打ち返した。ボールはリニーの横をビューッと飛び、リニーはラケットを投げ上げた。

「もうヤダ」リニーは言った。

「お邪魔してすみません。監督がわたしに用だとミズ・ピンスキーから聞いたので」

「リニー、ぼくのオフィスにキャットフードの袋があるから持ってきて」監督は言った。

リニーは体育館からゆっくり歩いて出ようとした。

キースが「マシューズ、走れ」と声をかけた。

女子生徒はだらだらとジョギングして去った。

「キャットフード？」

「そう」

「わたしは猫を飼ってないけれど」

「小屋の近くに野良猫がいる。餌をやらないと、小屋の入り口にネズミの死骸を置きに来る」

「ネズミの死骸はまだ見ていないわ」

「ぼくが片づけている」

「どうして？」

「着任以来、ネズミの死骸はもう充分見ただろうと思ってね」

「じゃ、聞いたのね？」

「あっというまに知れ渡った。生徒たちにコワい教員認定されたみたいだよ」

リニーがキャットフードの袋を持って戻ってきて、わたしに手渡した。

「いただいとくわ。ありがとう」

「わたしはちょっと休憩してきます」リニーは再び出ていった。

「発電機はうまく動いてるかな？」

「ええ。ルパートがタンクに補充してくれたみたい」

「補充したのはぼくだよ」

「どうして？」

「電気があっても、あの小屋に住むのは無理だ。ガソリンの缶を見たかい？」

「いいえ」

「一八リットルぐらいある。天候がこのままで、君がまめに節約するタイプなら、一週間ぐらいもつはずだ。ぼくならあまり長くいる予定は――」

「とにかく、ありがとう。何かお返しにできることがあれば」

「フェンシング部を作れたら嬉しいんだけど」

「わたしはフェンシングはやらないの。その話はもうしたと思うけど」

「そう？　覚えがないな」

「それじゃあ、また」わたしは急ぎ足でその場を離れた。


本部棟に戻ると、ジョナ・ワグマンが教室の指定席に一人で座っていた。前から四列目・三番目。教卓の真ん中に、ぴかぴかの赤いリンゴが一つ。わたしはリンゴを手に取って、時計を見た。一時三〇分。実はオフィスアワーの時間だが、高校生が来ることはめったにない。わたしはその時間を昼休みの延長とみなしていた。

「ジョナ、何か相談があるの？」

ジョナは、飴玉を噛みくだいた。教室にうっすらとチェリーの匂いが漂った。

「アドバイザー教員になってもらえないかと思って」

「ここはそういうシステムなの？」

「はい」

「前のアドバイザーはどうしたの？　亡くなった？」

「まさか。フォード先生は死んでません。でもウィット先生に変えたいんです。フォード先生はもう二年ぐらいぼくのアドバイザーだったから。変化はいいことでしょ。大人はいつもそう言うし」

「わたしの授業を二つも取っていて、もっとわたしと会う時間を増やしたいの？　わたしたち会ったばかりよ、ジョナ」

「オフィスアワーに毎日来たりしないって約束します。時々だけ。それで、そのうち先生がそれも嫌だと思ったら、別のアドバイザーを探します」

「ウェインライトって誰？」

「その答えと、アドバイザーになってくれるのとを交換条件にしないでくれませんか」

「アドバイザーは何をすればいいの?」

「アドバイスを」

「見返りには何が?」

「さあ。リンゴならもっと持ってこれるけど。他の果物のほうがいいですか?」

「バナナが好き。でもそれは自分で買うから」

「じゃあぼくは何をしたらいいんですか、ウィット先生?」

「ケイトに何があったか教えて」

フォード先生

ウィットは遅れていた。

クロードはブース席でぼくの向かい側に座り、足でイライラと床を叩いていた。携帯とドアを交互に見て新入りを待ち受けている様子は、クスリを待っているクラック中毒者みたいだ。

イヴリンはその隣に腰かけて、板張りの壁に背中をもたせかけていた。駐車場の壊れたシャッターみたいに、瞼が開いたり閉まったりの間でさまよっていた。いつも疲れている。前よりも目の下のたるみがひどい。若い時の写真を見たら、けっこうイケていた。子どもが二人できて、夏の間日焼け止めもろくに塗らずに何年もたつうちに、あきらめてしまったんだろう。夫は出張ばかりで子どもの面倒をみない。出張先で他の女をファックしているらしい。ぼくは時々、昼休みにイヴリンに部屋の鍵を貸して、昼寝に使っていいよと言う。部屋に戻るとベッドが整えられ、汚れた食器が洗ってある。彼女に鍵を貸すのをやめるべきだけれど、帰った時に台所が片づいているのは本当にありがたいんだ。

プリムはいつものように体をくっつけてきた。ゲランの香水「シャリマー」で燻したみたいな匂いがぷんぷんした。ぼくはブースの一番端に座ったが、それでも彼女は何気なくかすったり、手や二の腕、足に触る口実を見つけ、凝視コンテストですかと聞きたくなるぐらい目線をあわせてきた。バーに入ってくる前にブラウスのボタンをはずしたらしく、オッパイがもろ見えだった。彼女の一番のチャームポイントだ。残念なことに、彼女は自分の一番の魅力は髪だと思っている。彼女の髪のボリュームはすごい。頭を動かすたびに、カールのひと房がぼくの首にあたる。クロードとぼくで、ストーンブリッジの教員全員について何かいいことを考えつくというゲームをやったことがある。クロードはいつもプリムで絶句した。ぼくたちはそのことで冗談を言った。いろんなことが冗談のネタに使えた頃のことだ。今では面白くなくなった。何もかも、クソ面白くない――クロードが怒っていること、プリムが切羽詰まっていること、イヴリンが疲れ果てていること。その日は、シャワーが氷みたいになったところからケチがついた。ぼくの部屋はディケンズにあるが、専用のシャワーがついている。ただ残念ながら、共有シャワーと同じちゃちな給湯器につながっている。ワイルド浴場へ行けばいいのだが、コーヒーも飲んでいないうちからキースの裸を見るのはまっぴらだ。

プリムがクロードの私生活のことを訊ねていた。クロードは南極さながらの冷たい声で、変わりないと答えた。プリムはクロードの母親のことをもっと質問した。毎週、同じループの繰り返しだ。傷だらけの野良犬を突っつくような真似をするプリム。マーサを飲み会に誘うのはやめてくれとイヴリンに言わなければ。

退屈だ。携帯で時間を確かめた。一〇分以内にウィットが来なければ帰ると決めた。エージェントから電話がないか気にしているんでしょ、とクロードがからかった。「エージェントから電話してくることなんてないわよ、絶対にね」

クロードが好きだと思うこともあるけれど、彼女は危険だ。たぶん、それが魅力的なんだ。こちらの首に指を巻きつけてくる。プレイは荒っぽくて楽しいが、やがて指の力が強くなり、息ができなくなる。

三人はウィットの噂をしはじめた。彼女を切り刻んで、それから自分たちで遊べる人形に組み立て直す。まずはウィットが小屋に住むと決めた理由の解剖からだ。クロードの説は「節約」。プリムは「判断力の欠如」。イヴリンは「賢明」。正しいかどうかよりも、発言する側の性格がよくわかる。

その後で、スキャンダルの掘り返しがはじまった。始めたのはプリムだ。でも実を言えば、ぼくたちは皆、ウィットが名門のウォレンから中堅どころのストーンブリッジに移動したことに興味しんしんだった。プリムは、ウィットが夏の間瞑想センターにいたとグレッグが言うのを立ち聞きしていた。

「仏教は持ち込まないで、と注意しておくべきね」とプリム。

イヴリンとクロードは笑った。プリムは笑いごとじゃないと言った。クロードはもっと笑った。プリムをカリカリさせたかったのだ。クロードは嫌な気分になると、手近なところで八つ当たりをする。

このところずっと、安っぽいバックグラウンド・ミュージックが鳴りっぱなしのエレベーターに閉じ込められた気分。

という文章がなぜか頭に浮かんだ。ある日ファックした後クロードが言ったことだ。いつもそんなふうに感じていると。

ウィットが来ないか、ドアのほうを見る。イヴリンはウィットがレン・ワイルドの娘だという古臭いネタを持ち出して、クロードとプリムがいがみあうのをやめさせようとした。プリムはワイルドの本を一冊読んだと言った――『影の部屋』だったかしら、何とかの部屋？　グリシャムのほうが面白いけど。プリムは時計を見て、アレックスは来ないわねと言った。イヴリンは、これから来るでしょと言った。クロードはイライラした様子で、携帯からメッセージを送った。

刺青のあるヒューという名のマスターがブースまで来て、クロードにウィスキーのお代わり、イヴリンに薬みたいな緑色の飲み物を渡した。イヴリンはいつも妙なものを注文する。ぼくはもう一度時計を見た。自分で決めたタイムリミットまであと四分だ。プリムは空になったビールのピッチャーを頭の上に持ち上げて、ヒューにテーブルまで取りに来させようとした。ヒューはわざと見ないふりをした。

ぼくはカウンターに行って、ビールをグラス二杯注文した。ウィットが来ないなら、ピッチャーもう一杯分もプリムと飲むつもりはなかった。キースがカウンターで、オリオールズとヤンキーズの試合を見ていた。ぼくたちは男同士らしくうなずきあって「よお」とあいさつした。彼はこちらのことを何か知っていると言いたげな薄笑いを浮かべていた。ぶん殴ってその薄笑いを消してやりたかった。

ぼくは、プリムの切羽詰まった気持ちが少しでもおさまればいいと思いながら、グラスを手渡した。プリムがそれを、騎士道精神の身ぶりで自分に関心がある証拠と受け止めるのはわかっていた。

話題はウィットの母親へと移っていた。クロードはナスチャ・ウィットについてのエッセイを読んだ覚えがあって、タイトルを思い出そうとした。

「あなた読んだことある、フィン？」

「ない」

なぜ否定したのか、自分でもわからない。暗記するぐらい読んだというのに。

タイトルは「創造の女神は残酷」。『隠された窓』の後、レオナード・ウィットが『ニューヨーカー』に発表したものだ。破滅的なあの手この手で執筆意欲を刺激する妻を描いた、今や伝説的なエッセイだ。

プリムはウィットの家族の話には興味を示さなかった。穴あきボールのように穴だらけになるまで、ウィットの人格を突つき回したいだけなのだ。

「何かは聞いていないんだけれど、何かがあったのは確かよ。雇用記録によれば、後期の半ばで辞めているの。一身上の都合だとか」

「スキャンダラスでない辞職の理由なんて、一〇〇ぐらいあるんじゃないかな」とぼく。

「でもフィン、彼女ったらひどいありさまじゃないの。心理的な問題でウォレンを辞職したに決まってる。皆で彼女を見張っていないと」

クロードは蛇がうずくまって威嚇する時のような、怒った小声で言った。「あなたこそ頭がヘンよ」

「もういいわよ、やめましょ。二人ともちょっと言いすぎよ」イヴリンが呂律のまわらない舌で言った。

クロードはプリムをまともに見た。「言いすぎといっても、わたしは少なくともデタラメは言ってないわよ」

ぼくは時計を見た。ウィットはタイム・リミットに二分遅れていた。ウィットと寝る可能性と、この拷問のような夜とを引き換えにする価値があるか、考えようとした。クロードはお手洗いに行くといってブースからするりと抜け出した。クロードが席をはずす前に帰るというべきだった。ぼくはタイミングを逃してその場に閉じ込められた。

イヴリンがもう一杯飲むべきか、何を飲むべきか、とおよそバカげた一人二役の討論を始めた。プリムの言いぐさをそれ以上聞かなくてもすむように、ただしゃべっているというだけだ。でも疲れていてすぐガス欠になった。プリムは嬉しそうにその空白を埋めた。クロードがお手洗いに行ってからずいぶんたつけど、どうしてかしら？

頼もしく理性的なイヴリンも、これで堪忍袋の緒が切れた。

「クロードはね。ファックしてるのよ。トイレで。バーテンと。あなたって本当に本当にボンヤリね。クロードは皆でここへ来るたびにあの男とヤってるわよ。あなた、本当に今まで気がつかなかった？」

ウィット先生

あんなことになっているとは思わなかった。

バーの飲み会はお開きになりかかっているみたいだった。全員が、映画の中みたいに動作をピタッと止めた。写真のブレみたいなものが見えた、と誓ってもいい。フィンが出迎えに来て、わたしをマーサ・プリムの隣に押し込んだ。自分とプリムの間のバリケートにしようと必死だった。向かい側にクロードとイヴリンがいた。二人の間は広く間が空いていて、羨ましい気持ちが込み上げた。

「皆とは初対面じゃないよね」とフィン。

「来てくださって、わたしたち全員喜んでいるのよ」

プリムは、本心ではないのを取り繕う気すらない口調だった。

四人は曖昧な目線を交わした。妙な雰囲気だ。フィンが立ち上がり、何か飲むものが欲しいか、と尋ねた。もちろん飲むものが欲しいに決まってる。でなければなぜバーに来るの？

皆と同じものでいい、と言った。あれこれ迷って時間を無駄にしたくなかった。とにかく一杯飲みたかった。

フィンが注文しに行った。キースがカウンター席にいるのが見えた。わたしは手を振った。彼は気がつかないようだった。どうして彼は飲み会に合流しないの、と尋ねた。

「キースはわたしたちが好きじゃないのよ」とプリム。

「あなたのことは知らないけど、わたしはよくキースと一緒にサウナに入るわよ」とイヴリン。

「あなた遅刻よ」クロードが言った。

後になって気がついたが、それはクロードがわたしに言った最初のセリフだった。

「ごめんなさい。こんなに遅くなったとは気がつかなくて」

ストーンブリッジでは、早割タイムがとても重く受け止められているようだ。

「もう少しで帰るところだった」とクロード。

「帰らないでいてくれて、ありがたいわ。いろいろ教えてほしいことがあって」

その日のジョナとの会話を思い出した。アドバイザーになる書類にサインする交換条件として、ケイトに何があったか教えてもらったのだ。さらに質問しようとすると、ジョナは、追加の質問は約束にないと言い、あまり好奇心が強すぎるのはよくないと警告した。「「好奇心は猫を殺す」は校訓にしてもいいと思うよ」わたしはその忠告を心にとめたが、守るつもりはなかった。

「質問ってどんな？」とプリム。

「知っておくべき学校の醜聞。フィンから聞き出そうとしたのだけれど、口が堅くて」

「それはびっくりね。フィンは拷問にだって三〇秒、一分ぐらいしかもたないタイプかと思ったのに。拷問といっても軽めの奴よ――ちょっと眠らせないとか。水責めとか足の爪をはがすなんていうレベルじゃなく」

「なるほど。話す理由がなかったということね」

「どうしてフィンを拷問することを考えるの?」とプリム。

「プリムには暗い内面、というものがないのよ」とイヴリンが説明した。

「万一あったとしたら、そうとう本格的な暗闇ね。裏庭にいくつも死体が埋まってる的な」とクロード。

その場の雰囲気には、いたたまれないものがあった。何が起こっているのかよくわからなかった。ストーンブリッジに来て何年になるの、と全員に尋ねた。フィンは四年。プリムが五年。クロードが七年、イヴリンが九年。

「でもクロードは「終身刑」よね」とイヴリン。

「終身刑?」

「ここの卒業生っていうこと」とクロード。

「キースも終身刑組よ。実のところ、彼はわたしたちの誰よりも長くお勤めしてる」とイヴリン。

「どれぐらいの期間?」

イヴリンはカウンターのほうに向かって叫んだ。「ねえキース、ここで教えるようになって何年?」

「一五年。来年でね」とキース。

ビールのピッチャーを持ってテーブルに戻るフィンを、キースは冷たい目線で追った。

「一五年よ」とプリムが言った。

「聞こえてたと思うけど」とクロード。

フィンがグラスを一つ渡してきた。それから三つのグラスをひとまとめにして、ピッチャーからビールを順繰りに注いだ。テーブルにはほぼ一滴もこぼれなかった。

クロードがわたしの最初の質問に話を戻した。

「で、何が知りたいの」

「猛獣は誰で、襲われるほうは誰?」

「猛獣。襲われる。ちょっと悲観的ね」プリムの口調はそっけなかった。

イヴリンはプリムを無視した。「わかるわ。これから何を相手にすることになるのか、知りたいんでしょ」

「ライオン、ピューマ、それからバンビや子ウサギの主だったところを何人か教えて。そうしたら、猛獣帝国の他の部分は自分で見当をつけるから」

プリムは、お手洗いに行く、と言った。フィンとわたしはブースから出た。わたしは元の場所に戻ろうとしたが、フィンはわたしの腕を引っ張って場所を交換して、奥側に座った。椅子取りゲームの本気バージョンみたいだった。わたしたちはビールのグラスを並べ替えて、まだ口のついていないプリムのグラスが一番外側になるようにした。

「お見事」とクロードがフィンに言った。

「お褒めにあずかってどうも」とフィン。

いったい何の話をしているのやら。クロードがバッグからノートを出して、白いページを一枚破り取り、名前を書きはじめた。

「ライオンや子ウサギなんか忘れなさい。十人組とそれ以外があるだけよ」

「十人組?」

「一学年がだいたい一〇〇人。人気者の集団は、自分たちが上位一〇%ということで「十人組」を名乗っている」

「上位、というのは成績上位のことだと勘違いしないで。成績とは関係ないの」とイヴリン。

「これっぽっちもね」フィンが繰り返した。

わたしはリストを見た。

エミーリア・レアード
テーガン・ブルックス
ハンナ・リクソール
レイチェル・ローズ
ジェマ・ラッソ
アダム・ウェストレイク
ミック・デヴリン
ジャック・ヴァンデンバーグ
ジョナ・ワグマン
ゲイブリエル・スミス

「エイミー・ローガンを忘れてる」イヴリンがクロードに言った。

「それじゃ一一人になるじゃない」とわたし。

「『十人組』というのは必ずしも一〇人じゃないの」とイヴリン。

「でも今年は一〇人だよ。十人組のおまけ、というぐらいかもしれないが。エイミー・ローガンは十人組のメンバーじゃない。エイミーをいじめたりする奴はいない」とフィン。

「じゃあ、一〇人ね」

「転校してきたばかりのニック・ラフリンがいる。イギリスから来た。若い頃のミック・ジャガーに何となく似てるかな。わたしのヨーロッパ史の授業に出てる。彼が十人組に入れてもらえることに、一週間分のお給料をかけてもいいけど。誰か賭けにのる人いる?」とイヴリン。

誰も賭けにのらないでいるうちに、プリムが戻ってきた。

「その場所でいい、アレックス? よければ、わたしが真ん中に座るわよ」

フィンがわたしの腕をぎゅっと握って、動くなという合図を送ってきた。だんだん事情がわかりかけてきた。

「ここでいいわ」

プリムは嫌な顔をして、わたしを奥に押した。

「何の話だったかしら」

「転校生。ニック・ラフリンよ」とイヴリン。

「ああ、そうね。今日会ったわ。あなたの創作の授業をとるみたい」

一日二回会う生徒がもう一人、というのはあまり望ましくはない。わたしは「十人組」リストのメモを取り上げて、一人ひとりについてどう思うか、皆の意見を尋ねてみた。びっくりするほどバラバラだった。例外はアダム・ウェストレイク、エミーリア・レアード、それからレイチェル・ローズ。この三人は誰からも好意的に見られていた。テーガン・ブルックスとジャック・ヴァンデンバーグに対する評価はネガティブだった。その他の生徒に対する皆の評価は割れていた。たとえば、ジェマはこんな感じ。

プリム：失礼。目上の者に対する敬意なし。
イヴリン：利発。
フィン：何か考えているが、何を考えているかわからない。
クロード：あまり話したことがない。ノー・コメント。

ジョナについては

プリム：問題を抱えている。
イヴリン：性格がよく、聡明。
フィン：ただのスポーツバカ。
クロード：見かけより頭が切れる。

ケイトについて尋ねてみると、やはり評価はバラバラだった。彼女がどんな目にあったか、少しでも知っているという者はいなかった。

それからフィンが、わたしの選択科目について質問してきた。受講生は一年生から三年生まで。わたしは名簿を見せて、何か意見はないかと皆に尋ねた。数人の学生についての、この数年間の印象はやはり一致しなかった。アリソン・モスビー（三年生・二時間目、二列目・三番目）の名前が挙がったのは、人気度がまるで釣りあわない相手とつきあっているから。クロードとイヴリンはさらに突っ込んで、アリソンの相手に欠けている資質がどんなものにせよ、それを補っているのは何なのか議論しはじめた。

プリムはあの子は性格がいいと言った。クロードとイヴリンが吹き出して、わたしはその晩の目的を知的な会話から飲んだくれることへと仕切り直すことにした。

それからフィンが、小屋での生活はどうかと尋ねた。わたしは発電機のことを話し、フィンが何かやってあげようと言った。何だったかは思い出せない。というのはその直後に、プリムのグラスが突然倒れて、ビールのたっぷり半分ぐらいがわたしの膝に降り注いだからだ。残りはフィンにはねかかった。

「あら大変。ごめんなさい」とプリム。

「プリム、子どもみたいな真似はやめなさいよ」クロードがピシャリと言った。

「大丈夫。ただのビールだもの」とわたし。

バーの台ふきんが持ってこられた。イヴリンとプリムが拭きはじめた。クロードはわたしを洗面室に連れて行き、ズボンを脱いでと言った。クロードがハンドドライヤーの下でジーンズをぱたぱたふって乾かしている間、わたしはテーブル席の緊張状態を理解しようと頭を悩ませた。

「そろそろ引き上げるわ」

「でもわたしはあなたに何も質問してないのに」

「それじゃ急いで。スタート」

「夏休みに瞑想センターにいたって本当？」

「三週間だけね。二度と行くつもりなし。次の質問どうぞ」

「ウォレンをどうして辞めたの？」

「変化が必要だと思っただけ」

クロードは明らかに、この答えに納得していなかった。

「どうして？　何か噂でも聞いた？」

「精神的にまいってしまった、とか」

精神的にまいってしまった。嫌な表現だが、実際に起こったことよりはまし。それは認めざるをえない。

角のガソリンスタンドで発電機用にガソリンを五リットルと、歩いて帰るために懐中電灯を買った。それからハイド・ストリートを渡り、曲がりくねった小道を校門のほうへとたどった。門衛所で名前の確認を受け、小屋のほうへ消防車両用の道路を歩く。学校の中心から離れるにつれて、道が暗くなった。新しい懐中電灯がわたしの目の前を照らした。自分の足が泥道を踏みしめる音と息遣いが、森から聞こえる複雑な音のオーケストラに加わった。長い遠吠えが聞こえた。でも遠吠えにしては変だ。コヨーテや狼のようには聞こえなかった。何となくだが、人間の声のように聞こえた。

今の住まいに近づくと、懐中電灯の光がS字型の小道を照らした。舗装していない泥道と玄関の間に、小石が並べてあった。

朝、小屋を出た時には、こんな小石はなかった。胃がひっくり返りそうになり、深呼吸して落ち着こうとした。小道にそって玄関まで歩く。真新しい玄関マットの上に、大きい真っ赤なスマイル君の顔がついた紙袋がのっていた。

「ハロー！」と森に向かって叫んでみた。どうしてかわからない。誰か待ち伏せしているなら、呼びかけに応えるはずもない。ドアの横にガソリンの缶を降ろし、ドアの取っ手を試してみた。鍵はかかったままだったので、少しホッとした。紙袋を拾い上げ、ドアを開けて小屋に入ると、すばやくドアの閂をかけた。

中に入るとわたしは再び「ハロー」と呼びかけ、ランプをつけた。それから暗い隙間を、怪物を探す子どものように一つずつチェックしていった。自分以外に誰もいないと納得すると、死体のようにマットレスに倒れ込んで天井を見上げた。自分がからっぽになったみたいな気がした。何かがおかしいのだがそれが何かわからない、まして正すことなんかできない、という漠然とした感覚。

紙袋のことを思い出した。テーブルから取ってきて、恐る恐る覗き込む。セロファンに包んだブラウニーが一切れ、そして小さな四角いメモ用紙にメッセージ。

ホワイトホールを見つけるべし

このメッセージとその前のメッセージの目的を考えながら、ブラウニーをたいらげた。ちょっと後味が変だったが、すごくお腹がへっていた。これを読んでいるあなたは、自分にこう問いかけているのでは？「小道に石をならべるような正体不明の頭のイカれた奴が届けた食べ物を食べるなんて、どんな奴だ？」

まさしく。

これでわかったでしょ。

ジェマ・ラッソ

新学期が始まって一週間たつと、また脱出したくなっ

た。硬い殻を脱皮する蛇みたいなせっぱつまった気分。時々想像の中で、一晩中明かりの消えない町までヒッチハイクする。

そうする代わりに今のわたしは、永遠に続く人生の祝祭、ローランドのダウンタウンを目指す。

ハイド・ストリートをずっと行くと、レンガでできた箱みたいな建物に「モーの店」と書かれた色あせた日差し除けのついた店がある。外側に立ててあるサンドイッチ型の看板「書店・カフェ」は、店の中を見れば一目瞭然、誇大広告だ。モーの店には本棚があり、本がある。古本ばかりで、その時のモーの気分で売り物だったりそうじゃなかったりする。店の奥に古い学校机がいくつか、保温ポットに入ったホットコーヒー、粉末クリーム、砂糖、それから市販のクッキーいろいろ。セルフサービスのイートインというわけ。空き缶に貼り付けたメモ用紙に、「お金を入れてください」と書いてある。モーのコーヒーはたいてい煮詰まりすぎだしクッキーはしけっているけれど、ストーンブリッジの生徒はめったに来ない。

モーは八時に店を閉めるけれど、時計を見るのを忘れて九時か一〇時になる時もある。店は安物の葉巻とその他何だかよくわからない臭いがする——とりあえず、腐りかけた死体の臭いではない。モーの店は、わたしのたった一つの避難所だった。退学になるわけにはいかない。ストーンブリッジがわたしの過去・現在・未来のすべてでなければならない。

古い学校机——椅子と机がくっついている形のもの——に座って、ウィット先生の授業のために誕生物語を書いた。真実に近づきすぎではないかと不安になるが、ずっと嘘ばかりついてきたので、少しでも正直になれるのはいい気分だった。

ジェマ・ラッソ誕生の物語

ジェマ・ラッソ作

（ウィット先生、これを授業中読み上げさせないでください。お願いします。）

わたしはニュー・ハンプシャー州ポーツマスで生まれた。父親に会ったことはない。母は悪い母親ではなかったが、金欠でドラッグ中毒だった。次々とろくでもない男とつきあっているうちに、ホーマーと出会った。「ホーマー」というのは嘘みだいだが本名だ。ホーマーは他の男とは違った。母と出会った時、ホーマーは哲学専攻の大学院生だった。彼もドラッグ中毒で、それが二人の主な共通点だった。

ホーマーの家族は裕福で、彼は一〇代をずっと寄宿学校で過ごした。寄宿学校は一つではなく、最終的には九個だったはず。リッチ、でしょ？　わたしがせがむと、ホーマーはその頃自分がやらかした愚行の話で楽しませてくれた。ホーマーとママがいつか正気になってわたしをそういう寄宿学校に入れてくれたらいいのに、と夜ベッドの中でよく考えた。

二人は結婚し、それからドラッグをやめた。このとおりの順番だ。それから三人でマサチューセッツ州スプリングフィールドに引っ越した。ホーマーは仕事を見つけられず、母は見つけた仕事で長続きするのが得意じゃなかった。二人とも起業家精神旺盛だったから、地下室でドラッグを製造しはじめた。その間、驚くことに、自分たちでは一切ドラッグをやらなかった。少なくともわたしの記憶にあるかぎり、あの最後の年の二人はかなりまともで頭脳明晰だった。

何もかもうまくいっていた。地下室が爆発するまでは。わたしは九歳だった。福祉事務所の人に、あなたは地下で何が行われていたか知っていましたか、と尋ねられた。いいえと答えた。知っていることが何を意味するのかさえわからないこともある。

それが起きた時、わたしは学校にいた。ママのママに連絡がつくのに二週間かかった。ルシールおばあちゃんはほんの数時間離れたボストンの郊外に住んでいたのに、それまで一度も会ったことがなかった。おばあちゃんはひどい人じゃなかった。でもわたしが母に似すぎていると思ったようだ。お母さんとあんたは同じぐらいろくでなしだ、というのが口癖だった。わたしはしばらくの間それを信じていた。ルシールが死んだ時、わたしは一三歳だった。その後、いろんな養家を転々とした。ホーマーの寄宿学校みたいに。養家から出たいと法廷に請願を提出したこともあるが、そんなことは一三歳には通常認められない。テレビの人気子役ででもないかぎり。

ホーマーのいろいろな学校の話が忘れられなかった。中学校の進学カウンセラーが、私立学校奨学金に応募してみたら、と提案してくれた。それから三か月、わたしはコンピュータ室のボロいIBMで学校を検索した。映画のセットに使えそうな学校にかたっぱしから願書を出した。五つから奨学金のオファーがあった。でも一年中住むところを提供してくれたのは一校だけ、というか一人だけだった。

スティンソン校長先生はボストンまで車で来て、わたしと面接した。少なくともわたしはそれが面接だと思っていた。わたしたちは学校の図書室で待ちあわせて、一五分間おしゃべりをした。彼はわたしと握手をして、奨学金を提供すると言った。

二か月後、わたしはヴァーモント州ローランド行きのバスに乗っていた。スティンソン校長は、学校になじむのに夏期講習が役立つだろうと言った。本当はわたしをグループホームから救い出そうとしてくれたのだろう。本物の寄宿学校を見るのは初めてだった。完璧すぎて、自分がいてはいけないような気がした。制服ですら、自分が偽物だという妄想をつのらせるだけだった。

ここは削除。実際に偽物なのだから、自分が偽物だという「妄想」は変だ。

その時、ここはわたしのいるところじゃないと思った。今でもそう思う。違いは、今はそんなことをもう気にしないということだけだ。

これがウィット先生に提出したわたしの五〇〇語の結末。でもこのストーリーには続きがある。

ストーンブリッジの最初の夏、わたしは孤児たちとだけ過ごした。ストーンブリッジ用語で「孤児」というのは長期休みに両親が寮に居続けさせる生徒たちのことだ。あの最初の夏、わたしはメル・イーストマン、エイミー・ローガン、それからジョナ・ワグマンと親友になった。カール・ブルームがいたのも覚えている。カールとは一緒に食事をしたがそれ以外はあまり何もなかった。彼は一年の時に理系の科目を全部落として、取り戻そうと必死だった。

その頃は十人組のことなど知りもしなかった。カーストや人気のことなど、誰の念頭にもなかった。広々とした土地で自由にふるまうティーンエイジャーというだけだった。昼間は二時間ほど授業を受け、それからフレミング広場やフィールディング運動場でぶらつき、スティーブンソン滝で水浴びをした。メルは一週間に少なくとも一回は猛獣狩り遊びをした。その半分は大失敗に終わった。メルはよく皆の服のポケットや靴底に証拠を隠しておくのだが、その日その衣類を身につけなければ、狩りの途中で全員が立ち往生する。夜になると、マリオが料理の作り方を教えてくれた。わたしたちは何時間もかけて、学校の食料品庫の食べ物でご馳走を作った。ジョナは一番の料理上手で、食べ物に関する皆の事情にいつも気をくばった。ブルームは何にでもアレルギーがあった。ダメな食べ物が多すぎて自分でも覚えられないので、紙に書いたリストをいつも持ち歩いていた。エイミーは食物繊維に苦手なものがあり、メルはユダヤ系でもないのに、突然ユダヤ教の教義に従うことにした。ジョナとわたしは時々、夜遅く二人で二回目の夕食を食べた。そうすればジョナは何でも好きなものを料理できたから。

ジョナに初めてキスされた時、幸せが強烈すぎてぎゅっと固まって、悲しみに変わった。わたしの人生は完璧になりすぎていた。そんなのが長続きするはずはなかった。

学期が始まる一週間前に、十人組のことを耳にした。学年ごとに十人組があるとのこと。メルによれば、卒業までに十人組メンバーに昇格することもある。進級できない者が毎年一五％程度いて、その穴を埋めるため。理論上は、一年時の十人組メンバーで四年生まで残っているのは六、七人だけということになる。

学校に通常のスケジュールで寄宿する生徒たちが戻ってくるにつれて、孤児たちはおかしなふるまいをするようになった。夏の終わりの雨で、妖精の魔法の粉が洗い流されたみたいだった。その年の十人組が到着した後（実際には九人だったが）、ある朝ダール食堂に行くと、グループが二つに分かれていた。メルとエイミーはわたしの知らない女子のグループと一緒だった。ジョナは二年生の十人組と一緒に食べていた。この十人組のメンバーは今とほとんど同じだった。ゲイブリエル・スミスもいた。

わたしはグループを選びたくなかった。時にはメル、エイミー、非・十人組の生徒たちと一緒になったし、ジョナと座ることもあった。わたしにはよくわからない緊張が漂っていた。ジョナは一緒に座ろうと言ってくれたが、新しいグループといる時にわたしに話しかけるのは嫌みたいだった。実のところ、十人組の中でわたしの存在を少しでも認識したのはアダム・ウェストレイクだけだ。アダムは奇妙だった。あんなにたくさん質問をする男子に会ったことはない。バカっぽい服装も何かわざとらしかった――派手なパステル色のシャツに、いろんな色の蝶ネクタイ。革装のノートにいつも何か書き込んでいた。何を書いているのと尋ねると「やることリスト」さ、と言った。

「ここに「朝起きる」と書いていなければ起きることだってしないんだ」

アダムは少年の体をもった老人のようだった。アダムのことは好きだった。友人として。でもアダムがわたしに話しかけることが増えれば増えるほど、ジョナがよそよそしくなった。ジョナはどうしてしまったんだろう。最初は嫉妬しているのかと思った。それから、もうわたしに興味がなくなったんだ、と思った。

わたしたちが一緒に過ごすのをやめてからたぶん一か月ぐらいして、わたしはミルトン演習室で自習していた。ジョナも同じことをしようとしてやってきた。わたしを見ると、邪魔してごめんと言って立ち去ろうとした。どういうことか、あれこれ気を回すのはもううんざりだった。

「いったい何なの？ わたしたち、以前は――そうでしょ――今は、わたしと同じ部屋にいるのも嫌だってこと？」

「そうじゃないよ」

「じゃあ、何なの」

「二人でいるところを見られないほうがいいんだ」

彼は床ばかり見ていた。床にセリフのカンニングペーパーが貼ってあるみたいに。

「もういい」わたしは本をバッグに突っ込んだ。

「よくないよ。違うんだよ。ねえ、ぼくは本当に君のことが好きなんだ」

「でも一緒にいるのを人に見られるのは嫌だってわけ?」

「どう説明していいかわからないんだ」

「もういいったら」わたしは部屋を出た。

その会話は、わたしがドルシネア・コンテストや暗室のことを知る前のことだ。クリスティーンが何が起きているか話してくれて、やっとジョナのふるまいが理解できた。彼はわたしを守ってくれていたのだ。

わたしは、卒業するまで下層階級のままでいたかもしれなかった。ここでの自分の使命を見出すこともなかったかもしれない。でもあるちょっとした事件――おそらく、地下室の爆発の原因みたいなものが何だったにせよ、それに似ていなくもないあるちょっとした出来事が、わたしの運命を決めた。


二年生の二学期、ある時北西の森で長いランニングをしてウルフ寮に戻ってきたところだった。小道はミルトン演習室のところで途切れている。両手を膝で支えて前かがみになり、喉の奥に入った埃か虫かを、吐き出そうとした。声が聞こえて、アダムがほんの数メートル離れたキーツ演習室から出てくるのが見えた。彼はわたしを見ると、神経質そうに肩越しに振り返った。わたしは手を振った。彼は手を振り返さなかった。向きを変えて、せかせかと歩き去った。

次の日、アガサ事務室の郵便受けにアダムからのメッセージが入っていた。「会いたい。二時にマッドハウスに来てほしい」

マッドハウスは、町で唯一のまともなカフェ兼ベーカリーだ。行ってみるとアダムはもうリラックスした様子でテーブルについていた。彼はホイップ・クリームを大盛りにした特大モカと、チョコ・クロワッサンと、エクレアをおごってくれた。アダムは何も食べなかった。グリーン・ティーをすすりながらあたりさわりのない質問をしてくるだけ。わたしもあたりさわりのない嘘で答えた。

一時間ぐらいしてから、アダムは言った。「何を見た？」

わたしはほおばっていたエクレアを飲み込んだ。「えっ？　何も見なかったわよ」

アダムは笑顔になった。「君はいい奴だよ、ジェマ・ラッソ」

わたしは声を立てて笑った。

「何かテイクアウトしてあげようか？　君に余裕がないのは知ってる」

アダムはわたしの秘密を知っているとほのめかしていたけれど、それは嫌な言い方じゃなかった。年よりの親戚がさりげなくランチのお金を払ってくれるような申し出だった。

「大丈夫よ」

「次に誘いがあったら、イエスと言わなきゃダメだよ」アダムは言った。

その午後遅く、手書きの招待状が届けられた。配達したのは他でもない、エミーリア・レアード。二年生の十人組が、キーツ演習室で夜八時から夜会を開催。正装推奨。最後のは冗談だと思ったが、違った。

エミーリアはわたしを上から下まで眺め回した。「一時間後にわたしの部屋に来て。そのボサボサの眉毛をなんとかしてあげる」

十人組との出会いは、三〇分の拷問から始まった。わたしの太い眉毛は、くっきりした弓型になるまで一本ずつ引き抜かれた。後から、わたしによくしてほしいとエミーリアに頼んだのはアダムだと知った。わたしが彼の秘密を守ってあげていると誤解したからだ。小さな誤解でそれまでの世界がひっくり返るなんて、おかしなことだ。

さらにおかしいのは、わたしは本当に何も見なかったということ。アダムの秘密なんて、何もつかんでいなかった。その時には。

モーが居眠りから目を覚ましてわたしを追い出した時には、九時を回っていた。わたしはノート型パソコンをカバンに押し込んで、しけったオレオ・クッキーをいくつか、途中で食べる用に持ち帰った。店を出る時に携帯をチェックすると、リニーからのメッセージがあった。

リニー：ＫＢがＢＢに一人でいる

わたしは急いでフレミング広場まで歩いて、広場の隅のバイアット・ベンチを確かめた。ケイト・ブッシュが腰かけていた。凍ったように動かず、目が虚空を見つめていた。髪で顔がほとんど隠れていた。ケイトはいつも髪を長く垂らして、前髪がカーテンのように目にかぶさっている。かわいくないわけではない。でもエミーリアなら「自分をかわいく見せる努力をしていない」と言うだろう。わたしは彼女の隣に腰かけた。ベンチは湿っていた——というか、びしょ濡れだった。教えてくれてもよさそうなものを。

「ねえ、ちょっと」ケイトがわたしの存在に気づいているかどうか、確認が必要だった。

「何の用？」

「わたしたち、同じものを求めていると思う」

「チーズバーガー？」

「シャワーを冷水にしたのは、あなたじゃないわよね？」

ケイトは微笑んだ。本物の微笑だった。

「だったらよかったんだけど」

わたしはケイトに携帯を手渡した。

「そっちの番号教えて」

彼女は番号を入力して、携帯を返してきた。

「わたしたちは同じ側よ」

「そう？」彼女は立ち上がりかけた。

「協力しあえるはず」

「それで何をするの？」

「怖がらないで」

「わたしは怖がってない。もうあいつらのことは怖くない」

「じゃあ何を怖がってるの」

「自分が怖いの」

ウィット先生

ベッドカバーの上で、昨晩の服を着たまま目が覚めた。目が乾燥してチクチクして、頭が重い。脳がぐにゃぐにゃのキャラメルみたいだ。昨夜は注文したものも飲み終わらないうちにビールを浴びせられた。二日酔いではない。細かいことをもっとよく思い出そうとした。奇妙な石の列とスマイル君の紙袋。それと、ブラウニー。

あれは、歓迎の気持ちを表わすただのブラウニーじゃなかったのかもしれない。わたしはガラス瓶に水を入れて一気に飲み、それからもう一杯飲んだ。ドアを開けて、他にプレゼントの紙袋がないか見てみた。ドーナッツとかクロワッサンでもあれば最高なんだけれど。その代わりにネズミの死骸があった。スマイル君の紙袋を使って持ち上げて、森をめがけて投げた。キャットフードの缶を開け、小さなボウルに入れて、玄関のすぐ脇に置いた。

裸足のままの足をブーツに突っ込んで、朝の新鮮な空気の中に踏み出してみる。松の木、土、それから脂っこい魚の臭い。昨夜買った灯油を発電機に入れ、キャットフードが風下になるように池のほうへ歩いた。ほんの一瞬だが、地球上にここほど完璧な場所はないと思った。その時、母の声がした。

「アレクサンドラ、ここだったのね」ママが小屋の向こう側から現れた。

ジーンズとジョギングシューズ、ネルのシャツ。昔から、着飾るタイプではない。母はまだとても美しいが、もっと美しくなったり、美しさを保ったりするための努力はほとんど何もしない。赤の他人が、まるで自分が侮辱されたかのようにそう指摘するのを何度か聞いたことがある。

「ママ、いったいどうしてここに?」

「あなたに会いに来た。昨日探したけど。小屋、暗かった。グレッグのところに泊った」

「昨日はいなくてごめんなさい。同僚と飲みに行ってて」

母はわたしの次の質問に答えた。「今晩はあなたと一緒にいる」

「ここはお客さん向きの場所とは言えないんだけれど」

母はわたしをじろりと見た。お客さん向きの場所かどうかの議論はやめたほうが無難だ。母は二〇年近く、ベッドルームが一つしかないアパートに七人で暮らしていたのだ。

「全部案内して」ママは言った。

母はわたしについて小屋の中を回り、つつましいわが家を点検した。全体を見終わると、食料のストックを調べた。リンゴ三つ。クラッカー一箱。それからピーナッツバターが一瓶。

ママはピーナッツバターと見つけたスプーンの両方を

わたしの手に押しつけた。「食べなさい。あと一〇分で
ハイキングよ」
「ハイキングの気分じゃないの」
「そういう時こそ一番運動が必要」

母いわく、運動の目的は魔物を追放すること、汗をかくこと、呼吸をすること、筋肉に負荷をかけること、精神を基本的なレベルまで切り詰めること――一方の足をもう片方の足の前に出し、木の根や生垣につまずかず、体のちょっとした痛みやひきつりに注意を払いながら前に進むこと。母はまた、一番遠回りの道を魔法のように見つけ出す特技の持ち主だ。一時間歩いて、滝に到達した。そこでしばらく立ち止まって美しさを鑑賞し、自分の中で壊れたものが癒されるのではないか、無駄と知りつつ待った。

「オーケー、もう戻りましょ」母が言った。


丘を下りながら、わたしたちはほとんど口をきかなかった。母が先に立って歩いた。五三歳だがわたしより足腰が丈夫だ。追いかけていると、会いに来た理由をやっと話した。

「お父さんが白状した」

「お母さんに？」

「あなたは、そのことについて話さなくてもいいのよ」

「よかった。話す気になれないもの」

とはいえ、父がそれをどんなふうに話したかには興味がわいた。身も蓋もない話――わたしは、父が新人アシスタントのスローンにフェラチオさせているところを見てしまった。付け加えるべきは、前任のアシスタントのグレタはパパの現在の妻だということと、スローンはわたしより若いということ。ほんの数か月前の出来事だ。

わたしはウォレン高校を辞めた後、父と同居していた。サン・ラー瞑想センターに行くと決めたのは、この出来

事があったせいだ。あの場面を記憶から消すのに役立つと思った。残念ながら、沈黙の誓いと限られた娯楽という環境では、別の何かに気持ちを集中させるのは無理だった。

今のところ、今年はわたしにとっていつもよりずっとひどい年。これ以上悪くなりようがないと思ったが、それは間違いだった。

「この場所はあなたの望むもの？　それは確か？　ウォレンはひどかったから」

「そのことも話したくないんだけど」

わたしたちは黙って小屋まで戻った。中に入ると、母はわたしをぎゅっと抱きしめた。力が強くて、慰められると同時に押しつぶされそうになる。

「あなたを他の誰よりも愛してるのよ」

「わたしもお母さんのこと愛してる」

「いつもわたしの言ったことを覚えていて」母は言い、わたしの手を取ると、ずっと前から誤解したままのアメリカの言い回しを繰り返した。「温かい手、冷たい心」

お母さんの勘違いだと言ったことはない。「気をしっかりもって、血行をよくしなさい」という意味だと母は心から信じているからだ。ナスチャの座右の銘だ。

ジェマ・ラッソ

ストーンブリッジにはちょっとした後ろめたい秘密がある。ごたいそうな校名、伝統ありげな外見の校舎、鋳鉄の柵、死んだ作家にちなんで名づけられた建物、自然のままの二〇ヘクタールの敷地、こういうものは単なる見せかけで、進学率は郊外の公立高校と変わらないのだ。在校生のおそらく半分ぐらいは平均レベルの州立大学か、あまり高い学力が必要ではない私立大学に進学する。名門アイヴィーリーグに入学を許可されるのはほんの四、五人だ。卒業生の一〇％ぐらいはウィリアムズ、ヴァッサー、コルゲート、オバーリンに進学する。さらに一〇％が競争率の高い州立大学に、何とか入学する。その他の生徒はどこか他のところへ行く。あるいはまったくどこへも行かない。

ここにいるのは、堅苦しい名門私立高校に耐えられないとんでもない変人か、反抗的な札つきか、成績が悪すぎるか、心を入れ替えられない怠け者だ。もちろん「目立つ生徒」もいる。なぜかわたしたち下層民に混じっている頭脳明晰タイプ。メル・イーストマン、イニッド・チョウ、ノーマン・クロウリーたちは「スラム街ボランティア」という愛称で呼ばれている。

ストーン生が有名なのは、バカ騒ぎが心底好きだということ。ストーンブリッジでパーティのない週末なんて、シャーベットしか売っていないアイスクリーム・パーラーみたいなものだ。

バイオハザード

（ディック寮のラウンジには近寄るな！）

二〇〇九年　九月一二日

ニーイチ・サンマル〜全員がつぶれるまで

招待状の代わりには警告ボードが使われる。「バイオハザード」は準正装、「隔離」なら正装。「混ぜるな危険」はもっとカジュアルなパーティという意味だ。年度始まって最初の週末ならそれぐらいでいいはずなのに。編集人たちは、転校生を感心させたかったんだろう。

エミーリアはニックがイギリス人でハンサムだという噂を聞いて、本人を見てもいないのに狙うことに決めた。テーガンとエミーリアは手持ちの衣装の半分をとっかえひっかえして、セクシーだが露骨には見えない、ほどよい着こなしを研究。その間わたしはフランス語の宿題をやった。わたしは二人の儀式には加わらない。制服以外に三通りの中からしか選べないからだ。わたしがどれだけ金欠かテーガンが知っていたら——たとえば、今晩着る予定の革製のパンツは万引きしたもので、ラメ入りのタンクトップはリサイクルショップで五ドルで買った——そのことをネタにして、わたしをいじるだろう。でも彼女は何も知らない。わたしがおしゃれに関心なしというクールな態度をとっているだけだと思い込んでいる。

　ディック寮では、四年生の部屋は一階にある。そのほうがかっこいいという理由で「地下」と呼ばれている。四年生はかつては最上階に陣取っていたが、五年か一〇年ほど前に、怠け者のストーン生たちが四年生は一年生よりも少なく階段を上るべきだと決めて、上下をひっくり返した。校則破りの常習犯である上級カーストの連中が一番恩恵を受けた。寮監担当の教員（現在はフィン・フォード）が三階分離れることになるからだ。

　エミーリア、テーガン、わたしは一〇時前に四年生用ラウンジに到着した。ラウンジはディック寮の北側にある大きな自習室だ。天井から何枚か幕が下がっていて、自習机の上に罪のなさそうな飲食物が並んでいる。アルコール抜きのパンチの大きなボウルとか。編集人たちはフラスコや瓶を隠し持って、あたりをうろついていた。そういうこそこそしたしぐさは、見つからないための用心とはあまり関係ない。パフォーマンスが半分、上等のアルコールを上級カーストで独占したいという理由が半分。

　編集人たちはパーティ用にビール樽を手に入れていた。アルコールの調達を誰が担当しているかは知られていないが、ジャックの可能性が高い。というのは、一番使えそうな偽の身分証明書を持っているから。樽はウルフ寮近くの生垣の下に隠されている。五五リットル入りの大樽がどうやって見とがめられずにキャンパスに運び込まれたかは謎だ。もう一つの謎は、ストーンブリッジのロゴ入り携帯マグカップをもった生徒たちが森へぞろぞろ行ったり来たりしているのに、教員たちが不審に思わないということ。

エミーリアは、転校生は自分のものだと思っていた――ストーンブリッジの男子の大半は、エミーリアのお尻にひざまずく。ハンナ・リクソールが目立つパフォーマンスをやってのけたのは予想外だった――両足を壁にくっつけて一八〇度開いてみせる。まったく。わかりやすい子。わたしたちがラウンジに着くと、ハンナに見とれる男子たちが小さな半円になって押しあいへしあいだった。これから集団レイプでも始まるように見えた。

ハンナの演技に、新しいニックがゆっくり大きな音で拍手した。男子って本当に、体が柔らかい女子が好き。ハンナは足を緩めて、にっこりして、今度は背中を弓のようにそらせて頭を壁にくっつけた。マメとタコだらけの足（ウールの靴下で隠れている）、はバレエの第三ポジションに保った。

新しいニックが「スバラシかったよねェ」と言うのが聞こえた。バカっぽい発音なのに、バカ連中はすてきだと思うらしい。外見は予想どおり。乱れたブロンドの髪、痩せ型、ポテトヘッドくんのキャラクターみたいな分厚い唇、女の子のように細い鼻。ジェームズ・ディーンの安っぽいものまねみたいに、眉にたえず皺を寄せる。彼は一瞬エミーリアを見たが、ハンナに視線を戻した。

「本当のところ、すごく簡単なの。つまり、わたしってバレエを一〇年やってるでしょ。これがわたしそのものの。自然にできちゃうの」

ゲイブリエルは、自分も足を壁にくっつけて広げてみせた。「その気持ちわかるよ。ダンスこそわが人生なりィ」

ゲイブはよく授業中に、制服のネクタイを頭に巻いている。その夜はカンフーみたいなバンダナを巻いていた。何かを頭に巻くのは、ひたいのニキビを隠すためなのか、脳が漏れ落ちないように押さえているデモンストレーションなのか。こうでもしないと「笑いをとるキャラ」だということを皆から忘れられてしまう、と自覚しているだけかもしれないが。

ジャックは笑った。本当にゲイブが滑稽だと思っているからだ。ミックが笑ったのはゲイブが面白くなさすぎて笑えるからで、アダムは首を横に振って、十人組が本当に気の利いた奴を見つけて仲間にできていないことにガッカリした様子だった。

ジャックだけがドレスダウンして来ていた。悪目立ちするやり方を心得ている。ソファの半分を占領して、足はこれから出産でもするみたいに大股開きだ。カジュアルなのはけっこうだが、ジャックは下着をつけないでスウェット上下を着る。いつもアソコを見せびらかしているように見える。ミックは例によって気取った映画製作者みたいなファッション。アダムはいつもどおり、永遠のプレッピー。ピンク色を着るのが男らしさの証明だと本気で思っているのかもしれない。

ジョナが見当たらないのでがっかりした。ジョナは、普通の人のように歩いたり、話したり、着たりする唯一の男子だから。レイチェル・ローズがジョナはどこなのと尋ね回っていたが、その質問はわたしに向けられたものだった。ミックが、あいつは一年生か二年生とどこかへしけこんだんだろと言った。かわいい下級生の女子の名前がいくつか挙がった。テーガンがわたしを見ながら、薄笑いを浮かべていた。レイチェル・ローズがジャックの隣に座るのを見ると、その薄笑いはしかめっ面になった。

　誤解のないように言っておくと、ジャックは下衆野郎だ。でもレイチェルはストーン生の中でも、とりわけわたしの神経に触る。彼女は違った種類の裏切り者。編集人のゲームに自ら加わっているからだ。

　アダム・ウェストレイクがぶらぶら近寄ってきた。わたしにうなずいてみせ、テーガンを無視した。そしてエミーリアに「相変わらずチャーミングだね」と声をかけた。

　彼が何を考えているのかよくわからない。ウェストレイクは計算しつくしたお世辞を差し出すが、その後何かしようという下心はないみたいだ。実際、エミーリアは大学生のボーイフレンドに振られた勢いで、アダムにアタックしたことがある。彼はきっぱり撥ねつけることもなかったが、誘われるチャンスを避けているようにも見えた。彼女のことが本当に好きなのかもしれないし、彼のゲームには長期的な目標があるのかもしれない。アダムのお世辞を耳にして、新しいニックがエミーリアに注目した。ハンナはバカ女丸出しの嬌声を上げて、わたしたちが来たことに今初めて気がついたふりをした。

「そのドレスすてき、エミーリア。すっごくいかしてる」

　それからお尻を振りながら近寄ってきたと思うと、エミーリアに抱きついた。新しいほうのニックにセクシーな動作を見せたいからだろう。

「彼を手に入れたいなら、まずわたしが相手よ」彼女はささやいた。

「勝つのはわたしだけどね」エミーリアはささやき返した。

　十人組にはもううんざりだったから、ビールを取ってこようと外に出た。あたりを気にせずビール樽にまっすぐ向かった。ところが、キース監督に呼び止められた。

「樽はもうからっぽだよ。就寝時間だ、ラッソ」

女子のほぼ全員、それから男子三人が、フィン・フォードに憧れている。フィンは魅力的と言えなくはない。もし太い眉毛が好みで、しかもそれが重要なポイントなら。わたしからすればフィンはインチキ野郎でひどい見栄っ張りだ。「J・クルー」モデルのなりそこないみたいなフィンより、キース監督のほうがずっとすてきだと思う。監督のほうが年上、たぶん三〇台後半だ。細身で、真っ黒に日焼けしていて、顔の皺のせいで、昔ホーマーとよく見た古い西部劇映画の俳優みたいに見える。わたしは夜遅く走っているところを監督に見られて、クロスカントリーのチームに勧誘された——わたしは運動のために走っていたのではない。どこかに早く行く必要があっただけ。

キース監督の、クロスカントリー・チームへの勧誘のセリフは忘れられない。

「君は丈夫で頑固そうだ。ぼくは負けるのにもううんざりだ。どう思う？」

走ることが好きなのかどうか、まだわからない。わかっているのは、トレーニングしている時、ストーンブリッジの曲がりくねった細い道を走って行く時、その一歩ごとに、ここが自分の居場所だという感覚が強くなるということ。

ウルフ寮に戻ると、ジョナから携帯にメッセージが来た。ミルトンで待ちあわせしたいとのこと。ノーと返した。渡したいものがある、ちょっと会ってくれるだけでいい、と彼からメッセージ。わたしはOKと返信した。

ミルトン演習室での最初の喧嘩以来、わたしたちの関係は何回か形を変えた。しばらくの間、わたしたちはお互いを無視した。クリスティーンがわたしに暗室とドルシネアの最低なクソ話をすっかり話してくれた後、わたしから彼にミルトンで会おうとメールした。コンテストのことは知っている。そのせいでわたしは振られたのか、と尋ねた。

「ぼくは君を振ったことなんかない。君といるところを皆に見られたくないと言っただけだ」

「見られたら、点数をつけろと言われるから？」

「そうだね、そんな感じ」ジョナは小声で言った。

「わたしに打ち明けてくれてもよかったのに」

「言わなかったのは、君が何かしでかすと思ったからだよ。そうしたらどんな仕返しをされるか、わからなかった」

「あなたの気色悪いお友達とやらを、誰かが何とかするべきよ」

「ダメだよ、ジェマ。あのグループを見くびるな。約束してくれ」

わたしは約束すると言ったけれど、わたしも彼も、そんな約束に意味がないことはわかっていた。その後、ジョナとわたしは秘密の友人になることにした。校内の人のいない場所でだけ会い、同じ時に建物に入ったり出たりしない。最初、待ちあわせは完全にプラトニックだった。ただ一緒に勉強するだけ。それから昔の習慣に戻った。

わたしたちは一年ぐらい秘密につきあった。ジョナがカレンダーに印をつけたので覚えている。彼は三年次の終わりに、革製のブレスレットを一周年記念にプレゼントしてくれた。その一週間後に彼と別れた時には嫌な気がした。でもしかたがなかった。

わたしは四年生になったら、編集人たちを破滅させてやるつもりだった。誰にも邪魔させない。たとえそれがわたしを守るためだとしても。

行ってみると、ジョナはホッチキスと、セロテープのカッターと、穴開けパンチを使ってジャグリングをしていた。

「すごい才能ね」

ジョナは文房具を教卓に戻して、お辞儀をしてみせた。

わたしのほうへ歩いてきながら、ポケットに手を入れた。

「手を出して」

わたしは掌を差し出した。彼は何か小さくて硬いものをその上に落とした。そして、もっとはっきり見えるように机の照明をつけた。何か金属製のものに、シルバーのチェーンがついている。ヤギか蝙蝠か、悪魔のような形に見えた。

「これは何」

「いろんな名前がある。悪魔の殻（デヴィル・ポッド）。悪の木の実（バッド・ナット）。自然界にあるもので、アジアの植物なんだ。邪悪そうに見えるけれど、悪を追い払ってくれることになっている。ルボヴィッチ先生の金属加工の授業で作ったんだ」

わたしは照明の中で顔を近づけて、プレゼントをよく見た。見事なできばえだった。彼がそれほどの手間をかけてくれたことに心を動かされた。ただ、それを口に出すつもりはなかった。

「ジョナ、わたしはあなたのガールフレンドじゃないのよ。わたしにプレゼントをくれるのは間違ってる」

「気に入らない？」

「そうじゃない、気に入ったけど――」

「とっといてよ」

「ありがと」わたしはチェーンをポケットに突っ込んだ。

ジョナはすごく悲しそうに見えたから、わたしは彼にキスした。そんなことはするべきじゃなかった。いろんなことがややこしくなっただけだ。

「これで何かが変わるわけじゃないわ」

「ぼくのこと好き？」

「あなたがつるんでる連中は嫌い」

「でもぼくは？　ぼくのことは好き？」

「わたしの思っているようなあなたなら好き」わたしは言った。

ノーマン・クロウリー

ぼくはあいつらの仲間じゃない。

考え方も違う。連中のやっていることがいいことだとも思えない。でもぼくは、朝から晩まであいつらと一緒に暮らさなきゃならないし、従わなかった奴が何をされたかも見た。ストーンブリッジのリーダー格グループの言いなりに何でもやったり真似したりしないと、仲間外れになるだけじゃすまない。背中に射的の的を貼り付けられて、ハンバーガー用の挽肉みたいになるまで後ろから攻撃されるんだ。

暗室はブラックボードのチャットルームがもとになってできた。最初は「ロッカー室」と呼ばれていて、誰でも入れた。ぼくが入学する前のことだ。ブラックボードには「男子用ロッカー室」と「女子用ロッカー室」がまだあるけれど、書き込むのは何も知らない新入生だけ。暗室の歴史はざっとこんな感じ。ウォーリー・ロウという奴が最初のシステムを作った。「男子用ロッカー室」の掲示板で、単純な奴だ。彼のハンドルネームはMadMax。MadMaxの後継者「初代Hef」は本名を明かさなかった。MadMaxが作った最初の掲示板に、同学年の奴がガールフレンドのおっぱいの細かい描写をアップして停学になった。その後で「暗室」を作ったのは「初代Hef」だと言われている。そのガールフレンドはたまたま掲示板を見て、ほくろの描写で気がついて、学校に正式に苦情を申し立てた。暗室をスタートさせた時に、Hefは「抱負」を書いた。暗室の目的は「男同士が心の底からの欲望を安心して分かちあえる」場を作ることだと。それから女性を貶める写真をアップする場を。

二年生の新学期にストーンブリッジに戻ってきてみると、ニーチェ野郎とその取り巻きたちはいなくなっていた。

ぼくは再び透明人間になった。

新年度になって暗室の管理人が代わった。三年生のオスカー・チャンが、メンバーの入室管理と運営、パスワード保護の担当者に任命された。二〇〇八年には、PHP言語を使える四年生が情けないほど払底していた。チャンの母親がフランクフルトに異動になり、編集人たちは新しい管理人を探しはじめた。

編集人、というのが彼らの好む呼び方だ。十人組の中で、暗室のコンテンツを管理するメンバーのことだ。ドルシネア・コンテストも含めて。編集人たちは、誰がどのレベルまでアクセスできるかを決める。アダム、ジャック、ゲイブリエル、ミック、ジョナが編集人だ。

ミックはこのグループの中で一番のハンサムで、髪型にも寸分の隙もない。狙ったボリュームとさりげない乱れ方になるまで、たっぷり一時間髪をいじるのだとか。ミックは集会の司会をやり、いつも仕切り役としてふるまっている。ぼくに作業を指示してくるのもミックだ。でもミックとアダムの間には暗黙の強い力関係がある。本当のボスが誰なのか、ぼくにはわからない。ジャックは明らかに手足の役割だ。ウェブサイトのセキュリティに気味が悪いほどこだわってもいる。いつも防御壁は大丈夫かと尋ねてくる。ゲイブの役割は、皆に優越感を感じさせること。それ以外に彼を仲間にしておく理由は見当たらない。

それから、ジョナがいる。ジョナは名目上は編集人だ。パスワードとログイン情報をもっている。とはいえ、ジョナは一度もコンテンツを上げたことがないと思う。ただのスポーツバカのふりをしているけれど、ぼくは同じ授業をいくつかとったから、彼が勉強ができることを知っている。

ぼくのこのグループでの役割は何年か前に始まった。ジョナの兄のジェイソンが編集人だった頃だ。

編集人。何もかも、信じられないほどくだらない。とにかくジェイソンはぼくを推薦した。ぼくはプログラミングができる、とジョナがジェイソンに話したからだ。大歓迎とはほど遠かった。でもこの上級カーストの秘密ポータルを維持して保護する仕事を手伝ってくれと頼まれた時、得意な気持ちになった。それにホッとした。

その頃、暗室については噂を聞いているだけだった。漠然とした噂によれば、特にひどいものではないらしかった。それから、実物を見た。

編集人たちの申し出を蹴って、お前たちが首をひねってシステムをクラッシュさせないようにやってみろ、と突っぱねる勇気があったらどんなによかったか。ぼくは暗室を運営した。それだけじゃない。システムを作り直して、洗練させた。ぼくはドルシネア・コンテストのデータベースを構築した。ぼくはエリートたちが写真やその他もろもろをアップするポータルを設計した。それからぼくは、何も知らないドルシネア・コンテスト参加者に暗号ネームを割り当てた。

強制も、脅迫も、おだてもなかった。それなのにぼくはこのクソゲームの中で自分の役割を果たした。優秀な一兵卒だった。最初のうちは。しかしやがて、裏切りできるきっかけを待ち焦がれるようになった。どんな小さなものでもかまわなかった。

フォード先生

会う必要あり。キーツで夜七時四五分
失望はさせない
MD

土曜日の夜七時三〇分、グレーの上等なカードに手描きで書かれたメッセージが、ドアの隙間から差し込まれた。

以前の彼はノックして、情報を伝え、要求を言い、立ち去った。スパイ映画の真似も回転が早い。こんな会合の誘いは無視してもよかったのだが。その夜は自室で、エージェントから来た最新のコメントを見ながら原稿に手を入れるつもりだった。

無視したかったが、ミックは情報を実際以上に高く売りつけたりはしない。さばく商品（ブツ）の質が信頼できるドラッグの売人みたいなものだ。それでもぼくは彼を待たせておくことにした。

部屋に入ると、ミック・デヴリンは大きな木製の机の上に座り、足を組んで、火のついていない煙草を手に持った。白いオックスフォード・シャツの右前だけがズボンに入れてあった。ネクタイはスカーフみたいに首のまわりにぶら下がり、髪はボサボサで、洗髪するのか疑いたくなるほどだった。だらしのないリッチな奴、という自己イメージなんだろう。だとしたら、自己演出は大成功だ。

「フォード、これは嬉しい。いつも時間どおりだね。君についてぼくが一番好きなのはそこさ」

勘弁してくれ。『華麗なるギャツビー』を課題図書リストから外さなければ。

「いったい何だ?」

ミックは上質なカードをもう一枚差し出した。酒屋で買うもののリストが手描きで書いてあった。彼はリストの上に、一〇〇ドル紙幣を載せた。

「一回きりだったはずだ。またやるつもりはない」

「フォード、ねえ君、こちらがものすごい情報を手に入れていて、そのほんの一部でも、酒屋の店ごと買い占めてもいいぐらいのものだとしたらどうだい」

「もう情報を買うつもりもない」

ミックは嘲笑をこらえた。知性からほど遠いティーンエイジャーから見下されると、絶望的な深い奈落に落ちた気分になる。あのクソ小説を何としてでも売らなければ。

「ミステリアスで奇妙に魅力的なウィット先生の情報でも、かな?」

「ウィット先生の家族については知ってる」

「そういうのじゃない。ウォレンでの、非常に不幸な出来事のことだ」

彼はぼくの注意をひいた。ぼくはアルコールを買ってきてやることに同意し、ミックは泥を吐き出した。それだけの値打ちがあったか? わからない。でもぼくが今までに学んだことは、最悪の恥を知られたと思っている女は扱いやすいということ。

ぼくは酒を、Xの印がついた樅の木の下まで届けて隠した。教員の誰かが隠し場所に気づいてもいい頃だ。森の入り口から三メートルぐらいしかないのだから。

ぼくはそこに長い間ぐずぐず立っていた。部屋に戻るべきか、ウィットに会いに行くべきか。彼女に警告したかったが、自分のしでかした悪事を知られたくない。携帯の薄暗い明かりを利用して、消防車両用の道路を用心しながら歩いていくと、小屋の明かりが見えてきた。校舎の方角からかすかにベルの音が聞こえた。火災報知器の音みたいだった。ぼくは戻らなかった。バカがいたずらで火災報知器を鳴らすのはよくあることだ。

ウィットのドアをノックすると、中から声がした。アレックスの声ではない。「ドアは開いてるわよ」

立ち去ろうかと迷ったが、外国なまりで誰だかすぐわかった。彼女に会うチャンスを逃す手はない。ぼくはドアを開けた。床の上に、壁に背中をもたせかけて座っているのはまさしく彼女。読書用の眼鏡をかけ、原稿の束をチェックしている。

残酷な芸術の女神。

そのエッセイは、第一長編以来彼が書いた何よりもすばらしかった。離婚の後、レンは、自分は元妻の影響を大げさに書きすぎたと主張した——実際には、彼女は彼の作品をよりよくするよりは足を引っ張ったのだと。でもぼくはそのエッセイを隅から隅まで読んだ。そしてそれ以来、ぼく自身の残酷な芸術の女神を探し続けている。

ナスチャ・ウィット。その名前さえ、彼の物語に彩りをそえていた。

彼女は読書用眼鏡ごしにこちらを見て、道に迷ったのかと尋ねた。

ぼくは申し訳ありませんと言った。どうしてかわからない。

「ぼくはフィン・フォードです。アレックスの同僚の教員で」

「そうね、そうだと思った。夜に森を徘徊する人だとは思わなかった。アレックスはシャワーを浴びているところ」

「お邪魔してすみません、ミズ……」

「わたしはアレックスの母親で、ナスチャ」

「お目にかかれて嬉しいです、えーと、ナスチャ。アレックスを訪ねてこられたのですか？」

「引っ越してくるつもりはないわ。質問がそういう意味なら」

書け・呼吸せよ・ファックせよ。彼女がウィット氏に与えたアドバイスだ。彼の創作かもしれないが。

ぼくたちの大学時代の合言葉だ。彼女自身の口から聞きたかったが、そんなことは頼めない。マヌケすぎる。彼女にはよく思われたかった。

「フィン・フォード。フィン・フォード。ああ、そうだった。あなたは作家で、わたしの娘を怒らせたわ」

「申し訳ありません」

「あなた、謝ってばかりいる。女の子みたい」

ぼくはまた謝って、小屋を出た。実際のところ、残酷な芸術の女神は、読んでいるほうが愉快な人だ。彼女はぼくに書く意欲を与えてくれなかった。むしろ、酔っぱらいたい気分にさせた。

ウィット先生

母は自分の年齢の半分ぐらい若いオリンピック選手に匹敵するエネルギーの持ち主だ。ハイキングの後に氷のように冷たい池で水浴びをすると言い張り、その後町まで歩いて昼食をとった。その後、わたしたちは二時間ぐらいローランドをうろうろした。それからヘミングウェイで飲み、父の最近の原稿について、特にそれがどこで脱線しているかについて、話しあった。その日の締めくくりは、わたしの小屋での夜遅い夕食——野外で火を起こしてあぶったソーセージとブロッコリ。その頃までにわたしは疲れ果てていたけれど、シャワーを浴びなければ我慢できないし、母から離れたくもあった。母は少なくとも午前一時か二時頃まではぜったいに起きている。

母に、体育館でシャワーを浴びてくると言った。浴場の設備については何も言わなかった。母は思ったとおり自分は遠慮する、さっき池で水浴びをしたから、と言った。地下水の清潔さを信用しているのだ。石の床に座り込んで父の原稿をチェックしているのが居心地よさそうでもあった。

遠くに点々とともった寮の部屋の明かりを目指して暗い森の中を歩きだした時には、一〇時を回っていた。身を守るものとしては懐中電灯だけで、いつもより神経質になっていた。独立独歩の精神を守るためとはいえ、こんな危険を冒す値打ちがあるだろうか。

浴場には誰もいなかった。思っていたより不安になった。母を引っ張ってくるべきだった。わたしはシャワーを浴び、ロッカー室で体を乾かした。帰り道のことを考えると少しばかり怖くなって、早くすませたかった。道中に備えて、頭にタオルを巻きつける。ベケットの一階を通り抜け、ウェイト・トレーニングと有酸素運動用の部屋が並ぶ廊下を歩く。廊下は暗かった。

足元灯が点滅していた。女子用ロッカー室の前を通った時、廊下に声が響いてきた。

まず男子、乱暴で冷淡に：いや、それじゃダメだ。

女子、懇願口調で：もうやめてもいい？

男子：やめるな。続けるんだ。

女子：でも疲れちゃった。

男子：途中でやめたら、罰が待ってるからな。

女子：がんばってるのよ。

男子：ちゃんとイかなかったら、望みなしだぜ、ドル

……

女子：わかった、わかったってば。もうちょっと待ってよ。

その後は二人とも静かになった。胃がむかついた。聞こえてきたのが何か確信はなかったが、その女子がやれと言われていることをやりたくないのはわかった。

赤い箱が目に入った。

火事の際にはガラスを割ること。

わたしは手の平の付け根で――実はガラスではなく――プラスチックを割った。火災報知器の鳴り響く音が耳をつんざいた。わたしは廊下を抜けて建物から走り出て、運動場の見物用ベンチの下に隠れた。しばらくの間、誰が建物から出てくるかを見張っていたが、出口は他に少なくとも三か所ある。わたしは本部の裏口に急いで行き、ウォー小路を横切るつもりだった。

本部は週末には無人になる。学生は中に入ることを許されていない。それなのに、二階から明かりが漏れていた。右から左へ窓を数えてみると、明かりが漏れているのはわたしの教室だった。急いで横の入り口の鍵を開けた。二階分の階段を駆け上がり、上がりきったところで耳をすませる。スニーカーが大理石の床で音を立てた。わたし靴を脱いで廊下の端に置くと、爪先立ちで進んだ。わたしの教室から明かりが廊下に漏れていた。姿勢を低くして窓の下を進み、ドアの取っ手に手をかけて一気に開けた。

照明で目がくらんだ。部屋を揺るがさんばかりの、恐ろしい悲鳴が上がった。

ジェマ・ラッソ

ジョナと別れた後、パーティに戻りたくもなく、寮に帰りたくもなかった。懐中電灯とルパートの合鍵を持って——誰にも使わせたくないなら、道具入れのフックにかけっぱなしにしておくべきじゃない——本部の二階を目指した。目的は一つ。Q&Aを見ること。誰が味方か知りたかった。たった数分後に、巨大な髪型の人物が部屋に入ってきた。自分が何を見ているのかもわからなかった。

わたしは悲鳴を上げ、そのヘンテコな姿に懐中電灯を向けた。それは頭にクソタオルを巻きつけたウィット先生だった。ウィットは悲鳴を上げ、それから後ろに何歩か下がって敷居につまずき、しりもちをついた。「痛っ」彼女は立ち上がりながら言った。靴を履いていないのも奇妙だった。

わたしは怯えきって、自分が不法侵入していることやその他いろんなことを忘れていた。

「ウィット先生?」

「懐中電灯でまともに照らさないで」

「すみません」

ウィット先生は立ち上がって、天井ライトのスイッチを探した。やがて蛍光灯が瞬いたと思うと明るくなった。

「ジェマ? ここでいったい何をしてるの」

それで我に返った。わたしは見つかって、マズいことになっているのだ。ウィット先生は背中をさすり、教卓の上に座った。

「どこか、痛めましたか?」

「大丈夫」

彼女は床に散らばった答案を見ていた。Q&A。教卓の一番下の引き出しに入っているのを見つけたところだった。ちょうどその時、先生がやってきた。足音も高く。

ヤバい。

どうしたらいいだろう。土曜日の夜のこんな遅い時間に先生が教室に来るなんて考えもしなかった。わたしは答案を集めてきちんとそろえると、教卓の上に置いた。さりげなく見えるように。

「すみません。ここでは出席停止の制度があって、めったにないことだけれど、この場合はふさわしいかもしれません。先生が適切だと思うだけ、何日でも出席停止にしてください」

「ジェマ、座りなさい。それで逃げられると思ったら大間違いよ」

後ろのほうの自分の席に行こうとすると、「一番前の席」と言われた。国選弁護人みたいな口調だった。サンドラ・Pの机を選んだ。カールは椅子に鼻くそをくっつけているだろうから。それからウィットはわたしが見ていた答案を点検した。わたしは待った。

「何をしていたか、説明しなさい」

「正直なところ、ただ覗いていただけです」

「何か言う前に「正直なところ」と言うのは正直でない時よ」

わたしは機転が利くほうだが、教室に侵入した理由として、テストの解答を盗む以外のことを思いつくのは難しい。それを言い訳に使うことにした。

「テスト問題を探していました。それにひょっとすると、答えもあるかもと思って？」

「テストって何のこと、ジェマ？　わたしの授業にテストはないでしょ。嘘をつくなら、まともな嘘をついてくれないかしら」

「とにかく先生の与える罰を受けます」

ウィットは手を上に挙げて、タオルに触った。そこにタオルがあるので驚いたような顔をした。タオルを取り除いて、椅子の上に放り投げる。それからQ&Aを取り上げて、何か考えながら順番に見ていった。しばらく何も言わなかった。一分かもしれないし、二〇分かもしれない。時間の感覚がなくなっていた。やがて先生が言った。

「あなたの好きなものは?」

「わかりません」

「大嫌いなものは?」彼女は紙をめくりながら言った。

わたしは答えなかった。

「暗室が嫌いなのね?」

わたしは自分で思っていたほどポーカーフェイスが得意ではないらしい。もっとポーカーをやるべきなのかも。

ウィットは一枚のQ&Aをわたしの机の上に置いた。

「これがあなたの?」


あなたの大好きなものは何ですか?

わからない

大嫌いなものは何ですか?

暗室とドルシネア

本の中の世界で生きられるとしたら、どの本を選びますか?

『大いなる遺産』


あなたの望むものは何ですか?

復讐

あなたは誰ですか?

スパイ

わたしは黙っていた。認めたも同然だ。

「ということは、あなたはわたしをスパイしていたわけね」

質問がやたらと多すぎる。黙秘権も主張できそうにない。何か言わなければいけないが、全部言うわけにはいかない。少しは情報を提供しないと、スティンソン先生の家に連れて行かれるだろう。わたしにもう一つマイナス点がついたら、スティンソン先生がどうするかはわからなかった。今回やらかしたことがどれぐらいの罰になって帰ってくるのか、予想できなかった。

ウィットは、玄関先にいろいろなものを置いたのはあなたなのと尋ねた。違うけれど、いろいろなものとは何か、それを置いたのは誰か知りたかった。先生は何も教えてくれなかった。

「Q&Aに奇妙なことがあったのよ。何人もの生徒――女子だと思うけれど――が、嫌いなものの答えにオーラル・セックスとか口でおつとめすること、と書いているのよ。すごく変じゃない?」

「だから「おつとめ」と言うんでしょう」

「嫌ならやらなきゃいい。やらないなら、嫌いにならない」とウィット。

「それって同語反復の例ですか?」

ウィットはタオルを取り上げて、頭に巻き直した。歩いていって暖房のスイッチをいじって温度を調節する。寒くて疲れているように見えた。目が旧式のカメラみたいに、一瞬カバーをかけたようになって、それからまたパッと焦点があった。

「無記名のQ&Aを見るために教室に侵入した、どうして?」

この質問はうまくはぐらかせなかった。

「アイデアを得るためとか?」

先生の目が部屋を見回した。何かの切り口、こちらの口を開かせる方法を考えつこうとしている。

「ジェマ、何か言ってもらわないと」

「ウォレンの生徒はサミュエル・ウォレンの銅像の傍で血の儀式をして、学校への忠誠を誓うと聞きました。本当ですか?」

「本物の血は使わなくなったけど。体から出る液体なら何でもいいことになって。たいていはネームプレートに唾を吐くだけにする。他には……まあいいわ」

「ネームプレートにおしっこをかけるんでしょ。知ってます。いずれにせよ、ストーンブリッジにもそういうのがあるんです。何だか知ってますか？」

「知らない」

「わたしたちはお互いの秘密を守るんです。カンニング、喧嘩、いじめ、泥棒。何でもです。ストーンブリッジ生はぜったいに密告しない。この暗黙のルールを破ったら、ただ仲間外れにされるだけじゃすまなくて、徹底的に破滅させられる。教員や職員でも同じです」

「まさかそんな」

「ホワイトホール先生がどうなったか、ご存じないんですか？」

ウィット先生

母は床の上で寝て、夜明けと同時にわたしを起こした。すでに寝袋を丸め、コーヒーをいれていた。わたしに一杯ついでくれて、床の上に座った。男が訪ねてきたと言った。母の話からすると、それはフィンだった。

「あなたのことを心配するべきかしら？」出発まぎわに母は言った。

その必要はない、とわたしは告げた。

母が出ていった後、わたしはもう一時間睡眠をとった。

それから服を着て、ダールでコーヒーを一杯テイクアウトし、教室に戻った。そこならネットと携帯がちゃんとつながる。父に電話した。朝早かったが、父は電話に出た。

「パパと口をきく気分になったのか」

「パパの探偵の電話番号が欲しいの。名前も。なんていう名前？」

「ラッキーと呼んでるが。本名はピエールだ」

「いいわ。番号は？」

「何が必要なんだ？」

「ある人の居場所を突き止めたいの」

「情報をくれたら折り返すよ」

「どうしてラッキーの番号をくれないの？」

「そうしたらわたしが蚊帳の外になるだろうが」

わたしが知っているのはホワイトホールの名前、だいたいの年齢、以前の勤務先だけだった。パパは一時間後に電話してきて、一九七八年七月五日生まれのメアリ・ホワイトホールの電話番号と住所を教えてくれた。彼女の住所はバーモント州ベニントンの郊外。

「これがわたしの探している人だというのは確か？」

「ローランドに住んだことのあるホワイトホールという名の人物はこれ一人だけだ。なぜこの女性を探してる？」

「情報が欲しいから」わたしは電話を切った。

道路が空いている日曜日の朝、ローランドから車で四〇分ほどでベニントンに着いた。ホワイトホールの家は市のはずれにあった。いくつかの店が並んでいるあたりで、まず酒屋に行き、それからドライブスルーの店でドーナッツを一ダースとコーヒー二杯をテイクアウトした。

数分後、羽目板づくりの平屋建ての家の前に駐車した。ポーチはがたがきていて、ペンキはずいぶん長い間塗り直されていなくて、あちこちはがれて垂れ下がっていた。茶色に枯れた芝と雑草が家を取り巻いていた。時計を見た。一一時前。父が二日酔いの時ですら、これほど寝坊はしない。

　わたしは持参したものを持って、玄関まで行った。正面の階段がギシギシ鳴って、足の下でたわんだ。中からTVの音がした。ノックしてみる。TVの音がやんだ。もう一度ノックした。

「メアリ」わたしは叫んだ。「あなたとは知りあいじゃないけど。ストーンブリッジで教員をしているの。お話ししたいことがあって」

　沈黙。

「コーヒーと、ドーナッツと、ウォッカを持ってきたわ。ドアを開けてくれるまでポーチで待たせてもらう。急がなくてもいいわよ。でもコーヒーは今なら温かいけど」

　一〇分後、ドアが開いた。彼女は身づくろいをしていたのだろう。たぶん。

　ローランドを立つ前に、前年の卒業アルバムでメアリ・ホワイトホールの写真を見てきた。わたしの前に立っている女性はまぎれもなく同じ人物だった。ただ三年間ぶっつづけで飲んだくれていたように見えた。

「何の用？」

　わたしは両手でコーヒーの紙コップを持ち上げた。

「コーヒーにミルクと砂糖入れる？」

　ややあって返事が来た。

「ミルクと砂糖、両方」

　わたしは左手の紙コップを渡して、ポケットから砂糖を二袋引っ張り出した。メアリは回れ右をして家の中に入って行った。ドアは開けたまま。わたしは後についていった。

　中の様子は、彼女の外見みたいなありさまではないかと予想していたが、メアリの家は清潔で整頓されていた。

　ホワイトホールは古い木製のテーブルの席に座った。無言で、首だけ動かしてわたしにも座るように合図した。わたしはウォッカとドーナッツをバックパックから出してテーブルに置いた。ホワイトホールはドーナッツの袋からオールド・ファッションを選んで、半分に割り、一つをナプキンに載せて、もう半分にかぶりついた。

「ストーンブリッジで何があったの？」

「違うでしょ」彼女はドーナッツをもう一口食べた。「わたしがあなたを招待したんじゃないのよ。あなたから話して。わたしは聞く。それから、質問に答えるかどうか決める」

「ごもっとも」

わたしは彼女にQ&Aと、同じ答えがいくつもあったこと、「暗室」について何人もが書いていること、それから、何かの「編集人」が言及されていることを話した。

メアリは紙袋から、チョコレート・ドーナッツを出した。「それから」

「昨日の晩、浴場から出てきたら――」

「あの場所でなつかしいと思うのは浴場だけ」

「体育館の廊下を歩いていたら、男子と女子が話しているのが聞こえたの。男の子が彼女に何かを無理やりやらせようとしていた。Q&Aからすると、それがフェラチオだったのはまず確かだと思う。女の子は、明らかにやめたがっていた。男の子は、もしやめたら、何か、聞き取れなかったドルなんとかいうものに失格だと言ってた」

「ドルシネアよ」

「ドルシネア？　『ドン・キホーテ』の？」

「そう。話し声を聞いて、あなたはどうした？」

「火災報知器を鳴らしたわ」

メアリは微笑んで、よくやったというようにうなずいた。

「どういう意味？」

「それは、その年一番フェラチオが上手だった子に与える「賞」よ。採点システムがあるらしいけれど、わたしには見つけられなかった」

「何それ。何人ぐらいが参加するの？」

ホワイトホールは肩をすくめて、ドーナッツの紙袋の中を覗き込み、もう一つ食べていいか自問していた。

「たいていの子は、自分が採点されてることすら知らないの。あれがそうやって漏れてるということは、何かが変わったのね」

「誰かやめさせようとした人はいないの？」

「一人か二人。うまくいかなかったけど。今言ったように、しばらくは秘密が守られていたから」

「あなたはいつ発見した？」

「着任して四年間は、何も知らなかった。無記名の答案でずいぶん先に進んだわね。それがいいことかどうか、わからないけれど」

「どうして？」

「だってあなたは今、何かしなければ、と思っているでしょう。でも新米だから、自分が相手にしているものの正体をわかっていない。ストーンブリッジは牧歌的なセント・エドワード島みたいに見えるかもしれないけど、実際はキャバクラの高校バージョンみたいなもの」

「誰からの情報だったの？」

「わたしは四年生のクリスティーン・クリアリーのアドバイザーだったのよ。クリスティーンが二年生の時から知っていた。打ち解けた仲だったわ。ある日、何かが変わった。彼女は前と同じじゃなくなった。打ちのめされたみたいに見えた。問い詰めたら、何があったか話してくれたわ。ボーイフレンドが彼女のフェラチオの腕前を採点して、そのデータを友達とシェアしていたというの。連中が運営するウェブサイトみたいなものがあるということだった。わたしは何かするべきだと思った。この件をマーサ・プリムに報告したの。それが決められた手続きだったから。彼女、まだいる？」

「いるわ。彼女、何をしたの？」

「土曜日に女子を全員講堂に集めて、「女性のエンパワメント・セミナー」とかなんとかいう会を開いた。自分の性的行為は自分で責任をもつべきだ、状況をコントロールするのは自己責任だと話したわ」

「それで、男子には同じようなセミナーをやらなかった？」

「ご冗談を」

「誰か理事会にマーサのことを話した？」

メアリは笑った。「いいえ、彼女の肩書はガイダンス・カウンセラーだけれど、実のところは理事会直属の手下よ。彼女が雇われているのは、学校の記録に泥がつかないようにするためで、その目的のためなら手段を選ばない。保護者が見るのは統計の数字。同意があったかどうか、あやふやな記録しかない学校に娘や息子をやりたがる親はいないわ。あなたの前任校は？」

「ウォレンよ」

「そこでは問題が起きなかった？」

問題はあった、とわたしは認めて、もとの質問に戻った。

「クリスティーンに話を戻しましょ」

「セミナーの次の日、クリスティーンはストーンブリッジから退学したわ。彼女が何を言われたか、わたしは聞いていない。彼女の友人たちから話を聞こうとしたけれど撥ねつけられた。その後、何もかもがあっというまだった」

「何があったの？」

「学校に警察が来て、わたしの宿舎を捜索した。マリファナを五〇〇グラム発見したけれど、それはわたしのじゃなかった。生徒にマリファナを売った容疑がかけられたのよ。それで辞職した。教える仕事を続けたければ闘ったかもしれないけれど、教師はもうこりごりだったし、事情聴取や弁護士を雇うのも嫌だった。辞職したら容疑を取り下げると言われたわ。全部忘れたかったの」

不安が押し寄せた。ドーナッツを一つ食べた。気分は上がらなかった。

「スティンソン先生と話してみた？」

「いいえ、マーサが雇われているのはそのためよ。授業と関係ないことすべてに対処するため。あそこの文化は、閉鎖的よ。私立学校の多くは独立国みたいなもの。独自の習慣や法律があって、ちょっとやそっとの外圧では揺るがないの」

「わたしにできることは何もないと言いたいの？」

「わたしが言いたいのは、あなたも用心したほうがいいということ」

わたしは、今すぐにでもこのひどい状況を全部さらけ出したい気持ちと闘わなければならなかった。ローランドに戻り、駐車するとまっすぐ教室に向かった。Q＆Aをもう一度読んでみた。現状維持に一番大胆に異を唱えている答案を三つ選んだ。それからジェマを呼び出した。

ジェマは、教室に入ってくるなり言った。「お願いですから、退学にしないで。他に行くところがないんです」

「退学になんかならないわよ。座って」

彼女はホッとするあまり、ほとんど倒れ込むように椅子に腰かけた。

「昨夜は、あなたが何を探しているかわからなかった。ひょっとしたら同級生の誰かを陥れたり、弱みを握ろうとしたのかもしれない、と思ったの。そうじゃなかったのね？」

彼女は首を横に振った。わたしは彼女の机に三枚のQ＆Aを置いた。

「あなたには同志が必要よ。この人たちが味方になると思う」

ジェマ・ラッソ

同志#1

あなたの大好きなものは何ですか？

ニーコ・ケース、バナナブレッド、パインソル台所洗剤の匂い

大嫌いなものは何ですか？

オーラル・セックス、編集人、暗室の管理人

本の中の世界で生きられるとしたら、どの本を選びますか？

『ドラゴン・タトゥーの女』

あなたの望むものは何ですか？

着ると姿が見えなくなるマント、青酸カリ

あなたは誰ですか？

皆が考えているような人物ではない人

同志#2

あなたの大好きなものは何ですか？

ヴィックス咳止めドロップ、雨、ラモーンズ

大嫌いなものは何ですか？

ドルシネア、毛足の長いじゅうたん、いやいや口でヤること

本の中の世界で生きられるとしたら、どの本を選びますか？

『マルタの鷹』

あなたの望むものは何ですか？

家父長制を破壊すること、先割れスプーンの復活

あなたは誰ですか?

敵

同志#3

あなたの大好きなものは何ですか?

ワッフル、レッドソックス、朝寝坊（それからもちろん、家族）

大嫌いなものは何ですか?

口でヤること、暗室、あいつら

本の中の世界で生きられるとしたら、どの本を選びますか?

『トゥルー・グリット』の原作

あなたの望むものは何ですか?

革命かタイムマシン

あなたは誰ですか?

バカです

ウィット先生はわたしにこのQ&Aを見せるリスクを負ってくれて、わたしはそれを尊重するべきだ。でも同志は三人じゃない。二人だ。最初のQ&Aはケイト・ブッシュだった。もう勧誘を始めていた。二人目のことではちょっと驚いた。メル・イーストマン。ドルシネアとはっきり書いてあるということは、わたしが考えていたよりも深くかかわっているということ。ドルシネアのことを聞いたことがあるなら、犠牲者だということだ。それが原則。

三番目のQ&Aについてはわからなかった。保留にしておくことにした。まずやるべきことは、メルをチームに引き入れることだ。わたしはブラックボード経由で、匿名のメッセージを送った。

M.

わたしもドルシネアを憎んでる。対応策について話しあいたかったら、バーンズ遊歩道の入り口で待って。午後三時。時間厳守。

――友人より

約束の時間に行ってみると誰もいなかった。木の柵の根元に紙が一枚。その上に石が載せてあった。紙を拾って開いてみた。

あなたが昔の「友人」なら、スラム街ボランティアが夏を過ごす場所に来て。

M

メルとわたしは学校が始まると、ほとんど口をきかなくなった。自分の立ち位置を犠牲にしなくてよかったから、メルともっと仲良くできたはずだ。メルは誰から見ても、どのグループのメンバーでもなかった。ストーンブリッジでの学校生活が始まる前の夏、最初にちゃんとメルと話した時のことをまだ覚えている。メルは言った。「皆、カトラリーに気を遣わなさすぎ、そう思わない？」

そこからメルは、もっと改善すべきなのに誰も改善しようとしないものについて、大スピーチをした。そしてわたしたちは、固い木の床とカーペットの中をとる妥協策が何かないか、長い議論をした。メルにいわせれば、時々柔らかいものを踏みたい気持ちはわかるが、カーペットはとにかく不潔すぎる。メルは治療を受けるべきなのではと心配になることもあったが、次第に、ちょっと変わった、魅力的な、奇妙な精神の持ち主で、たいていの人よりも思ったことをそのまま口にするだけだとわかった。

遊歩道の入り口からスティーブンソン滝まで歩いて二〇分。それがメルのいう待ちあわせ場所のはず。わたしたちは、夏の午後のほとんどをそこで過ごした。メルは岩の上に腰かけて、水筒から何か飲んでいた。

「遊歩道なら用心としては充分だと思ったんだけれど」

「用心しすぎるってことはないもの。誰かがたまたま遊歩道の近くにいたり、あなたをつけていたら？　下層民と話しているところを見られたくはないでしょ？　コーヒー飲む？」

「ありがと」わたしは彼女の隣の岩に腰かけた。

メルはわたしが話しかけなくなったことで傷ついたのだ。わたしだって彼女の立場なら同じ気持ちになっただろう。

「ごめんなさい。あのグループに入らないと闘えないから」

「何と闘ってるつもり？」

「システム」

「漠然としすぎ」

「いいわ。もっとはっきり言う。わたしは暗室を破壊したい。ドルシネア・コンテストを止めさせたい。編集人たちをひざまずかせて、許してくださいと悲鳴を上げさせたい」

「どうやって？　計画はあるの？」

「まだわからない。味方を組織して、偽情報を流して、向こうの結束にひびを入れる」

「その組織はどれぐらいできてるの？」

「今動きはじめたところ」

「一人の軍隊ってことね」

「どこかから始めなきゃ。少なくともわたしには計画があるもの」

「わたしも計画がある」メルは言った。

「本当に？　どんな計画？」

「暗室をハッキングするのよ」

それはいい計画だ。

「わたしたち、協力できる。これで軍隊は二人」

「そうよね。二人の軍隊」メルは冷たく言った。

「わたしたちみたいなのが他にもいる。メンバーを集められるわ」

「たとえば誰のこと?」

「たとえば、ケイト・ブッシュ」

「味方になるかな?」

「たぶん。わからないけど。わたしを信頼してくれるかどうか、自信がない」

「だってあなたはあちら側の人間だから」

「でも本当は違うもの。あなたから話してくれないかな」

「考えとく」

「ね、これで三人でしょ」

　わたしはウィット先生に言われたとおりのことをやっていた。先生はわたしが軍隊を組織できるように、同志を与えてくれた。そして軍隊を組織するのは戦争をするためだ。

PART 2

秘訣は敵を混乱させ、こちらの真の意図を見抜けないようにすることだ

『孫子』

校内放送

おはよう、ストーンの皆。今日は二〇〇九年、九月一七日木曜日。金曜日は履修科目やアドバイザーの先生を変更できる最後の日だ。書類に不備がないか、確認するように。ディケンズ寮のシャワーが熱すぎた件で、また施設担当者からお詫びだ。問題は間違いなく解決した。機械室には錠が設置された。今日の遺失物は、ピンクのカシミアのスカーフ。とても柔らかい。今日中に誰も取りに来なければ、わたしがもらおうかな。あはは。気温は二三度、完璧な形の波雲が一つか二つ。今日の一言はエピクテタス、紀元五〇年生まれのギリシャのストア派哲学者だ。自分がすでに知っていると思っていることを学ぶのは不可能だ。以上。安全を祈る。

ウィット先生

授業が始まって二週目も半ばを過ぎ、わたしは創作の教員という運命を受け入れつつあった。ジャック・ヴァンデンバーグはギリギリでわたしの授業をとらないことに決めたが、その代わりに新しいニックが受講生に加わった。ジャックが書いたQ&Aの気味悪い内容のことを考慮に入れたとしても、このメンバー交代はマイナスが大きそうだった。

授業中に、自分の短い誕生物語を読み上げたい希望者をつのった。新しいニックが読んだ。一一歳の時にダライ・ラマと会った日の話だ。メル・イーストマンはちょっと背中を押されて、「チョキュラ男爵の肖像」というタイトルの作文を読んだ。メルは七歳の時にスーパーで一世一代のダダをこねて、「チョキュラ男爵」シリアルを母親にねだった。母親は根負けした。メルは中身を食べた後、パッケージの前側を切り取って、アートとして壁にセロテープで貼り付けた。次の朝、貼り付けた絵は紙ごみとして捨てられていた。彼女はそれを取り返して、もう一度寝室の壁に貼り付けた。膠着状態が続き、ハンガー・ストライキ（メルの）に発展する始末。最終的には、メルはシリアルの箱の収集家にして並ぶもののない権威となった。寝室に展示された彼女のコレクションには、初期の「ラッキー・チャーム」「ココア・パフ」「フルーツ・ループス」「グレープ・ナッツ」が含まれている。

メルに、意識して模範にしている作家はあるかと尋ねた。彼女は微笑んで、ダシール・ハメットの気分でしたと言った。流動真っ最中の頭脳ならではの、無意識の創造性という奴だ。

「そうね、面白くはあったけど」テーガンが言った。「ヤバすぎだろ、メル。これは最大級の褒め言葉のつもり」とアダム。

「グレープ・ナッツはちょっとどうかなあ」とジョナ。「他のシリアルはお菓子みたいでカラフルなのに、グレープ・ナッツだけ地味だろ」

「グレープ・ナッツは、ストーリーに深みとパリッとしたメリハリを付け加えていると思うな」とノーマン。

ジョナはノーマンのコメントに感じ入っているようだった。

ニックは、自分の作文が同じだけの反応を引き起こさなかったので、深刻に落ち込んでいる様子だった。未成年用の更生施設に入れられて、珍しい早期痴呆症の蔓延に遭遇した、という表情だ。

「最終的なプロジェクトをもう決めている人、手を挙げて」わたしは言った。

三分の一の手が挙がった。そのうちの幾人かはあやふやな挙げかただった。

「まだ決めていなかったら、執行猶予は二週間」

そうは言わなかったけれど、創作の授業をとっている一九人のうち、本当に書くことに関心があるのは五人もいないというのは何とも奇妙なことだ。

ジェマやホワイトホールと話した後、これほど多くの男子を疑いつつ教えることがうまくできるだろうか、悩んだ。先入観は危険だ。だからQ&Aを熱心に読み解こうとした。少なくとも、男子のうちで何人かは善良だということをぜひ知らなければ。

わたしは不注意になっていた。オフィスアワーにあのまずいコーヒーをラウンジにとりに行く間、机の上に提出物を出しっぱなしにしておいた。

教室に戻ってくると、ジョナが自分の席に座っていた。わたしの教卓一面に広げてあった提出物は、今では片隅に、伏せた状態でまとめてあった。ジョナは日誌を広げて、白紙のページの上にペンを構えていた。提出物の束を取り上げてひっくり返してみた。一番上にあったQ&Aはこれだった。

あなたの大好きなものは何ですか？

GR

大嫌いなものは何ですか？

暗室

本の中の世界で生きられるとしたら、どの本を選びますか？

『分別と多感』

あなたの望むものは何ですか？

平和

あなたは誰ですか？

まだわからない

わたしは「女子」とメモして、四年生の候補の頭文字を三つ書いていた。その全部に、鉛筆でバツ印がつけてあった。その下に「男子」ＪＷと書いてあった。わたしは言葉を失なった。

「無記名って言いましたよね」ジョナはノートを見つめたまま言った。

「そのとおりよ」

わたしは悪いことを見つかったような気になった。ジョナが怒っているのかがっかりしているのか、判断できなかった。彼はやがて顔を上げた。薄笑いを浮かべていた。

「ぼくが女子だと思ったんだ」怒ったふりをして首を横に振る。

「悪かったわ。『分別と多感』のせい。めったに――」

「ウィット先生、それはすごい男女差別だよ」

「そのとおり。謝るわ」

「了解」

「どうして『分別と多感』？　すごくいい本ではあるけれど、その中で生きる？」

「姉妹のお金を盗んだ兄とそのひどい奥さんのことを誰も非難しない。いつそうなるかと思っていたのに、そうならなかった。最後はすべてうまくいくと思っていたのに――」

「本の中に住んで、それを正したいと？」

「そのとおり」

わたしは机の一番下の引き出しにＱ＆Ａをしまって、残りの時間、他の提出物に目を通した。ジョナの無記名は尊重したかったけれど、新しい情報は書き留めておかなければ。わたしはノートに書いた。ＧＲ＝ジェマ・ラッソ。
ベルが鳴ると、ジョナはかばんに私物を詰めた。
「ウィット先生、もうちょっと、気をつけてよね？」

ノーマン・クロウリー

大好きなものは？

ブライト・アイズ、『レザボア・ドッグス』、ピーナッツバターとジャムのサンドイッチ、CS

CS＝クローディーン・シェファード。

いろいろ書いたけどぼくが一番好きなのは彼女だ。おセンチな憧れじゃない。彼女を愛しているのは、本当のぼくを見てくれるからだ。

編集人を侮辱した後何があったのか、誕生物語には書いていない。その夜の屈辱はストーリーの結末じゃなかった。ぼくはストーンブリッジのろくでなし全員のターゲットになった。聞いたことのあるようないじめ行為は全部体験した。服が燃やされる。寮の部屋が荒らされる。ロッカーがはんだ付けされて開かなくなる。体育館のシャワーを使う時には、水責めかもっとひどい目にあうんじゃないかとビクビクしなくちゃならない。ベッドに小便がしてあったのを見つけた時にも、驚かなかった。でも寝る場所の選択肢は少なくなった。一回あたりの排尿の量や、平均的な安物のマットレスの吸水力についての専門家じゃないが、問題の液体は、いうなればシングルモルトではなくてブレンドだったと思う。鍵を付け替えて新しいマットレスを支給してほしいとルパートに頼んだ。ルパートは、マットレスは二、三日かかると言った。

ホテルの部屋をとることも考えた。貯金ならあった。でもホテルには大人か、それともクレジットカードがなければ宿泊できないと聞いたことがあった。ぼくは図書館に行って、ミズ・シェファードが出ていくまで大きな勉強机の下に隠れていた。図書館にはトイレもあったから、泊まるのに好都合というだけじゃなくて文明的でもあった。ぼくは歯を磨き、顔を洗って、古いソファの上で寝た。ソファはかなり汚なかったと思う。でも湿ったりはしていなかった。何週間ぶりにぐっすり寝た。目覚ましをかけておくべきだったけれど、目覚まし時計は持っていなかった。その頃は携帯も持っていなかった。

ぼくは次の朝早くやってきたミズ・シェファードに見つかった。わたしの図書館で寝ているのはどうして、と尋ねられた。ぼくは本当のことを言った。誰かが（ぼくじゃない）ぼくのベッドに小便をしたので、ベッドが濡れていて寝られないのだと。

「なんてキモチ悪い」

「ほんとに！」

「あなたのベッドにおしっこしたのは誰？」

「わかりません」

「見当はついてるでしょ」

「たぶん。でも証拠はありません」

シェファードはソファの反対側の端に腰を下ろして、言った。「固有名詞の必要はないけれど、何があったか話して」

ぼくはニーチェの話をした。

「その子たちのことを、でくのぼうって言ったの？　本当に？」

「いいえ」

「何て言った？」

最初は答えなかった。

「ノーマン。わたしはどんなことでも耳にしたことあるのよ」

「肥溜め野郎、と言いました。それからサイテーの肥溜め野郎、と言いました」

「よろしい」

「はい」

「あなたのベッドにおしっこした連中にふさわしい名称だと思います。授業に出る準備をなさい、ノーマン」

「ぼく、まずいことになってますか？」

「いいえ。でもわたしの図書館で寝たい時には、まずわたしに相談すること」

　ぼくはサイテー肥溜め野郎たちからもっと何かされると思って身構えていた。でも一日たち、二日たち、それから一週間がたって、何も起こらなかった。ミズ・シェファードが何をやったかはわからずじまいだったが、でも何かやったのはわかってる。

　最近は、授業中か、食堂か、寝ている以外の時間は、たいてい図書館にいる。クローディーン・シェファードについては誰もが逸話を知っている。見た目もやることも、このあたりの住民じゃないみたいだ。彼女のことを説明するには、何かストーリーが必要だ。「パール・ジャム」のドラマーとつきあっていたとか、コロンビア人の麻薬王と少しの間同棲していたという噂を聞いたことがある。へそにピアスをしているとか。背中一面に翼を広げた蝶のタトゥーを入れているとか。噂の中の一つは本当だ。彼女は、金持ち連中が一年のうち三か月だけ住みに来るイーストサイドで、崩れかけたスキーロッジのような大きな家に住んでいる。

　ぼくがミズ・シェファードについて知っている本当のことはちょっと変で、彼女の見た目にそぐわない。彼女は認知症か何かの母親と同居している。ぼくは学校の外でミズ・シェファードを見たことがある。図書館で寝た事件より前のことだ。おばあさんを乗せた車椅子を押して、病院に入っていくところだった。ぼくはその病院で精神分析を受けている。ミズ・シェファードはいつものような恰好だった。ハイヒール、首のところがリボン結びになったブラウス、それからなめらかで光沢のある髪。おばあさんは、ぶかぶかの花模様のワンピースを着ていた。それからアクセサリーをたくさんつけていた。宝石を手元から離すまいとしているように見えた。

でもその日は何だか変な日だった。どう説明していいかわからない。二人の姿は、コーヒーカップから立ち上る湯気に包まれているみたいに朧に見えた。ミズ・シェファードはぼくのほうを一度も見なかったし、そのおばあさんに話しかけたりもしなかったし、顔には妙な表情を浮かべていた。表情というよりは、無表情。必死で平静さを保とうとしているみたいな。

ぼくたちはその日について、話さなかった。彼女がぼくに気づいていたかどうかも怪しい。シェファードは何でも軽く扱いたがる。ぼくと話す時の口調は、女友達を相手にしているみたいだ。ぼくはそれでもまったくかまわない。彼女はゴシップやくだらない話題が好きで、ほんの何人かを別にすれば、好きな人と嫌いな人がぼくと同じだ。

九月下旬のある日、ぼくが図書館にいると、シェファードのハイヒールの音が近づいてきた。新しいニックが入ってきて、書棚の間をちょっと歩き回ってから出ていった。何かにがっかりしているようだった。

「あの転校生のこと、どう思う?」ミズ・シェファードはぼくの隣に腰かけながら、ささやいた。

ぼくは彼女に、あいつがウィットのクラスで朗読したアホな誕生生物語のことを話した。

「奴は言いました。「聖なるあのお方は、ぼくが触れた中で一番柔らかな手をしておられた」そうしたらウィット先生が「謙遜しすぎじゃないの。あなたの手だってけっこう柔らかいんじゃないかしら」だってさ」

シェファードは深くしゃがれた声で笑った。今まで聞いたことのある笑い声の中で、最高だった。それから再び前かがみになってひそひそ声で言った。

「それで、ウィット先生のことはどう思う?」

「ぼくたちは彼女のこと好きだよ」

一分後、メルが入ってきた。ぼくは彼女にしばし見とれていたみたいだ。

「ノーマン、じろじろ見るのはやめなさい。気味が悪いから。あの子が好きなら、話しかけるのよ」

「そういうのじゃありません」

「おたおたしないで」クロードは言って、机に戻った。

ぼくは子どもの頃からメルを知っている。ぼくたちは同じ町で育った。五歳ぐらいの時に、同じ美術のクラスをとったこともあると思う。ストーンブリッジに来て以来、ぼくたちはほとんど口をきかなかった。知らない者同士みたいに。でもぼくは彼女のことを知っている。指のまわりに髪を巻きつける神経質そうなしぐさは昔と同じだけれど、それが今では何だか荒っぽく見える。大丈夫なのかと尋ねたかったが、きっと変に思われる。

図書館を出ようとすると、ジェマがぶらぶら入ってきた。ミズ・シェファードは彼女に気づいて、顔をしかめた。ジェマは座ってメルに話しかけた。変だ。今まで二人が一緒にいるのを見たことがない。二人が話している様子も変だった。二人とも、首をこわばらせて固くなっていた。ジェマのせいでぼくは不安になった。ジェマがスティンソン先生の宿舎のあるバイロン館に入り込むのを見たことがある。手ぶらで裏口から入り、大きなバックパックを持って出てきた。

ジェマはメルと話し終えると、何気なさそうに棚の間の通路を歩き回った。ショッピングモールで歩いているみたいに。それから本を一冊棚から抜き出してかばんに突っ込んで、そのまま出ていった。ミズ・シェファードは盗みに気づいただろうか。ぼくは彼女をちらっと見た。彼女は気づいていた。でも何も言わなかった。

　それからぼくはメルのほうを見た。イニッドと話していた。それで少し気が楽になった。メルのことが心配だったんだと思う。最近、何だかビクついているみたいだったから。どうしてかはわかっている。暗室にメルの採点表が掲示された時、ぼくは落ち込んだ。メルがうかつだったことに腹が立った。自分が果たしている役割のせいで、自分に嫌気がさしたのかもしれない。ぼくは嫌なことをやらされている歯車にすぎない、と自分に言い聞かせた。それでも絶対に侵入されないように毎週パスワードを変えて、読後に消去されるメールで編集人たちに送った。連中はこのスパイもどきの秘密結社ごっこに夢中だった。そしてぼくは、この肥溜め王国への入り口を見張る門番というわけだ。

　でも今回、侵入に気づいたぼくは入り口の鍵を強化しなかった。ぼくはドアを開けた。

ジェマ・ラッソ

　ケイト・ブッシュの写真が最初に公開されて一か月近かったが、テーガンはまだこだわり続けていた。その写真を眺めて息をのみ、話題にし続けた。

「女子のアソコがこんなに毛深くなるなんて。事情を知らなければアンダーヘアウィッグだと思ったはず」

「それ、何？」とエミーリア。

「陰毛の鬘(かつら)よ」とテーガン。

「サリー・メイに鬘をつけるなんて、どうして？」

エミーリアは「ヴァギナ」という代わりに南部ふうの固有名詞で呼ぶ。この習慣にはまだ慣れていなかったが、男が自分のペニスに愛称をつけることと、何か関係があるのだろう。とはいえ、そんなことをする男の知りあいもいないのだが。

テーガンは明らかに、アンダーヘアウィッグの専門家だった。

「一八〇〇年代には、売春婦がアソコに鬘をつけていたの。シラミ対策に陰毛を剃る必要があったから」

「うえっ」とエミーリア。

「性病を隠すためにつけることもあった。今でも、歴史ものを演じる時に俳優がつけることもあるわ」

「おめでとう」とわたしはテーガンに言った。

「何が?」

「卒業研究のテーマを考えついたじゃない。よく知っていることを書きなさい、と言われてるよね」

テーガンはわたしを無視して、携帯をかざして写真がよく見えるようにした。

「一七歳にもなって、アソコの手入れをしないってどういうこと? これじゃ陰毛のドレッド・ヘアみたい。こんなの見たことある?」

「もういい加減にしたら」とわたし。

「そうよ。その写真は流出するべきじゃなかった」とエミーリア。

テーガンは携帯に視線を戻したが、ひたいの血管が浮き出て脈打っていた。時々、テーガンとわたしはエミーリアの関心をひきたくて競争しているような気がする。エミーリアが誰か他の子を意地悪だと非難するのは珍しいが、胸がすっとする。

携帯が振動していた。こんな緊張した中で携帯を見るわけにはいかない。わたしは運動靴の紐を締め直して、ランニングをしてくると言った。

誰かが窓の外を見るといけないので、広場を何回か往復した。テーガンの傍に長くいすぎた時の拘束衣みたいな気分がそれで楽になる。キース監督が運動場の向こうからわたしを見て、もっと両腕をリラックスさせて、と言った。わたしは手をぶらぶらさせ、彼のほうにうなずいた。監督はわたしのフォームについて、大声でもっといろいろと指示を出しはじめた。わたしは愛想よくうなずいた。その時、携帯がまた振動した。携帯をポケットから出すと、監督はしかめ面になって行ってしまった。携帯電話が嫌いなのだ。四六時中電話を手放さないなんて、それ行けスマートじゃあるまいしと言う。誰のことかまるでわからない。

メルが、トールキン図書館に来てというメッセージを二回送ってきていた。わたしは広場を横切って、建物に入った。

シェファードは、何か知らないがいつもやっていることをやっていた。顔を上げてこちらを見て、目をそらした。本棚の間を歩いていると、彼女の目線が背中に感じられた。メルは学習コーナーにいて、ノート型パソコンの後ろに隠れていた。そろそろ作業が進んでいるはずだ。メルは顔を上げたが、イライラしているようだった。目の縁が赤く、腫れぼったかった。

「催涙ガスを浴びたみたいなんだけど」

「アレルギーなの。コメントありがと」とメル。

「ケイトと話した?」

「あなたが信用できるかわからないって」

「あなたが口添えしてくれたら、いいんじゃない?」

「ひょっとするとね」

「作業、少しははかどった?」

わたしたちは映画の中のスパイがやるようにやっていた。つまり、隣同士に腰かけて、相手を見ないようにしながら話していた。図書館のソファには似あわない。公園のベンチのほうがいい。

「まだ。複雑だもの。ワッフルのほうは?」

「まだわからない」

「ワッフルが好物で、レッドソックスのファンで、口でするのが嫌いな四年生がそんなに何人もいる?」メルは大きな声を出した。

「シーッ!」

ノーマンが横目でこちらをうかがっていた。それからイニッドがやってきて、メルに何か物理の質問をしはじめた。わたしはその場を離れた。メルとわたしはその学期の間ほとんど話していなかったから、何か企んでいると思われるのを被害妄想レベルで警戒していた。イニッドとメルが何かを噴出する話(吐くのではなく)をしている間に、コンピュータ関係の棚をチェックしてみた。『初心者にもできる! ハッキング』という本があった。メルの機嫌を損ねたくはなかったが、この本は必要だ。バックパックに突っ込んで、図書館を出た。

メルとこっそり会う必要がある。次の日、詳しい道順を携帯メールで送った。

ジェマ:最高機密の場所で今日の四時に待ちあわせ。

道順:本部の南東の入り口を入る。左手の階段で地下室に降りる。鍵がじゃらじゃらいう音が聞こえないか注意すること。後をつけられないようにすること。いずれの場合も計画は中止。大丈夫なら廊下の突き当りのB43のドアをノックする。

このメッセージは読後消去のこと。

去年本部の中を探検していて、地下室の奥の「オフィス」を発見した。予備の倉庫にすぎなかったが、それはわたしの倉庫になった。鍵を見つけ、中を片づけて自分の場所にした。誰にも会いたくない時に行く場所。この部屋のことは誰も知らない。地下室に出入りする時には用心して、質問された時のために、いつも何かの言い訳と、さらにその言い訳をサポートする話を用意している。

部屋はなかなかいい。一世代前のラウンジに置かれていた古ぼけたソファ、その横に棚。棚には本を並べた。読書用のスタンドもある。電気ポットも。スナック菓子、紅茶、コーヒーを引き出しに常備している。ドアの前に古い黒板を転がしていくことができる。職員が中を覗こうとした時のためだ。もう一年以上になるけれど、この場所はまだわたしだけのものだ。そのままにしておきたかったけれど、メルと一緒のところを誰かに見られるリスクは冒せない。メルは取り繕うのが苦手とあっては、なおさらのこと。

四時に、ドアをノックする音がした。

ドアを開けると、廊下にメルと、それにケイトが立っていた。誰かを連れてくるなら、あらかじめ連絡をくれるべき。

「この場所、何?」ケイトはどうぞと言われないのに勝手に入ってきて質問した。

「わたしのオフィス。入っていいわ」

メルがケイトの後から入ってきた。わたしは廊下を確認して、後ろ手にドアの鍵をかけた。

「わたしもオフィス欲しいな」メルがあたりを見回しながら言った。

「これは共有のオフィスよ、今のところ」わたしは我慢して言った。

メルを呼んだことをすでに後悔していた。

「お腹すいたんだけど」とメル。

わたしはメルに、スナックの引き出しを見せた。

「好きに取って。でも出入りする時は廊下に気をつけて。それから携帯の電池切れにも気をつけて。ここは夜一〇時に真っ暗になるから。外に出る時に明かりが必要になるの」

　メルが引き出しのスナックをチェックしている間に、ケイトはわたしのオフィスをぶらぶら歩き回って、引き出しを開けたり、あちこちをじろじろ見たり、家具に触ったりしながら、わたしを疑り深そうに横目で見た。

「それで、ケイト。わたしたちの仲間になる？」

「わかんない。どんな計画があるの？」

「戦闘部隊を作る、暗室を壊す、ドルシネアを止めさせる」とわたし。

　メルはがっかりしたように、首を横に振った。

「新兵募集イベントが必要だと教えてくれたら、準備したのにね」とわたし。

「部隊って言ってもねぇ。あなたを信用していいかどうか、どうやったらわかる？」

「こちらこそあなたを信用していいの？」

　ケイトは肩をすくめた。

「わたしが保証する。だから話してよ」とメル。

　ケイトはわたしのソファに座って、わたしのサイドテーブルに足を乗せた。

「話すって何？」とわたし。

「あの写真は罰だったの」ケイトは言った。

「何の罰？」

「妹（シスター）とその友達何人かに、オーラル・セックスはぜったいにやめるように警告したことの罰。その中の一人が、バカな彼氏に話してしまった」

「でもあいつら、あの写真をどうやって手に入れたの？」

「レイチェルよ」ケイトは言って、顔をそむけた。

「レイチェル・ローズ？　どうしてレイチェルがあの写真を持っていたわけ？」

「女子だって、男子と同じぐらい性悪になれるってこと。それぐらいでいいでしょ」

　わたしにはもっと質問があったが、そこまでにしておいた。

「あなたの立場は？」ケイトはわたしに矛先を向けてきた。

「クリスティーン・クリアリーがわたしの姉（シスター）だった。クリスティーンもしゃべった。ひどいことになって、退学するはめになったの」

「ふーん」ケイトは興味なさそうだった。

「メル、ハッキングは進んでる？」

　メルはノート型パソコンを開いて起動させた。

「ゆうべ、ほとんどうまくいったの。夜遅く。もうちょっとだった。その時にメンテナンスの注意事項が出てきて、締め出されてしまった。誰かが意図的にわたしをブロックしたのか、それともただの偶然なのか——わたしだけじゃなくて、全員がブロックされたのかも。大事をとって、すぐに戻るのはやめておいた。でも後でやり直してみたらうまくいかなくなってた」

「じゃ、進歩なしってこと？」

「ねえ、悪いけど、三週間前のわたしのコンピュータの知識といったら、ヴィンテージもののシリアルの箱アートを掲示する簡単なウェブサイトを作る程度だったんだから」

「わたしならその趣味は他人に見せびらかさないけど」とケイト。

　メルは彼女を無視した。「範囲指定とか区切り文字とかイフ条件式といったら、何のことかわかる？」

「全然」

「でしょ。だからダメ出ししないでよ。これでもできるだけ一生懸命やってるんだから」

「悪かった。努力は認めるわよ」

　ケイトはスナックの引き出しを探る作業に戻った。リコリスの包みを見つけて、メルに一本、わたしに一本手渡した。

「つまり、わたしたち三人だけってこと?」ケイトは赤いヒモみたいなリコリスをもぐもぐ食べながら言った。

「他にもう一人はいると思う。誰だかまだわからないけど」

ケイトはメルのほうに向きなおった。「今の、どういう意味?」

「この人に見せたげてよ」とメル。

仲間が増えても、信用できないなら意味がない。わたしは無記名のQ&Aをケイトに見せた。

「これどこで手に入れたの?」

「ウィットのオフィスを探したの。誰が抵抗運動に加わりそうか、判断するのに一番役に立つと思ったから」

ケイトはうなずいて、賛同の意を示した。「グッド・アイデアじゃん」

「ワッフルが好きでレッドソックスのファン、口でヤるのが嫌いな四年生を知ってる?」

ケイトはQ&Aを返して、バックパックを持った。

「どうして四年生だと思うの?」

「まったくね。それは考えなかった」

「ワッフルが誰だか知ってるっていうこと?」とメル。

「知ってる。後で連絡するね」ケイトは出ていった。

「あげるものがあるの」わたしはメルに言って、図書館から盗んだ本を手渡した。

「あなた読んだ?」

「ううん。それはあなたのやること」

「ありがたき幸せ、ボス」

「わたしはボスじゃないわよ」

「そう? でもわたしだけ面倒な仕事をやってるみたいなんだけど」

「それは汚れ仕事をわたしが引き受けてるからよ」わた

しは言った。

フォード先生

新学期が始まって一か月もたたないのに、いろいろな意味で記憶に残る年になりそうだった。少なくとも一〇人の男子生徒が、ディケンズ寮で熱湯のシャワーを浴びた。運が悪くて反射神経の鈍い新入生が一人、Ⅱ度熱傷で病院に運ばれた。両親がすぐに退学の手続きをとり、弁護士に連絡した。スティンソン校長は弁護士と会ったり理事会と協議したりで忙殺されるはめになった。

金曜日の午後に、クロードが何人かを自宅に招待してちょっとしたパーティをやった。母親の入院がパーティの理由になるのはクロードぐらいのものだろう。いつもの顔ぶれで、いないのはプリムだけだった。

ローランドには二つのまるで違った住宅地がある。南側にはほとんどの地元民が住んでいて、主にアパートと、つつましい一軒家からなり、グリーンの冷蔵庫と同じぐらいの古さ加減。南側の住人は、たいてい東側の住人に雇われている。

クロードの自宅は東側にあった。四年前にその家を初めて見た時、周囲の家と比べて豪華なので驚いた。小さな丘の上にあるクレストビュー通り三四四番地は、アルプス山脈のスキーリゾートから落っこちてきた山荘のように見えた。正面玄関に行きつくには、急こう配の石畳を上って行かなければならない。何年か前、誰かが家の側面に車いす用のエレベーターをつけた。クロードは、家を遠目に見た時のエレガントなたたずまいが台無しになったと言う。ぼくに言わせれば、どっちみちその家は中から見るほうがきれいだ。裏庭から、自然のままの丘陵地帯、さざ波のたつ小さな湖、樫の木が高くそびえる森が見える。

ドアを開けたクロードは、古風だけれども肝心なところがチャーミングにみえる薔薇模様のドレスを着ていた。パールのネックレス、モーヴ色の口紅は普段の血のように赤い戦闘メイクよりも若く暖かな雰囲気。いつもはギスギスして、彼女がセクシーな女だということを忘れてしまうこともある。

「フィン、来てくれて嬉しいわ」クロードはぼくのほうを見ないで言った。「ウィットと一緒じゃないの?」

「彼女は一人で来ると思ったんだ」

イヴリンはオープン・キッチンでライムを輪切りにしていた。「あなた、曖昧な言い方をしたじゃない、クロード。「放課後」って何時だかわからないわよ」

「飲み物は何?」ぼくは尋ねた。

「ラムの代わりにウォッカを入れたウォッカ・モヒートよ」とイヴリン。

「ウォッカ?」

「文句言わないで。わたし、大学時代に一生分のラムを飲んで、あの匂いだけで気持ち悪くなっちゃうの」

イヴリンはぼくに一杯手渡した。クロードはお代わりを要求した。

「何も食べなくて大丈夫なの?」とイヴリン。

「夕日を見ましょうよ」クロードは言って、ふらつきながら裏手のベランダに出ていった。

彼女はずいぶん早くから飲みはじめていた。酔っぱらったクロードには、はっきりした三つの段階がある。最初の何杯かで、切れ味が鋭くなる——手を切りそうな紙から、剃刀への変身。その後、愛想がよくなり、ひょうきんになり、でもガードは固いままだ。三段階目にはだらしなくベタベタしてきて、時にはすごくセクシーになる。三段階目までいくことはめったにない。

「わたしが来た時にはもうあんなふうだったのよ」イヴリンが言って、冷凍食品の前菜をいくつかオーブンに入れた。「何か食べさせないと」

ベランダはキャンドルだらけだった。八〇年代のミュージック・ビデオもかくやというところ。暗くなるにつれてキャンドルの灯りの魔法が効いてきて、誰の顔も一〇歳若く見えた。クロードはぼくが初めて会った頃みたいだった。その頃のぼくは、彼女のことを簡単に落とせる本の虫だとしか思っていなかった。

ウィットは暗くなってから、安物の赤ワインを一瓶持ってやってきた。

「何これ。この家、信じられない」

「あなたまた遅刻よ」とクロード。

「遅刻？」

「いつでもいいから来てって言ったじゃないの。いつでもいいなら遅刻なんてありえない」イヴリンが言った。

「もちろんありえるわよ」クロードが、ろれつの回らない舌で言った。

「今日は何かのお祝い？」ウィットが尋ねた。キャンドルのことかもしれないし、誰も手をつけていないメロンの生ハム添えとか、チーズパフとか、いろんなソーセージの盛りあわせのことを言ったのかもしれない。

イヴリンがウィットに危険なカクテルを一杯注いだ。

「普段はここでおもてなしをしないから」クロードが言った。

「どうして？　お客さんを呼ぶのにぴったりの家みたいなのに」

「そのとおりね」

「お母様は？」

「入院中」クロードの口調には懸念のかけらもなかった。

「それはお気の毒に」

「誰かがこのお料理を食べないと」とクロード。

「そうよ、あなたがね」とイヴリン。

「子どもの頃からここに?」とウィット。

「わたしが一一歳の頃に引っ越してきて以来よ。母の三番目の夫が、スティンソンの前に校長だったフランク・ウルジー」

　クロードの酔いには四番目の段階がある。意識を失ってその段階を回避することもある。意識を失わない時には、用心しないと彼女の暗い部分がブラックホールみたいに強烈な磁力を発揮しはじめる。イヴリンはクロードに氷水のグラスを手渡して、話題を変えた。

「シャワー・テロリストは誰だと思う?　懸賞金があるらしいじゃない。ボーナスに上乗せできたら嬉しいんだけれど。何かアイデアある?」

「ジェマ」クロードがつぶやいた。

「ホント?　わたしはケイトかテーガンだと思った」とイヴリン。

「単なる機械の故障かもしれないじゃない」とウィット。

　ウィットのおトボケぶりに全員が笑った。イヴリンが、あなたのアイデアは?と尋ねてきた。

「見当もつかないな」とぼく。

　あのキースの野郎が犯人に違いないが、証拠は何もない。朝早く機械室に鍵をかけているところを見た、というだけだ。あいつはディケンズに住んでいない。あの場にいる理由はなかったはずだ。

　クロードがまたお代わりを要求した。ウィットは彼女の気をそらせるために、家の中を見せてほしいと頼んだ。

　クロードはウィットの腕につかまって、ふらつく体をささえた。二人は廊下を歩いて行った。

「飲み物、作っておいてよね」クロードが呼びかけた。

　ぼくは水を一杯注いで、二人の後を追いかけた。この家に来たのは数年前に一度きり、彼女の母親は泊まりがけで不在だった。クロードが少しだけ廊下を見せてくれた。自分の寝室のドアを指さしたが、中には入れてくれなかった。ぼくたちはプールサイドのロングチェアの上でファックした。

廊下の向こうの主寝室から、くぐもった声が聞こえた。チャンス到来だ。ぼくはクロードの寝室を急いで覗いた。

中には装飾的な鋳鉄のヘッドボードがついた天蓋ベッドがあった。薄くてふんわりしたレースのカーテンが、ヴェールのようにベッドを覆っていた。その他にはピンク色のドレッサーだけ。部屋には落ち着かない雰囲気があった。過去の遺物みたいだからではなく、ぼくの知っているクロードらしいところが何一つなかったから。ぼくはドアを閉めて、廊下の向こうへと声を追った。

「年が離れていたから。亡くなった時には六六歳だったのよ」

「あなたは？」とウィット。

「二九歳。結婚式の二週間前に死んじゃったの。もう少しだけ長生きしていたら、わたしは未亡人になってたってこと」

クロードとウィットは、ウルジー夫人の円形のベッドに寝そべっていた。枕元のスタンドに置かれたいくつかの薬瓶と甘ったるい消毒液の匂いがなければ、七〇年代のポルノ映画のセットみたいだった。

「彼のこと愛してた？」

「もちろん愛してたわよ。結婚するはずだったんだから。彼が亡くなった時には悲惨だった。彼の人でなしの子どもたちがわたしを追い出したの。無一文でよ」

クロードの瞼が、眠気と闘っている子どものように瞬きを繰り返していた。そのうち完全に閉じてしまった。ウィットは左側に転がって、ぎこちない動作でベッドから降りた。

ぼくは水のグラスを枕元のスタンドに置いた。

「行こう。彼女、眠ったほうがいい」ぼくはひそひそ声で言った。

ウィットとぼくがベランダに戻ると、イヴリンがもう片づけを始めていた。ぼくはグラスを集めて食器洗い機に入れ、その結果、イヴリンとちょっとした口論になった。イヴリンに言わせれば、食器洗い機の使い方に関する男同士の陰謀があるらしい。どうやら、イヴリンの夫は食器の入れ方についてナチス顔負けの独裁主義者のようだ。ウィットは議論に加わらず、余った料理を黙々とタッパーに詰めた。

それからイヴリンは大きなグラスにワインをたっぷり注いで、あなたたちは帰ってと言った。片づけはわたしが引き受けるから、と。

「あと一時間は帰らなくていいし。一人の時間を過ごしたいし。あなたたち二人は帰りなさいよ。夜はまだ若いわ」

クロードの家から出たとたん、ウィットは質問を始めた。ホワイトホールとは友達なのか。普通だった、とぼくは言った。とはいえ彼女と二人で何か話しあった覚えもなかった。生徒たちの間で、何か妙な動きに気づいたことはないか。たとえばどんな?とぼくが尋ねると、「もういいわ」という返事。

それからクロードについての質問。あの寝室には何かうさんくさいところがある、と。ぼくは同じことを感じていたが、クロードについて話すのは気が進まなかった。ぼくはウィットに、小屋の生活はどうかと尋ねた。ウィットは充分住めると言い張ったが、テレビと電気がないのは不便だと認めた。言った順序はこのとおりだ。ぼくのテレビや電気をいつでも使ってくれてかまわないと言ってみた。彼女は携帯をチェックしていた。まったく下品な習慣だ。ぼくの申し出が耳に入っていたかどうかもわからない。

「ドルシネア、と聞いて何かピンとくる？　『ドン・キホーテ』以外に？」突然ウィットが言った。

「いいえ、スターク刑事。思い当たるはずだと？」

父親の本に言及されると、ウィットは妙に押し黙ってしまった。彼のことを口に出すべきじゃなかったのかもしれない。女は誰でもパパ問題を抱えている、というのがぼくが学んできたことだ。どれほどいい父親だったかは、結局のところ問題じゃない。最低な親父だと、欠乏感を抱えつつ「電気を消してくれる？」とすら言えない女になる。でも賭けてもいいが、いい親父が一番ひどい結果を招く。どんな男にも失望するようになるからだ。

外は暗かった。小屋まで送ろうかと言ってみた。

「今晩は無理」彼女はイライラした口調で言った。家まで送ろうと言っただけで、ファックしようと言ったんじゃないのに。

ウィット先生

小さな水たまりみたいな池、たとえば寄宿学校で生活して働いていると、アルコールのような効果がゆっくり着実に効き目を現してくる。つまり、年齢さえ適切なら、次第にどんな男でも外の世界にいる時より魅力的に見えてくるのだ。少なくともそれが、以前同僚から聞いた説だった。つまり、フィンに魅力を感じた一方で、そんな自分を信用しきれなかった（その時には、本当に彼に惹かれている、と考えていたのだけれど）。

学校を目指して二人で歩きながら、円形マットレスの利点、あるいは利点のないところ、についてちょっとだけ話しあった。わたしは会話をフェラチオ・コンテストのほうに向けたかったが、彼は何も知らないようだった。携帯の電源を入れたとたん、メッセージが怒涛のようになだれ込んだ。父が連絡をとろうとして次第に切羽詰まっていくのが、メッセージの振動で感じられた。父につきあう気分ではなかった。

あたりは真っ暗で、森はちょっと恐ろし気で、わたしは懐中電灯を持ってくるのを忘れていた。フィンが家まで送ると言ってくれることを期待していたが、彼は申し出なかった。フェミニズムが騎士道精神というものを絶滅させたのか。あるいはわたしの期待が現実的でなかったのか。わたしからはお願いしなかったし、彼は読心術師ではない。

わたしたちは正門で別れた。消防車両用の道路を歩きはじめたが、電波が届かなくなる前に立ち止まってメッセージを読むことにした。

パパ：電話してくれ。話すことがある。
パパ：アレックス、どこにいるんだい？
パパ：緊急事態。ＳＯＳ．
パパ：六か月分の仕事がパー。
パパ：ああなんてことだ。わたしは何をやらかしちまったんだ？

わたしは携帯の電源を落として、小屋に向かって歩いた。ドアから三メートルほどのところで、まぶしい光がまともに目を射た。目をそらして、光線の外に出た。目が見えなくなった原因は、新しく設置された外灯だった。わたしはすばやくドアの鍵を開けて中に入り、しっかり錠を下ろした。スタンドをつけて、怪しいところはないか小屋をチェックする。ドアの下に、小さな四角い紙が滑り込ませてあった。

知った今、何をするつもり？

その瞬間のわたしがするつもりだったこととは、このメッセージ残しのイカれた奴が誰だか突き止めて、書くほうの手の指を折ってやりたい、ということだけ。少なくとも彼――あるいは彼女――のインクと紙を全部取り上げたい。

羊を数える人もいる。わたしは、自分にできそうな仕事をアルファベット順に考えて、やっと眠ることができた。睡眠のためには何一つ除外してはいけない。Ｃの「カーペット施工業者」までできてやっと睡魔が訪れた。

日が短くなっていたせいもあって、つい寝坊した。やっと目が覚めた時にもさわやかな気分とは言いがたかった。今日は土曜日だと気がついて一瞬明るい気分になったが、その感情はクロードの家の薄暗い記憶と、それに続く父の悲痛な懇願と、あのクソったれメモのせいでたちまち押しのけられた。

ベッドから這い出してドアを開けると、もう一つの死体がわたしを待ち受けていた。急いでローブとスリッパを身につけ、猫に餌をやり、発電機に燃料をやった。その後コーヒーを一杯いれて、外のさわやかな空気の中で飲んだ。

すぐに聞こえてきたのは、水がびしゃっという音、それから「ハッ！」という空手のレッスンみたいな甲高い声。空地の向こうの森の入り口まで行くと、何週間か前にキースに向かって叫んでいた少女、リニーが、胴つき長靴を履いてわたしの池に入っていた。金属の長い棒を持って、それで繰り返し水中に突きを入れている。突きの動作のたびに「ハッ！」という声。

リニーがいったい何をやっているのかはわからなかっ

たが、その熱心さは見上げたものだった。話しかけるまで、彼女はわたしに気づきもしなかった。

「いったい何をしてるの?」

リニーは棒を持つ位置を変えて、ライフルのように肩に背負った。

「先生を起こしてしまいましたか? 起こすなと言われていたんですが。伝言を届けに来ました」

「リニー、よね? 何をしているの?」

「銛で魚をとっていました」

「その池の中にいい魚がいる?」

「食べるんじゃありません。動く標的を狙う練習をしていただけです。これはちゃんとした槍ですらないです」

「そうみたいね。それは何?」

「ゴルフのクラブです。ヘッドを切り落として、シャフトをとがらせました。伝言をお伝えしていいですか?」

「もちろん」

「スティンソン校長が、家に来てほしいとのことです。一時間以内、ご都合のいい時に」

「どういう用件かわかる?」

「校長先生はおっしゃいませんでしたが、もう一人おじさんがいました。そのおじさんは先生のお父さんだと思います」

「おじさんはどんな人だった?」

「白髪、山羊ひげ。サファリ・ジャケット」

「父だわ。着替えなきゃ。あと五分は魚をとる練習していいわ。それからキャンパスまで一緒に戻りましょう。これからは、監視なしで魚を銛で突かないと約束して」

着替えるとリニーが携帯で小屋の周囲の泥の写真を撮っていた。もう胴つき長靴は脱いでいて、その下に着ているのは軍の放出品。こんなサイズを製造しているとは知らなかった。

「今度は何をやっているの?」

「足跡に気がつきましたか?」

胸をぐっと押されたような気がした。リニーの立っているところまで、地面を見ながら歩いてみた。足跡が小屋をぐるりと取り巻いていた。

「先生の足はものすごく大きいですか?」

「いいえ」わたしは言って、リニーが見ている足跡の横に自分の足を置いた。

リニーはうなずくと、何か頭の中で計算でもしているように、空を見上げた。

「サイズ八から一一の間の靴を履く男性の足跡ですね」

わたしは小屋を玄関まで回った。そこには別の足跡があった。こちらはもっと大きくて、ドアの前にかたまっていた。

リニーは玄関口まで後をついてきて、大きいほうの靴型を調べた。

「こちらのほうが大きくて、深くめり込んでいます。小さいほうはローファーみたいです。生徒が履くのと同じです。二人の違う人物ってことですね」

小柄な女の子が探偵ごっこをしている様子は面白い、と思えたかもしれない。わたしの家を二人の男が偵察しているという状況がなければ。

「行きましょう」わたしは言った。

彼女は胴つき長靴を肩にかけ、わたしと一緒にエリオット小道をたどった。

「足跡のことで、何かお考えはありますか?」

「ここのところ、誰かがわたしにメモを置いていくのよ」

「興味深いわ。そのメモはどこに置いてあるんですか?」

「ドアの前」

「ふうん。ドアのところにメモを置くなら、どうして小屋のまわり中に足跡を残すんでしょうか」

誰かに覗き見されている可能性について、あまり深く考えたくなかった。

「体育の個人授業について教えて。チームに入ったほうが簡単じゃない？」

「簡単、といえばそうなんですけど。でも個人授業で集中して学びたいんです。そのことなんですけど、もうお話があったのは知ってますが、フェンシングのレッスンをするお考えはないんですよね？」

「わたしはフェンシングをしないから」

リニーは突く動作をして、空気を突き刺した。

「キースは、聞いてみても悪いことはないって言ったから」

「ほんとに？　彼がそう言った？」

「はい言いました。間違いですか？」

「いいえ、間違ってないわ。ただキースには、わたしがフェンシングをしないってはっきり言ったと思っていたので」

「残念です。何か武器を使いこなせるのはいいことだと思うんです。万一のために」

「万一のどんな？」

「誰かに怪我をさせたり、障害を与えたり、殺したりしなければいけない時のためです。もちろん自衛のためになんです」

「先を切り落としたそのゴルフクラブは、充分武器みたいに見えるけど。取り扱いには気をつけてちょうだいね」

「すごく気をつけます」

うまく誘導すれば、リニーはすばらしい情報源になってくれると思いついた。

「わたしにメモを残していくのが誰か、あなたは知らないわよね?」

　気のせいかもしれないが、答える前に一瞬の間があった。

「知りません」

「本当に知らない?」

「誰も見ていません。でも気をつけておきます」

　フレミング広場を突っ切る彼女の背中で、胴つき長靴が跳ねていた。


　行ってみると、グレッグと父がベランダで座っていた。わたしは回れ右をして、元の方角に歩きはじめた。リニーから父について警告を受けていたから、それはただの嫌がらせだった。今のところ、父に対して有利な立場をとり続けるつもりだった。たぶんこの先ずっと。

「アレックス、頼むよ」グレッグは言った。「レンは二時間以上も運転してきたんだ。君と話すまでは帰らないとさ」

　パパは怒りと恐怖の間で綱渡りをしていた。

「アレックス、助けてくれ。これから一生、ずっとわたしを無視するつもりなのか?」

　わたしは振り向いて、とどまるか、立ち去るか考えた。

「コーヒーをいれたばかりだ。一杯持ってきてあげよう」グレッグは言いながら、家の中に入った。

　コーヒーと聞いて気が変わったふりをした。わたしはベランダに近づいた。パパが、ハグしようと腕を広げていた。それはまだ無理。わたしは一方の手を差し出した。ビジネス式の握手をしながら、パパはやれやれという顔をした。

「また会えて嬉しいよ、アレックス」

　パパはグレッグの肘かけ椅子の一つにまた腰を落ち着けた。傍らには、ぐちゃぐちゃの原稿の束。

「どれぐらいひどい状態?」わたしは原稿を指さして、

父の隣に腰かけた。

「たとえて言えば、車をぶつけてしまって、修理は可能で、栄光の時代に近いところまで戻せそうなのだが、修理のコストが車の値段より高くつく、ということがあるだろう」

「つまり、本全体がもうダメってこと？」

「その可能性はかなり高い」とパパ。

「車の比喩にあわせたとして、ハンドルを切り間違えたのはどのあたり？」

「オフィスが全焼して、コバーンが七三年に関わった殺人事件の証拠がすべて消滅した後すぐだ。クインがインフルエンザでダウンする。熱にうなされているうちに、妻の死の場面の記憶がよみがえる。妻が生きているかもしれないという可能性に思い当たって、トレドに飛ぶ。まだインフルエンザの症状に苦しめられながらだ。そこで不動産業界の大物の億万長者とその妻に出会う。モンダーヴィ夫妻、ロバートとマルセラは、クインを自宅に連れ帰る。彼に健康を取り戻させるためと見せかけて、もちろん他にも動機がいくつかある。ああ、それに妻のマルセラは大変な美人で、クインは彼女が偽物ではないかと疑いはじめる。クインはロバートとマルセラに騙されて、妻の失踪はサンチェスが糸をひいていると思い込んでしまう。クインは誓って……」

「パパ、ちょっと待って。記憶？　火事？　トレド？　それ全部、最初のプロットにはなかったわよ。どうして何でもかんでもドン・キホーテみたいにしなくちゃならないの？」

「わたしは『ドン・キホーテ』を愛してる。それに決められた筋書きのとおりに書くのは嫌いなんだ」パパは老け込んで意気消沈していた。

　本を書くたびにこの調子。パパは自分のアイデアで（あるいはセルバンテスのアイデアで）なんとかしようとして、レールを踏み外す。才能がないわけではない。才能の使い方がわかっていないのが問題なのだ。アイデアがありすぎて、暴走が止められない。二四時間、原稿チェックが必要。それを離婚後も含めて何年もやってきたのは母だった。残念なことに、二人が共同作業をすればするほど、互いへの敵意が高まっていった。草稿へのコメント一つひとつが、剃刀のようにパパの繊細な皮膚に切りつける。ある時、わたしがいるとパパの皮膚が分厚くなるとわかった。だから今、母のメモはすべてわたし経由で渡される。わたしは父の人生のあらゆる面の批評家ナンバー・ワンだ。わたしが父との関係で一番気に入っていることの一つはそれ。パパが同じ意見かというと、それはどうだろうか。

「ファイルを送って、パパ。二、三日のうちに、どこで脱線したか見つけて連絡するから」

「ありがとうよ、アレックス」

グレッグがコーヒーのカップを手に、ベランダに戻ってきた。

わたしはグレッグを見た。「使い捨ての紙コップはないわよね?」

「そうだね、持ち運び用マグを貸してあげられるが」

「すごくありがたいわ」

「もっといればいいのにな」とパパ。

「パパの本を直す作業で忙しいのよ」

グレッグがバリスタ役をやっている間に、パパは手持無沙汰をごまかそうとして、空になったカップから飲むふりをした。体裁を取り繕うことへのパパのこだわりは驚くべきものだった。

パパはカップを置くと、やっとわたしの目線に向きあった。

「お前は頑固で強い女だ。それはわたしのいろいろな欠点のお陰だと思いたいがね」

ノーマン・クロウリー

編集会議　議事録

出席者：ミック・デヴリン（議長）、ジャック・ヴァンデンバーグ、アダム・ウェストレイク、ゲイブリエル・スミス、ノーマン・クロウリー（書記）、ジョナ・ワグマン（欠席）

次回：未定

議題：新入会員投票
　シャワー・テロリスト
　ドルシネア現状報告
　その他

編集会議は少なくとも月に一回開かれる。二年前に誰かアホな奴が正式な議事録が必要だと決めたせいで、ぼくが議事録を作らなくちゃならない。編集人たちは普段は議事録を見たいと言わないが、いざ見たいとなったら、できていないとひどい目にあう。ぼくは書記を降りようとして、あらゆることを試した——だって、ミーティングはポルノ専門のシンクタンクみたいだ——でもぼくの抵抗はいつも、肩に腕を回され、やんわりと脅しつけられて挫折する。

一〇月最初の集会は、いつもよりずっと議題が多かった。はじめはいつもと同じだった。まずジャックがラウンジに乗り込んで、編集人じゃない生徒を追い出した。ミックは木槌を持って議長席に座った。

「後は誰かな？」アダムは答えを知っているのに、言った。

ジャックは指で数えはじめた。編集人は五人。誰がいないか数えて考えているのだ。ジャックはヴァイキングのようにごつくて、アルコールを何の苦もなく仕入れてくる。でも十人組にいるのは頭がいいからじゃない。

「ジョナの奴がまた来ないほうに一〇〇ルーブル賭けるぜ」とゲイブが言った。

それからくすくす笑った。ゲイブのセリフに一番反応するのはゲイブ自身だ。時々、ジョークの根本的な仕組みを彼に説明したくなる。つまり、期待をひっくり返すことだと。彼には理解できないだろう。そのうち遺産を相続したら、笑ってくれる奴を雇えばいい。

アダムがラウンジのドアを開けた。彼の弟(ブラザー)が外で待っていた。

「スミティ。ジョナを連れてこい」

その二年生の名前は思い出せないが、スミティではない。そのナントカ君はそう言われて即座に出ていった。

それから五分、編集人たちがジョナを待っている間に、ゲイブがいろんなもののまねをやったのだが、下手くそすぎるので誰の真似かあてるゲームみたいになった。

ジョナはやっと姿を見せたが、頭を部屋の中に突っ込んで、言った。「悪い。今日は無理だ。勉強しないとダメなんだ」

アダムが廊下に踏み出して言った。「なあ、ジョナ。もうこれで続けて三回目だぜ。今日は投票もあるのにさ」

「委任するよ」ジョナは言って、両手をポケットに突っ込み、床をじっと見た。

アダムはがっかりした様子で首を振った。

「Bagman の名にもとるだろ」

ジョナの兄のジェイソンは、最初の編集人の一人だった。「Bagman」というニックネームは、ワグマンという苗字と語呂がいいのと、大勢の女の子をものにした(バッグ)からだと思う。

「そんなの高望みしすぎだよ。試してみるだけ無駄だ。それじゃ、アダム」

ジョナはいなくなった。ぼくは嫉妬していた。この排他的なクラブから安全に抜けるために、その中での高い地位が必要だなんて。ミックが木槌で机を叩いて、開会を宣言した。

予想されたどおりの投票結果で、新しいニックは編集会議のメンバーとして受け入れられた。新入りが十人組に承認されると、編集人たちに信用されるようになるまで、しばらくの間は暗室へのエントリーを制限される。でもニックは特別か何かなんだろう。彼のスクールカーストでの出世が早すぎると文句を言ったのはゲイブだけだった。

その日、ぼくはアダムと新しいニックの二人と会って、「VicVega」のために暗室の新しいアカウントを作るように指示されていた。それがニックの選んだユーザーネームだ。少なくとも今のところは Hef 何世ではなかった。ぼくはニックにログインのやり方を教えて、パスワードを作らせた。彼はクリックして暗室を進んでいき、ドルシネアに入る手前まで行きついた。何らかの反応があると思っていた——驚きとか、激しい嫌悪とか、漫画にあるみたいに両目がビョンと飛び出して引っ込む、みたいな。でも新しいニックは退屈そうにしているだけだった。それは少なくとも、三人のイケてる女の子たちが気を引こうとしている奴がとる態度じゃなかった。

次の議題は、シャワー・テロリストを捕まえること。アダムは赤いチラシの束を持ち出した。「手配中：シャワー・テロリスト　賞金五〇〇ドル」。その下に縞模様の服を着た覆面の男のモノクロのイラストがあった（マクドナルドのキャラクターみたいな奴）。男の頭の上にはシャワーのヘッドが描かれてあって、全体がライフルの照準のバツ印の中におさめられていた。

笑えるほど下手くそな絵だったが、誰も、何も言わなかった。

「一階だけで三五〇ドル集金した。五〇〇ドルからスタートしよう。効果がなかったら、もっと集金する」とアダム。

「賛成」とミック。

「異議なし」全員が言った。

アダムはチラシを「スミティ」に渡して、どこに掲示するか指示した。

シャワー・テロリストのことも由々しい問題とはいえ、今回の会議の一番の懸案事項はドルシネアだった。明らかに編集人たちは暗室の活動全体が減っていること、ドルシネアへの投稿が少なくなっていることに気がついていた。なんとかビジネスを続けようとあがいているレンタルビデオ業者みたいだ。

「我々の代で、ドルシネアの伝統が終わりになってもいいのか？」とミック。

「まさか、冗談だろ」とジャック。

「やらなければならないことは、明らかだ。本格的な大宣伝さ。やり手の広告マン、ドン・ドレイパーなら何をすると思う？」とゲイブ。

「子どもの時に、頭をどこかに落っことしたのか？」アダムがゲイブに言った。

「ゲイブ、アダムが言おうとしているのは、宣伝なんてぜったいダメだ、ということだと思うよ」とミック。

「問題は、この秘密結社の秘密が漏れかけているということだ。ドルシネアの歴史に、事情を知る何人かの女子はつきものだった。彼女たちの競争心はありがたく受けとめられてきた。でもその競争心には、究極的には伝統的求愛の見せかけが必要なんだ」

「なんだって?」とジャック。

ジャックは相手の発言が短い文章一つ以上になると、ついていけなくなることがある。

「普通の女は、採点されてると知ったら口でイかせてくれなくなる、ってことさ」とアダム。

「なあるほどォ」とジャック。

ぼくはちょっとの間、意識をオフにして、自分が素手、素足で、こいつら全員をぶちのめすブルース・リーになったところを想像した。一人残らず血まみれでボロボロになり、床に倒れていた。気分が悪くなった。

ぼくは具合が悪そうに見えたんだろう。ジャックが大丈夫かと聞いてきた。ぼくはまだ自分が部屋にいることを忘れていた。「大丈夫だよ」ぼくは言った。ジャックは深呼吸しろよと言った。

ミックがアダムのほうを向いて、言った。「解決策は何だろう。壺から出た魔神はもとに戻せないぜ」

「女子がお互いに話をするのが問題なら、話すのをやめさせないとな」とジャック。

「簡単に言うなよ」とゲイブ。

アダムはノートに何か書き込んで、考え深げに天井を見つめた。

「いいだろう。それじゃ今晩はここまで。ノーマン、ありがとう」アダムは言った。

ジャックは立ち上がったが、アダムが手で小さく合図をしたのを見て、もう一度座り直した。

「ぼくはもういいかな?」とぼく。

アダムはうなずいた。他のメンバーは女子に対抗する作戦を練るために残るが、ぼくは明らかに用済みだった。

自室のほうへ廊下を歩いていくと、また怒りが込み上げてきた。手が震えた。ドアの鍵を開け、机の上にノート型パソコンを置いて、ブラックボードにログインする。

To：メル・イーストマン
From：ビル・ヘイドン
Re：暗室

宝石泥棒みたいに壁をよじ登って越えようとするのはやめてくれ。招待されたふりをして、通常のゲストのように入室するんだ。タイミングは、今。お願いだ。

親愛なる、
ビル

ジェマ・ラッソ

土曜日の朝、ケイトがメルとわたしにメッセージを送ってきた。

ケイト：ワッフル発見。基地に集合。一一時で？

わたしは一時間早くオフィスに向かった。新しいメンバーが来る前に着いていたかった。彼女に会いたいというだけではなく、あれはわたしの場所だということをはっきりさせるためだ。ドアの鍵を開けると、放出品の軍服を着たリニーがわたしのソファに寝そべって、有毒植物についての本を読んでいた。

「ドアが開いたままだった？」

「机の上に鍵を置いて行ったでしょ。わたしのために合鍵を作ってくれたのかと思った」

そんなことはしていない。でもリニーがあっさり鍵を手放すとは思えなかった。

「どうしてそんな服を?」

「体育の単位を取るのに、サバイバリストのプロジェクトをするから。『荒野を目指そう』野外活動スクールでは、荒野の真ん中に独りで置き去りにされて、持っていっていいのは缶切りと、火打石と、塩だけ。それで三日間生き延びるの。ストーンブリッジの森で三日間生き延びたら一年分か、少なくとも一学期の体育の単位をくれるようにキース監督を説得しようとしているんだけれど」

「監督がいいって言うはずない」

「そんなのわからないじゃない」とリニー。

大きなノック二回、小さなノック二回で会話が中断された。


ドアを開けると、アリソン・モスビーがメルとケイトに挟まれて廊下に立っていた。三年生で、名前と顔が結びつく程度にしか知らない子だ。

「ようこそ」わたしは執事みたいに、部屋のほうを手で示した。

リニーは体をまっすぐ起こして、新しい客をじっと見て、言った。

「これで五人ね」

「リニー、あなたは帰りなさい」

「どうして」

「どうしてかわかってるでしょ。さあ」

リニーはごねたが、そんなことは初めてじゃない。リニーは小柄で、いざとなったらわたしが部屋から押し出すこともできる。威厳を保ったまま去るか保たないで去るか、決める時間をあげた。

「この後約束あるから」とリニーは言って、足早に出ていった。

リニーがいなくなると、ケイトが皆を紹介した。

「アリソン・モスビー、こちらはジェマ・ラッソ」

「ようこそ。ケイトが計画のことを話した?」

「何か考えているというのは聞いたけど。実際に何か達成したかどうかは聞いてないわ」とアリソン。

「まだ計画段階だから」

わたしはメルを見た。「そういえば、今どうなってる?」

「作業中」メルがぴしゃりと言った。

わたしはアリソンに座ってと言い、何かいるか聞いた。

「何かって、たとえば何?」

メルがスナックの引き出しを開けて、お菓子の名前を並べたてた。

「ちなみにリコリスは切らしてる」

「じゃリコリスで」とアリソン。

ユーモアのセンスがあるのはいい兆候のような気がした。わたしはソファで彼女と隣りあって座り、ケイトはコーヒーテーブルのほうに座った。

「お茶が欲しいんだけど。もしあまりお手数でなければ」

「少々お待ちを」とメル。

アリソン・モスビーについてわたしの知っていることはこういうことだけ。三年生で優等生。特に理科系の科目。十人組ではないが、そのすぐ近くにいるように見えた。かわいくて、とても大きな茶色の目、長い首、薄い唇。サッカーチームのフォワード。本物の運動選手だ。足の筋肉がしっかりついている。三人の男子が、この足がどれほど魅力的か話しているのをたまたま耳にしたことがある。会話の中身をまとめると、以下の三つ。

男子#1：芸術品の域
男子#2：がっちりしすぎだな
男子#3：オレは足じゃなくて足の間にあるモノにだけ興味ある

簡単に事情を説明して、質問はないか尋ねた。

「ケイトに何があったかは知ってる。あなたたちに何があったか聞きたいわ」とアリソン。

メルはやかんを火にかけ、わたしのほうを見た。

「あなたから話す？　メル？」

メルは椅子を引き寄せた。

「いいわ、長い話をかいつまんで言うと。去年ミックに声をかけられたの。わたしのルームメイトはすごくショックを受けてた。彼みたいな人気者がわたしの名前を知ってるだけで奇跡って感じ。不自然なことはなかった。頭のいい子とデートするのはワクワクするとか、いつもチヤホヤしてくれた。そんなの初めての経験だった。でも今になって思えば、何もかも変だった。君みたいな子が好きなんだと言われて、バカだったから信じてしまったのよね。つきあいはじめていろんなことをするようになって、彼は本当にわたしのことが好きなんだと思ったから、もっと先に進んだ。そうしたら彼が突然、妙にオーラル・セックスにばかりこだわるようになった――わたしが口でしてあげるほうよ。後になって、全部が腑に落ちたの。彼がじっくり時間をかけてわたしを落としたってこと。でもその時には――ああもう、ホントに、なんてバカだったんだろ」

「コンテストのことはどうやって知ったの？」とアリソン。

「あいつは本当にバカよ」とメル。「ある時彼の部屋に行ったら、パソコンが開きっぱなしだったの。自分が何を見ているのかわからなかった。ただわたしのことで、ひどいことが書いてあるのはわかった。姉(シスター)のマディソンはもう大学生だったけれど、電話したら、ずっと前に耳にはさんだことがある、と知っていることを全部教えてくれた。その後、わたしはミックを無視しようとした。見るのも嫌だった。そのうちに、ぼくのことをもう好きじゃなくなったのはどうしてなのか、とメッセージが来た。わたしは「ドルシネア」と一言だけ返事した。そうしたら彼の返事は「誰にも言うな。ぼくらの秘密だ」だって。気持ち悪い」

自分自身のひどい話は話さずに、メルの屈辱の細部を知ってしまったことに罪悪感があった。何かでっちあげるべきかと考えているうちに、メルがアリソンにあなたの話は、と尋ねた。

「マイク・ケージを覚えてる？　去年卒業した？」

「覚えてる。マイク？　ホントに？」とメル。

マイクは、分別のある女の子がつきあう相手のように見えた。勉強ができるがハンサムではなく、人をひきつける魅力もない。理屈の上ではいい人だしボーイフレンドにしたいと思うべきなのに、そう思えないタイプ。

「わたしが入学して半年ぐらいして、つきあうようになったの」とアリソン。

「彼のこと、本当に好きだったわけ？」メルが、あからさまに信じられないという表情をした。

わたしたち全員の質問をメルが口に出してくれて、ありがたかった。

「そう思うよね。でも彼は本当に、最初はすごくすてきだった。母にも日頃から、こちらがつきあってあげることをありがたいと思う相手とデートしなさいと言われてたし」

「そうやってちゃんとつきあっていたのに、どうしてドルシネアにあなたの名前を投稿したのよ？」

「編集人たちに言いくるめられたの。彼はいつだって輪の外にいたでしょ。突然、十人組が仲間に入れてくれそうなそぶりを見せるんだもの。わたしが思っていたより、それは彼にとって大切なことだったたってわけ」

「疑ったことある？」とケイト。

「ある。つまり、マイクがオーラル・セックスのこととなると何だかおかしくなっちゃったのよ。何ていうか、他のことにはまるで見向きもしないっていうぐらい。オーラル・セックスが出てくるポルノを見すぎて、フェチになったんだと思った」

「え、それ何？」とメル。

「ママが言うには、一つの種類のポルノを見すぎて、それを見ないとイけなくなるんだって」

「足フェチ、みたいなものよね？」とケイト。

「そうそう」とアリソン。

メルは首をかしげて、「臨床研究の参考書があるかな？」天井をにらんだ。

「それで、マイクがオーラルにこだわるようになった、と。真相を突き止めたのはいつ？」とわたし。

「突き止めたりなんかしなかった。マイクとパーティに行って、トビー・ギヴンス——知ってるでしょ、タイ・ギヴンスの弟。変態は一族の遺伝よね、きっと。とにかくトビーがまっすぐわたしのところにやってきて、口でやってくれと言うの。わたしは「どうして？」と尋ねた。つまり「どうしてわたしがそんなことしなくちゃならないの？」という意味。彼、「あんたは上手だそうだけど、あいつの採点が甘いんじゃないってことを確かめたいから」だって」

「うそォ」とメル。

「嘘じゃないわよ。トビーはめちゃくちゃに酔ってた。編集人の何人かがそれを聞いて彼をどこかに連れてった。今のは何だったの？と尋ねてもはぐらかされた。でもマイクは嘘が下手だった。わたしは何度も何度も問い詰めて、そのうち彼、我慢できなくなって全部しゃべった」

「マジ。話しちゃったって、全部？」とメル。

「白状したら別れないでいてあげる、と約束したの。それで白状したわ」とアリソン。

「それからどうなったの？」とメル。

「クソ野郎と別れたわよ」

ケイトとメルはハイタッチをした。

「よくやったわ」とケイト。

「誰かに話した？」とわたし。

「何人かの友達には。今年妹（シスター）が割り当てられたから、男子については忠告したの。でも……どうかな。もっと何かするべきだって考えてたから」

「心強いわ」とわたし。

その後、ちょっと気まずい沈黙があった。別の話題になって、わたしが自分のドルシネア告白をしなくてもよくなることを期待していた。

「あなたのストーリーは？」アリソンが言った。

「たいした話じゃないわ」とわたし。

「ジョナ、でしょ？」とアリソン。

嘘をつきながらメルやケイトのほうを見ることはできなかった。

「そうよ」わたしは言った。

「ひどい。いい奴だと思ってたのに」アリソンが言った。

ウィット先生

小屋に戻るとアルミホイルを窓に貼り付けた。この場所を選んだのはプライバシーのためだったのに、気がつくと金魚鉢の中にいる。

　小屋のまわりを歩いて、アルミホイルで中が見えなくなっているのを確かめていると、キースがジョギングしながら通りかかった。

「グレッグが、ディナーに招待したいと伝えてくれとさ」とキース。

「招待のメッセージを伝えるのにあなたをよこしたの？」

「君の電話は圏外だし、ぼくがたぶんジョギングに行くと彼は知っていたから。ウサギ肉のシチューだそうだけど。行くと伝える？」彼はアルミホイルの反射する光に目を細めた。

　わたしはグレッグにいくつか話したいことがあったけれど、ディナーにウサギ肉のシチューを食べたくなかった。

　キースはわたしの考えを察した。「グレッグからディナーに招待された時には、ぼくは、その前か後に、ダールの厨房でハンティングをする。ビールは必ず持参する。ホットワインや甘口のベルモットが好きなら必要ないけれどね」

「グレッグに、行きますと伝えて。それと、アドバイスありがとう」

「オッケー」キースは小道を戻って行きかけた。

　その時、わたしは彼の足跡に気がついた。

「ストップ」

「何？」彼は振り向いた。

「あなたの足跡が小屋のまわり中にあるのはどうして？」わたしは入り口のくっきりした足跡を指さした。

「夜間照明を取り付けたんだ」

「まあ」

　ありがとうと言うべきか、よくわからなかった。

「ただでさえおぼつかない発電機に、もう一つ電気器具を接続しても大丈夫かと思わなかった?」

「接続してない。あれは電池式だ」

「わたしにメモを残していったのはあなた?」

「こんなに楽しく会話ができるのに、メモを残す必要ないだろ?」

「ふうん。じゃローファーね」

「なんだって?」

わたしは平らな靴底の足跡を指さした。

キースは他の足跡も調べてみた。本当に長い間、じっと見ていた。それから顔を上げて、あたりを見回した。わたしと目が合うと、顔を曇らせた。

「ここにいるべきじゃない」

それはどういう意味か、と尋ねる前に、彼はジョギングして行ってしまった。アルミホイルのことを彼が何も言わなかったのは妙だということは、後になって気がついた。


ウサギ肉のシチューは和解のポーズとして差し出された。とはいえわたしからすれば、彼に貸しがもう一つできたということ。

グレッグは白いエプロン姿で玄関のドアを開けたが、料理よりも屠殺にふさわしいいでたちに見えた。わたしは辛口の赤ワインを差し出した。グレッグは彼のヘンテコな客間にわたしを案内した。ウサギ肉シチューが煮える匂いがした。

「自己弁護のために言わせてもらうが、君たち二人のもめごとには気づいていなかった。何があったのか、聞いてもいいだろうか?」

「本当に知りたい?」わたしはワインの蓋をひねって開けながら言った。

「いや、やめておこう」

彼がそう言うのはわかっていた。父の友人は二通りだ。武勇伝を面白がってくれる男の友人たち、それからグレッグ。

「小屋はどうかな?」グレッグは言って、カウンターにとりあえずのグラスを二つ置いた。

「いいわ」わたしは言い、ワインを注いだ。グラスから一口飲み、もう少し注いだ。「もっと大きなグラスが必要ね」

「引っ越しを考えてほしいんだがね」とグレッグ。「学内に別の宿舎があるんだが、そこなら君も——」

「いいえ、けっこうよ。今いるところで充分。学校の仕組みのことで、いくつか聞きたいことがあるの」

「何でも聞いてくれ」

「マーサ・プリム。ストーンブリッジに着任したのはいつで、その理由は?」

「いや、マーサのことを聞かれるとは思わなかったな」

グレッグは二口飲んで、空になったグラスを見おろした。わたしのグラスも空になったので、二人に一杯ずつ注いだ。

「雇用したのは理事会の要請があったからだ。五年前の、ある不幸な事件の後で」

「その不幸な事件のことをもう少し話してくれない?」

「今夜はもう少し楽しい会話ができると思っていたんだがね」

「じゃあこうしましょうよ。飲みながらその不幸な事件のことを話してくれたら、食事中は植物学でも何でも、あなたの好きな話題にする。ということで、何があったの?」

「ある女子生徒が、男子生徒にレイプされたと訴えた」

「どうやってそのことがわかったの?」

「彼女が自分からわたしのオフィスに来て話した。その時は、ここには進路カウンセラーしかいなかった」

「何か焦げてる?」

グレッグは台所に走っていった。わたしは後を追った。彼はコンロの火を止め、どろどろした煮物をかきまぜた。

「それでその子があなたのところに来た。名前は?」

「名前は言えない」

グレッグは客間に戻った。六回目のお代わりだったが、まだボトルの半分しか飲んでいなかった。

「本名を教えてくれなくてもいいの。ただジェーンとかジョンでいい。それじゃジェーンがあなたのオフィスに来て、ジョンにレイプされたと言った。それであなたはどうしたの?」

「どうしていいかわからなかった。決まった手続きもなかった。わたしがここの責任者になってから、そのような事態は初めてだった。まるでわからなかった、たとえばジェーンをどこかへ連れて行くべきか……病院とか警察とか。完全に途方に暮れてしまったんだ。わたしは理事会の女性メンバーに連絡した。彼女は自分が処理すると言った。そして次の日に、マーサを連れてきた。いいことのように思えた。ジェーンが話す相手は女性がいいとも思った」

「それで、どうなったの」

「マーサは双方から話を聞いた。一日か二日後、ジェーンは申し出を取り下げた。それからストーンブリッジを退学した」

「それはジェーンがマーサ・プリムと話してから後に起こったのよね」

「そうだ」

「それでマーサは、訴えをもみ消す卓越した能力を買われて、フルタイムで雇われた」

「わたしは本当に、何が起こったか知らないんだ。マーサが担当になって、わたしの出る幕はなくなった」

「だから何もしなかった?」

「わたしは何をすべきだったのかね?」

この質問は本当に心からのもので、彼に腹を立てるのは難しかった。

「好奇心から聞くのだけれど、ジェーンがあなたのところに来て話した時、あなたは彼女の言うことを信じた？」

「信じたよ。でもわたしがそれ以上関わらないのが最善だと思った」

「どうして？」

「若い娘は、そういうことを年配の男に話すのは嫌だろう。そうじゃないか？」

「耳を傾ける年配の男は、耳を塞ぐ若い女よりもましなのよ」

わたしはキースの助言に従って、食べられたものではなかったグレッグとのディナーの後でダールに行った。厨房は暗くて静かだった。業務用サイズの冷蔵庫をあさっていると、パリパリいう音、カサカサいう音が、食料品倉庫のほうから聞こえた。

「誰かいるの？」

「アレックス？」と男の声が言った。

振り返ると、フィンが倉庫の入り口に立って、左手にポテトチップの袋をやさしく抱きかかえていた。わたしは冷凍庫のドアを閉めた。部屋が真っ暗になった。

「照明はどこ？」

フィンが照明のスイッチを入れた。目の縁が赤かった。その目が、蛍光灯のまぶしさで細くなった。彼は袋を差し出してきた。

「ポテトチップはどう？」

わたしは欲張って掌一杯取った。

「大丈夫、フィン？」

「喉が渇いて」彼は突っ立ったままだった。

「水を飲みなさいよ」

「すごくいいアイデアだ」

わたしは蛇口から注いだ水をフィンに渡した。彼は代わりにポテトチップの袋を渡してよこし、一息で水を飲み干して、からっぽになったグラスを見おろした。

「これを見ると何かを思い出すんだよな」

「水を飲むこと？」

「違う。君のお母さんに会った」

「からっぽのグラスを見て、わたしの母に会ったことを思い出した？」

「同じ感じなんだ。わかるだろ？」

「わからない。どんな感じ？」

「捕まった、という感じ」

「いつ母に捕まったの？」

フィンは長い溜息をついた。「君に会いに行った時だ。悪い印象を与えてしまったよ」

「まさか。そんなことなかったってば」

母の印象に残ったのはあなたの眉毛だけだったとは言わないつもりだった。

「言いたいことがあるんだけどいいかい？」

そういう彼の口調は、何か恐ろしい秘密を明かそうとしているようだった。

「何を言ってもかまわないわよ」

「ぼくはもう食料品倉庫にいたくない」

「もう少し、中身のある内容を期待していたんだけれど」

「ヤりたいんだ」

「わたしと？」

「そう。でもここでは嫌だから」

わたしはラリったフィンとの率直すぎる会話をむしろ楽しんでいた。

「じゃあ、どこでヤりたいの？」

「ぼくのうちは、君のところより近い」

「いいわよ」

わたしたちは食料品倉庫からもう少し食べ物を強奪して、彼のアパートに向かった。ディケンズの正面玄関で、フィンは変装したほうがいいと言った。生徒が廊下を歩いてくるといけないから、だろう。ちょっと不必要じゃないかと思ったが言うとおりにした。彼はコートを貸してくれて、襟を立て、わたしの顔の下半分に彼のスカーフをまいた。サングラスはやりすぎだと思ったが、かけることにした。

「こっちだ」彼はささやいた。

わたしたちは、北階段を四階分上って彼のアパートへ行った。誰にも見られなかった。

中に入ると、入り口に靴が並べてあった。入り口で靴を脱ぐということなのだろう。わたしはスニーカーを蹴飛ばして脱いだ。振りむくと、フィンが差し迫ったパニックの表情になっていた。靴を脱いだので、長居するつもりだと思われたからかも、と心配になった。

「靴を履いたほうがいいかしら」わたしは言った。これはもっと変に聞こえたに違いない。

「ああ、いや、靴は脱いでほしいんだ」

彼はわたしをすばやくリビングに連れて行き、飲み物かマリファナはと尋ねた。もうワインを何杯か飲んだ後だったから、別のアルコールは飲まないことにした。フィンは水をさらにタンブラー二杯分、一気に飲んで、食料品倉庫からの戦利品を並べた。

加工食品を見境いなく食べ散らしているうちに、フィンの気分は急降下していった。

「わたしの玄関にいろんなものを置いた？」

「いや、どんなもの？　プレゼント？」フィンは好奇心をそそられたようだった。

「そうは思わないわ。ただ、謎めいたメッセージ」

「密かに君に憧れている崇拝者がいる？」

「そんなのじゃない」

「密かじゃなくておおっぴらに、君に憧れている崇拝者がいる?」

「おおっぴらに憧れている?」

「というのは、誰かつきあっている相手がいるかということ、ぼくなりに気軽さを装った質問だったんだけど」

「あ、いいえ。わたしが着任する前に、何か噂を聞いた?」

「たとえばどんな?」

「質問してるのはこっちよ」

フォード先生

ぼくは土曜日の夜の宿直当番だ。本当はディケンズ寮を一時間ごとに見回って、気絶したり、ドラッグをキメたり、皆の前でセックスしたりする者がいないかチェックすることになっている。ぼくはそういうことは何もしない。生徒たちとは合意ができている。こちらは彼らのやることに首を突っ込まない。生徒たちはケガや病気の場合はぼくに報告する。

ぼくはカミュのレポートを全部見てしまおうとがんばっていた。そうすれば週末は原稿に手を入れられる。生徒のレポートに興味をもてるように、マリファナで酔っぱらった。半分ぐらい成績をつけたところで、アダム・ウェストレイクのレポートが出てきた。論点がずれすぎて、いっそ魅力的なぐらいだった。アダムは母親の葬儀の時のムルソーの態度を簡単に説明して、有罪になったのは弁護のミスのせいだと論じていた。「もしムルソーが死刑になっていなければ、弁護過誤を訴える絶好の事例になっていたはずである。ムルソーが引き金を引いた瞬間に熱中症だったのは明らかだからだ」

アダムが本気なのかふざけて書いているだけかを頭の中で議論しているうちに、もっと酔っぱらった。そうするうちに、次々とドアにノックがあった。

まずジョナがレポートを提出しに来た。マリファナの匂いに気づいたようだ。被害妄想ぎみになって、彼を追い出した後でアパート全体に消臭剤をスプレーした。

一〇分後、またもやノックの音。しばらく応答せずにいた。誰だか知らないが立ち去ると思った。間違いだった。すばやいノックの音に続いて、レイチェル・ローズの声がした。

「フォード先生。フィン・フォード。いるのはわかってますよ」歌うような調子。ホラー映画みたいだった。

ぼくはドアを開けた。彼女はぼくを押しのけて入ってきて、イライラした口調で言った。「ずいぶん待たせるのね」それから靴を蹴り飛ばして脱ぎ、スカーフをコート掛けにかけた。

「靴は履いたままでいい」ぼくは言った。他のものも脱ぎはじめたらたまらない。

ドアは開けたままにしておいた。そのほうがいいと思った。それから、ドアが開いているほうがマズいんじゃないかと不安になってきた。ストーンブリッジでは、適切な行為についての校則はなかった——男子、女子、男女の教員は、男女別のトイレやロッカー室以外は、原則としてどこにいてもいいことになっていた。

レイチェルはソファに腰を下ろし、一方の爪先をもう一方の足の太ももの下に敷いて、くつろいだ。短い黒のスカートに、連中全員が制服に合わせているあのしょうもないニーソックスを履いていた。どうしてカミュのレポートを提出するのが遅れたか説明したい、とレイチェルは言った。ぼくは締め切りを延長してもよいと言ってやった。本を読んで混乱した、と彼女は言った。

「どうしてあの男——」

「ムルソー？」

「何かそんな名前。どうして母親が死んで悲しいというふりをしなかったの？　そうすれば殺人罪にならなかったのに？」

「そうしたら嘘をつくことになる」

「だから何？　先生も座ったら？」

「いやいや、ぼくは立っている必要がある。腰が悪いからね」

ぼくはわざと歩き回った。

「踏んでほしい？」

「何だって？」

「わたし、パパの腰の上をいつも踏んであげるの。そうすると楽になるから。痛くしないって約束するわ」

「いやけっこう。いいかい、レイチェル。もしまだ困っているのなら、提出は週明けでいい。月曜の放課後にもう一度相談に乗るよ」

「前はわたしと話すのが好きだったじゃない」

「今でも生徒と話すのは好きだ。ただこの週末はたくさんやることがあってね」

「本の仕事？」

「そう、それに他のこともだ」

レイチェルは両膝を胸の前で抱えた。見えるべき以上の素肌が見えた。下着はつけているのかと考えはじめ、それから、そんなことを考えるべきじゃないと気づいた。ぼくは自分の裸足の足指に視線を集中させた。人差し指が不自然に長い。それとも親指が標準より短いのか。足の指のことを考えれば、レイチェルのことや、下着を着ていないことについて考えないですむ。

「本の献辞は誰にするつもり？」

「さあ、両親かな」

「わたしは少なくとも、あとがきで謝辞をもらえる？」

「ぼくは自分の生徒全員に感謝するよ」

「まあいいけど」レイチェルはため息をついた。ソファからゆっくり体をどけて、どこか具合が悪いのかと思うぐらいのろのろとローファーを履き、最後にもう一度恨みがましい目つきでぼくを見てから出ていった。

一時間後にノーマン・クロウリーが、自分の薬を自分で管理する許可を求める書類を提出しに来た。ぼくの着任前に事件があったせいで、生徒が一七歳になって両親が同意するまで、すべての医薬品を教員が手渡す規則になっていた。ノーマンがどう思っているかはわからないが、彼が毎日やってくることはぼくにとってそうとうな負担だった。時々、何もかも彼に見透かされているような気がした。

ぼくはノーマンから書類を受け取ると、彼の薬を全部やっかい払いした。

「お大事に、ノーマン」

ノーマンはコート掛けからぶらさがっているレイチェル・ローズのピンク色のスカーフをじっと見ていた。

「先生も」奴は訳知り顔で薄笑いを浮かべた。

ノーマン、クソ野郎。何も知らないくせに。

空腹が我慢できなくて、ダールに行ってみた。そこでウィットと出くわした。どうしてそうなったかは覚えていないが、二人してぼくの部屋に戻ってきた。なぜ彼女に「透明人間」の変装をさせたかもわからない。

玄関の間に入ると、ぼくはすばやく行動した。レイチェル・ローズのスカーフがコート掛けからぶら下がっている。彼女があのピンクのスカーフをいつでも、どこでもつけているのは誰でも知っている。ウィットは靴を蹴って脱ぎ捨て、あなた大丈夫?と尋ねた。自分が何を言ったか、何をしたか、思い出せない。ウィットはソファに座った。ぼくの手書き原稿を見たいと言った、と思うが違ったかもしれない。そのあたりは何だか記憶がボンヤリしている。

ウォレンで何があったか知っているかと尋ねられたのは覚えている。ぼくは何も聞いていないと言い張った。向こうから話させるほうがいい。

ミックの口止めは酒の密輸入と交換で、そうでなければ、嘘をついたことで良心が痛んだかもしれない。彼女にはそれだけの価値があると期待していた。

夜が更けていた。泊って行けばいい、ぼくはソファに寝る、と言った。彼女はベッドで一緒に寝てもいい、と言った。ぼくが望んでいたとおり。寝まき代わりのTシャツと、買い置きの歯ブラシを渡した。二人で三〇分ぐらい、寝ようとしているふりをした。最初に行動を起こすほどバカじゃない。長い夜になるなと思いながら天井を見つめていた。

やっとのことで、ウィットがベッドの横の明かりをつけて、セックスしたいかと尋ねた。コーヒーをいれましょうかというような、あっさりした言い方だった。

ぼくは彼女のシャツをつかんで引き寄せた。彼女の首筋にキスした。彼女はぼくのTシャツを脱がせた。それからあおむけになって下着をするりと脱ぐと、ぼくの上に乗った。ぼくは彼女の乳首をなめはじめた。彼女は、コンドーム持ってきて、と言った。彼女は歯で乱暴に包装を破いて、驚くべき速さでコンドームをつけた。それからぼくが存在しないみたいに、目を閉じて、ぼくのムスコに乗っかった。ぼくは彼女の体中に両手をはわせ、尻をつかんで突き入れた。

ことが終わると、彼女は自分の側に戻ってうとうとしはじめた。自立して寝てくれる女性はありがたいが、少しはくっついてきてもよさそうなものだ。何もかもそっけない感じだった。

ノックの音で、深い眠りから覚めた。ウィットはぴくりとも動かなかった。ドアまで行ってプリムを追い払った。ベッドに戻って眠りに落ちた。

朝になると、アレックスは消えていた。

ウィット先生

彼はウォレンの生徒だった。人見知りするたちだったが、よい資質をもっているように見えた——自分を投影していただけかもしれない。今でもわからない。彼は毎日、わたしの教室で昼食を食べた。わたしは時々、彼にサンドイッチを持っていってやった。彼がわたしに憧れていることに気がついていた、と思う。でも特に悪いことではないと思った。学校の敷地内にある教員宿舎に彼が立ち寄るのも許していた。他の生徒たちも、男子女子にかかわらず、同じようにしていた。わたしは生徒たちと話した。それも仕事のうちだと思っていた。

ある夜、わたしはバーで知りあった男を連れ帰った。酔っていて、無鉄砲になっていた。後になって忘れてしまいたくなる夜。もっと気をつけているべきだった。ブラインドも開けっ放しにしていた。その手の心配をしたことはなかった。その男子は、窓からわたしたちを覗き見た。後から聞いたのだが、わたしに怒りを感じたそうだ。彼はわたしたちの動画を撮った。それからその動画を友人に見せた。その友人は、また別の友人に見せた。誰かがそれを学校に報告するまでに、何人が見たかわからない。生徒たちは、腹に一物ありげな気味の悪い表情でわたしを見るようになった。調査が始まるとさらにひどいことになった。同僚で仲間だった教員たちが同じ表情でわたしを見るようになった。

ウォレンで起こったことについては、めったに話さない。あの夜、なぜ告白の必要があると思ったのだろう。たぶん、あれほどひどいマヌケだったことを、誰かに許してもらいたかったのだ。

「そりゃあクソひどい」とフィンは言った。

誰かがわたしのために憤ってくれるのは、ありがたかった。調査の間中ずっと、委員会のメンバー全員が、わたしが少年の心をもて遊ぶふしだら女だと思っていることは一目瞭然だった。そしてわたしは、実際そのとおりなのかもしれない、と頭のどこかでずっと考えていた。

フィンが腕を回してきた。わたしは彼の肩に頭をあずけた。触れあいに心が慰められた。バーで会ったあの男との夜以来、ずっと避けてきたことだ。まったく、あの男、何ていう名前だったっけ？　フィンはソファで寝るとか何か言ったが、わたしは一人で眠りたくなかった。自分でも、何を求めているのかよくわからなかった。最後にセックスした時の思い出を消したかった。いい感じだった。理性がふっとぶほどではなかったが。わたしは眠りに落ち、それから目が覚めた。

フィンが玄関口で誰かと話していた。ひそひそ声だったが、夜が更けていたしあたりは静かだったから、はっきり聞こえた。彼は腹を立てていた。彼女のほうは絶望して訴えていた。聞こえてきたのはこういうこと。

——もうここに来るなと言っただろう。

——どうぞ中に入れて。話しあう必要があるのよ。

——いや、そんな必要はないね。あんなことはもう二度と起こらない。誰かに見られる前に自分の部屋に戻れよ。

——あなたによくしてあげたのに。秘密を守ってあげたでしょ。

――ぼくにセックスしてもらいたくて、脅迫するのか？

――クソったれ。

フィンがベッドに入ってきた時、わたしは寝ているふりをした。彼はわたしに腕を回して、わたしの首の後ろに頭をもたせかけた。

蛇のように皮を脱ぎ捨てて抜け出せたら、どんなによかったたか。

ジェマ・ラッソ

日曜日の朝。テーガンが鼻うがいポットを使うゴボゴボいう音と、エミーリアが腹筋をやりながら唸る声で目が覚めた。携帯をチェックすると、リニーからメッセージが五件。オフィスで会いたいとのこと。

最後のメッセージは　SOS!!

わたしはトレーニング用の服をひっかけて、ルームメイトたちにジョギングに行くと言った。

「代謝が悪いとかなの？」とテーガン。

無視すればよかったのだが。「何それ？」

「それだけしょっちゅうジョギングに行くのに。普通はもっとげっそり痩せるんじゃない？」

「テーガン、それって失礼よ」とエミーリア。

「失礼なつもりはなかったわよ。健康的でいいじゃないの」

寮を出て、ジョギングでフレミング広場を横切り、体育館を回って本部に戻る。少なくとも見せかけの半分ぐらいはトレーニングをしないとダメだ。窓もないオフィスに長い時間いて、学校で出る食事、その上に安物のスナック菓子を食べているうちに、体がなまってきたかもしれない。

オフィスに行くとリニーが待っていた。手には縮んで干からびた薔薇。

「つまらない話だったら承知しないから」

リニーは枯れた薔薇を手渡すと、開封済みの小さな封筒をポケットから出した。

「今朝あなたの郵便箱に入ってた」

「どうしてあなたがわたしの郵便箱を開けるの」

「怪しい白い粉が入ってないか、チェックしたのよ。で、どういたしまして」

封筒の中身は上質な四角いカードで、筆記体で細かい字が書いてあった。声を出して読んだ。

「沈黙は決して裏切らない真の友――『論語』」

「それ脅迫?」

「少なくとも、警告よね」


その場でメル、ケイト、アリソンに、郵便をチェックしてオフィスまで来て、とメッセージを送った。リニーには適当な用事を言いつけたかったのだが、てこでも動かない様子。

一五分後、ノックの奇妙なリズムが続いた。

「新しい秘密のノック?」とリニー。

ドアを開けると、メルとケイトが二人とも枯れた薔薇を手に持って立っていた。アリソンがその後ろで、両手をポケットに突っ込んでいた。

「クソ気味悪い何かが進行中」とケイト。

「カード読んだ?」とリニー。

ケイトとメルがカードを出した。同じ警句が書いてあった。

「アリソン、郵便箱に何か入ってた?」

アリソンは掌に小さなビロードの箱を載せて差し出し

た。「花じゃなかった」

「箱を開けてよ」とわたし。

「指が入ってたらどうするのよ?」とメル。

「こういう時って絶対に指よね」とリニー。

「やめてよ、おかしくなりそう」とアリソン。

「指のわけないでしょ」とケイト。

アリソンは箱をパッと開けた。指輪(か指)があるべき場所に、USBメモリが刺さっていた。メルは聞こえるぐらい大きく、安堵のため息をついた。

アリソンは奇妙な配達物に言葉を失って、凍ったように突っ立っていた。

「カードも入ってた?」とメル。

アリソンはポケットに手を突っ込み、小さなカードを出してメルに渡した。メルはカードを開けて、読んだ。

「我々の秘密を守ることだ。我々はそちらの秘密を守る」「ジェマ、コンピュータお願い。メモリに何が入っているか見ましょうよ」とメル。

「ウイルスだったら?」とケイト。

「あいつらの広めたいウイルスなんて、アソコの病気の奴だけよ」とメル。

「コンピュータ・ウイルスより、切断された指のほうが可能性あると思ったわけ?」とケイト。

「ダメよ」アリソンは宝石箱をポケットに戻した。「後でね。もう行かないと」

ウィット先生

フィンのアパートをこっそり抜け出して、小屋へ行って着替えた。それから学校までの四〇〇メートルほどをまた歩いて戻った。まだコーヒー一杯飲んでいないとい

うのに。歩いているうちに、ストーンブリッジに来て五週間になることに思い至った。五か月のような気がした。ダールでコーヒーを一杯もらい、体を入念に洗おうとワイルド浴場を目指した。変態とセックスする利点は、清潔さに気を配るようになることだ。

シャワー、サウナ、その後もう一度シャワーを浴びると、その後にすることがなくなった。小屋に戻ることを考えると、グレッグのウサギ肉シチューと同じぐらいうんざりした。ウォレン高校の日曜日も嫌いだったが、アパートには電気が来ていたし、街には単館上映の映画館もあった。時々は、生徒ではなく映画を見ることもできるということ。

その後二、三時間、ローランドをぶらついた。ヘミングウェイで酒を消費するか、マッドハウスでコーヒーを消費するか以外にはあまり何もない、という予感は現実のものとなった。モーの書店&カフェはよさそうに見えたが、それも在庫を確認するまでのこと。閉店一掃セールの売れ残りからさらにめぼしいものを略奪された後みたいだ。カウンターの後ろに、髪を黒く染めた老人がいた。モーなのだろう。新聞を読んでいた。

本棚を眺めて時間をつぶし、二〇分ほどたつとモーが言った。「何かご入用のものが?」

「ちょっと見ているだけです」

「うちにはありませんよ」

彼は正しかった。店を出て、ハイド・ストリートをキャンパスに向かって歩いていると、ヘミングウェイの窓越しにクロードが見えた。

他に何もすることがなかったから、中に入って彼女の隣に腰かけた。

「アレックス。ここで何を」

「時間つぶし」

「一杯おごるわ」クロードはバーテンに合図した。わたしは時計を見た——午後一時だ。

「ミネラル・ウォーターをお願い」

「やめてよ。日曜日に昼飲みできないなんて、張りあいも何もないじゃない——つまり、あらゆることに、よ」

クロードは携帯をチェックして、メッセージを送った。それを見てわたしも携帯をチェックした。したくはなかったのだが。

フィンから二件メッセージがあった。

フィン：さよならも言わずに行ってしまうなんて。
フィン：後で電話くれるよね？

クロードはもう一杯注文して、携帯の画面をカウンターに伏せた。木のカウンターが振動を伝えてきた。

「ゆうべはどうだった？」

「あまり何もしなかったわ」

「ホント？」彼女はずるそうな笑みを浮かべた。

わたしを試しているのだ。もう昨夜のことを知っている。たぶんフィンから。

「彼と話した？」

「彼が話した。わたしは聞いただけ。何かまずいことある？」

もしそうなら、わたしは、誰かにいつかは話さなければいけないだろう。クロードは何かアドバイスをくれるかもしれないと思った。

「フィンのアパートに、真夜中、学生が来たみたい」

「真夜中？」

彼女は携帯を取り上げて、メッセージを入力しはじめた。

「ちょっとやめて——」

「いいから。わたしも疑ってたことを確かめるだけだから」

わたしの携帯が振動した。またフィンから。

フィン：あれはマーサだ。
フィン：まさか本当に疑ったんじゃないだろうね、つまり……

わたしは返信した。

ウィット：ごめんなさい。

「あんなことをしないでほしかったんだけど」とわたしはクロードに言った。

「これではっきりしたでしょ。とはいえ、プリムとヤるほど切羽詰まってるとしたら、点数アップとはいえないけど」

その情報も、わたしの嫌な気分を和らげてくれなかった。

「どうしたのよ、ウィット？」

「嫌な予感がする。この学校で、まともじゃないことが起きてるんだもの」

「どんな学校でもそうでしょ」

「フェラチオ・コンテストのこと知ってる？」

「ちょっとしたおしゃべりは耳にしたと思うけど」クロードは何でもなさそうに言った。

「気にならない？」

「不適切な行動。どこまで、何をやってもまずいことにならないか試してみる。思春期にありがちじゃない？」

「男子が秘密のウェブサイトで、女子のセックスのやり方を採点したり、批評したりしているのよ」

「男子が同じ情報をロッカー室で交換していたら驚く？書いたというのが違うだけでしょ」

「それよりもっと問題は――」

クロードは聞いていなかった。彼女は携帯を見て、無表情になった。鋭く息を吸い込んだ。

「大丈夫？」

「母がまた倒れた。行かなくちゃ」

「何かわたしにできることある？」

「合法的なことは何も」


校舎に向かって歩いていると、アリソン・モスビーがいた。わたしの二時間目の授業に出ている生徒で、正門のところにスーツケースを五個並べた横に立っていた。うつむいて、携帯を凝視していた。

「アリソン。何してるの？　学期の途中なのに休暇旅行？」

顔を上げると無表情で、泣いた後のように頬が赤くなっていた。

「あ、ウィット先生、いいえ、家に帰るんです」

「どれぐらい？」

「ずっと。つまり大学に行くまで」

「転校するってこと？」

黒いセダンが守衛詰所の横に停まった。スーツ姿の男が車から降りて、アリソンが客であることを確かめた。彼はトランクを開けて荷物を積み込みはじめた。

遠くから女子の声がした。「待って、待ってよ、アリソン」

振り向くと、リニーが全速力で走ってくるところだった。右手に紙袋、左手に紙ナプキンに包んだものを持っている。アリソンはドアを閉め、ウィンドウを下げた。

リニーはナプキンのほうを最初に手渡した。「これワッフル。途中で食べて」

「ありがと」とアリソン。

リニーはもう一つのほうを差し出した。細長い紙袋に入っていた。わたしは知らないことにしたほうがよさそうだ。

「これは皆から、お餞別。「ファク・フォルティア・エト・パテレ」」

「何？」

「勇敢な行為を行い、耐えよ」

「そっちもね」アリソンは運転手に「行って」と合図した。

ウィンドウが上がった。車は走り去った。

「どうしてワッフルを？」

「アリソンの好物だから」とリニー。

記憶の中に、思い当たるものがあった。

「アリソンはレッドソックスのファン？」

リニーはわたしを横目で見た。

「そうだけど、どうしてですか？」

ワッフルとレッドソックス。わたしは四年生プロジェクトのクラスからだけ、味方を集めたはず。レポートを入れる場所を間違えていたのだろう。間違えてジェマに渡した味方候補が、暗室の次の犠牲者になったらしい。

わたしはリニーに、ジェマはどこなのかと尋ねた。

「わたしが知ってるわけないでしょ？」

その妙にコワもてぶった言い方からして、嘘だと確信した。交渉する気力はなかった。わたしはリニーに五ドル札を渡した。

「ジェマと話があるの。彼女のいるところに連れてってくれる？」

リニーは現金をポケットに入れて「こちらです」と言った。

ジェマ・ラッソ

箱を開けて三時間後に、アリソンからケイトにさよならのメッセージが送られてきた。ストーンブリッジを退学する、皆の目的がうまく果たされますように、と。

わたしたちは一生懸命メッセージを送って、説明を求めた。一時間しても何の返事もなかったので、ケイトが偵察に出た。

メルとわたしは、イライラしながらケイトが戻ってくるのを待った。

待っているうちに、お互いの邪魔をしていることに気づいた。メルは歩き回りながら何か食べ続けた。わたしはソファに横になって冷静になろうとした。イヤホンをつけて、「ピンバック」を大音量でかけた。

「聴いてるの何?」とメル。

音楽に消されて声が聞こえないというふりをしたが、気が動転したメルには、そんな遠回しのやり方は通用しなかった。

「スピーカーは? どうしてオーディオシステムがないの?」とメル。

秘密のオフィスなのに爆音を鳴らすわけにはいかない、とは言わなかった。まだ声が聞こえていないふりをしていたから。その時には本気で一人になりたくなった。

ケイトが戻ってきた。入ってきた彼女を見た瞬間、負けを悟った。少なくともワッフル／レッドソックス戦は負けだ。

「学校は辞めるって。説得は無理」ケイトは首を横に振った。

「何があったの?」

「あのメモリに何が入っていたの? 写真?」とメル。

「もっとひどいもの。マイクは彼女とヤってるところを動画に撮ってたの。それから、卒業する時にその動画のファイルを編集人に譲ったのよ」

「アリソンは、その動画ファイルのことを知ってたの？」

「ううん。盗撮よ」とケイト。

「肥溜め野郎」とメル。

「警察に行けばいい。そいつはお終いよ。アリソンはその動画を撮られた時、えーっと、一五歳？　警察が捜査できるはず。だって、児童ポルノの拡散について法律があるでしょ？」

そんなに大きな規模の攻撃ができる可能性に、わたしは興奮していた。

「ジェマ。落ち着いてよ。誰も警察になんか行かないんだから」とケイト。

「どうして？」

「アリソンが望まないから」ケイトは言った。聞き分けのない子どもに言い聞かせようとするみたいな、ゆっくりした口調だった。

「説得した？　わたしからも話してみる」わたしは携帯を手にとった。

「やめなさいよ。考えて。最初から最後までよく考えるのよ。警察に行く。いいえ待って――違う。まず両親と会って話さないといけない。両親にセックスの動画を見せなくちゃならない。それからどうする、両親と一緒に警察に行く？　警察で証拠を見せる必要がある。だから、大勢の男の警察官が、彼女のセックスシーンを見る。それから警察が、立件の可能性について検察に問い合わせなければならない。つまり、もっと大勢が動画を見る。だから、正義を達成するには、次から次へと恥ずかしい思いに耐え続けるしかないってこと。アリソンは一六歳よ。あの子の人生を生きさせてあげなさいよ」

「もし皆が泣き寝入りしていたら――」わたしは言いはじめた。

「黙っててよジェマ。あなたには経験ないでしょ？　皆に見られるのよ、まるで……こちらの一部分を所有しているみたいな目つきで。それに、そもそも、どうしてそんなに気にするの？　どうして熱くなってるのよ？」

わたしは肩をすくめた。いい答えはなかった。暗室を倒すのは道徳的な怒り以外に動機はないというふりをすることもできたし、姉のクリスティーンを守っているとか、女性全体の尊厳を守っていると言うこともできた。でも真実は、わたしが闘いはじめたのは、ただ闘いたいからだった。それから、それは何か別のものになった。今、それはわたしの一部分だった。ストーンブリッジについてさんざん悪口を言っても、わたしはここを愛してる。ストーンブリッジはわたしを救ってくれた。わたしはストーンブリッジを救いたかった。

「アルコールかマリファナない？　この緊張感、もう耐えられない」とメル。

「引き出しにウォッカがあるけど」

メルは机を探した。「ウォッカなんかないわよ。どこか別の場所？」

「紙袋の中にアブソルートがある」

ケイトも机を探した。

「どこか別のところに置いたんでしょ」とケイト。

「ウォッカを別のところに置いたりしないわよ」とわたしは言って、引き出しを探した。「どこへ行ったんだろ？」

ドアの鍵を開ける音は聞こえなかった。次の瞬間、リニーがオフィスに入ってきた。その後ろにウィット先生がいた。

メル、ケイト、わたしは万引きの現行犯を抑えられたみたいにその場で凍りついた。

「ウィット先生がどうしても会いたいって」リニーは軽い調子で言った。

「この場所は何？」とウィット先生。

「本部です」とリニー。

「先生、何のご用ですか」とわたし。

部屋にいる全員が、何かの説明を求めているみたいだった。たぶんリニーを除いては。

「どうしてアリソンは出ていくの?」とウィット。

「出ていくといえば、わたしたち、することがあるわ、そうよねケイト?」と言って、メルはケイトのトレーナーを引っ張った。

「わたしが来たせいで出ていかないでよ」とウィット。

「先生は知ってるの」わたしはメルとケイトに言った。

「知ってるって何を」とケイト。

「暗室とクソ最低なフェラチオ・コンテストのことならもう知ってる。それからたった今アリソンに会って。いったいどうしたの?」

ウィット先生はソファに腰を落ち着けた。リニーがコーヒーを持ってきた。メルとケイトはまた部屋を出ようとしたが、ウィットが、間違ったQ&Aを渡したと言った。するとケイトが、ウィット先生の話しているのはいったい何のこと、と尋ね、わたしは、宿題は盗んだのじゃない、と白状せざるをえなくなった。ウィットからもらったのだ。この告白で、都会的なワルとしてのわたしの威信は弱まったと思う。一方、ウィット先生の威信は少し高まった。

メルとケイトは結局出ていかずに、ウィット先生にこの二四時間の顛末を説明した。

ウィット先生は目を閉じた。「まったく、テレビドラマのキャバクラ顔負け」

「キャバクラって何ですか?」リニーが尋ねた。

「男子はあなたたちの陰謀のことは知らないのね?」とウィット。

「陰謀。それいい響き」とメル。

「知らないと思います。編集人たちは、女子が前より疑り深くなってること、お互いに話をしてることには気づいてる。ドルシネアに大っぴらに反発している女子を黙らせようとしています。でもわたしたちがお互いに協力しているのは知らないと思う」

わたしのこのセリフは説得力があったものの、自分でも完全に確信があるわけではなかった。でも二重スパイでもいないかぎり、女子が徒党を組んで男子を陥れようとしているなんてわかりっこない。

「わからないのは、コンテストが成り立つほどのオーラル・セックスがどうして行われているのかってことなんだけど?」

「口でヤるのはストーンブリッジだけの特産品じゃないわ」とケイト。

「わかってる。でもたくさんすぎて気味が悪いもの」とウィット。

「ちょっとつきあいたいだけの時とか。真実の恋に落ちるまで何もしないなんて、待てない」とメル。

「でも他にもいろいろできることはあるでしょ。フェラチオで気持ちいいのは男子だけ。もし誰かを気持ちよくしてあげるなら、それに値する相手じゃないと。ただのセックスだけなら、そんなに変だと思わないわ。でもすごく一方的なんだもの」

「男子がやってほしがるから」とわたし。

「男子がやってほしがるから。だから何」とウィット。

「セックスより簡単だっていうこともあるし。こちらがコントロールしている気がするとか」とケイト。

「本当にそんなふうに感じる?」とウィット。

ケイトは肩をすくめた。

「ええっと、オーラル・セックスを選んだら、普通のセックスをする必要がないでしょ」メルがもごもご言った。

「どんなセックスだって、する必要なんかないわよ」

ウィットは大声を出した。

「わかってます」とわたし。

「ごめんなさい。責めてるんじゃないの。ただどういう理屈が知りたいだけ」とウィット。

「理屈はセックスと関係ないでしょ」とメル。

「あるかもよ」とケイト。

「そのとおり」ウィットは言って、部屋を見回した。ウィットは古い黒板に近寄った。「チョークある？」リニーが引き出しでいくつか見つけて、ウィットに渡した。

「黒板を見て」とウィット。

メル、ケイト、リニー、わたしは黒板がよく見えるように場所を移動した。ウィットは一番上に質問を書いた。

「彼にフェラチオするべきか？」わたしたちは笑った。ウィットは可笑しいと思わなかった。

「簡単な質問から始めましょう。「あなたはそれを望むか？」それは本当に自分のやりたいこと？　もし違うなら、「ノー」よ」

ウィットは質問を書き、それから右下の端の巨大なNOめがけて矢印を書いた。

「次の質問。

——「本当にやりたい？」」

そして質問の下に小さく「ノー」と書き、それから最後の巨大なNOへと矢印。

「答えがイエスだったら？」とリニー。

「オッケー。もしイエスだったら、もう一つ別の質問。「彼のほうは、あなたにやってくれたことある？」もし答えがノーなら、ノー。イエスだったら、「何回ぐらい？」」

ケイトやメルやわたしも質問を付け加えた。たいていの答えがNOに進んだ。ウィット先生は性的な選択を、初級の算数みたいに簡単にしてみせてくれた。

書き終わると先生はチョークを置いて、手についた粉

フェラチオするべきか?

あなたはやりたい?
NO
YES
わからない
ホントにやりたい?
NO
YES
彼が口でしてくれたことある?
NO
YES
何回ぐらい?
0.5-1.5
2+
それに関して不満やネガティブ・コメントある?
YES
NO
彼、嫌々なギムみたいなカンジだった?
NO
YES
あなたはどれくらいよっぱらってる?
だいたいシラフ
そういえばそうかも
このチャートがボヤけて見える
カレは大きな機械を操ってる最中 たとえば自動車の運転中
YES
NO
あなたにはそんなジカンある?
NO
YES
宿題はもうすませた?
NO
YES
YES
彼は性病の検査済み?
NO
カレからプレッシャーがあった?
YES
NO
あなたは彼が好き?
YES
NO
それじゃレッツゴー
NO

を払った。「何か質問は?」

わたしたちは首を横に振った。

「講義終わり」ウィットは言った。

ウィット先生が出ていくと、メルが黒板の前に立ってチャート図を調べた。

「先生の書いた字、読める?」とメル。

「何が書いてあるかあらかじめ知ってなきゃ無理」とケイト。

「写しを作らないと」とわたし。

リニーはもうスケッチブックを見つけて、読めるような字でチャート図を書き直しはじめていた。できあがるとスケッチブックを得意そうに差し上げた。

「タイトルはどうする?」とケイト。

「チャート式オーラル・セックスの手引き」とわたしは言った。

校内放送

おはよう、ストーンの生徒諸君。ウェインライトから、二〇〇九年一〇月一二日のご挨拶をお送りしよう。今日はさわやかな風が吹き、気温は一五度ぐらい。ランチはマッシュルームと全粒粉パンのサンドイッチか、ボローニャソーセージのパスタ、グリーンサラダ添え。
フェイスブックをやっている人はいるかな? わたしは今のところ「友達」一〇人だが、この数は増え続けている。ウェインライトのファンページもあって、そこに、朝の放送を聞き逃した人のために情報をアップしたり、個人的なトピックを書き込むこともできて。え、何だって?
保健室の看護師、ミズ・ハニングからのメッセージを読めとのことで。ゴホン。

漆かぶれの被害がいつになく増えています。新しくかぶれたところがあったら、そのかぶれに触った衣類をすべて洗って、せっけんと水で皮膚を洗うこと。ミズ・ハニングは、売店で売り切れた場合に備えて、予備の皮膚用ローションを用意しています。重症のアレルギー症状が出た場合――目が腫れるとか、呼吸が苦しいなど――救急車を呼んでください。皮膚用ローションは、応急処置です。

今朝はこれで終了だ、皆。わたしのフェイスブックのページを忘れずにチェックしてくれたまえ。関心がある人のために、漆にかぶれた皮膚の写真をアップしておいた。

最後にもう一つ。「意見箱」には意見を書いた紙だけ入れること。あれはゴミ箱ではない。投入口の幅が一センチ程度しかなく、箱がゴミ箱のようには見えない上に、「意見箱」とはっきり書いてあるのだから、自明のはずだが。次にバナナの皮が発見されたら、意見の受付は一切中止する。

ジェマ・ラッソ

ウィット先生は分厚いウールの靴下で行ったり来たりしながら、めったにしない講義をしている最中だった。

「フィクションを書く時には、自分自身の宇宙を創造しているのです。規則はありません。書きたいことを何でも書くこと。あなたが適切だと思うように、その世界を構築する。あなたが実際に生きている世界では、事実上、何一つあなたの思うように動かない。次に何が来るか予測することもできない。もっと年をとると、宇宙がどれほど頻繁に、あなたを失望させ、脅やかし、裏切るかがわかってくるでしょう。そのすべてを、フィクションに反映させることもできます。でも重要なのは、あなたが書いている時には、単語の一つひとつにいたるまで、すべて自分で選んだものだということ。その世界を所有しているのはあなた。上下をひっくり返してもいいし、宇宙に向けて発進させてもいいし、氷河時代に送り込んでもいい。そのページの神はあなた。だからあなたの人生で支配できる、この一つのことを楽しんでください」

「靴はどうしたんですか？　ウィット先生？」とアダム・ウェストレイクが尋ねた。

「泥だらけだったから、入り口でルパートに没収されたの」

「長靴を買ったほうがいいんじゃないですか」とミック。

「ボリボリ掻くのやめてくれる？」とテーガンがゲイブに言った。ディケンズの一〇人ばかりの男子と同じように、彼もひどい漆かぶれになっていた。犯人はいまだに不明。しかし攻撃はエスカレートしていた。

ノーマン、ジョナ、アダムは被害にあっていなかった。意図的なのか、たまたま運がよかったのか？　ウィット先生は窓のところに行って、外を眺めた。雨がずっと降り続いて、空は灰色だった。

「ウェインライトは今日気温が一五度でいいお天気だと言ってたけど」ウィット先生が言った。

「いい奴だよね」とアダム。

「そう？」ウィットは生徒たちに向き直った。そしてもう一度、ウェインライトとは誰かと尋ねた。

「先生がもう知ってる人物です」アダムは賢者かヨーダのような口調を真似した。

ウィット先生は天井を見て、「もう、いいわ」と言った。それから話題を変えた。

「四年生プロジェクトの計画書提出を三週間も遅れてい

る人がいます。厳しくしすぎるつもりはないけれど、今週中に、計画書と、最初の第一章、場面、あるいはスタンザを提出しなければ——といっても、叙事詩は勘弁してほしいけど——ペナルティがあります」

「どんなペナルティですか?」とニック・ラフリン。

「靴の中に小石を入れるとか、床の上で寝させられるとか?」

この頃にはもう、ウィットの母親についてのエッセイ、つまり「残酷な芸術の女神」のことは学校中に知られていた。わたしは数か月前、グレッグがウィット先生の到着のことを話した時に、もう読んでいた。

それを読んで、皆の彼女を見る目が変わったが、その変化はさまざまに違うものだった。そういえば、ウィット先生自身がロールシャッハテストのようだった。誰もが何か違うものを見た。テーガンは、「ビッチ」という意見を変えなかった。ゲイブも「クレイジー」という意見のまま。エミーリアはウィット先生が前より好きになったと言った。だって面白いから。一方ミックは、レオナード・ウィットが靴を履く前に、どうして振ってみないのかわからないと言い続けた。彼自身はいつもそうするからだ。念のために。

「ぼくらの靴下を全部盗むとか、砂糖壺に塩を入れておくとか?」とアダム。

「まさか。わたしがテーマと、形式と、それからタイトルすら決めさせてもらいます」ウィットは真面目な表情を崩さない顔のまま言った。

サンドラ・ポロンスキーが手を挙げた。課題について質問があるのではなく、トイレに行きたかったのだ。トイレ休憩なしには絶対に三〇分ももたない子だ。

ウィットはうなずいて許可した。

「膀胱炎の薬がいるんじゃないのか?」とミック。

サンドラは彼を無視した。小柄なボディが大きなドアを走り出て消えた。

「医学的なご意見は自分の胸におさめておいたらどう」とメルがミックに言った。

「誰かさんの機嫌を損ねるつもりはないけどさ」とミック。「記憶が正しければ、君はストーンブリッジで一番の膀胱炎学者だよな」

「それでもって、そっちは性病の権威、でしょ?」とメル。

生徒たちが爆笑して、その後さらにやりとりが続いた。ウィットはこめかみを揉んだ。

メルはだんだん大胆になっていた。理屈の上では、それはいいことだった。現実的には、もっと進歩が得られるまで、おとなしくしている必要があった。わたしは暗室の進展はどうかともう一度尋ねた。彼女はもうじきだと言った。もっと詳しく教えてほしいと言うとテクノロジー専門用語みたいなことをいくつかしゃべったが、わたしは完全には納得していなかった。わたしはリニーに、メルを探るように言った。

「全員、机の上のものを片づけて。これから五分間は何もしないで。自分の呼吸に集中してください」

何人かの生徒が、これは何ですかと尋ねた。ウィットは、静かに、わたしの言うとおりにしてと言った。それから、呼吸して、と言った。息を吸って、七数える。吐いて、七数える。ひどい状況だった。男子の半数はうるしかぶれの症状が出ていて、呼吸よりも皮膚を掻く音のほうが大きく聞こえた。乾いてひび割れた皮膚を爪で掻く音もひどいけれど、そこにハアハア言う変態みたいな口呼吸が加わると、神経が参りそうになった。

その日教室から出る時、ミックが言った。「まったく、今のあれは何だったんだ?」

「瞑想のつもりだったんじゃないの」ジョナが答えた。

ウィット先生

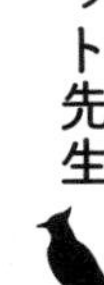

一〇月のストーンブリッジは、絵葉書の景色みたいになった。現実とは思えない、デジタルで色を調整した写真みたいだ。そのような時期は始まったと思うとすぐ終わった。景色は儚げで不気味な様相をおびていた。足の下の地面が絶えず動いているような、あるいはウェインライトが認知するのをかたくなに拒んでいる雨のことを考えれば、沈んでいくような感じだった。ストーンブリッジは移り気な場所だった。混乱したり、啓発されたり、がっかりしたり、を一日のうちに経験することもあった。

予想はしていたけれど、ジョナ・ワグマンはその中の明るいスポットだった。人が思っていたより興味深かったり善良だったりして驚かされることもある、ということを思い出させてくれた。彼はわたしの教室でオフィスアワーを過ごすようになった。何かを避けているのかもしれないと思った。時々、彼は瞑想をしようとして、わたしの助言を求めた。わたしは専門家ではないが、もしその赤い大きな飴玉をがりがり噛むのをやめたらもっと集中できるかもしれないと思うとは言ってみた。絶え間なく噛む音はわたしの神経に触ってもいた。それでもわたしは彼の努力に感心した。

「質問していいですか?」ジョナはほんのちょっとだけ瞑想しようとしてから尋ねた。

「それは教員兼アドバイザーに尋ねるにはへんな質問よね」

「そういう質問じゃありません。女の子のことで」

「わかったわ、何」

「女の子たちって何が好きなんでしょうか?」

その口調は考え深げで、眉毛が完璧にWの字になり、大きな茶色の目はわたしが見たこともないほど真剣だった。

「女の子たちは何が好きか、ですって?」わたしは笑うのをこらえた。「いろんなものが好きだし、皆が同じものを好きなわけじゃないし。そんなことはわかってるはずよ、ジョナ。つまり、それは男子と同じ、どんな人とも同じよ。一人ひとり、驚くほど違っているのよ」

「いい質問じゃなかったですね?」

「いい質問じゃない質問なんてない。でも今のは、ちょっといい質問じゃなかったわ」

「女の子がいて——その子は」

「オッケー。話が少し先に進んだわね」

「その子なんだけど。ぼくが彼女のことを好きだってわかってほしいんです。だから時々彼女が好きそうなものをプレゼントするんだけど、気に入ってくれなくて」

「どうしてその子にプレゼントをあげるの?」

「ぼくが彼女のことを好きだってわかってほしいから。それに、これをあげたら喜ぶだろう、と思うこともあるし。何をあげたら喜んでくれるか、どうやったらわかるんでしょうか?」

「それは考え方が狭すぎるんじゃないの。彼女はモノは好きじゃないかもしれない。彼女が何を好きかじゃなくて、何を求めているのか、考えてごらんなさいよ」

一方、キースには驚かされることばかりだった。ある午後、昼休みの後にダールに行った。テーブルの上には皿が散らかり、床はゴミだらけだった。あの元気のいい銛使いのリニーが、テーブルからテーブルに移動しながら、生徒たちが残した残骸を片づけていた。わたしはコーヒーをもらうと、その場を離れようとした。その時、キース監督の声がした。

「やめるんだ、リニー」彼は怒っていた。

その口調は、リニーがやっていることを考えるとずいぶんと厳しすぎる気がした。わたしは厨房のドアの後ろに隠れて、会話の続きを聞いた。

「この話はもうしたよな？」

「でもやりたいんだもの」とリニー。

「関係ない」

わたしはドアから首を出して、キースが丸めた紙ナプキンをゴミ箱に向かって放るのを見た。はずれた。リニーはキースを見て、眉毛を上げ、それからゴミ箱に一歩近づいた。

「ダメだ」

「何よ」リニーは言って、憤然と出ていった。

ビデオを受け取った時、ストーンブリッジには長くいられないと悟った。その日の終わりに、わたしはブラックボードにログインした。ジョナ・ワグマンからメールが届いていた。奇妙なことだ。オフィスアワーに、ついさっきまで会っていたのだから。メールのタイトルは「これを見て」。

メール本文に動画のアイコンがあった。クリックしてみる。ざらついた画質の動画が現れた。森の中を移動している。荒い息使いと、ビデオを撮影している者の足音。一分もたたないうちに、わたしの小屋が視界に入ってきた。照明がついていた。窓はアルミホイルで塞がっていなかった。撮影者は小屋に近づいて、窓にそってレンズを動かした。

わたしはとりたてて何もしていなかった。パジャマ姿でベッドの上に座り、レポートを採点していた。カメラはおよそ五分間、わたしを撮影し続けた。それから画面が暗くなった。

気にすることはない。何でもなかったのだ。わたしはもっとずっと醜悪な状況で、同じ体験をしたことがある。

元の画面に戻って、メールアドレスを確かめる。アドレスはホットメールで作った適当なものだった。なぜジョナの名前が使われたかわからないが、これが彼でないことは確かだ。動画を撮った者は計算づくで、サディスティックだった。

今までに、生徒たちには失望させられ、傷つけられ、屈辱すら味わわされた。恐怖を感じたのはこれが初めてだった。

ノーマン・クロウリー

ディケンズ寮の漆かぶれ勃発の後で、カール・ブルームは廊下で魔除けのセージを燻しはじめた。ぼくは、これは呪いではないと奴に言ってやりたかった。これはカルマだ。次に何が起きようと、自業自得というものだ。
次の編集会議はハロウィーン・パーティの企画だった。ミックは去年とその前の四年生がやったような「娼婦とポン引き」パーティを提案した。アダムは妙なことに、そのアイデアに反対した。
「それは悪いメッセージを伝えてしまうだろ、ミック。あなたたちを尊重しているとご婦人方に言っておきながら、売春婦の恰好をしろとは言えないよ。むしろドレスアップするパーティをやろう。女の子たちはそういうのを喜ぶさ」
何かが進行中だった。それは一〇月の編集会議でぼくが追い出された後に始まった。編集人たちは全員、紳士然とふるまって、ドアを抑えたりなんかをやっていた。この学校で、カップル気取りの二人が手をつないでいるのをこれほどしょっちゅう見たのは初めてだ。ニックとエミーリアは本物の恋人同士みたいにふるまっていた。ニックはいつでも教室まで彼女に付き添って歩いた――彼女の本を持ってやったりもした。でもぼくは、彼がハンナと森の中や小さな教室へこっそり消えるところも見ていた。エミーリアに警告したくてたまらなかったが、彼女とは「ねえ、夏休みどうだった?」以上に深い内容の会話をしたことがなかった。

ジャック・ヴァンデンバーグすら、あの一年生を礼儀正しく扱っていた。とはいえ、彼女と一緒にいるところを誰にも見られないように気をつけていた。別の女と一緒にいるところを見つけられたらテーガンにペニスをちょん切られる、と彼は言った。

会議の最後に、ジャックはしわくちゃになったポスターを取り出した。校内のあちこちに貼ってあったものだ。それをどう描写していいかわからない。フェラチオをする適切な時期についての、論理的なチャートのようだった。編集人は全員、それを自分に対する攻撃ととった。ポスターを作った人物を見つけ出して破滅させてやると決意していた。

「反乱分子は始末したはずだがな」ミックは言った。

「ウィット先生はこの件に関係あると疑わざるをえない」アダムが言った。

「彼女には手を打ったと思ったんだが」とゲイブ。

ぼくは関心をもちすぎているように見えたらしい。アダムはまたぼくを追い払った。

編集人たちがやっていることは、邪悪なことに違いなかった。アリソンがストーンブリッジを去ったのは、もちろんホームシックのせいじゃない。ぼくは連中がウィット先生に何をやったのか、心配だった。ぼくはウィット先生が好きだ。先生がいなくなるのは嫌だった。

最悪なのは、奴らが罰を受けないということだ。

その夜、ぼくはミルトン演習室へ行って自習するつもりだった。ドアに鍵がかかっていた。いつもは開いているのに。だからぼくは建物を回って窓から覗いて、部屋が使用中なのか見ようとした。ニックが壁によりかかっているのが見えた。彼の前に、女の子がひざまずいていた。写真を撮ってエミーリアに見せる度胸がぼくにあればいいのだが。ニックが顔を上げたが、ぼくを見たかどうかはわからない。ぼくはキーツ演習室とミルトンの間にしゃがんで待った。何分かするとドアが開き、また閉まる音がした。

女子の声がした。「忘れないでよ、ニック。三つ全部、わたしに満点をつけてよね」

ぼくは姿勢を低くしたまま壁の端まで行って、角から覗いてみた。レイチェル・ローズがニックに投げキスをして、立ち去った。レイチェルが何を望んでいるのかわからない。ドルシネア・コンテストで優勝したいのはわかったけれども、それだけでは彼女のやっていることの半分も理解できない。たとえば、どうしてケイトの写真を編集人に渡したのか？　それからなぜフォードのアパートに彼女のピンクのスカーフがあるのかは、考えたくもない。ぼくは毎日、フォードに薬をもらいに行った。まるで拷問だった。一つだけいいことがあって、それは、ぼくよりもフォードのほうがイラついていたということだ。自分がフォードをこれほど嫌いなのはなぜか、長い間わからなかった。それからなぜかわかった。フォードは編集人が成長した姿だからだ。ぼくがこの場所から決して抜け出せないということを思い出させるからだ。

ぼくはキーツ演習室のドアを確かめた。鍵は開いていた。腰を下ろし、パソコンを開けて勉強しようとしたが、ニックとレイチェル、ニックとハンナ、それからニックとエミーリアのことが頭を離れなかった。

メルがコンピュータ・サイエンスで博士号を取るまで待っていられない。今すぐ暗室に侵入させなければ。メルにもう一度単純ではっきりした指示を匿名で送り、彼女が深く考えすぎませんようにと祈った。

Ｔｏ：メル・イーストマン
Ｆｒｏｍ：ビル・ヘイドン
Ｒｅ：このメッセージを読んで

フォーラムのコントロールパネルのソースを見ること。記号の行から「無効」という語を削除すると、灰色に網掛けしてあるオプションが使えるようになる。本当はこれほどシンプルじゃいけないのだが、同じやり方で、「ユーザーとしてログイン」もできる。「アンドレ」を選べ。データを入力したり、変更したりしないように。これ以上の詳しいことは書けない。

このメッセージをたちどころに消去すること。

ビル

ウィット先生

小屋の中を何度も探索して、隠しカメラがないことを確かめた。教室もできるかぎり調べた。ワイルド浴場では、照明から一番遠いシャワーを使うようにした。白いタイル壁にカメラを埋め込むことはできないだろう。生徒の一人ひとりが容疑者に見えた。Q&Aをよく見直して、この中の誰がビデオを送りつけたのか、突き止めようとした。ジョナ以外の四年生男子の全員に可能性があった。とはいえ、なぜ彼を巻き込もうとするのかと疑問に思わずにいられなかった。

こんなことは二度とごめんだ。それだけは確かだ。自分の正気を保つためにできる予防手段は全部とった。やらなかったのは誰かに打ち明けること。異常な犯罪者は、わたしが少しでも気にしていると知ったら満足に思うだろう。そんな満足を与えてやるつもりはなかった。その日、わたしがどれほど動転していたか、気づいた者はいなかったはずだ。

わたしは四年生を締めつけて、企画について最後の決断をさせることに集中した。大半は決心させることができた。

ジェマとメルは、復讐譚を書きはじめていた。二人とも数ページしか提出していなかったが、まずはよくリサーチして、それから一気に書くのだという。アダム・ウェストレイクは、スパイと麻薬密売人のストーリーをすでに一〇〇ページ書いていた。テーガンは殺し屋の女とそのターゲットの二人の男との三角関係について、映画の台本を書くつもりだった。レイチェル・ローズは「ウッドブリッジ」高校のゴシップ・コラムを大量に創作して提出してきた。

イフレイム・ウィーナーは、『宇宙大作戦』の中の練習船「コバヤシ・マル」が失敗したミッションについて中編小説を書く計画だった。彼はバッドエンドを説明しようとしたが、わたしは大丈夫だから書きなさいと言った。ネタバレは嫌いだ。カールは「ダンジョン&ドラゴン」ゲームのシリーズを書くつもりだった。サンドラとベサニーは『トワイライト』の二次創作に取り組んでいた。サンドラは狼人間をストーリーの中心にするつもりだった。ベサニーはもっと大人向けのものを書きたいと言った。セックスもあり、と彼女はわかりやすく説明した。それでもいいですか?

「それは一〇〇万ドルのアイデアよ」わたしは言った。

ノーマンはプロジェクトの最初の締め切りに何も提出

せず、今回も何も出していなかった。去年からずっと同じ小説を書いているということだった。授業中の彼は、いつも書いたものに手を入れたり、絶えず何かを書き進めていた。でも内容について尋ねたり、書いたものを見せなさいと言うと、まだ自信がないと抵抗した。書き直して映画の台本にするかもしれない、と彼は言った。二度目の締め切りの日、書いたものを持ってオフィスに来るようにと彼にメールした。

　わたしは廊下の床に座ってノーマンを待った。彼が来て隣に座ると、わたしは掌を差し出した。

「よこしなさい」

　ノーマンはタイプされた散文の束をしぶしぶ渡してきた。ざっとめくってみた。ストーンブリッジに似ていなくもない寄宿学校で、創作を教える男性教師の物語だった。教師は野心的な小説家で、自分の職場と似ていなくもない学校を舞台にした本を書いていた。その教師／小説家はスランプに陥っていて、自分の役に立つ宿題を生徒に提出させた。たとえば、生徒同士の会話の記録。その教師、フェローズ先生は、この盗み聞きの宿題は、会話体のリズムを学ぶことが目的だと言ったが、実際のところは、提出物を自分の小説の肉づけに利用していた。

　三人称で書かれた語りは、このフェローズ先生という主人公に厳しく批判的だった。

「気に入ったわ」わたしは言った。

「ありがとうございます」ノーマンは言って、取れかけた上着のボタンをいじった。

「ちょっとメタ小説みたい」

　ノーマンの反応は早すぎた。「違うよ。いや、つまり、すべてはメタ、そうじゃありませんか？」

「メタ」と言われたことにノーマンが強く反発しすぎたので、フォード先生がモデルなのかと尋ねるのはやめておいた。

四年生創作クラス
Q&A　名前入り

1. あなたの大好きなものは何ですか？
2. 大嫌いなものは何ですか？
3. 本の中の世界で生きられるとしたら、どの本を選びますか？
4. あなたの望むものは何ですか？
5. あなたは誰ですか？

イフレイム・ウィーナー

1. オリジナル・スタートレック
2. フレム
3. ロード・オブ・ザ・リングス
4. 印のついていない札で１万ドル
5. これ匿名だって言いましたよね

ケイト・ブッシュ

1. ニーコ・ケース、バナナブレッド、パインソル台所洗剤の匂い
2. オーラル・セックス、編集人、暗室の管理人
3. ドラゴン・タトゥーの女
4. 着ると姿が見えなくなるマント、青酸カリ
5. 皆が考えているような人物ではない人

イニッド・チョウ

1. 両親、ポップコーン、ケイティ・ペリー
2. ダール食堂の食事、オーラル・セックス
3. ハリー・ポッターと不死鳥の騎士団
4. 大学の合格通知
5. 卒業生総代の有力候補

ノーマン・クロウリー

1. ブライト・アイズ、『レザボア・ドッグス』、ピーナッツバターとジャムのサンドイッチ、CS
2. 暗室
3. ティンカー、テイラー、ソルジャー、スパイ
4. 本当の人生が始まってほしい
5. 臆病者

レイチェル・ローズ

1. FF、ピンクのスカーフ、権力
2. 不潔なこと、カマトトぶるビッチ
3. トワイライト
4. 勝つこと
5. ユニークな人

テーガン・ブルックス

1. 自分自身
2. くだらない質問
3. 不思議の国のアリス
4. 先生が元いたところに戻って行ってほしいです
5. 先生の最悪の悪夢

ジャック・ヴァンデンバーグ

1. 金
2. 密告者
3. 嫌です
4. 黒のレンジ・ローヴァー
5. 男の中の男

エミーリア・レアード

1. ルーシー（うちの犬）、家族、ビヨンセ
2. 口でさせられること、ホイットニー
3. ペーパー・タウンズ
4. BMW　M6
5. 善良な人

ジェマ・ラッソ

1. わからない
2. 暗室とドルシネア
3. 大いなる遺産
4. 復讐
5. スパイ

カール・ブルーム

1. ダンジョンズ&ドラゴンズ、ぬるめのシャワー、両親
2. フケ、化学、ネイチャーウォーク
3. 同義語辞典？かも？それって変ですか？
4. 鼻から息をすること
5. 未定

サンドラ・ポロンスキー

1. 吸血鬼
2. 自分の太もも、バスタブでフェラチオすること、フェイクミート
3. トワイライト
4. 世界平和とあと10キロ痩せること
5. 善良な人

メラニー・イーストマン

1. ヴィックス咳止めドロップ、雨、ラモーンズ
2. ドルシネア、毛足の長いじゅうたん、口でヤらされること
3. マルタの鷹
4. 家父長制を破壊すること、先割れスプーンの復活
5. 敵

ベサニー・ワイズマン

1. 吸血鬼、テイラーという名前の人たち、リアンナ、妹
2. 暗室、オーラル・セックス
3. トワイライト、トワイライトII, トワイライトIV
4. トワイライトのベラ
5. ベラではない人

アダム・ウェストレイク

1. 情報
2. 無秩序、弱さ
3. 水源
4. たくさんありすぎ
5. 操り人形使い

エイミー・ローガン

1. スノーボード、音楽、寝ること
2. クリス・ブラウン、「うまい（ヤミー）」という言葉
3. ハリー・ポッター（シリーズどれでも）
4. 自由、地球温暖化が終わること
5. 謎な人

ジョナ・ワグマン

1. GR
2. 暗室
3. 分別と多感
4. 平和
5. まだわからない

ハンナ・リクソール

1. バレエ、モダンダンス、ヨガ
2. 自分の足
3. わが墓上に踊る
4. 名声、大金、かっこいい夫
5. あらゆるもの

ミック・デヴリン

1. 暗室
2. ブスとマヌケな奴
3. ドリアン・グレイの肖像
4. 絶対権力
5. 皆のボス

ゲイブリエル・スミス

1. オマンコ
2. 濡れてないオマンコとか?
3. カーマ・スートラ
4. 教えたら何かくれるんですか?
5. あなたは誰ですか?

生徒全員の企画書を見直して、彼らが意図せず供給した詳しい個人情報を付け加え、ついにQ&Aの作者を特定することができた。一〇〇%ではないが、充分近かった。

ジェマ・ラッソ

エミーリアがニックとのデートのことをテーガンやわたしに話して聞かせるたびに、わたしはじっと座って掌から血が出そうになるまで爪を食い込ませた。エミーリアのことは好きだけれど、ファックのないデートの話がどれほど退屈か、まるでわかってない。

「パーティの後で屋上に行ったの。寒かった。彼がジャケットを着せかけてくれたの。彼の匂いがした――男の人の匂いってうっとりしちゃう。二人で星を見たの。彼、星座を全部知ってるのよ。彼が手を握ってきた。それからキスしたの。わたしはされるまま。彼の舌、すごくなめらかで、ソフトで。いきなり口に突っ込まれるとすごくイライラするじゃない？　そういうのじゃなかった。ミントの味がしたわ。ドレスに手を入れようとしたから、それはやめて、と言った。彼、わたしの手を彼のアソコの上に置いて、この辛い状態を助けてほしいんだ、と言った。わたしは、まだ早いわ、と言った。そうしたら、君のためなら待つって。それからもう一度キスして、寮まで送ってくれたの。これから部屋に戻ってマスをかかなきゃいられない、ですって」

それともハンナを部屋に呼び出して口でヤらせるか、だ。

「それで今朝は、メールボックスに薔薇の花と詩が一つ入ってた」

薔薇は枯れてなくて新鮮、そこは認めなければなるまい。テーガンはニックの詩を読み上げた。

ぼくの手から逃れる？
あり得ない——
ぼくがぼくで、君が君であるかぎり
世界がぼくたち二人を存在させてくれるかぎり
ぼくは君を追わずにはいられない

コンピュータでいくつかの語句を検索してみた。ほとんどブラウニングのパクリ。ニックについて耳にしたことを教えてあげたかった。でも射殺されるのは常に伝令だ。自分がいつかその役割を果たすことになるのは、わかっていた。もっと証拠があれば、あるいはエミーリアが彼と本当に最後までいくと思ったら、介入するつもりだった。

テーガンとエミーリアはパーティの準備のために衣類の山をこしらえていた。エミーリアは、背中が大きくあいて、膝より少し上の長さの、襟つきのサテンのドレスに決めた。いつものことだけれど、すごくすてきだった。テーガンは乳首がぎりぎり隠れて、ヴァギナのほんの少し下までのラメ入りニット。巨大な光る収縮包帯を着ているように見えた。それが衣類としての役目を果たさなくなるのは目に見えていて、「上か下、どちらが先か？」という賭けが設定できるのでは、と真剣に考えた。

わたしはジーンズと、細い肩紐の銀のタンクトップと、黒いレザージャケットを着た。アイラインとシャドーの取れたところを直して、赤い口紅を塗った。

「それ着ていくつもり？」とテーガン。

「さあね、わからない」わたしは言って、わざと自分の着ているものを見るふりをした。「わたしはこれを着ていくのか？　去年哲学の授業で習った、あのカントとかいうくだらない奴のことを思い出そうとしてるんだけど。客観的には、わたしはこれを着ていると考えている。でもわたしが自分の服を見る見方も、あなたの見方も主観的なもの。だからあなたがわたしが着ていると認識している服を、わたしは着ていないかもしれない。その可能性は考慮に値するわね」

「助けてあげようとしているのに。皆に、ジーンズ二枚と万引きしたドレス以外にも服を持ってるって、知ってほしくないの？」

「ありがと。心配してくれて、感謝するわ」

テーガンはジャックからの電話に出て、いつものようにそれが母親からだというふりをした。秘密にしておきたがっているのはジャックだということにわたしが気づくのに一年かかった。テーガンにはあまりいい感情をもっていないが、そんな扱いをされるいわれはない。


テーガンが出ていくと、エミーリアはクロゼットから黒いドレスを出してきた。それはシンプルだがすてきなドレスで、ゆったりしたAラインで、わたしのちょっと大きなお尻でもきれいに見せてくれそうだった。

「これ、あなたのスタイルじゃないのはわかってるんだけど。でもあなたが着てるところを見たいの。それにあなたの黒のブーツとも合うと思うのよね」

エミーリアは親切にしてくれたうえに、親切にしてもらっているのは自分であるかのように言ってくれるのだ。

わたしはそのドレスを着た。エミーリアが髪をセットしてくれた。首までの長さの髪をねじってアップにしてもらっていると、昔の母の記憶がよみがえった。ママが起きて髪を編んでくれたこと。一番よく覚えているのは、その時ですら、もう過去のことみたいに感じられたということだ。

「エム？　ねえ、ニックには気をつけてよ」わたしは言った。

「わたしのことは心配いらないわ。彼はわたしがいてほしいところにいるから」

わたしは何も言わなかった。何も言わないのは嘘と同じ、というのはこういうことだろうか？

「娼婦とポン引き」パーティをやろうとしなかった編集人たちの自制心には感心した。事実上、あれはストーンブリッジの伝統になっていた。編集人たちはハロウィーンをすっとばして、正装するパーティをやることにした。

ビールの樽すらなかった。強いアルコール、ワイン、それから缶ビールが何ダースか――偽善者のために、とアダムいわく。本物のグラスから飲んでいる者すらいた。いつもの連中――十人組――とその他に、パーティを盛り上げるための一〇人から二〇人が参加していた。将来メンバーにしてやると言われたか、無料奉仕をやらされていた。一年生と二年生は、社交界の階段をこれでもう一段上った、と言いくるめられたのか。下級カーストの執事やメイドには誰も感謝しない。達成すべき目的がなければ、あの子たちの目を覚まさせてやるのに。

ほとんどの男子は普通のスーツ姿だったが、アダムとミックは気合を入れていた。ミックはタキシード、アダムは大げさな燕尾服。

「ジェマ、すっかりおしゃれして、見違えるようだね」とアダム。

「あなたこそ、アダム」

アダムが使用人、オーケストラの指揮者、ペンギンのどれに一番似ているか決めかねたが、彼の突拍子もない恰好が仕立てのいいスーツを着たバカだらけの退屈さを破っていることに敬意を表して、侮辱するのはやめておいた。

エミーリアはパーティの最初の三〇分ほど、新しいニックを無視した。彼はウェストレイクとおしゃべりをしていた。エミーリアは、自分が冷静で、しっかり計算してプレイしていると思っていた。

テーガンとジャックはいつものように、お互いに知らんふりをしていた。実際はほんの一時間まえにヤッたばかりなのに。レイチェル・ローズとミック・デヴリンはほんのちょっと姿を消して、また戻ってきた。わたしはきたないソファに座って、ウェストレイクが執事ジーブズと呼んでいる一年生に飲み物のお代わりを注いでもらった。

メルから二件、強烈だが曖昧なメッセージが来た。アダムが隣に座った時、わたしは画面を見おろしているところだった。

メル：やった！
メル：クソッ！　ついにやった！
ジェマ：？？？？

「ジェマ、携帯を見るのはやめて、話をしようよ」とアダムが言った。

わたしは何か言いかけたが、その時三つ目のメッセージが来た。

メル：「暗室」に侵入成功！

フォード先生

To：フィン・フォード
From：ウィリアム・ラングストン
Subject：グッドニュース！

フィン、君があの小説をもう少し扱いやすい長さに縮めている（と希望する）途中ではあるけれど、知りあいの若い編集者に原稿を見せた。詳しいことは電話で話すが、『フィンチ先生』に買い手がつくというニュースを伝えることができて、ワクワクしているよ。詳細については、明日の午前中に電話してほしい。今の状況でこれよりよいオファーはないと思う。仕事を辞めるのは無理でも、競技場にカムバックだ。

それじゃ
ウィル

メッセージが来た時、ぼくはイヴリンとラウンジにいた。この男から連絡がくるのは本当に珍しい。だから思わず「よおしヤッてやる！」と口走った。イヴリンは言った。「頭痛がするの。ひょっとしたら後でね、ダーリン」それでぼくはイヴリンにメールの内容を話した。盛り上がった気分を大切にすることにかけて、イヴリンは最高だ。にっこりして新聞をたたみ、ぼくのほっぺたにキスしてくれた。すごくいい人だ。ぼくの好みのタイプとはかけ離れているけれど、本当にヤりたくなったぐらいだ。

「お祝いしなくちゃね」

「いや、まだだよ。まず電話しないと」

オフィスに電話すると、もちろんウィルは会議中だった。二回目に電話した時には昼食で外出していた。折り返してきたのはなんと四時間後、アーサー・ミラーの『るつぼ』の授業の真っ最中だった。ぼくは携帯を手にして廊下に出た。

電話の内容は、メールで期待していたよりずっとショボかった。ウィルはがっかりするニュースを伝えると、その条件で契約するようにプレッシャーをかけてきた。公開入札もできるのでは、と提案してみた。彼は実際に声を上げて笑った。そして「手の中の鳥」の説教をして、ハートフォード出版のエミリー・パーカーを強引に推薦した。若く、狂信的なまでに野心的だと。それから、エミリーの意見では本は期待できるがかなり手直しが必要だ、と言われて、ぼくの自信はさらに凹んだ。電話を切る頃には、出版契約を結んだばかりの作家というよりは、中古車を言い値で売りつけられた奴みたいな気分になっていた。

その後しばらくたって、スティンソン校長に出くわした。彼はおめでとうと言った。ぼくは、たいしたことじゃないし、仕事は辞めませんと言った。次の日に自宅に来てほしい、と彼は言った。だいたい八時頃。

校長の家に行くと、教員や職員が一〇人以上も集まっていた。イヴリンに何なのか尋ねると、本が出版されることになったお祝いよと言った。それからきまり悪げに微笑んで、カクテルパーティなのにカクテルがないことを詫び、後でヘミングウェイに行きましょうよと言った。プリムが戦闘態勢で徘徊していた。不愉快なコヨーテに追い詰められているウサギの気分になった。

スティンソンの家は、狩猟用のコテージを思い出させる。立食パーティに使う部屋を彼は「客間」と呼ぶ。むしろテーブルのない食堂の間というところだ。隅の小さなソファ、いくつかの古いマホガニー材の椅子、シャンデリア、東洋ふうの模様の敷物。敷物には錆色の大きな染みがある。染みの色はかなり薄くなってはいるものの、誰かが、あるいは何かが、大量出血したように見えてしかたがない。

「フィン、あれはワ､イ､ン､の染みよ」クロードが突然ぼくの隣に姿を現した。

クロードはぼくの腕に一発パンチを入れて、おめでとうと言った。すばらしいわ、嫉妬しちゃう。出版よりも現金収入のほうに。この正直さには好感がもてた。たいした金にはならないんだ、とぼくは言った。それで彼女は気をよくしたみたいだった。

スティンソンはグラスをナイフで叩いて、全員集合と言った。それから棒立ちになった。何かを探しているように、天井を見た。認知症か。彼は考えあぐねたあげく、アレックスを見た。

「アレックス、助けてくれ。ナスチャがよく言ってたあれだ。何だったかな」

「『白紙の喉笛をつかんでパルプになるまでやっつけろ。白紙に打ち負かされるな』よ」

「その闘いに勝ったフィンに、乾杯」とグレッグは言った。

一二人にシャンペン二本。ぼくが到着して一五分後に乾杯は終わり、全員がからっぽのグラスの底を眺めながら突っ立っていた。

何人かの同僚が、幸運を祈るとかなんとか間抜けなことを言った。ぼくはこのカクテルのないカクテルパーティから全員を開放してやりたかった。

「それじゃあ。今日は楽しかったです」と言いかけた瞬間、スティンソン校長が、その本はどういう内容なのかと尋ねた。大声で。ぼくとの会話ではなく、グループ全体に聞こえるように。

「ここに似ていなくもないある場所についての話です」

「読むのが待ちきれないよ」と彼。

ただの社交辞令なのか本気なのかはわからなかった。

ぼくのグラスはまだからっぽだった。イヴリンが瓶の底に残った澱を自分のグラスに注いでいた。ぼくと視線が合うと、悲しそうな表情をした。誕生日パーティが終わる時の子どもみたいに。

「それじゃあ。今日は楽しかったです」ぼくはやっと言った。「皆さん、集まってくださってありがとう」

自室でバーボンを飲んでいるほうが、まだしもお祝い気分にふさわしかったというものだ。

アレックスが外でキースと立ち話をしていた。最初は怒っているのかと思ったが、キースと話しているうちに笑顔になっていた。それも本物の笑顔だ。彼女のことはまるで理解できない。あの晩以来、ぼくとはほとんど一言も口をきいていない。ストーンブリッジに閉じ込められているのじゃなければ、あんな女には見向きもしないのだが。

ウィット先生

わたしですら、フィンを気の毒に思った。教員室で即興の乾杯、というならあれでもよかった。でもグレッグが「客間」で正式なお祝いの会を催しておきながら、一度の乾杯にもまるで足りないスパークリングワインしか用意していなかったので、結果はみじめだった。グレッグはコールの量を計算したのは誰なのか尋ねた。アルピンスキーだと言った。ピンスキーはダールのマリオを責めた。マリオは、シャンペンのケースが一つ消えたと言った。

その場にいたくなかった。動画のことでまだ気が動転していたし、飲むものがない。裏口から脱出すると、キースが台所の窓の真下でうろうろしていた。

「何をしているの？」

「中に入るかどうか、決めかねていて」

「入っちゃダメ。自分を大切にして」

「そんなにひどい？」

「飲み物も、食べ物もないの」

「助けてくれてありがとう。家まで送るよ。温室でちょっと用事があるけれど」

キースは森の中を突っ切って、道なき道を進んだ。

「温室は、グレアム・グリーン・ハウスという名前、でしょ？」

「ぼくの知ってるかぎりはそうじゃない」

「あら、がっかり」

「今からグレアム・グリーン・ハウスと呼ぶことにしよう」

「ありがとう」

キースと二人だけになった今、リニーとの奇妙なやりとりについて質問することにした。

「あの子は他の生徒の後片づけをしていたんだ。そんなことはやめろと言ったのさ」

「思いやりのある行為じゃないの。誰かが片づけなければ、清掃スタッフが片づけるはめになる、でしょ？」

「去年はぼくが昼休みの監督係だった。そうしたらリニーが、皆が食べ終える前に片づけを始めた。食堂は満員だった。あの子は女中みたいだった。四年生の男子がかたまって座っていて、床にナプキンやナイフやフォークを放り投げて、リニーに拾わせた。片づけさせるのが愉快だったんだ。リニーは、散らかったものを自分が片づけないと、カフェテリアの従業員のただでさえ大変な仕事がもっと増える、と思っている。一〇年たってみろ。リニーは就職して、どこかの会社に勤めている。会議室で会議に出席する。飲食物が出る。休憩時間だ。リニーは部屋に残って、後片づけをする。それは上司にどんなメッセージを伝えると思う？　上司は「あのきれい好きな女性を昇進させよう」と思うか？　思わない。そうだろ。上司は彼女を高く評価しないし、今いる地位にそのままいさせようとするだろう。他の連中の尻ぬぐいをする者がいれば便利だから」

携帯が鳴り出した。見ると新しいメッセージが二件。

ジェマ：やった！
ジェマ：大変。オフィスに来て。今！

キースは高いところを目指すことについて何か話し続けていた。わたしはもう行かないと、と言った。本部棟に向かい、地下への階段を下りた。

ジェマのオフィスに近づくと、ドアの向こうから熱っぽいおしゃべりが聞こえた。ノックすると、ケイトがドアを勢いよく開けて、机に案内した。女子たちがノート型パソコンのまわりに集まっていた。

「うわっ、もう、何これ？」とメル。

完全な文章はほとんど話されなかった。コミュニケーションの大半が、同じ間投詞の繰り返しだった。

「それじゃ、これが暗室」とわたし。

ジェマはパソコンのスクリーンを動かして、わたしにオッパイのアップとコメントの画面を見せた。コメントは遠すぎて読めなかった。

「証拠が見つかった。これで何かできる」

ケイトはゆっくり首を横に振った。「ダメ。まだそこまでは到達できていないの」

「もう、何これ！」とメル。

それでジェマはパソコンを閉じてしまった。

「まず調査を完全に終えないと」とジェマ。

「調査って？」とわたし。

「銀行強盗をやるなら――スキーマスクをかぶる」とケイト。

「ううん、そうじゃない。わたしたちはまだ、銀行の隣にある犬の美容室の青写真を見ているだけ」

メルとケイトが銀行の隣にはどんな店があるかとか、今の段階は喩えて言うと何かについて、つまらない言い争いをしはじめて、わたしはジェマに何がどうなっているのか、と尋ねた。

「今の段階では、暗室の一部が見えているだけ。何もかも暗号化されていて、その暗号を解読して次に進むしか、ドルシネアについての情報を発見する手段がないの。でももう、あとほんのちょっとのところまで来てはいる」

手榴弾みたいなもの。これだけ近ければもう充分じゃないだろうか、とわたしは思った。

ジェマ・ラッソ

マリファナをやっていたりしたわけじゃない。でも暗室に入れた時には、わたしたちは精神的カオスをぶち抜いて舞い上がった。ジェットコースターと同じ。アドレナリンの放出で胃がひっくり返りそうになり、吐きそうになるところも含めて。

数えきれない画像、メッセージ、写真。婦人科の教科書みたいだった――ライトを当てて明るくしたクローズアップ写真に添えられたコメントを無視すれば、の話だが。メルがほんの二、三時間確認しただけでこれだ。野放図にアップされた五年分のコンテンツ。

わたしのノート型パソコンから見るサムネイル画像では、一見何だかわからないものもあった。メルがそのうちの一つをクリックしてみた。拡大されると、それは鮮明なヴァギナのクローズアップ。写真の下には、TonyStarx のコメントがあった。「大陰唇がとびだしているのは、乳首がえぐれているのと同じようなもの。全力で回避せよ」

メルは別の図像をクリックした。女性器の写真がもう一つ。

「完璧な見本。ひきしまって濡れている」とmADSKILLz。

「ふざけやがって!」とメル。

わたしは怒った時のメルが一番好きだ。写真やメッセージボードを探索して、敵について理解を深めることもできたが、今探すべきは、この匿名のタワゴトよりもっと特定の何かだ。

「ドルシネア・コンテストはどこ?」とわたし。

「わからない。いろいろなセクションの全部に、たくさんメッセージボードがついていて。順番に見ていく仕組みになっていないし。暗号名を解読しないといけない。暗号が一種類なのかどうかもわからない」

ケイトはすでにメモ用紙にアルファベットや数字を書きはじめていた。

「暗号の解読はまかせて。そういうの、得意だから」とケイト。

「どうやって暗室に侵入できたの、メル? 教えてくれてないわ」とわたし。

「LAMPスタックを進むやり方を知らないかぎり、理解できないと思う。悪く思わないで」とメル。

「大丈夫」

「でもだいたいは、ラッキーのたまもの。そう。ラッキーだったの」とメル。

ウィット先生がやってきた。わたしたちは進捗状況を話した。もうあと少しだ。先生は証拠を見たがった。わたしはメルのほうを見た。メルはわたしの意を汲んで、比較的おとなしいコンテンツを選んだ。それは「完璧」なおっぱいの写真ばかり集めたページで、人気投票が現在進行中だった。

ウィット先生は手榴弾について何か言ったと思うと、姿を消した。今の状況の比喩としてはいいものだったと思う。今最初の手榴弾のピンを引き抜いたところだ。

メルは正気を失っていた。暗室の中をあれこれクリックし、ののしり声を上げ、スクリーンから読み上げた。彼女の肩越しに覗き込むと、女性の豊かに肉づいた尻の写真を拡大しているところだった。彼女はコメントを声に出して読み上げた。

---

dead_klown：豊満な尻がブームらしいぜ。どう思う？

DoomsDay：俺は昔ふうに、ちっちゃくて引き締まったのがいい。

mADSKILLz：この尻には、三皿のコース料理がそっくり載せられそうだな。

LennyBro：こりゃひどすぎる。

メルの注意をひこうとしたがダメだった。だから彼女の頭をとんとん叩いた。

「痛っ」

「ごめん。でも大事なことだから。あなたが侵入して嗅ぎ回っていることがバレる前に、できるだけたくさん証拠を集めなきゃ。全部コピーして、ここのジャンプドライブにセーブして」

「了解、ボス」

ケイトはしばらく何も言わなかった。彼女のほうを見ると、ソファに横になって、目を閉じて深呼吸していた。

「ケイト？　何してるの？」とメル。

「瞑想しようとしてるの」

「今このタイミングで？　暗号の解読は？」

ケイトは突然起き上がって、目を大きく見開いた。吐き気をこらえているように、唾を飲み込む。ソファの端をつかんだ。涙が一粒、頬をつたって落ちた。

「どうしたのよ？」とわたし。

「めちゃくちゃ腹が立ってるの。いつも、ずっとよ。ましな気分になりたい時には、ここに放火して全部燃やしちゃうところを想像するの。マシンガンで編集人や取り巻きを皆殺しにするところも思い浮かべる。あのクソったれどもより長生きすることを考えて、一日をなんとかやり過ごすこともある。二〇年後に、あいつらの墓を踏みつけて唾を吐いているところとか。それとも何か他のこと。いろいろよ。でも今は、どう対処していいかわからなくて泣いてしまって、そうすると自分がどうしようもなく弱い気がして、それでまた腹が立って、自分でも抑えられない」

その無力な怒りは、わたしたち全員に覚えがある感情だ。何か慰めになるようなことを言えないか考えた。メルはポケットに手を突っ込んだ。

「朝食のドーナッツを半分取ってあるんだけど。食べる？」

ウィット先生

マーサ・プリムはストーンブリッジの道徳部門の独裁者だ。一対一で、彼女の本心を探る頃合いだった。教員用ラウンジにいたので、今晩飲みに行かないかと誘った。

「わたしたち二人だけで？」

「わたしたち二人だけで」

「ぜひ行きたいわ」
プリムが到着する前に自分を励ます必要があったから、ヘミングウェイには早めに到着した。ビールを注文する。ヒューはビールを注ぐ前に、クロードはどうしたのかと尋ねてきた。しばらく姿を見せていないから心配だと。母親のことを話すと、ヒューはうなずいた。

ビールを半分飲んだところで、プリムが現れた。彼女はわたしの隣に座って、ウォッカ・クランベリーを注文した。

「来られてよかったわ」

「そうね、よかった」と言うのには努力がいった。

二人とも無言でいるうちに、ヒューが注文の飲み物を持ってきた。プリムは乾杯するようにグラスを持ち上げた。

「新しい門出に」プリムが言った。

わたしたちはグラスをあわせて、飲んだ。わたしはビールを飲み干して、もう一杯頼んだ。

「ストーンブリッジの居心地はどう?」

「そうね……いいわ」

心にもない返事だったけれど、彼女は気がつかなかったと思う。

「あなたがどうしてウォレン高校を辞めたのか、ずっと気になっていたの。評判のいい学校だもの」

「評判がすべてじゃないわ」

「それは本当にそのとおりね」とプリム。

「わたしのほうも、あなたに聞きたいことがあって」

「わたしにわかることなら、喜んで」プリムはあけっぴろげな笑顔を装った。

「仮定の話として、性的な攻撃やレイプがあったら、ストーンブリッジではどうするの?」

「まあ、早割タイムにこういう話をするとは思わなかった」プリムは言った。

「あらかじめ、何の話がしたいか警告しておくべきだったかもね。ストーンブリッジでの手続きを理解したいだけなの。かまわない？」

「もちろんかまわないわ。仮定の話としてだけれど、わたしたちはそういう件を非常に重く受け止めるわ。それは確かよ」

「『非常に重く』というのは、実際にはどういう意味？」

「そうね。まずどうするか。わたしたち、両方の言い分を聞くわ」

プリムは神経質そうに髪のふわふわしたところを触った。髪がまだあるか確かめているみたいに見えた。

「両方の言い分が食い違ったら？」

「最善の判断をするでしょうね」とプリム。

「ねえ、いい？　この『仮定の話だけど』という言い方はうまくいってないわ。あなたがストーンブリッジに来たきっかけになった事件のことを話してもらえる？」

「その件をどうしてご存じなの？」とプリム。

「スティンソン校長から聞いたの」

「守秘義務があるのに」とプリム。

「固有名詞は聞かなかった」

「あなた、何が知りたいの、アレックス？」

「わたしが知りたいのは、ここでは物事がどうやって処理されるかということ。それだけよ。何か蒸し返したりするつもりはないの」

「弁護士の出番はなかったわ。ありがたいことに」とプリム。

「警察は？」

「わたしにしてみれば、今まさに警察と話しているような気分よ。お父さんの探偵小説でいろいろお勉強したみたいね」

「そんなことないわよ。それじゃ、レイプの検査もなし、警察の報告書もなし？」

「理事会のメンバーは、事実関係についての情報を与えられたわ。ねえ、アレックス。その女の子は混乱していたのよ。誤解があった、それだけ」

「誤解だったと判断した決め手は？」

「その子は「ノー」と言わなかった」

プリムは咳ばらいをした。

「必要なかったもの。あの件については、わたしたちは両方と面談して、処分が必要かどうか決定したの」

「その「わたしたち」って誰のこと？」

「言い間違いよ。わたしが両方と面談して、違法行為はなかったという結論に達したの」

「報告書には何と書いたの？」

プリムは飲み物を飲み干した。わたしはビールのグラスを握り締めていた。だから彼女がわたしに何か浴びせかけることはできない。

「アレックス、不適切な性行為はなかったのよ。その女子と男子はつきあっていた。女の子は彼にふられて、申し立てをしたの」プリムはイライラと攻撃的な口調になった。「わたしたちは長い間話をして、単純な誤解だったという結論に達したわ」

「理事会はあなたの決断に関係あった？」

ジェマ・ラッソ

リニーはどうやってか知らないが学校の印刷機を使って、チャート図をポスターサイズで五〇枚印刷した。そして学校中の微妙な、あるいは目立つ場所に貼りまくった。一方、安っぽい「シャワー・テロリスト指名手配」の手描きポスターは更新され続けていた。五〇〇ドルだった賞金は、今や一五〇〇ドルにまで吊り上げられていた。レイチェル・ローズは探偵の真似事をしはじめた。校内を歩き回って、容疑者から聞き取り調査をする。制服の上からトレンチコートを着ることまでやった。尋問に答えることを拒否したら、容疑者リストのトップに名前が挙がる。わたしの名前は最初から一番上だったらしい。

昼休みにダール食堂を出ようとすると、レイチェルが追いかけてきた。いくつか質問に答えてもらっていいかしら、と言いながら手帳をめくり、ボールペンでカチッと音をたてる。これから散歩をするから一緒に来るならどうぞ、と言った。レイチェルは攻撃の一つひとつについて、わたしがその時間どこにいたか尋問した。わたしは早く歩いたから、ついてきながらノートを取るのは大変そうだった。

「お願い、座らない?」レイチェルはフィールディング運動場の観客席を指さした。

わたしたちは最前列に座った。わたしは礼儀正しく、しかし関心なさそうに返答した。尋問が終わってわたしが犯人ではないとほぼ納得したらしいレイチェルに、わたしのほうからもいくつか質問した。

「この探偵ごっこ、賞金目当てじゃないわよね」

「違うわ。賞金も、そもそも正式なものじゃないみたい。何かあるたびに、誰かがポスターの金額に何百ドルか上乗せしてる」

「だったらどうして手伝ってるの?」

「隣人に手を差し伸べたい、というだけ」

「今でも、充分手を差し伸べてるじゃない」

レイチェルは首のまわりのスカーフを直した。

「そっちは偽善的よ」

「何が?」

「あなたのフェミニズムってすごく視野が狭い」

「嘘でしょ、もう。あなたがフェミとか口走ると思わなかった」

「わたしの理解するフェミニズムは寛容なものよ。相手を断罪したり、閉め出したりするものじゃなく」

「わたしったら、学年きってのヤリマンから、フェミニズムについて教えていただいてるわけ？」

レイチェルが怒ったのを見たのは初めてだ。彼女はスカーフで首を絞められているとでもいうみたいに、スカーフをいじって咳ばらいをした。

「フェミニストなら、自分のセクシュアリティを自分のために利用することができないと思っているんでしょ。女性は誰でも、生き延びるために必要なら何でもする権利があるはずよ」

「じゃあ、自分のためなら他の女を踏みつけにしてもオッケーってこと？」

「何が言いたいの？」

「ケイトの写真を撮ったのはあなただって知ってるわよ」

レイチェルはうんざり、という表情をして、スカーフを直した。

「ケイトをエンパワーしようとしたのよ」

「あのヌード写真を学校中にばらまくのがエンパワメント？」

「写真を撮ったのはわたしだけど、ばら撒いたのはわたしじゃない」

「じゃあ誰？」

「まるでわからないわ。今日はこれぐらいにしましょ。ご協力ありがとう」

レイチェルが行ってしまってから、自分がどれほど怒りを抑えつけていたのか気づいた。爪が掌に赤い三日月をいくつもこしらえていた。目に涙がにじんだ。ケイトがどう感じたか、はっきりわかった。とにかく、クールに計算できるいつもの自分に戻らないと。

リニーが突然、隣に出現した。観客席の下に潜り込んで、金属の支柱の間をくぐってきたのに違いない。

「ねえ、今のはキツかったじゃない」とリニー。

「そうかもね」

「ヤリマンって言う必要あった?」

「リニー、何かあったの?」

「メルとケイトが探してる。問題発生よ」


オフィスに行くと、メルが、床に描かれた見えない星の形をたどっているように、奇妙な斜めのパターンで歩き回っていた。部屋全体を行ったり来たりしながら、リコリスを噛みちぎり続けている。首全体を使って、リコリスの束から大きくもぎ取る。

「メル?」

「暗室の写真が全部削除されてる。残っているのは文字情報だけ」

「いつのこと?」

「わからない。一晩でそうなってた」

「コピーはとったわよね?」

「ほとんどね。でもなぜ消去したんだろ」

「気づかれたのかな?」

メルはリコリスの束の先端を見おろした。

「かもしれない。わからないわ。これで何かが変わるわけじゃない」

ケイトは自分の世界に没頭して、黒板の前に立っていた。その下には、アルファベットと数字の対象リストがあった。A=1、B=2、C=3など。

3Hawk27、2Loon89、1Sparrow526、などと書いていた。

「そちらの天才数学者はどんな具合?」

「暗号解読中よ」とメル。

「説明してもらっていい?」

「男子たちはクソ適当に好き勝手なネーム、たとえば

Hef13、TonyStarx、Doomsday みたいな名前を自分につけている。でも女子の名前には暗号を使っているみたい。鳥の名前と数字と、アルファベット。もし女子の名前が特定できたら男子のコードネームも突き止められると思う」

リニーは小テーブルの上にあったプリントアウトの束を取り上げて、声に出して読みはじめた。

「LennyBro は、2Owl420 についてこう書いている。「彼女の舌はフレンチ・キスをする時にはサラマンダーみたいだ。でも吸い方は堂にいってる。アドバイスとしては、前戯はほどほどに。」Hef80 のレス。「なんだって2Owl420 とやってるんだ?」LennyBro のレス。「誰かがいっぱつ食らわせる必要あるからさ」」

わたしはリニーから書類を取り上げた。メルは手で目を覆い、前後に体をゆすりはじめた。

「クソッタレクソッタレクソッタレクソッタレクソッタレ」メルは言った。

「メル、落ち着いてよ。落とし前はつけるわよ。編集人の奴らを二、三段突き落すだけじゃすまさない。高層ビルの屋上に連れてって、そこから一人ずつ落してやる」

ノーマン・クロウリー

メルに暗室への侵入方法を手引きした後、ぼくは被害妄想になった。また精神分析医を予約しそうになったぐらいだ。ジョナはある日、ぼくがピリピリしているのに気がついて、ぼくのポケットにマリファナ煙草を一本滑り込ませてくれた。

気が動転したのは写真のせいだ。気持ち悪かったというだけじゃない。違法かもしれないからだ。ぼくは写真をアップしたことはない。でも奴らにやり方を教えてやった。ページを設計して、やりたいことが何でもできるように教えた。ぼく自身はほとんど写真を見なかった。誓って本当だ。それに写真はどうせインターネットから拾ったもので、成人女性の写真だ。でも確証はない。ほとんどの写真は顔の部分がカットされていたからだ。それでよけいに気味悪さが増していた。

暗室に写真を投稿する者はIDネームとパスワードをもっている。ぼくが管理しているから、たいてい誰だかわかる。去年クロスビー・ウィテカーという名前（本当にこんな名前）の四年生が、「汎用アカウント」なるものをBagman2というユーザーネームで作ってほしいと依頼してきた。ジョナの兄、ジェイソンへの敬意を表すためだと。ウィテカーは、卒業した時にこのアカウントを廃棄したと思っていた。しかしこのネット上アイデンティティを編集人の一人に譲ったにちがいない。ケイトの写真を投稿したのはBagman2だ。

ケイトは同級生より年下だった。一六歳になったばかりだ。ぼくは編集人たちに、写真を削除しろと言った。児童ポルノで、法的にまずいことになる可能性があるからだ。ミック・デヴリンは父親に電話して聞いてみると言った。あの会話を録音しておけばよかった。本当に。

ミックはすぐに連絡してきて、落ち着けと言った。一六歳なら合法だ。それにヴァーモントは、ポルノグラフィ関連の法が緩いことで悪名高い州だと。いいぞヴァーモント、でかしたってこと。ぼくは彼を飛び越して、ジャック・ヴァンデンバーグにぼくたちが危ない橋を渡っていることを教えた。ジャックは写真すべて削除という指示を出した。暗室のヘビーユーザーたちから、いくつかバックラッシュがあった――寮の個室のドアに、「ケチ野郎」「気取り屋」「弱虫のオカマ」と書いた奴もいた。でもアダムとジャックがぼくの味方になった。アダムはまるで古くからの親友みたいにぼくの背中を叩いた。「心配するなよ。俺たちがついてるよ」
　ぼくはにっこりして、ありがとうと言った。まったく、ぼくは本当に弱虫だった。喧嘩できるなら一発食らわせてやったのに。でもぼくにできるのはこれだけだった。

　決定されたのはこういうことだ。写真は削除。この変更で暗室の活動に歯止めがかかる、ぼくは本気でそう考えていた。間違いだった。写真がなくなると、あいつら最低野郎どもは、言葉を使わざるをえなくなった。そっちのほうがまだましだと思うかもしれない。違ってた。衝撃的な新装オープンだった。
　メルがそう判断したとは思わない。ぼくが二番目の匿名のメッセージを送ってから一週間以上がたった。それは事実上、暗室に侵入するための方法を書いたマニュアルだ。写真が削除されると、メルはビル・ヘイドンのメッセージに返信して、秘密の会合を要求してきた。ぼくはそれを無視した。ビル・ヘイドンはもう充分なことをやった。次の日、メルはぼくに直接メッセージを送ってきた。

To：ノーマン・クロウリー
From：メル・イーストマン
Re：お話があります

モーの店で一六時に。時間厳守。それからビルにありがとうと伝えて。

ヤバい。メルにバレるのはわかってたはずだ。贈り物ありがとう、あとは自分一人で歩いていきます、なんてことにならないのもわかっているべきだった。メルは軒下を貸したら、町をそっくり乗っ取りにくるタイプだ。

ぼくはクロスカントリーの練習をサボって町へ出た。メルはモーの店の奥に一人でいた。コーヒーを差し出して、オレオ・クッキーの紙皿を二人の間に置いてくれた。ぼくは古い学校机の一つに座った。メルは疲れて、少しクレイジーな様子だった。栄養ドリンクと興奮剤で徹夜したゲーマーみたいに見えた。

「どうしてわかったの？」

「ビル・ヘイドン？　『ティンカー、テイラー、ソルジャー、スパイ』の？　去年ずっとル・カレにはまってたじゃない」

ぼくは無言でコーヒーを飲んだ。どこかで、いつか、ぼくの発言がぼく自身に不利な証拠として使われることもありうるだろう。

「写真を削除したのはどうして？」とメル。

「ぼくは投稿してない。写真は見てもいない」

「ちょっとは見たでしょ」

ぼくは自分の足を見おろした。

「暗室に入らせてくれたじゃない。わたしにあれを見せたかったからでしょ、ノーマン」

「そうだよ」

「ありがとう」

彼女はぼくの腕に手を置いて、もう一度ありがとうと言った。ぼくはうなずいた。

「どうして写真が削除されたの？　侵入がバレたんじゃないよね？」

「そうじゃない。まだ何もバレていない。最近、皆が心配しはじめただけだ。法的には、写真のいくつかは児童ポルノだから」

「そう。じゃあ、わたしが侵入して数日後に写真が削除されたのは、ただの偶然ってこと？」

「そうだよ」

メルはバックパックからノートを取り出して、めくった。

「LennyBro、mADSKILLz、TonyStarx、って誰？　それから、Hefがどうしてこんなにたくさんいるの？　これ、『プレーボーイ』誌のヒュー・ヘフナーにちなんだ名前よね？」

　ぼくはうなずいた。彼女はもう知りすぎている。自分のやったことが信じられない。メルの出方一つで、ぼくは破滅だ。

「鳥のことを話しましょうよ。鳥は四種類だけ、であってる？」

「メル、ぼくのやったことを連中に言わないでくれ、頼む」

「わたしはあなたを裏切らない、ノーマン。絶対に」

「本当に？」

「約束する。鳥のことだけど」

「五種類だ」

「鷹（Hawk）、アビ（Loon）、雀（Sparrow）、梟（Owl）」

メルはノートを見ながら言った。

「もう一つある。それを探すんだ」

　メルはノートをもっとめくった。

「他の鳥は見当たらない」

「探し続けて」

　もっと話すこともできたけれど、彼女が自分で見つけるようにさせたら、ぼくの責任じゃなくなる。

「一つ聞いてもいい、ノーマン？」

「君は聞くことしかしてないじゃないか」

「これは違う種類の質問」

「オッケー」

　彼女は何か言いかけて、やめた。眼鏡をはずして、シャツのすそでぬぐった。照明にかざすとまだ汚れていた。

　彼女はため息をついてあきらめて、かけ直した。

「編集人たちの書き込みを読んで、わたしたちのことをどんなふうに見ているのかと思って。言いたいことわかる?」
「どうだろう。自信ないな」
「つまり。わたしたちって、そもそも人間と思われてないの?」

校内放送

おはよう、ストーンの生徒諸君。二〇〇九年、一一月一二日、木曜日。つまり明日は一三日の金曜日だ。

ここでトリビアを一つ。トリスカイデカフォビア、というのは、「数字の一三を恐れること」という意味の専門用語だ。くだらないな、言わせてもらえば。

今日も晴天で、ひんやりしたそよ風、空高く、雲が一つ二つ、というところ。ランチはピザ・ア・ラ・キングとヴェジタリアン・ミートローフのチョイス。興味深いメニューだな。

皆が気づいているが話題にしたがらない重大問題。残念なことにシラミが発生している。清掃係からの要望だ。シーツはすべてビニール袋に入れること。洗濯物もビニール袋に入れて、口を縛ること。それでシラミが窒息するから、だと思う。新しいシーツは、シラミがない状態を確認してから供給される。本部のオフィスでシラミ取り粉を配布中だ。シラミ駆除と予防については、わたしのフェイスブックにもっと情報が書いてあるからチェックしてほしい……あ、それは残念。提案用の箱があることは知っているね。

中断される前に何を話してたっけ? シラミを窒息させる必要があることだ。ああ、いや大丈夫。今日は短く終わるように言われている。

最後に一つ。感謝祭休みの間学校に残る人は、来週の月曜日までに本部に申請書を出すこと。それじゃ皆、今日はこれまで。

ウィット先生

外はただの雨じゃなかった。記録的な豪雨だった。三日間大雨が続き、わたしは町で長靴を買いさえした。

ウェインライトがランチのメニューをアナウンスしはじめた時、わたしは教室から出て廊下を走り、事務室への階段を駆け下りた。

「ピンスキーさん、ウェインライトはどこ？」

「まるでわからないわ」彼女はわたしの目線を避けた。

「あなたもグル？」

お遊びはもうたくさんだ。事務室のある一階を歩き回って、あらんかぎりの大声を張り上げた。

「ウェインライト。ウェインライトはどこよ！」

教員が何人かドアを開けて、静かにと言った。でもわたしは大声を出し続けた。ついにグレッグが校長室から出てきた。

「ウェインライトはどこ？　彼に会うまで教室に戻らないわよ」

グレッグは階段スペースの奥のドアのほうに、頭をちょっと傾けた。

電気室・立ち入り禁止というパネルが貼ってあった。壁に耳をつけると、ウェインライトののんびりした特徴ある声が聞こえてきた。わたしはドアノブを回して、ドアをぱっと開けた。

小部屋の中に、用務員のルパートが座っていた――部屋というよりはクロゼットだ――顎のほんの少し下にあわせた高さまで、チューブ式のマイクが机から伸びていた。

「……シラミの駆除と予防についての情報……」

彼は目を上げて、手であっちへ行けというしぐさをした。

「あなたがウェインライトなのね」

「失礼」とルパートは言って、マイクを手で覆った。「何か用かな?」

「ルパート、外を見てよ。雨よ!」

部屋には窓がなかったから、説得力は弱かった。

「おやそうかい」

「あなたはいつも、天気を間違える」

「それは申し訳ない」彼は言い、それからひそひそ声になった。「番組に戻らないと」

ルパートは意見箱のことを何か言った。わたしは部屋を出た。


教室に戻ると、全員、笑い死にしそうになっていた。

「ウィット先生、がっかりした?」とアダム。

「組織ぐるみの秘密なら、もっと衝撃的な真実を期待するってものよ」

「でも、ちょっとはびっくりしたでしょ?」とエイミー・ローガン。

わたしは肩をすくめた。「まだよくわからないけど」

オフィスアワーに、ジョナがウェインライトの秘密をめぐる陰謀について説明してくれた。

「大事なのは、だいたいぼくたち全員ルパートが好きだってこと。一学年につき二、三人は放送部に入りたいという生徒がいて、それはまた別だけど。それにルパートとはいい関係でいたい。鍵をなくしたりした時、彼がいないと絶体絶命なんだから。とにかくルパートが秘密のキャラをもっているのは、自分が特別な人物だと思いたいからだ。毎年、事情を知らない奴がルパートに騙され続けるのは面白いよ。全員が一致団結しているのはこれだけで、だからぼくは気に入っている。この学校にはいやらしい秘密が多すぎる。でもこれは楽しい秘密でしょ。誰かを幸せにするんだから」

雨は止まなかった。泥が深くなって、噛んだガムの巨大な塊の中を歩いているみたいだった。泥沼の中を歩いて帰ると、発電機に燃料を注ぎ足して、ドアのすぐ内側で長靴を脱いだ。いつものように小屋中をチェックして電子機器がないか探し、窓のアルミホイルを再確認する。監視されていないのを確認すると、パジャマに着替えてベッドに潜り込んだ。トタン屋根に叩きつける雨音は耳を聾するばかり。小屋全体に、湿ったかびの臭いがたちこめた。長く住む環境でないと認めざるをえなかった。それでも学生と同じ建物に住むのは絶対に嫌だった。

辞職のことを考えたのはこれで三度目か四度目だった。

その夜、わたしは宿題を採点した。課題は二つ。一つ目は、耳にした会話を書き写すこと。次に、その会話を、何か面白いものに書き換えること。ゲイブリエル・スミスが何を考えていたのかまるでわからない。彼は『ダーク・ナイト』の会話を「実際に耳にした会話」にして、それを、「偽ラテン語」に書き換えた。「オレワレヲ　テキキテヲ　ジャナイイナジャヲ」。わたしは寝てしまった。ぐっすり眠り込んでしまったに違いない。絶え間なく降る雨がホワイトノイズのような効果を発揮して、うたた寝から深い眠りに落ちてしまったのだろう。水がドアの下の隙間から入ってきて床に広がりはじめた音にも気づかず眠っていたのだから。でもわたしの目を覚ましたのは、自室が川と化す音ではなく、ドアを繰り返し叩く大きな音のせいだった。

意識を取り戻し、夢を見ているのかと思った。答案、靴、それからペンが何本か、まわりに浮かんで漂っていた。

「アレックス！　アレックス！　起きろ！」

キース監督の声だ。ベッドの周囲を、深さ三〇センチの茶色い水が取り巻いていた。今やベッドが部屋の中で唯一安全な島だった。

「ドアのところまで行けないの」

「大丈夫か？」キースがドアの向こうから尋ねた。

「おぼれてはいないわ。質問はそういう意味？」

「入ってもいいかな？」

「鍵がかかってる。わたしはドアまで行けそうにない」

「大丈夫だ」

キースは鍵を開けて小屋に入ってきた。雨靴と防水ジャンパーといういで立ち。若き日のグレッグに似ていた。

「鍵を持ってるのね」

「ルパートが砂のうを持ってこちらに向かってる」キースは言って、ベッドまでやってきた。

「鍵をどうやって手に入れたの」

「ぼくは鍵を持っている。ここに時々泊ったことがある」

キースは向こう向きになって背中を近づけて「おぶさって」と言った。

彼はわたしをおんぶして小屋から出た。その途中でわたしの長靴をつかんだ。そのまま丘を上がって、ベイマツの木の下の雨宿りできる場所でわたしを下ろした。雨が止みかけ、朝日が差しはじめていた。

「ああもう。携帯を小屋に置いてきちゃった。テーブルの上。服も全部。それに、クロゼットの中の上着はまだ濡れてないかも」

「すぐ戻る」

キースがわたしの私物を取りに行っている間に、突然気がついた。

「あなたね？　イカれたメモを残したのは？」

わたしの私物を持って戻ってきた彼に、わたしは喧嘩腰で指をつきつけた。

「情報、というほうがいい感じだと思うけど」

キースはわたしに携帯電話と、その上着じゃなかったのにという上着を手渡しながら言った。

「どうして？」

「そのほうが「イカれたメモ」よりいい響きがするだろ。どう考えたって？」

「そうじゃなくて。どうしてわたしにメモを残したの？」

「君に正しい方向を見てほしかったからだ。ストーンブリッジには問題があることを」

「それなら、もう自力で発見したわよ！」

「よかった。それじゃ何かできるよね」

「どうしてあなたが何かしないの」

「できないからだ。ここの生徒たちは、現状をいじられるのを嫌う。君の前にいた四人の教員が、怪しい状況で辞職に追い込まれた。コンピュータ数学のメイソン・ロバーツ。問題のあるウェブサイトを見つけて校長に話した。その後で、男子生徒五人から、不適切な肉体的接触をされたという告発を受けたそうだ。フェイス・クック。微積分と木工。二年勤めて辞職した。以来教員をやっていない。事情は知らないが、彼女はまだ三五歳だったから何か妙だ。その後のメアリ・ホワイトヘッドのことは君ももう知っているよね。それから四年前にも——名前は覚えていない。彼は授業中に突然出ていって、車で走り去った。二度と戻らなかった」

「それで、わたしに何をしろと？」

「君は正しい方向に進んでいると思う。生徒たち自身が内側からこのクソ状況を打ち破る必要がある。女子が反乱を起こせば、学校全体の雰囲気が変わるだろう」

わたしは両足をびしょ濡れの雨靴に突っ込んだ。その感触に、身震いした。

「ブラウニーのことは警告してくれるべきだったのに。一度に全部食べちゃったのよ」

「歓迎にブラウニー一切れなんて誰もやらないだろ？　大皿一枚分が普通だ。一切れだけってことは何か特別だということだよ」

「それって誰でも知ってることかしら」

「ぼくはそう思うな」

キースは他に何も救い出せなかった。服の箱は水没していた。キースは、余分な制服を保管してある部屋があると言った。

校内に戻る途中、リニーに出くわした。

「朝ご飯を食べに行け。それから、今日の体育は体育館だ。瞬発力トレーニングをする」

リニーは西部劇の悪役みたいな横目で、キースとわたしを交互に見た。

「長期休暇は終わりだ」キースがリニーに言った。

「チキショウ」

リニーはそう言うと、ダールのほうに憤然と歩いていった。

「メモを残したのがあなただってこと、リニーは知っていた？」

「そう。この二か月間、ぼくを脅迫し続けていた」

キースはベケット体育館の地下の大きな部屋にわたしを連れて行った。雑多な衣類の巨大な山と、男女の制服がかかったラックが二つ。キースはラックからプリーツスカートをはずした。

「これならちょうどいいんじゃないかな」

「ご冗談を」

キースはわたしに服を選ばせた。わたしは男子用のズボンを一つ見つけた。ウエストは大きすぎ、ヒップはきつすぎた。ネクタイをベルト代わりに締めて、その上に大きいワイシャツと紺のカーディガンを着た。しもやけになりそうだったので雨靴を脱ぎ、遺失箱から掘り出したちぐはくな靴下とスニーカーを履いた。

二〇三教室に早めに到着した。とんでもないコーディネート姿で皆のいる中に入っていくよりそのほうがましだ。生徒たちが次々に入ってきて、何人かはちらちらとこちらのほうを見た。全員がそろうと、とんでもない騒ぎになった。わたしは始業の合図をして、わたしの住居と衣類の危機的状況について説明した。

「俺のこと変態って言ってもかまわないけど、それ、先生に似あってます」とアダム・ウェストレイク。

「写真を撮っていいですか?」とテーガン。

「写真は厳禁」

「精神病院を脱走してきた人みたい」とジェマ。

「あっそうだ。今日は一三日の金曜日じゃん。おぼれなくてよかったですね、先生」とベサニー・ワイズマン。

ジョナは笑いすぎていて、具合が悪くなるのではないかと心配になった。

「笑うのやめなさい。保健室に行ってもらうわよ」

動物園で見世物になっている珍獣みたいな気になった。その午前中わたしを一目見ようと、いろいろな見物客がやってきた。キースは何時間か後にやってきたが、わたしの見た目については何も言わなかった。

「水没した服をいくつか持ってきて、ランドリーに出しておいた。今日中には準備ができているはずだよ」

「ありがとう」

「なんてことないさ」

「メモの件はもうわかってもらえた? 何か言いたいことがあれば、直接言ってよね」

「わかった」

「あなたがここにずっといるのはなぜなの」

「ストーンブリッジはぼくの家だから」

「家なら他の場所だっていいでしょ。ここはそれほどすばらしい家じゃないわ」

「ぼくの家を侮辱しているよ」

「そういうつもりじゃなかったけど」

「この場所がひどいものだってことはわかってる。でも救う価値があると思う」

「わかった」

「グレッグが昼休みに会いたがってる。宿舎のことで話しあう必要があるそうだ」


わたしは言われたとおりに、正午すぎにグレッグのオフィスに立ち寄った。グレッグは机の向こう側に座っていて、わたしにも座るように合図した。


「こういうことが起きるのではないかと心配していたんだよ。まったく。ヒーターはついていたのかね？」

「ついていたら死んでたわ」

「勝手ながら、宿舎を手配させてもらったよ」

「町のモーテルね、何て名前だったかしら」

「モーテル。いや、そうじゃない。ここには別の宿舎がある。心配しないでいい。学生寮の中ではない。ベケット体育館の最上階で、学生からは遠く離れている。あのすばらしい浴場から二階上がったところだ。宿舎にもちゃんとした風呂が備え付けてあるがね。特別な客や同窓会員のための設備だ」


グレッグと体育館のほうに歩きながら、この恰好にいじわるなコメントをしないでくれてありがとうと言った。「どうしてだね。いつもと変わらないが？」

ベケットの最上階にある宿舎は実際のところ豪華な造りで、ディケンズやウルフの教員用宿舎より上等だった。大型スクリーンのテレビがケーブルに接続されていて、インターネットもあった。グレッグによれば「ゴドーの間」。この名前についてのコメントは控えた。泥沼の中で目覚めた後に、こんな贅沢は予期していなかったから。

「ここでいいわ」

「ああよかった。ただ見返りを支払ってもらう」

「見返り?」

「感謝祭休みの間、監視する大人がもう一人必要だ。かまわないね?」

その見返りは、こちらにとって得しかない。それに両親のどちらと休暇を過ごすのかというやっかいな問題を回避できる。

「交渉上手だこと」わたしは、新しいリッチな住まいを見回しながら言った。

ジェマ・ラッソ

メルとケイトはオフィスで作業を続けていた。砂糖とカフェイン、そして煮えくりかえる怒りで気合が入っていた。それなのに、二人で一緒に暗号を解読している様子は何だか楽しそうでもあった。ドアが開けっ放し、これは最悪だ。厳しくお説教をしてやった。

「もういい?」とメルは言った。わたしはまだ言い足りなかった。

「暗号を解読したのよ」とケイト。

「全部じゃないけど、でもはっきりしたパターンが見つかったから、そこから先へ進めていけばいい」

メルは黒板に近寄って、四種類の鳥のリストを指さした。

雀（Sparrow）、アビ（Loon）、梟（Owl）、鷹（Hawk）

暗号解読の説明には二〇分かかったが、簡単に要約してみる。女子の暗号は1から4までの番号、鳥のどれか一つ、それから最後に番号。最初の番号は学年を示す。鳥が何を表わすかはまだわからない。最後の番号は、名前の頭文字を番号に変えただけ。たとえばわたしの暗号は4、鳥（たぶん鷹）それから718（Gがアルファベットの七番目、Rが一八番目）。

一方男子は、スクリーンネームを使っていた。暗室の書き込みを読めば、本名を伏せるのも当然だとわかる。ケイトとメルは、一番薄汚いコメントをいくつかプリントアウトしてわたしに見せた。

Dead_klown：3Loon12 には近寄るな。息が臭い。

プッシーも臭う。それにしつこい。

Hef47：プッシーに鼻を近づける必要ないだろ。

わたしは直観的に連中の正体がわかっていたし、何年かの間にちょっとしたあれこれを耳にしてもいた。でもこれほどひどい軽蔑は初めてだった。ドルシネア・コンテストに侵入することにばかり夢中になりすぎて、この一件全体がどれほどひどいことなのか、把握できていなかったのだ。メルはわたしの肩に手を置いて、リコリスを一本差し出した。わたしのお菓子箱から出してきたものではないかのように。

「リコリス。食べたら気分よくなるわよ」

「最初の二、三時間はわたしも気持ち悪くなった。だんだん回復する。後に残るのは、復讐を求めるあくなき渇き。すごくパワーが出る」とケイト。

「鳥のほうはどうなってるの？」

「鳥を後で変えてもいいみたい。雀がアビになったり、梟が鷹になったりするのもあったから」

「鳥は性格とか行動に関係あるの。それからもう一種類鳥があるらしいんだけど、まだ見つかってない」とメル。

「このクソ鳥に固執するのはやめましょうよ。どうしてドルシネアのことが何も書いてないの？　それがこのサイトで一番大事な部分のはずでしょ？」

「ここにはないわ」とケイト。

　メルは同志に鋭い目線を投げた。

「ここにはないってどういうこと？」とわたし。

「このページの中に、もう一つ部屋がある。そこに侵入する方法がまだわからないの」とメル。

「別の場所があるってどうしてわかるの？」

「ただわかるんだもの」とメル。

　彼女は何か隠している。今、そのことを考えている時間はなかった。目の前のプリントアウトを読んでいくうちに、いくつかの共通点が見つかった。

「LennyBroとHef21の二人とも、3Sparrow12のことを書いている。もしこの三人のうち一人でも誰だかわかったら、後の二人も誰かわかるんじゃないかな」

　メルは床に平らに寝て、天井を見つめていた。食いちぎったリコリスを人差し指と中指の間に挟んで煙草のようなポーズをとった。

「LennyBro。レニー・ブルースね、コメディアンの」とメル。

「ゲイブリエル・スミスよね」とケイト。

「それ以外ありえない」とメル。

「それで、3Sparrow12の可能性が狭まった」とわたし。

　寮の部屋に戻ると、エミーリアはニックと出かけていて、テーガンはヘッドフォンをつけて勉強していた。

「最近よく出かけるよね」とテーガン。

「何か問題ある？」

「全然。どこへ行ってるの？」

「どこでもない、というかいろんなところ」

携帯が鳴った。

リニー：情報ゲット。
ジェマ：温室？　五分後に。

「何かやってるんでしょ」とテーガン。

「誰でも何かはやってるでしょ」

「もちろんよ。アドバイスしていい？　少なくとも、携帯メールに時々は返事したほうがいいわよ。こちら側の人だっていうふりぐらいはしなさいよね」

メール着信機能をしばらく前にオフにしていた。うるさくないのが気に入ったので、忘れていた。クソ。奇妙なのは、テーガンは嫌がらせで言ったのじゃないってこと。テーガンは本当に気遣ってくれている、と素直に信じ込みそうになった。

「あなたも注意したほうがいいわよ」とわたし。

イヤな奴になるつもりはなかった。テーガンのことは好きじゃなかった。でもテーガンが笑いものになるのも望んでいなかった。

「何のこと？」

「ジャックのこと、気をつけてよね」

「ジャックとわたしは何でもないもの」

「じゃよかった。だって、学校中でいろんな女の子たちといるところを見るから」

「けっこうなことじゃない」テーガンは何の感情も見せずに言った。

温室に到着すると、ルパートがＡＴＶにまたがって、リニーと大声で話していた。大声なのは、彼がエンジンをかけっぱなしているせいだ。

「いや、違う」とルパート。「七時三〇分の約束だった。

七時四五分まで待った」

「違うわ。八時一〇分って言ったじゃない。それだって、バカな時間設定だけど、どっちみち。それでわたしは八時に来て、八時三〇分まで待った。来なかったのはそっちよ」

「単純な行き違いみたいだな」

「学校全員を騙したかもしれないけど、わたしにはお見通しよ」

「ここでの物事のやり方を問題にしたいなら、意見箱を使えばいい」

「あら、もちろんそうさせてもらうわよ」

ルパートはATVを急発進させて、森の中に消えた。

リニーは突っ立ってプンプン怒っていた。

「もういいじゃないの」とわたし。

「放送部がないなら、あるふりをしちゃいけないでしょ。それってひどい。兄は学校で朝の校内放送をやらせてもらってるのよ。用務員の仕事じゃない。やりたい生徒をつのるべきよ。それにあいつ、お天気を間違える。毎日。毎日よ。一日も欠かさず。新聞読むのがそんなに難しい？」

誰にでも自分の闘いがある。でもリニーはたくさんの闘いを引き受けているように見えた。リニーのことがもう理解できないような気がしはじめていた。

「わたしに伝えたい情報って何？」

「メルが真昼間に校外へ出るのを見たの。後をつけたわ」

「あなたは出るのを許可されてないでしょ、リニー」

「メルが誰と会ってたか知りたくないの？」

「知りたい」

「ノーマン・クロウリーよ」

ウィット先生

わたしの誕生日は一一月一六日で、父の誕生日は一一月一四日だ。母は一一月一五日に合同のパーティをやった。わたしはそれが不公平だと思って腹を立てた。父は自分の誕生日に子どもが大勢うろちょろするのはかっこわるいと思った。わたしたち二人がどれほど抗議しても、三日間にパーティ二つは多すぎるというママの考えを変えることはできなかった。でも結局、AD（大消去後（アフター・デリート））時代にも、父とわたしはその伝統を続けて中間の日に会った。

しばらくの間、わたしたちは誕生日らしいことをやってみた。皆が子どものパーティでやるようなことだ。でも父は、それを一つひとつ却下していった。

ボーリング：そうだな、これはまったく不衛生だ。
ミニチュア・ゴルフ：待った、あれはどこへ行った？
ああもう、やめだ！
ゲームセンター：どうしてお前はわたしよりそんなにコインをたくさん持っているんだ？

一六歳の誕生日にジェットコースターに乗って吐いた、一生立ち直れないぐらいひどい経験の後、食事だけで、その後あまり肉体に負担がかかることをしないのが一番ではないかと提案した。一七歳からこちら、パパとわたしは父が選んだ場所で、豪勢な食事をする。今のところは一回も欠かさずだが、今回ばかりは取りやめかと思っていた。残念ながら父は「ノー」という答えを受けつけなかった。マンジェーというレストランに予約を入れていた。ストーンブリッジから半径五〇キロ圏内で一番高級なレストランだ。パパは六時に迎えに行くと言った。

父には何度も、好物を一つもらうほうが、普通に好きなもの一つと好きでも嫌いでもないもの一つと普通の食べ物に似てすらいないものを七つもらったりするよりいい、と言ってきた。父はわたしの好みを都合よく忘れてしまう。マンジェーに着くと（わたしはわざと、そして繰り返して、マンガー、とgとrの音を強調して発音してやった）ウェイターが四皿、七皿、九皿、一二皿のコースがございますと言った。

わたしは一二皿のコースに先制攻撃をかけ、一人で道の向こう側にある定食屋へ行って一人で食べると脅かした。パパは九皿ではどうかと言った。わたしは二皿と言い、彼は一番少ないコースでも四皿だ、と思い出させた。それじゃ四皿のコース。パパは七皿のコースを二人分注文した。「お互い、歩み寄ろうじゃないか」父は言って、いかにも愛情深い父親らしくウィンクをした。

アレンジされすぎたウォルドーフ・サラダを食べた後、父がプレゼント交換をしようと言った。わたしはリボンをかけたシンプルな茶色い箱を差し出した。彼はわたしに、キャッシュ入りの封筒を渡した。

「今年は軽いわね」わたしは封筒の薄さを触って確かめながら言った。

「いい年じゃなくてな」父は言いながら、箱を開けた。

「ヤクの売人は、どうしてこうしないのかしら。その箱にドラッグがいっぱい詰まっているとする。わたしたち、公共の場所でこの交換をやったばかり。誰も何とも思わない」

「ふむ……それは使えるな」彼はノートを取り出して書いた。

パパはプレゼントに関心を戻した。箱の中にはしっかりした三部構成のストーリーの梗概がいくつか入っていた。その上に次のレン・ワイルドものをのっけることができるだろう。

「プロットとは。なんとありがたい」パパはしんみりと言った。

わたしたちは毎年同じことをやっている。物語の筋のほとんどを考えついたのはわたし、母からはほんの少し助けてもらっているだけ、というふりをする。

「ナスチャのはどれだい?」

しかし本当の質問は「彼女が書かなかったのはこの中のどれだ?」だ。

「忘れちゃったわ、パパ。自分が一番気に入ったのを選んだらいいじゃないの」

コースの三皿目か四皿目に出たのは、よくある「シーフードとステーキの盛りあわせ」のバリエーション、つまりウニとマッシュルームだった。パパはわたしの皿からウニをとった。わたしがそういうことをされるのが嫌いなのをわかっていて、わざとやったのだ。それから執筆中の作品『苦い祈り』について何気なく話題にしようとした。

「一〇〇ページも削るはめになったというのに、スローンは順調だと思ってるんだからなあ」

「その名前を口にする度胸があるとは驚きだわ」

「これからもあることだから、お前も慣れておいたほうがいいだろう」

「まさか、また離婚?」

「そのとおり」

「スローン、何歳?」

彼女はわたしより若い。パパは答えなかった。

「約束したはずよ」

わたしが二二歳の時、父はグレタといい仲になった。彼女は当時二七歳で、父のアシスタント、そしてもうじき父の前妻になる。娘より若い女とは決してデートしないと父に約束させた。彼はわかったと言った。

「法的な拘束力のある約束とは言えないからな」

「わたしが六六歳の彼氏を連れてきたらどう思う？」

「やめてくれ、アレックス。考えるだにグロテスクだ」

「スローンのお父さんもそう思うんじゃない？」

「スローンは父親が誰だか知らない。それに、お前がシラミ野郎を家に連れてきたことはない。お前は男に関してはいつも賢かった。わたしの影響があると思いたいがね」

「いいえ、まさか」かっとして顔が熱くなった。「わたしの男を見る目のことで、得意にならないでね。それに、パパの生き方がオッケーだと思わせる気はこれっぽっちもないから」

　パパはナイフとフォークを置いて、わたしの目を見た。

「わたしは六二歳で――」

「六六歳よ」

「もしラッキーなら、あと一〇年は楽しく生きられる。それからひょっとすると、その後、まあまあの一〇年を。最良の時が過ぎ去ったことが、頭に浮かばない日は一日もない。いいことはすべてもうすんでしまったんだよ。セックスは間違いなく喜ばしいものだが、それとて、もはや以前のようではない。だからもしわたしが誰かに出会って、その人がわたしに生きる実感を与えてくれて、それに能力的に――」

「その文章を最後まで言ったら、ウニ用フォークで突き刺すから」

「言いたいことはだな。何か曖昧な道徳基準に従うよりは、幸福で満たされていたいんだよ。わかってくれるだろうか？」

「最後通牒を突きつけたらどうなる？」

「アレックス、頼むよ。そんなバカげたことを」

「そのおつきあいを続けたら、わたしは二度とパパに会わない、と言ったらどうする?」

「お前はグレタと何の交流もない。わたしが彼女と別れても、お前には関係ないじゃないか」

「質問に答えて」

「お前を選ぶよ、アレックス。もちろんだ。そして惨めになる。それが望みなのか?」

「わたしはそれでかまわないわ」

「いいだろう。婚約は解消しよう」

「よかった」

「もちろんわたしに介護が必要になったら、お前が責任をもって引き受けるということだよね」

「わかったわよ。彼女と結婚しなさいよ。でもわたしは結婚式には出席しない」

「了解」

ウェイターが、ワインをもう一本いかがですかと勧めた。わたしは仕返しのために、一番高価なワインを注文した。

父はため息をついた。「その金を歯医者に使いたいのだがねえ」

「クソみたいなこと言うのやめなさいよ」

「アレックス、頼むよ。その歯を直したいんだ」

「ダメ。それに、その話をするのは、話題を変えたいからでしょ」

「バカなことを」

わたしの歯は、かつて両親の深刻な論争の種だった。わたしは小学校でからかわれ、何人かの歯医者が歯列矯正を勧めた。でもある正直な歯科矯正医が、矯正は見た目を変えるだけだと認めた。

わたしが歯をそのままにすると決めた時、両親はものすごい大喧嘩に突入した。パパは、母の反歯列矯正的態度は反アメリカ的だと決めつけた。それは違う。実際的なだけだ。パパは、わたしの決断を母の側につく宣言と受け取った。そんな複雑な話じゃなかった。わたしは反逆的な歯が一本あることが気に入っていた。それにその歯で、食べ物をちゃんと噛めるのだし。

わたしはグレッグの客間に泊めてもらうことにして、パパをベケット体育館のわたしの新居に送り届けた。パパは部屋の中を調べて、落ち着かなさそうにうろうろした。ミニバーを探しているのだ、と気がついた。

「わたしが泊まりに行かなくて、グレッグは気を悪くしないだろうか」

「大丈夫よ」

グレッグは本当に気にしていなかった。父は、面倒な客として悪名高いのだ。グレッグはわたしと父の交換を文句一つ言わず受け入れた。

「もう行くわ。自分のやることはわかってる？」

「わかってるとも」

わたしはフィンに携帯メールを送った。

「酒を持ってこいと書いてくれ」とパパ。

わたしはもう一つメッセージを送った。

「まだわたしのことを愛してるか？」とパパ。

わたしは一呼吸おいた。父を虐めるためだけに。

「たぶんね」

わたしは父の頬にキスして、部屋を出た。

フォード先生

ウィット：新しい宿舎に来て。サプライズがあるから。

ウィット：バーボン持ってきてくれる？

ヤれると思ったら、いたのはレンだった。

実物の彼は、著者近影の人相を悪くした感じだった。偉そうに力を込めてこちらの手を握ってきた。ただ、それなりに愛想はよかった。酔っぱらっていて、どう見てももっとアルコール、それと飲む相手を必要としていた。必要としていたのはアルコールだけだったのかもしれない。ぼくの持参した「メイカー」のボトルをあからさまに飲みたそうに見た。ぼくはボトルを手渡した。彼はたっぷり注いだ。

ぼくは、あなたのファンですと言った。実際にそうだったから（最初の三冊までは）。『闇よ、身を慎め』を読んだ後、彼はぼくのヒーローだった。最初の二冊は、使い古した表現だが、犯罪小説というジャンルを超えた名作だと思う。その後は一冊、ひょっとすると一冊半読んで、投げ出した。作者自身が投げ出してしまったのに気がついたからだ。レンは、一番好きなのはどれかと尋ねた。

「『闇よ、身を慎め』です」

彼はがっかりしたようだった。ぼくはそれから次の二作をあげた。どちらも少なくとも一五年以上前に書かれたものだ。シロウトのやり口だった。昔の作品が自己ベストだと言われて喜ぶ奴はいない。『隠された窓』もよかったです、と言った。彼の作品中、おそらく最悪の奴だ。文章から流暢さが失われていた。もたもたして、シロップのようなどろりと濃い感触があった。ポストイットのことを「背後から糊に支えられし邪悪な四辺形」と書いてあった箇所を思い出した。

それから『最後の酒』と『影の部屋』も読みました、と付け加えた。タイトルを思い出したからだ。レンはもっと言ってほしそうだった。ぼくはアドリブを試みた。

「すみません。最近物忘れがひどくて。未亡人が出てくるのと、それから二年前に出されたもの?」

「ああ、そう。『死に至る道』と『九番目の駅』だね」

「そうです。『九番目の駅』。強烈な印象を受けました」

「読者からはほとんど反応がなかったがね」

「ぼくは例外的な読者ですから」

「ダンテについての言及があることに気がついたかい?」

「気がつかない奴はアホですね」

　試験勉強をしなかった学生のような気分だった。レンにもう少しバーボンを注ぎ、それ以上細かく突っ込まれないことを願った。

「いいかね、若い人。このヘンテコな学校にどれだけ勤めている?」

「今年で四年になります」

「君は作家だ、と聞いたが」

「そうです」ぼくは言った。これ以上アドリブをしなくてよくなって、ホッとしていた。「五年前に、『拘禁されて』という長編を出版しました。あまり売れませんでしたが」

「それなら読んだと思う。大胆な試みだった」

「ありがとうございます」

　この老人は適当なことを言っているだけだ。今度はぼくが彼をきりきり舞いさせる番だ。

「妻が直刃の剃刀で夫の髭をそっている時にわざと切り傷をこしらえる場面について、ずいぶんいろいろと言われました」

「まったく魅力的な場面だった」とレン。

　やっぱり。作家、といっても作るのは嘘話。ぼくと同類だ。エイヴァリーンがウェイドのネクタイを結んでやる緊迫した場面があるが、髭剃りとは間違えようがない。

「今は何を書いているんだね、君?」

　うまい手だ。

「ちょうど二作目が売れたんです。エージェントが条件を詰めているところです」

「おめでとう」レンはぼくのグラスに注いだ。

「ありがとうございます」

「それはどういう話かな？」

「エリート寄宿学校の暗い秘密についてです」

「興味をそそるね」レンは無理に笑顔をつくった。「いつか読んでみたいものだ。一冊送ってくれるだろうね？」

「もちろん。光栄です」

ぼくたちは乾杯した。

「次の偉大な作品にとりかかろうとするわたしの生徒たちに、こう言って乾杯したものだ」レンは咳ばらいをした。「白紙の喉笛をつかんでパルプになるまでやっつけろ。白紙に打ち負かされるな」

ぼくたちはグラスをカチンとあわせて、飲んだ。レンは部屋の中を何気なさそうに見回して、ソファにくつろいだ様子で腰を下ろすと、膝の上にもう一方の足のくるぶしを載せた。

「一つ質問させてくれ。これだけぴちぴちしたオマンコだらけのところで、どうやって執筆に集中できるのかね？」

校内放送

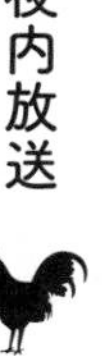

ストーンの諸君、月曜日おめでとう。感謝祭休暇直前の週になった。休暇で帰省する大半の生徒諸君、寮の部屋に食べ物を放置して腐らせることのないように。このメッセージは君にだよ、ディケンズ寮三〇七号室の君。天気予報は曇り、空気は乾燥し、気温は一一度。ここ数日は雨を免れそうだ。だから外に出て、新鮮な空気とビ

タミンDを摂取して、松の香りを嗅ぎに行こう。一一月一六日、歴史的な大事件の起こった日ではない。でも最後に一つ。我らがアレックス・ウィット、誕生日おめでとう。

ウィット先生

次の日、授業の前に、わたしは父にさようならを言いに新居に戻った。父はひどい二日酔いでコーヒーメーカーの操作もできなかったから、父がシャワーを浴びている間にわたしがコーヒーをいれてあげた。

父は着替えをすませると、台所のテーブルまでよろよろと歩き、コーヒーを待った。わたしたちはしばらく黙ったままコーヒーを飲んだ。こういう時の父、虚勢を張れなくなった状態の父が一番好きだ。朝からこんなふうにくたびれた様子の父は、落ち着いた人のようにすら見える。

「誕生日おめでとう、アレクサンドラ」

「ありがとう、パパ。昨日のお客さんは楽しかった？」

「彼は自分の役目を果たしたし、バーボンは上等だった」

「それから？」

「次作を送ってくれるそうだ」

「すてき。それで、彼のこと本当のところどう思った？」

「飲む相手としては愛想のいい奴だな。でもお前ももうわかってるだろうが、最低のスケベ男だ」

生徒たちが「ハッピーバースデー」を歌った。

ジョナが、グレアム・グリーン・ハウスで切ってきた非の打ちどころのないユリの花をプレゼントしてくれた。

サンドラ・ポロンスキーはマッドルームのラテをプレゼントしてくれた。

メルは金属工芸のクラスで作った先割れスプーンをくれた。

そしてジェマは、年度の終わりまでに暗室を破壊するという約束をしてくれた。

クロードはその日学校にいなかったが、短いおめでとうと「また飲みましょう」というメッセージを送ってきた。わたしたちは簡単なやりとりをした。

アレックス：いろいろ大丈夫？
クロード：もちろん。どうして？

放課後、小屋に戻った。砂のうがまだ周囲に並べてあったが、水は引いていた。小屋には母とキース監督がいて、わたしの持ち物を箱に詰めていた。キースが偶然通りがかり、母が丸め込んで手伝わせているらしかった。

母がストーンブリッジを訪れるとは聞いていなかったが、わたしは驚かなかった。娘が二九歳といういい大人になっているのに、両親はまだ共同養育権をもっている親みたいにふるまっていた。父がわたしに二日連続で会うなら、まさしくぴったりのタイミングで母も到着するということ。

「あら、ママ」

「誕生日おめでとう。引っ越しを手伝いに来たのよ」

「キース、ここにいるのはあなたの自由意思？」

「そうだよ」

引っ越しは早くすんだ。わたしの人生で一番早くすんだ引っ越しだったかもしれない。キースはわたしたちの二倍のスピードでベケットの階段を往復して箱を運んだ。母は彼に現金を支払おうとしたが、彼は手で受け取らないという動作をして、もう行かないと、と言った。

数時間後、グレッグがドアをノックした。母は寝室でわたしの服をたたみ直していた。

「引っ越しが進行中のようだね」とグレッグ。

「水か、熱いお茶でもいかが」

「いやけっこう。クロードから何か聞いたかね？」

「ええ、今日の午後携帯メールがきたわ」

「よかった。自宅で金曜日に通夜だそうだ」

「お通夜？」

「母親が亡くなった」

「いつ？」

「昨日の夜」

わたしはクロードのメッセージを見返して、事態を理解しようとした。

母が戻ってきた。母とグレッグは、かばんについて話していた。

「いいえ、車の中よ」と母。

「キーを貸してくれたらいい。ナスチャ。客間に運ぶから」とグレッグ。

母とグレッグが何の話をしているのか、わからなかった。

「いったい何？」

「感謝祭の休暇に、お母さんを招待したんだよ。すばらしいじゃないか？」

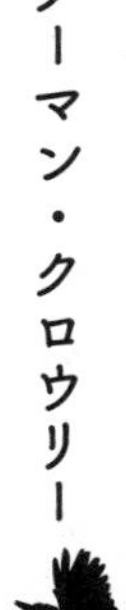

ノーマン・クロウリー

シラミ大量発生の直後に、ミックが緊急会議を招集した。ゲイブはうつるのを恐れて、リモートでミーティン

グをしてはどうかと提案した。ジャックは「男同士でイチャイチャしなきゃうつらないだろ」みたいなことを言った。

アダムはラウンジに、シャワーキャップをかぶって現れた。

ジャックは体を二つに折って、ヒステリックに大笑いした。

「好きなだけ笑えばいいさ。この頭には何もうつらせないからな」とアダム。

「頭にかぶるコンドームみたいなもんだな」ニックが考え深げに言った。

ミックはたいそうな名案だと言った。「それもう一個あるかい?」

アダムはポケットから新品のシャワーキャップを取り出した。ミックはビニール包装を開けて、キャップを王冠のように頭に載せた。

「どんなふうに見える?」ミックはアダムに尋ねた。

「頭にシャワーキャップをかぶっている奴にしては、男前に見えるさ」

「お前も同じだよ」とミック。

「さあ、おばあちゃんたち、会合を始めよう。今日はもう一回シラミ取りシャンプーをやらなきゃいけないんだ」

ミックは部屋を眺め回して、ため息をついた。

「ジョナはまた欠席か?」

「あいつを除名にする投票の潮時だな」とジャック。

「賛成」とミック。

賛成三人に、棄権一人――これはアダムだ。ジョナは正式に除名になった。アダムは不服そうだったが、なぜかわからない。他のバカどもよりもジョナのことを気に入っているのかもしれない。でもそれ以外に、ぼくの知らない何かがあるのかも。

しかし集会が行われた目的は、ジョナのことでも、暗室のことでも、ドルシネアのことでもなかった。議題はディケンズ寮にはびこっている病気のことで、シラミの大量発生はその一番最近の例にすぎなかった。漆かぶれ攻撃は可能かもしれないが、シラミは危険すぎないだろうか。それに女子はまだ誰もシラミに感染していなかった。女子のほうが髪の毛が多いのに。ぼくはいつもと同じように、自分の意見は言わずに黙っていた。

「俺の情報源によれば、犯人はジェマだ」とアダム。

彼の情報源はレイチェル・ローズだ。ぼくたち全員、レイチェルがTVドラマの高校生探偵、ヴェロニカ・マーズよろしく学校中で皆のアリバイを尋ね回っているところを目撃していた。

「その情報源はあてずっぽうを言ってるの、それとも証拠があるのかな?」とぼくは尋ねた。

ぼくはいつも何も言わないから、皆が驚いて疑わしそうな目線を向けてきた。

「つまり、容疑者を特定するなら慎重にしないと。だって真犯人を逃すかもしれないだろ」ぼくは付け加えた。

「確かに。とはいえ、同時にバックアップ案を実行する必要がある」とミック。

バックアップ案とは、弟（ブラザー）たちを授業時間外に見張りに立たせるというものだ。四時間シフトを六つに分けて組んであった。ぼく自身が二年生をむりやり睡眠不足にしないですんだのはありがたい——ぼくの弟（ブラザー）は、ストーンブリッジを二週間で退学した。それ以来弟（ブラザー）は割り当てられていない。その時にはちょっと嫌な気がした。今となっては、ラッキーなボーナスだったと思う。だいたい、ぼくが下級生にどんな立派な知恵を授けてやれる?「頭を下げておけ、よけいなことに首を突っ込むな」とか?

集会が終わるとすぐ、ぼくはジョナに警告のメッセージを送った。ジョナはフィールディングで待ちあわせたいと言ってきた。

ジョナは一人でサッカーボールを蹴っていた。ぼくのほうにボールを蹴ってきた。キャッチすると思ったんだろう。でもボールはぼくの横をすり抜けた。そうなるとわかりそうなものなのに。ぼくは走ってボールを追いかけて、拾い上げた。

「おめでとう。正式にお払い箱だ」

ジョナは拳を突き上げた。「よおし。やったぜ」

本当に嬉しそうで——ここ何週間も見なかったほど、幸せそうだった。

「ホントにこれでよかったのかな」

「どうだろう。どっちみち、ぼくは何の役にも立ってなかったしな」とジョナ。

彼は後ろ向きに走って、ぼくがパスするのを待っていた。ぼくはボールを目の前に落として、キックして、完全にはずした。下手くそなボーリングをやる奴みたいに、両手で転がしたほうがまだしもカッコよかっただろう。ジョナは蹴り返してこなかった。

「クールでいてくれよ、ノーマン。今や中にいるのはお前だけだ。お前が必要なんだ」

ジョナはスポーツ選手が握手の代わりにするように、ボールをパスしてこようとした。ぼくは尻込みした。彼は親切にも、気がつかないふりをした。

ディケンズ寮に戻る途中で、イニッド・チョウに出くわした。親しい友達というほどじゃないが、授業のことを話したりはするし、図書館で見かけることもある。

「あ、ノーマン。シェファードのママのこと、聞いた?」

何か考えがあったわけじゃない。学校を出て、木曜日の夜八時半にどこか開いている店はないかとハイド・ストリートを歩いた。ヘミングウェイと「オットーの店」

という小さな食料品店以外は死んだように暗かった。

それまでに入ったことがあったかどうか、覚えていない。二度と行くつもりもない。オットーが——というのは、たぶんあれがオットーなんだと思う——ずっと後ろをついてきて、何がご入用かと尋ね続けたからだ。ぼくは見ているだけだと言った。商売熱心なのか、万引きを疑っているのかはわからなかったが、緑のエプロンをつけたこの老人を振り払うことはできなかった。

「お探しのものは何で?」彼はたぶん三回目ぐらいに言った。

「わからないったら!」

「買い物するなら、リストを持参するべきですな」

オットーの店には花も売っていた。でも、どれも萎れていて、それに最近、花からは不吉な電波が出ているみたいだった。

「腹がへってるとか?」とオットー。

ぼくは冷凍庫を開けて、そこにあったアイスクリームの一番上の奴を二個取り出した。それからジュース売り場に行って、緑色のジュースを一個とった。ミズ・シェファードは何かヘルシーなものが欲しいかもしれない。それからよくわからない理由で、洗ってあるほうれん草を一袋選んだ。それを全部レジの前に積み上げた。ぼくが心を決めて店を出る用意ができたらオットーは喜ぶと思いきや、そうじゃなかった。

「ちゃんとした食事にはステーキがなけりゃ」

「ステーキはいりません」

オットーは会計をして、エコバッグを持ってこないことについて説教をした。ぼくは金を払って店を出た。気分を害しているとわからせるために、わざと挨拶しなかった。

ローランドに夜行ったのはほとんど初めてだった。そんなことをする者はいない。今、その理由がわかった。

ゴーストタウンだからだ。ミズ・シェファードの家には、何年も昔に一度だけ行ったことがある。先生は家で母親の世話をしなければいけないのに、本の入ったバッグを学校に置き忘れた。そのバッグを持ってきて、とぼくにメッセージで頼んできた。その日、彼女は愛想がよかった。でも中に入れと言ってくれなかったし、玄関の中にすら入れてくれなかった。ぼくは彼女にバッグを渡して学校に戻った。

彼女の家は町の東側にあって、ハイド・ストリートから、たぶん八〇〇メートルぐらいだ。クレストビュー通り三四四番地の正面階段まで行くと、どうしたらいいか決めかねて玄関の前で立ち止まった。先生のお母さんが亡くなった直後にアイスクリームとほうれん草を持って訪ねてくるなんて、本当にバカみたいだ。病院で先生を見かけた日のことが頭から離れなかった。

逃げようとした瞬間、ミズ・シェファードがドアを開けた。

「ノーマン、ここで何をしているの」

「ぼくは……ええと、先生が何か必要かわからなかったので」ぼくはレジ袋を差し出した。

シェファードは袋を受け取って、ぼくを中に入れてくれた。

「まあ、アイスクリームとほうれん草を持ってきてくれたのね！」

彼女は微笑んでいたけれど、目がうるんでいた。

「すみません。聞いたばかりで、それで町へ出て、オットーの店に行きました」

「わたしのために、オットーの店に？　嬉しいわ」

「あいつの態度がひどくて、まともな買い物ができなかったんです」

「ああ、わたしオットーが大嫌い。いつもわたしの後ろをついて歩くのよ。お尻をじろじろ見ながらね」

「オットーはぼくの後ろもついて歩いたけど。ぼくの尻もじろじろ見てたんでしょうか？」

ミズ・シェファードは笑って、食べ物を袋から出して、アイスクリームをカウンターに置いた。

「チョコミントとチョコレート・ファッジ。すごくいいチョイスね」

シェファードは夕食はすませたのかと尋ねてきた。ぼくはローストビーフだったけど固かったと言った。そうすると先生は、近所の人が持ってきてくれたラザーニャを温めてあげると言い張った。皆が食べ物を持ってくる。食べてくれたらありがたい、と言ってくれた。ぼくはラザーニャをむさぼり食い、その間彼女は何かジンの入ったものを飲んだ。ラザーニャは実際、うまかった。食堂の調理人がマリオというイタリアンぽい名前なのに、ラザーニャが出たことはない。ぼくはシェファードに大丈夫かとかそういうことを尋ねはじめたが、彼女はすぐに話題を変えてしまい、母親のこと以外の話をしたいと言った。

ミズ・シェファードは、もうメルをデートに誘ったかと聞いた。まだだし、メルがぼくのことを好きかわからないと言った。メルのほうから何も動きがないの、とシェファードが尋ねた。動きというのかわからないけれど、先割れスプーンをプレゼントしてくれた。その先割れスプーンは、ぼく自身が作成に手を貸したポルノサイトをハッキングする手助けへのお礼なのだが、その部分はシェファードには言わないでおいた。

「先割れスプーン？　フライドチキンの店でついてくるあれ？」

ぼくはそれをバックパックから出してシェファードに見せた。彼女はそれを光にかざして、縁に指を走らせた。

「金属工芸の授業で作ったそうです。授業なのに手が込んでますよね」

「本当に珍しいプレゼント」シェファードはぼくにそれを返してよこした。「これは実用に使うの?」

「ぼくは工芸品として気に入ってるんだけど。でもメルは先割れスプーンがもっと広まればいいと本気で思っているから、使ってみたこともあります。先の部分が短すぎてしっかり差せなかった。実はフォークとしては不充分だし、スプーンで刺されたい奴もいないしね」

「たしかにそれは嫌だわね。でもいいニュースもある。彼女、あなたのことが好きよ」

「そうかなあ」

シェファードは首を横に振って、台所へ行き、もう一杯飲み物をつくった。

「本当に好きな相手じゃなければ、先割れスプーンを作ってあげたりはしないのよ。ねえ、ノーマン。あなたに未来が見通せたらいいのにね。そうしたら自分の経験すべてに価値があったとわかるでしょうに。でもいつかはわかる。あなたみたいな子こそ、本物の人生、いい人生を送る子よ。高校で人気者だった人たちは、世界を支配するようにはならないの。あと二、三年待ってごらんなさい。本当の人生が始まるわ。金持ちで性格の悪い奴にならないって約束して」

「約束します」

ぼくたちはアイスクリームを食べた。ぼくが帰らないといけない時間になった。シェファードはもうほろ酔い加減だった。目が半分閉じて、歩く時にふらふらするのが何だかきれいだった。急な坂を下りたところで見上げると、ドアのところで手を振ってくれていた。

彼女が今、自由ならいいのに。彼女の本物の人生が始まっていたらいいのに。

ウィット先生

金曜日の夜に、母、グレッグ、わたしの三人は、クロードの母、キャンダス・ウルジーの通夜に参列すべくクレストビュー通りに到着した。故フランク・ウルジーについてグレッグに尋ねてみた。心が温かくて包容力のある指導者で、生徒全員を家族のように思っていた、とのこと。

広い部屋の中に、知った顔を探した。フィンとイヴリンが飲み物を手にソファに腰かけて、陰謀でも企んでいるように小声で話していた。ルパートが料理のテーブルのところにいた。見かけたことはあるが名前のわからない教員が何人か。マーサとキースは招かれていなかったが驚くことではなかった。

「氷を持ってきたわ」

「氷。まあなんて気が利くの。皆もっと、氷を持ってくるべきね」クロードは言って氷のビニール袋を受け取り、子どもを抱くように抱えた。

母を紹介すると、クロードは飲み物と食べ物のテーブルを指さした。わたしは彼女について台所へ行き、氷をアイスペールに入れ、酒瓶を運ぶのを手伝った。クロードはほろ酔いで、機嫌は悪くなかった。実際、おとなしく落ち着いているように見えた。クロードがこんなふうに見えることがあるとは思っていなかった。

バーテンのヒューが来た。彼はクロードと親しげな目線を交わした。わたしは二人を残して、五〇年代ふうの居間をうろついた。料理を取り分けている間に、何人かに自己紹介された。ほとんどは近所の人たちで、故人をよく知っている人はいないようだった。

ピッチャーから何かよくわからないカクテルを注いでいると、フィンがやってきた。彼を避けていたのではない。ストーンブリッジで誰かを避けるのは無理なことぐらい、もうわかっていた。

「やあ」とフィン。

「ねえ。クロードは大丈夫そうに見えるけれど。どうかしら?」

「わからない。詳しくは聞いていないけれど、彼女、母親とあまりうまくいっていなかったし、ここ数年は大変だったから。それはそうと、遅ればせながら誕生日おめでとう」

「ありがと。それからこの間は、父の相手をしてくれて、ありがとう」

フィンは曖昧な笑顔を浮かべて両手をポケットに突っ込み、床に目線を落とした。

「招待された時には、君に招待されてるのかと思った」

「あら、そう?」

フィンは目を上げた。「メッセージは君からだったから。それほど的外れな誤解でもなかったと思うけど」

「それは悪かったわ。そんなふうに考えなかった」

「いいよ。何に出くわすか、あらかじめ知っておきたい時もあるってこと」

それは本当にそうだ。

「父があまり不愉快じゃなかったのならいいんだけれど」

「いや、大丈夫だったよ」とフィン。

結局のところ、フィンは嘘が上手なのかもしれない。

「パパは、あなたがとてもいい飲み相手だと言ってたわ」

わたしは失礼と言って、フィンを残してあたりを歩いて、亡くなった女性について何かを知る手がかりを探した。マントルピースの上には写真が何枚かあったが、キャンダスの写真はなかった。一〇代のクロードと養父の写真が何枚か——それより最近の写真はない。廊下に出てトイレのほうに歩いていくと、白い壁に、まわりよりも白い四角い部分がいくつかあった。最近何かをはずした跡だ。

近所の人が献杯の挨拶をしたが、それ以外には、通夜だというのに死者の話題が出なかった。クロードの母親についてのスピーチも、昔話もなし。その夜は一滴の涙も流されなかった。ただちに火葬されたとのことだが、骨壺も見当たらない。通夜というより、地味な退職送別会のようだ。

わたしたちが引き上げる頃には、クロードは泥酔していた。非難ではない。ただの事実だ。彼女はバーテンと一緒に寝室に姿を消して一時間以上も出てこなかった。死者を悼むやり方は人それぞれだ、とわたしは自分に言い聞かせた。

クロードがまるで悲しそうでないことに気づいたのはわたしだけだと思っていた。でも帰り際に、母がわたしの腕をつかんでささやいた。「わたしが死んだら、ドナウ川みたいに涙を流して泣きなさい。それから立ち直って、前に進むの」

ジェマ・ラッソ

「自由は冷えたビール樽みたいな香りがする」十人組が森の中のパブスト・ブルー・リボンの金属製の樽のまわりに集まったところで、アダム・ウェストレイクが言った。

栓を開ける前にビールの匂いがするかどうかはともかく、休暇直前の金曜日には、ある種の雰囲気が漂っていた。やたらと長い家族の晩餐で、皆お互いにうんざりしながらぐずぐずと席を立てないでいるような感じ。

休暇が近くなると、ストーンブリッジの生徒たちはチキンゲームをやりたがる。休暇の間学校に残って孤児になるか帰省するか、ぎりぎりまで決めずに待つ。他に居残りをする孤児が誰かによって、決断を変える。エミーリアは、ニックが残るかもしれないと聞いて予定を変更して、両親が急にコペンハーゲンで休暇を過ごすことになったと言いはじめた。それからニックの予定が変わると、エミーリアの両親はオスロでの休暇を突然キャンセルし、エミーリアはいつものようにマンハッタンの自宅に帰った。話のつじつまがあわないことを指摘する者はいなかった。

　わたしのゲームはたった一つ。スケジュールをなるべく秘密にすることだ。感謝祭に帰る家がないのは、宣伝するようなことじゃない。でも今年はいつもと違っていた。ウィット先生が残るし、メルは暗室に夢中でやり遂げるまでは帰省しないから。

　ノーマンも孤児だった。奇妙なことだ。母親が近くのドーヴァーに住んでいるのに。彼とおしゃべりするのは、学校から人の気配がなくなった後にしようと決めた。誰もいなくなれば、気楽に話せるかもしれない。その他に下級生が何人かいたが、わたしはその子たちには関心がなかった。リニーはメインの実家に帰る予定だった。自分がいない間、魚に餌をやってくれ、と頼まれた。彼女が魚を飼っていることすら、その時初めて知った。

　十人組とその取り巻きは、皆が地球のあちこちへ散る前のパーティをやった。わたしは誰もいない間にドルシネアを白日の下にさらすつもりだった。

　アダムはミルトン演習室を抑えていた。樽の隠し場所に一番近いから。ミックは男子の背中を叩いたり、女子の手にキスをして回っていた。アダムは気のきいた主人役よろしく、参加者にお代わりを勧めていた。とはいえ、注ぐのは彼ではない。ニックは煙草をふかしながら渋面の練習中。ハンナは壁を使ってスプリットを披露した。レイチェル・ローズはノートにタワゴトを書き散らし続けていた。ジャックは好きなだけ体中を掻きむしっていた。そしてジョナとわたしは、ほんのちょっとした知りあい同士、という演技を見事にやってのけた。

サイテーにつまらないパーティだった。全員が、友人同士というより同じ牢屋の囚人みたいな気分になりはじめていた。部屋は一一時にはまばらになった。自分がどうして立ち去らなかったのかわからない。クソ野郎の一人が酔っぱらって、うっかり情報を漏らすことを期待したのかもしれない。ゲイブがにきびつぶしを見せびらかしはじめた時、ミックが誰にとってももうたくさんだ、と決断した。

彼は照明を点滅させた。「お開きの時間だ。死を見つめる時が来た。午前零時一四分。休暇明けまで、お別れだ」

テーガンはもう寮の部屋に戻っていた。ベッドでノート型パソコンを開け、下級カーストの友達にメッセージを送っているらしく、喧嘩のような勢いでキーボードを叩きまくっていた。ヘッドフォンで耳を塞いでいるからその音は聞こえないはず、でもわたしが帰ってきたことには気がついた。

「わたし、何か面白いこと見逃した?」

「全然。エムは?」

「ニックとデート」

「そうよね、もちろん。あの二人、もうどれぐらいになるかな?」

「最初のつきあいもカウントするとして。エムはカウントすべきかどうか、決めていないんだけど。そうすると、七週間近くね」

エミーリアは友達の何人かとは違って、編集人にフェラチオをしていない。恋愛主義者で、恋をしたいのだ。最初のデートではキスをしないし、最後まで行くには三か月必要だと公言している。でもニックは勝つつもりでプレイしていたし、エミーリアはそれがプレイだということすら見抜けていなかった。

「七週間。それじゃ、あと五週間はある?」

「エムはスケジュールを考え直してると思う。二か月以上必要な人なんてもう誰もいない。ましてや三か月なんて」

クソ。

「忘れ物をしちゃった。えーっと、どこだっけ……」

嘘を最後まで言う手間もかけられなかった。エミーリアとニックのデートに水をささなくては。彼女には休暇の後まで待ってもらわないといけない。その頃までには、編集人たちを追い詰めているはずだ。

ウルフ寮を出て、ミルトン演習室まで生垣をたどった。ニックお気に入りのいちゃつき用の場所だ。途中、ビール樽の近くでひそひそ声が聞こえた。わたしは方角を変えて、森の奥の声のするほうへ入って行った。木の後ろに隠れると、奇妙なグループが樽のまわりに集まっているのが見えた。校長、ウィット先生、キース監督、それから見たことのない女の人が一人。

「ちょっと罪の意識を感じるわね。でもミックとアダムはわたしの目の前でビールをがぶ飲みしてたんだから。コーヒーを飲んでるふりすらしなかった」

「時には思い切った措置が必要だ」と校長。

キースは樽の重さを確かめた。「流してしまったほうがいいかな?」

「それが責任ある態度というものだろう」と校長。

「とっても、もったいないわね」ともう一人の女性が言った。わずかに外国なまりがあった。

その女性――ウィットよりも年上だが、おばあさんではない――は、プラスチックのコップをとって、それに注いだ。残っていたコップはそれ一つだったと思う。その女性はぐっと飲んで、コップをキースに渡した。キースも飲んで、ウィットに回した。外国なまりの女性は、コップにもう一回注いで、校長に差し出した。彼はためらったが、コップを受け取った。

その奇妙な女性は言った。「びくびくするのはやめなさいよ、グレゴリー。さあ飲んで」

その人が誰だか知らなかったが、大人になったらあんなふうになりたかった。

それから自分がなぜもう一度外に出てきたか、思い出した。エミーリアが新しいニックとどうにかなる前に、助けてあげられるかも、と思ったのだ。わかってる。バカなアイデアだった。二人を見つけたらどうするという計画があったわけでもない。ミルトン演習室を覗いてみた。誰もいない。ディック寮のほうへ歩いた。あの抜け目ないイギリス野郎は、二年生用の階にある個室を手に入れていた。ルームメイトとうまくいかなくなって手の施しようがなくなったり、プライバシーが必要な新入生がいたりする場合に備えて、常に余分の部屋が用意してあるのだ。ある時には、鼻中隔弯曲症の子がいた。噂によれば、夏の夜にはその生徒のいびきが北の森まで聞こえた。

わたしは三階まで階段を上り、廊下を歩いて行った。ニックのドアの外で立ち止まり、聞き耳を立てた。その時、後ろでドアの蝶番が軋る音がした。後ろにいるのが誰かわからなかったから、その場を離れようとした。男のナンパを邪魔する行為は、ストーンブリッジでは眉を顰められる。十人組から排除される危険は冒せなかった。

急いで逃げようとした時、男の声がわたしの名を呼んだ。夜も更けていたし、その声は眠っている男子たちを起こさないように小さかった。だから、聞こえないふりをしても説得力があると思った。

北の階段まで来ると、非常階段に通じるドアを開けた。ドアが勢いよく閉まる瞬間、走ってくる足音が聞こえた。怖いと思った。なぜかはわからない。階段を駆け上がり、この意表をついた動きで追跡者を振り切れると思った。わたしの名前を呼ぶ声がもう一度。なじみのある声。

アダム・ウェストレイクだ。今度は聞かなかったふりはできなかった。

「火事はどこだい?」

わたしは踊り場から彼を見おろした。

「あらアダム。あなたの声、聞こえなかった」

「どこへ行くの? 四階の一年生に、ヤキを入れるとか?」

「屋上に誰もいないと思ったから。星が見たくなったの」

「いいアイデアだ」アダムは階段を上ってきた。

もう逃げられない。嘘としては上出来だった。ディック寮は屋上まで上れる。八〇年代に生徒が一人飛びおりようとして、その後、誰かが安全柵をつける金を出したからだ。

「君も眠れないの?」

「そう。テーガンはいびきをかくのよ」

「そうだよね」とアダム。まるで誰かから聞いたことがあるみたいだ。それとも直接知っているか。

アダムは紳士然とした身振りで、わたしのためにドアを開けた。わたしたちは冷気の中に踏み出して、屋上にある安物のラウンジチェアに腰かけた。わたしは空を見上げた。いつもよりずっと空気が澄んでいた。輝く星に囲まれて、絵のように完璧な三日月が浮かんでいた。アダムが一緒でなければすてきだったのに。

「もっとここに来なくちゃね。いい雰囲気だ」

アダムは身を寄せて、わたしの肩を突ついた。ずっとずっと前からの親友みたいに。

「ぼくたち最近話をしていないよね。どうしてかな？」

「さあ。あなたのほうがわかってるんじゃない？」

「君がストーンブリッジに来たばかりの頃、すごくいい友達になれる、と思ったんだがなあ。それから……お互いに興味を失った？　倦怠期の夫婦みたいに？」

「わたしたち、あまり共通点がないのかもね。あなたはカーキ色が好きでわたしは嫌い、みたいな」

「何をバカな。問題は、ぼくたちには共通点がありすぎるってことさ」

「そうは思わないけど」わたしは立ち上がった。

彼のゲーム——わたしたちが友達で、仲間で、わたしが彼の秘密を守っているというふりをすること——にはあきあきだった。わたしが何か目撃したとアダムが思った時、わたしは何も見ていなかった。でも後になって、わたしは何もかも見ていながら口をつぐんでいた。わたしが秘密を口にしたら、彼だってこれほど得意ぶった態度はとらないかもしれない。

「もう行っちゃうのかい？」

「行かないと。こんな時間にディック寮をうろついているところを捕まりたくないもの」

「ぼくもちょっと寝たほうがいいな」アダムは階段に通じるドアのところまでついてきた。

わたしは彼より先に階段を駆け下りた。「じゃあね、アダム」

次の踊り場までたどり着く前に、アダムが声をかけてきた。「なあ、ジェマ？」

そのまま行くべきだった。でもそうはしなかった。わたしは振り向いた。

「君が参加してくれて、実に嬉しいな」

アダムは自己満足の塊だった。

「参加？」

「わかってるくせに、ジェマ」

「わからない」

彼はささやいた。「ドルシネア」

わたしの心臓がドクドクと音を立てていた。血が煮えたぎった。爆発しないために、あらゆる努力が必要だった。わたしはじっと動かず、何も言わなかった。ただ、一方の眉毛を上げた。よくわからないという顔をするのに充分なだけ、ほんの少し。

「ちなみに、君の点数はすごく高かったぜ」

「おやすみなさい、アダム」

作動しはじめた時限爆弾を解体するために呼ばれた爆発物処理班になった気がした。ただその爆弾とは、わたし自身だった。わたしはゆっくり、注意深く階段を下りた。するとアダムが上から呼びかけた。

「**おめでとう**」

PART 3
軍隊

必ず勝つという強い意志なく戦争を始めるのは致命的である。

ダグラス・マッカーサー将軍

ウィット先生

記憶と現実は親戚同士みたいなものだ。最善のシナリオでは、近いイトコ。イトコといっても結婚可能な場合もある。

感謝祭の休暇は、わたしの短かったストーンブリッジ滞在の中で本当によい思い出の一つかもしれない。生徒のほとんどが不在だった時が一番よい記憶ということ自体、何かを物語っている。

振り返ってみると、最高レベルの暴風雨の前の静けさだった。

すべてがクソと化す直前の週だった。

新しい住まいの南向きの窓から、生徒たちがフレミング広場に列をつくり、スーツケースの重みでギクシャクと横歩きしているのが見えた。両親が迎えに来ている生徒もいたし、守衛門でタクシーを待っている者もいた。それからどこか知らないが目的地に向かって、自分でスーツケースを転がしていく者たちもいた。

土曜日の朝、わたしは母がひょっこり現れるのではないかと待っていた。五キロから一〇キロほどのハイキングに強引に誘われるかもしれない。昼時になっても母は現れなかったので、着替えをして、がらんとしたキャンパスをのんびり散歩しに出かけた。

ハイキング道の入り口が三つに分かれているところまできて、オースティン、バーンズ、ハーディのどれを行こうかと迷って立ち止まった。ハイキングに行きたいかどうかも、あやふやだった。自分の気持ちを読み解こうとしていると、ルパートのＡＴＶのエンジン音が聞こえてきた。と思う間もなく、彼はわたしの隣でアイドリングをしていた。

「アレックス、アレックス」

「あら、ルパート」

秘密の正体を突き止めて以来、ルパートを見るのは初めてだった。

「会えて嬉しいよ、ウィット先生。洪水で小屋から追い出されたそうだね」

「そうなの。今は落ち着いたけど」

散歩道の入り口を見ながら、そもそもハイキングなんて行きたいのかと考えていた。

「迷ったみたいだね、ウィット先生」

「迷ったんじゃなくて。どの道を行くか、決められないの」

「優柔不断は我々すべてをむしばむ病なり、だな。自分のしたいことは何？　必要なものは？　人生でなしとげたいことは？ってね」

「そうよ。そんな感じ」

ルパートは訳知り顔でうなずいた。「どの散歩道が先生に話しかけてくるかな？」

わたしは三つの散歩道を見た。

「どれも話しかけてこない」

目的もなく、悲しい気分になった。

「たった今、やりたいことは何だい？　考えないで答えて」

「それをちょっと転がしてみたいわ」わたしはルパートのＡＴＶを指さした。

ルパートは首をかしげてわたしのリクエストについて考え、それからぱっと降りた。

「乗って」

わたしは乗った。ルパートはスロットルとブレーキのことを説明して、ベルトバックルがしっかりしていることを確かめた。

「ルールは三つ。バーンズを一周する。道から絶対にはずれない。時速三〇キロ以下厳守。いいかい？　大丈夫か？」

「大丈夫」わたしはエンジンをかけた。

アクセルを踏む。反応は敏感だった。感覚をつかむまで、飛び出したりスローになったりした。地面はでこぼこで、方向をキープするのは難しく、遊園地のスリル目的の乗り物よりずっと面白かった。道を一周して、ルパートのところまで戻った。人指し指を立てて、懇願するまなざしでもう一周だけ、と頼んだ。ジョギング姿のキースがいた。二人は、わたしが二周目から戻ってくるまで話していた。それからキースはジョギングして行ってしまった。

二周目の最後に、ルパートはＮＡＳＣＡＲイベントのオフロードで見るように、両腕を大きく振る動作をした。今度はスムーズに停車できた。ルパートはギアによりかかって、エンジンを切った。

「キース監督から注意されたよ。ヘルメットをかぶるべきだと」

「キース監督は人のことに首を突っ込まないべきね」

「いいや。監督は正しいよ。俺には甥がいてね。何年も前に、自転車から落ちて頭を怪我した。会うたびに、スーパーボール・テンでリン・スワンがキャッチしたことを話すんだ。その偉大な瞬間を甥が何度も体験しているのは嬉しいことだけれど、あいつにとってはそれがたった一つの瞬間なんだな。先生はまだ若い。たくさんの瞬間があるべきだよ。俺みたいな老いぼれは、髪が風でなびく感じが好きだからさ」

わたしはＡＴＶから降りて、乗らせてくれてありがとうと言った。

「どういたしまして。天候がいいうちに楽しむことだな。もうじき雪になる。きっと、この週末にでも」

週末に雪が降る可能性はゼロ。でもルパートが希望どおりに現実の世界を曲げる能力は見上げたものだった。

わたしはストーカー小道を、広場まで戻った。見渡すかぎり誰もいなかった。誰もいない学校は、人のいないショッピングモールのように奇妙な感じだった。アパートに戻るとシャワーを浴びて、昼寝をした。

ドアをノックする音で目が覚めたのは、日暮れ時だった。わたしはぼんやりした目のままドアを開けた。母だと思っていた。

キース監督が、一言も言わずにわたしを押しのけて入ってきて、森に面している東側の窓のカーテンを開けた。室内の照明でガラス窓が鏡のようになり、外の景色が見えなかった。彼は手近なスタンドを消した。反射するわたしたちの姿が見えなくなった。

キースは遠くを指さした。

遠いところで黒い影が動いていた。誰かが野球のバットをスウィングしているように見えた。ただそのバットは、木を叩いていた。木が傾きはじめ、わたしはバットに見えたのは斧だと気づいた。ガラス窓に目を近づけて手をかざし、もっとよく見た。斧を振り回しているのはジェマだった。

「あの木が気に入っていたのにな」とキース。

わたしはサンダルを履き、コートを羽織って階段を駆け下り、裏口から出て運動場を突っ切った。近づくにつれて、ジェマが重労働で荒い息を吐く音、最後の一振りのがつんという音が聞こえた。木は取り返しがつかないほどかしいでいた。ジェマは木にとどめの一撃を振るい、足で蹴って倒した。それから足元に斧を投げ出した。疲れ切ったようすだった。

わたしは彼女の名前を呼んだ。

ジェマは振り向いたが、視線はまだ定まらなかった。

「どうしてそんなことを?」

「何かを殺さないではいられなかったから」

ジェマ・ラッソ

わたしの怒りは巨大で、神話的なほどだった。口から火を吐き出して学校を燃やし尽くすとか、少なくとも編集人の何人かをカリカリに焼けこげにするぐらいはできるような気がした。世界が醜い万華鏡のような、バラバラの細かいピースになって、何を見ているのかももうわからなくなるほどの怒りだった。
わたしが作業を終えて、死んだ木が地面に倒れると、ウィット先生がわたしから斧を取り上げた。
後になってから思い出したのだけれど、わたしに斧をくれたのはウィットの母親だ。名前はナスチャ。昨日の夜、わたしたちの樽から飲んでいたところを見て、誰だかわかった。男子たちが話していた残酷な芸術の女神だ。
わたしはスコット・ヒルでダッシュの練習をしていた。怒りを吐き出すか、少なくとも、きちんと計算した上で決断が下せるぐらいに怒りを鎮めようとしたのだ。走ってもダメだった。わたしは散歩道の入り口でスピードを落とした。涙の塊が喉に詰まっているみたいだった。わたしは悲鳴を上げた。喉がやすりみたいにざらざらした。誰もいないと思った。そうしたら彼女の姿が見えた。きまり悪く感じるはずだった。そこにいたのが他の人ならそうなっていたと思う。でもナスチャは、泣き叫ぶ声が微笑か笑い声みたいな完全にノーマルな感情表現であるかのように、わたしのほうを見た。

「ついていらっしゃい」彼女は言った。

わたしは彼女について、学校の敷地の裏手を回ってルパートの倉庫に行った。彼女はドアを開け、斧を取り出して、あたりを歩き回ったと思うと、小さな樺の木を見つけて、手入れのされていない枝を見た。幹を突つくと、満足してうなずいた。それからわたしに斧を渡した。

「さあ。この木は、あなたが泣き叫んでいる原因。切り倒してやりなさい。気分がよくなるから」

そしてわたしのやりたいようにさせてくれた。


わたしがやり終えると、アレックスは自分の宿舎にわたしを連れて行き、お茶をいれてくれた。わたしは、何が起こったか話した。アダムの名前は言わなかった。どうしてかわからない。彼を守ったのではない。たぶん自分を守っていたのだ。密かな反撃を予想して、逃げ道を確保しておきたかったのかもしれない。


「どうしてこんな気持ちになるんでしょう？　わたしは何もしていないし、それなのに……恥ずかしい」

「恥ずかしいというのは、やっかいな感情よね。理屈の上では感じなくていいのに、消えてくれない。だからといって、実態があるわけじゃない」

わたしは怒りのあまり、泣いていた。それから自分が泣いているのでもっと腹が立った。

「すごくきまり悪い」

「どうして？」

「泣くなんて、弱さの印だから」

「どうして？　女子は男子よりもよく泣くから？」

ジェンダー先入観の講義を聞く気分じゃなかった。わたしは目を閉じて、涙が止まるまで何回か呼吸した。

「もう大丈夫。おさまりました」

「あなたは感情を抑圧し続けている。そのうち別のところから、吹き出すわよ。気をつけて。衝動的に行動しないで。自分が求めているものは何か、ちゃんと考えて」

わたしの求めているのは何？　なぜわたしの名前がコンテストに書き入れられたのか、知りたかった。わたしへの警告なのか？　ジョナへの警告？　彼が犯人でないのはわかっている。動機がない。証明すべきこともないし、何の得にもならない。ストーンブリッジでのジョナの立ち位置は、ストーンブリッジのスターだった兄ジェイソンの性豪伝説のお陰で、すっと安定していた。噂によれば、ジェイソンは大勢の女子とつきあって、全員のリストを作ってかわいさを採点してランクづけし、セックスのテクニックを批評し、何回やったか記録し、欠点を詳細に指摘した。人間をたった五つの項目に落とし込むことができた。

でもジョナは兄とは違う。ジョナはストーンブリッジに来た最初の年、ワイリー高校にガールフレンドがいた。兄に守られて学校内のカーストを上昇させていた頃だ。ジョナとその子は二年生になる前に別れた。彼は誰にも言わなかった。そのつきあいを隠れ蓑にすれば、学内のゴタゴタから距離を置きやすかった。ジェイソンが卒業する頃、ジョナの編集人としての地位は確立していた。彼が暗室グループの下劣な結束に何一つ貢献していないのは皆の知るところだったにもかかわらず。

ジョナは何でも楽々こなした。何でも得意だった――あらゆる集団スポーツ、勉強、それに金属加工まで。権力のある生徒たちともつかず離れずの一方で、誰とでもうまくやるコツを知っていた。彼の成績はたいしてよくないのだろうとわたしはずっと思っていたが、ある時成績表を偶然見てしまった。優等生であることを隠していると責めた時、彼はただ肩をすくめただけだった。彼にもゲームが、彼自身のゲームがあることに、その時わたしは気づいた。いつも準備万端、でも実際にフィールドに出ていくことはない選手のようだ。試合に負けても、誰も彼のせいだと言うことはない。

　ジョナのことを思う自分自身の気持ちに、わたしは正直になれなかった。あのデヴィル・ポッドを首にかけることはなかったが、ずっとポケットに入れていた。時々とがった羽で心が癒されたし、背中の空洞になったところが親指に型をつけた。


　ジョナとわたしは、暗室について「何も尋ねず、何も言わない」ルールを守っていた。わたしは彼の友人の秘密を尋ねなかったし、彼はわたしたちのことを誰にも話さなかった。しばらくはそれでよかった。でも今は境界線がある。編集人と共存できる者は全員、わたしの敵だ。ジョナがどちらの側につくか選ぶ時。わたしはジョナの部屋に行って、ドアをノックした。最後にそうしたのはいつだったか、思い出せなかった。たぶん夏休みの間だ。

　夜遅い時間だった。わたしは彼を起こしてしまった。ジョナはわたしが突然現れたことに動揺して、「やあ」とかろうじて言っただけだった。わたしは部屋に入って、後ろ手にドアを閉めた。

「どうしたの？」

「ドルシネア・コンテストについて、わかるだけのことを全部知りたいの。どうやって点数をつけるか。トーナメントみたいな勝ち抜き方式、一対一の対決方式、それとも、ポイント制？　評価は偏差値、それとも点数？　それから、わたしの名前を書き込んだのは誰かも知りたい」

　ジョナは歯を食いしばった。怒りで目が細くなった。彼はわたしよりショックを受け、ほとんどわたしと同じぐらい怒っていた。

「ぼくはもう暗室を見ていないんだ。くそお、そいつを殺してやる」

「誰をよ?」

「わからないよ！　君の名前を書き込んだ奴だよ」

「探ってみてくれる?」

「できるだけのことはやるよ、それから——」

「情報が欲しいだけ。わたしの名誉を守ったりしないで。内緒にして。普段と変わらないようにしていなくちゃいけないの。いい?」

「わかった。わかったよ」

「わたしたちのこと、誰にも話していないわよね?」

「何を話すんだ?　君の尻にしかれてるって?　もちろん。そんなことは誰にも話さないよ」

　わたしは近づいた。彼がわたしからあとずさったのはそれが初めてだ。でも部屋が小さいから、たいして離れられなかった。悲しそうな彼は、すごくすてきだった。わたしはずっと彼のことが好きだった。でもわたしにはわたしのゲームがあり、生き残るためのルールがあった。そのルールがこれまでになく重要になったこの瞬間に、わたしはそれを全部窓から投げ捨てた。わたしはジョナを壁まで追い詰めて、彼の口にキスした。その時でさえ、ほんの少し、あのマヌケなさくらんぼアメの味がした。

ノーマン・クロウリー

　感謝祭に帰省しないと言った時、母はまるで悲しそうじゃなかった。インターネットで知りあった男がいる。名前はロン。真剣なつきあいになりそうだ。そのうち会ってほしいけれど、今はまだ早すぎる、と母は言った。ぼくがどうするのか、パパの家に行きたいか、と探りを入れはじめたので、ぼくはストーンブリッジに残れることがわかった。ロンがいるからいいが、そうでなければ父と父の新しいガールフレンドと感謝祭を過ごすと僕が言おうものなら母は脳卒中を起こしかねなかっただろう。

一度だけ、ストーンブリッジで休暇を過ごしたことがある。二年生の春休みだ。両親は離婚しかかっていたが、再構築を考えて週に三回カウンセリングを受けていた。母は「夫婦二人の時間」が必要だと考えていた。二人の不仲はセックス、あるいはセックスがないことが、大きな原因だと思う――とにかくパパはそう言っていた。その週、二人と過ごさなくてすんだのはありがたかった。父が夫婦のセックス問題を二度と話題にしなかったのはさらにありがたかった。

感謝祭の週は寂しいだろうと思ったが、そうはならなかった。あの本当にひどい夕食を除けば、何だかすごくいい気分だった。それに、誰もがたいてい、感謝祭シーズンを毛嫌いするじゃないか。言いたいのは、ぼくは寂しくなかったということ。実は、一人きりで過ごす時間もほとんどなかったし。

月曜日の朝、たたんだ紙がドアの下から滑り込ませてあった。

ミルトン演習室。九時。時間厳守。

八時四〇分。急いでシャワーを浴びて、ダールで何かちょっとつまむ時間しかない。ジョナが一人でコーンフレークを食べていた。ぼくを見上げ、うなずいた。ぼくはバナナを一本房からもぎ取った。

「行かなくちゃ。これから――えーっと……」

ぼくは嘘をつくのが上手じゃない。

「後でバスケは?」

ぼくはバスケも苦手だ。

「テニスならいいよ」

ぼくはテニスも上手じゃないけれど、誰にも触れずにすむ競技のほうが疲れない。ぼくはジョナと二時に約束した。ミルトンで何があろうが、その時点でもう遅刻だった。メルは急に決めた時間にぼくが現れると思うべきじゃなかった。そう、メモを見て、メルだという見当はついていた。他の可能性はありそうになかった。ぼくは演習室へ行きながらバナナを食べ終えた。まだ空腹だった。

メルは製図デスクに座って、目の前に書類を広げていた。

「遅刻よ」

「もっと早く来てほしいなら、もう少し早く連絡してくるべきだよ」

「バナナをとりに食堂に行かなければ、もっと早く来れたでしょ」

ぼくはまだ皮を手に持っていた。メルはビッグ・ブラザーじゃない。少なくとも、今のところはまだ。

「お腹がすいてたんだ」

「わたしが朝食を作ってあげたわよ」メルは言って、コーヒーカップと、書類キャビネットの上の紙袋を指さした。

コーヒーはぬるかった。でもこのミーティングにはコーヒーがぜったい必要だった。紙袋の中には、サンドイッチ、リンゴ、それから「マリオ・ミックス」が一袋。これは賞味期限ぎりぎりの、乾燥の度合いも中身も様々な、携帯用スナックだ。

「座ったら」メルは机の右側の、自分に面した椅子を指さした。警察で尋問される時に座る椅子みたいだった。

ぼくは紙袋からサンドイッチを出した。四角にカットしてあった。ぼくはいつもサンドイッチを四つに切る。ピーナッツバターの匂い。一口食べてみた。ぐにゃっとして甘いものが、歯にはりついた。何のサンドイッチかと尋ねると、メルは、ピーナッツバターとプルーンだと答えた。どうして普通の人みたいにジャムをつかわないのかというと、ジャムにはいろいろ種類がありすぎて、ぼくの好みがわからなかったと答えた。ピーナッツバターとプルーンの組み合わせはメルのおばあちゃんが作ってくれたのと同じだし、もっと心を広くもつべきだと。

「メル、何が望みなんだ？」

「そう。まずはビジネスよね。ゲイブリエル・スミスはクソ野郎で、自分がひょうきんな人気者だと思っているわりには、壊滅的に面白くない。そう思わない？」

「思うけど」ぼくはサンドイッチから、つぶれたプルーンを取り除いた。

「それじゃどうして、ジェナ・トレヴァーとナオミ・クラインは彼とつきあってるの？　それにあの二人は親友同士よ。それって気持ち悪くない？」

メルは明らかに、暗室でそうとう長い時間を過ごしていた。

「ゲイブの親父はロフトン・アリーナ劇場の経営者だ。どんなチケットでも手に入れられる」

「そうよね。ジョナス・ブラザーズが去年コンサートをやった」メルは信じられないというようにかぶりを振った。「あまり人に話したことないけど。わたし、最初に連中の曲を聞いた時吐いちゃった」

「音楽がひどすぎて？」

「インフルエンザにかかってたのも確かだけど、でもそれにしてもね」

「わかった。てことは、暗号を解いた？」

メルはフンと言って笑った。

「宇宙工学ってわけでもあるまいし。最初の番号は学年、それから最後の数字はアルファベットを置き換えたもの。正直言って、もっと複雑なことを期待してたわ。シーザー暗号ですらないなんて？」

「低能どものためにシステムを単純にしておかなきゃならないから。信じられないだろうけど、あの暗号だけでも、連中にとってはすごく難しいんだ」

自分の暗号を弁護しないで、口を閉じておくべきだった。

メルはぼくを疑いの目で見た。

「ぼくはできるだけ暗室の中を見ないようにしてる」

「わかってる。あなたはメンテナンスをしてるだけ。鳥の話をしましょ。突き止めたとは思うの。でも本当にあっているかどうか、聞いてほしいから。ある鳥からスタートして、別の種類の鳥に代わることも可能。雀からアビへ、梟から鷹へ変わった名前があったもの。理由は？」

「雀は若くてかわいい。少なくともモノにするまで、最初はそう見える。それから何かがあって、別の面を発見する」

「それで、アビは頭がイカれていて、鷹は性格が悪い？それから梟は、ガリ勉タイプとかそういうこと？」

サンドイッチにかぶりついたばかりだったので、うなずいて返事をした。彼女は充分近かった。梟はガリ勉タイプ。あるいは鷹だけど処女と言う場合もある。彼女と名前の付け方について詳細な議論をする心の準備はできていなかった。質問に答えるだけで、精いっぱいだった。

メルは目の前のプリントアウトを調べていた。怒りと混乱で途方に暮れていた。でも本当にかわいかった。それで、彼女を手伝っているのは、彼女が好きだからなのか、正しいことだと思うからなのかを自分自身に問いかけなければならなくなって、後ろめたい気持ちになった。そしてそれから、ミックが去年彼女について書いていたことを思い出して、嫌な気分になった。

「もう戻らないと」ぼくは立ち上がりながら言った。

「座るのよ」

ぼくは座った。手伝いたかったからかもしれない。いつでも、他人の言いなりになるからかもしれない。本当にわからない。

「まずは」とメルはペンの端を噛みながら言った。「本当に人気のある女子、暗室のいろんなところに出ていても当然の女子が、まるで出てこない。レイチェル・ローズ、ハンナ・リクソール、エミーリア・レアードはどこ？　レイチェルは4Loon1818だと思うんだけど。ハンナは4Hawk818よね。エミーリアは4Sparrow512でしょ。でもここには出てこない」

「ぼくが君を手伝ってることは誰にも言わないでくれ」

「そんなことしないわよ、ノーマン。約束する。このサイトにはたくさんのページがある。パスワードでガードされた、番号がふってあるドア。あのドアの中には何があるの？」

「たいていはただのダミーだ。侵入しようとするとシステムからはじき出される」

「どうして？」

「ただの練習さ。サイバーセキュリティのやり方についていろいろやってみただけだ」

「じゃあ、あのドアの中には何もないってこと？」

「全部行き止まりだ。一三番以外は」

「一三、どうして一三番？」

「さあ。前から一三番だった。ぼくの知らない何かと関係があるらしい」

「わたしが探しているものは、全部そのドアの中にあるってこと？」

「本当に見たいのかい？」

「それこそが目的だもの、ノーマン。ドルシネア・コンテスト。だから一三番のドアを開けなければならない、ってことね」

ぼくはうなずいた。

「わたしはどの鳥？　梟？　きっと梟よね」

「違う。ドアの向こうの鳥は一種類だけだ」

ウィット先生

感謝祭前の火曜日、グレッグは自宅で四年生の孤児と、欠席する口実を思いつけなかった教員何人かを招いてカクテルとノンアルコール・カクテルのパーティをやった。クロードは明らかな理由で欠席。フィンは書き直しの真っ最中。ルパートとマリオは一、二、三年生の孤児の世話。プリムは休暇。

雑多なメンバーが集まった。グレッグはツイードのジャケット、母は赤いチャイナドレス。母に五回以上会ったことのない者全員がほめそやすドレスだ。わたしはたいてい「もう一枚ドレスを買いなさいよ」と言う。キース監督は一番いいコーデュロイのズボンと、くたびれて虫食いの穴があちこちにあいている茶色のカーディガン。

「うわあ」ジェマは指を穴の一つに突っ込んだ。「虫の大勝利ね」

四年生たちは、何でも好きなものを着ていいという服装規定の緩さをめいっぱい活用していた。ジェマは革のパンツと肩が紐になった黒のタンクトップ、鎖骨のちょっと下に蛇のタトゥーが見えている。メルは黒のスカート、ブーツ、ラモーンズのTシャツ、紺のベルベットのブレザー。ノーマンは普通の恰好だったが、めずらしくシャツのすそをズボンの中に入れている。ジョナは仕立てのいい青いスーツ、ネクタイなし。

メルはジョナに、その恰好、この後バー・ミツバにでも出るの、と尋ねていた。ジョナは「お褒めにあずかってどうも」と返した。

ジェマ、メル、ノーマン、ジョナがいっしょにいるのをそれまで見たことはない。それなのにあの晩の四人は、ずっと昔からの親友同士みたいに結束が固かった。

母とグレッグはお互いに気安い関係だ。わたしの中の小さな一部分が、二人が友人以上になることを望むと同時に、そうはならないのもわかっている。

ホットワイン用以外のワインはないか、台所を探してみた。ノーブランドのウォッカがあった。瓶に母の名前が書いてあった。本当に、文字どおりに。離婚の時に分配した大量のアルコールの一部だったのかもしれない。一杯注いでいると、キース監督が来て、明日の朝台所を使わせてくれないか、と頼んだ。どうして自分の台所を使わないの、と尋ねると、自分には台所がないし、家もないからだと言う。それは初耳。一番便利で安上がりな場所を転々としているらしい。ここ一〇年間、ずっと居候生活だそうだ。家賃がすいぶん節約できるから。そのお金で何をするの、とわたしは尋ねた。

「この話にずいぶんこだわるね」

「変わってるもの。そんな遊牧民みたいな生活、いつまで続けられると思う?」

「ねえアレックス。ぼくのほうはもう一〇個ぐらい質問に答えたぜ。君もぼくの質問に一つぐらいは答えてくれないかな?」

「いいわ。何だったかしら?」

「君の台所を使っていいかな?」

「もちろんOKよ。わたしが半分作ったということにしてくれたらね」

生徒たちはノンアルコール・カクテルパーティから早々に退散した。退屈な大人ばかりだし、寮に戻ったほうがまともなアルコールが飲めるからだろう。わたしもコート掛けにかかった自分のジャケットに目を向けはじめた。時計を見て、二時間なら早すぎないと判断して、脱出を目論みはじめた。

と思うと、グレッグ、キース、母に取り巻かれてしまった。その話題がどうやって始まったか思い出せないが、キースが学校のためにやっている活動をグレッグが数え立てた。フットボール、バスケットボール、ラクロス、レスリング、お菓子づくり（お菓子づくりの授業があるとは知らなかった）、園芸——

「ぼくは植物に水をやる。それから学生が二人、水やりを手伝ってくれる。園芸の学位をもっているわけじゃないし、植物の世話については普通程度の腕前しかないけれど」

グレッグはキースのコメントを無視して、続けた。

「フェンシング部も作りたいと思っていたのだがね。アレックスがフェンシングはできないと聞いて、どれほどがっかりしたことか。何年か前に、ユニフォーム姿の写真を見たと思ったのだが」

「ハロウィーンの仮装よ、きっと」

「ナスチャ、無理やりにでも習わせなかったとは驚きだね。まるで君らしくない」とグレッグ。

母は微笑んで、同時に眉をひそめた。わたしの神経をいたぶるギリギリ手前で、何も言わなかった。

「やってはみたのよ。でもこの子は武具をとても怖がって。レッスンのたびに大泣き。エロール・フリンを見せる、そうすれば剣で遊ぶのが好きになるかと。だって、誰でもエロール・フリンが好きよね？」

エロール・フリンを持ち出すとは、あからさまな大嘘だ。母はフリンが大っ嫌いなのだ。古いチャンバラ映画がテレビでかかるたびに、わたしがチャンネルを変えるまでエロール・フリンに向かってののしり続ける。

「クソ野郎」「インチキ男」「ケツの穴野郎」と母はテレビに向かって叫ぶ。

母の嫌悪は狂暴だったが、それがどこから来たものか洩らしたことはない。

グレッグは笑った。「エロール・フリンは万人のアイドルだからね」

「エロール・フリンはケチなクソ野郎だった」とキース。

母は何も言わなかったが、キースへの評価が数段階上がったのは明らかだった。

グレッグは、万人に愛される剣術使いへの敵意に満ちたコメントを無視した。「ともかく、アレックスが来てくれて嬉しい。フェンシングをしようとしまいとね。木から落ちたリンゴが、ずっと遠くまで丘を転がっていくこともあるものだね」

「そうね、そのリンゴは自分の意思をもっているから」と母は微笑んだ。その週ずっと、わたしが母の奴隷になるのだとほのめかす微笑だった。

ジェマ・ラッソ

燕(つばめ)、アビ、鷹、梟。

『ハリー・ポッター』に出てくる「ホグワーツの組み分け帽子」みたいだ。光栄にも暗室で話題にしていただいた女子は、まず四つのカテゴリーに振り分けられる。ざっくり言って、処女、クレイジー、ビッチ、ガリ勉。でも暗室にアクセスできる男にフェラチオをしてやったとたん、彼女は「燕(Swallow)」に分類されて、ドルシネア・コンテストにエントリーする。細部はすべて一三番ドアの向こうに隠されている。ストーンの男子生徒の大半が暗室にアクセスできる。でもドルシネア・コンテストは誰でも見られるわけではない。審査員は、編集人によって注意深く選ばれる。

たぶんメルにもっと時間があったら、ドルシネアの壁を自分で破れたかもしれない。でも時間がなかった。わたしはメルに、あなたがノーマンと協力しているのは知っている、集まる時が来たと言った。最初メルはノーマンと知りあいだということまで否定した。わたしはどうしてモーの店で彼と会っていたのかと尋ねた。それで彼女はすっかり気が動転した。わたしはリニーがアマチュアのスパイ活動をしていたと告げた。彼女はホッとしていた。メルに、わたしにも二重スパイがいると言った。ジョナはその呼び方を気に入らないだろう。でも誰もその件を持ち出さないほうに賭けた。

わたしたち四人は火曜日の午後、校長の家に行く前に、ミルトン演習室で会う約束をした。全員が机のまわりに座って押し黙っていた。通訳のない国際サミットみたい。

「あなたは、歴史の正しい側にいたい、それとも間違った側にいたい？」メルが最初に口を開いた。

「正しい側だ、と思う。だいたい「俺は間違った側につくぜ」なんていう奴がいるか？」

「ヒットラー、スターリン、ポルポト」メルがにこりともせずに言った。

「ヒットラーは、自分は歴史の正しい側にいると考えてたに違いないさ」とジョナ。

会合の前に、メルと簡単に話しあっておくべきだった。新しいメンバーに疎外感を与えるのはまずい。ノーマンは何も言わず、指のさかむけをいじっていた。

「大量殺人者に感情移入できるなんて、あきれちゃう」メルがジョナに言った。

「ぼくは感情移入してるんじゃなくて、ただ言いたいのは――」

「いいから」わたしはウィットがよく会話を打ち切るのに使う言い回しに頼った。「あなたたちの助けが必要なの」

「今よりももっと？」ノーマンが気弱そうに言った。

彼のさかむけから、今や血がにじんでいた。

「ノーマン、それをいじっちゃダメだってば。軟膏をつけなさいよ」とメル。

「ドルシネアが必要なの——関連する情報を全部。あなたたちに迷惑をかけないって約束する」とわたし。

「見つかったら、連中がこいつに何するかわかるか？」とジョナ。

「見つからないってば」とわたし。「それに、もし見つかったら、わたしがハッカーだと言う。全責任を負うわよ」

「そんなの、誰が信じるのよ？」メルがぶつくさ言った。

わたしはノーマンを見て、待った。

「ノーマン？」

「やるよ」ノーマンの肩は前かがみになっていた。わたしの目の前でくずおれてとけてしまいそうに見えた。

「いつ？」とメル。

「パーティの後で」彼は時計を見た。「もう行かないと」

そのバカげたカクテルパーティで、わたしはどきどきしっぱなしだった。わたしたちに許されたのはノンアルコールのカクテルもどきだけ。飲みもしないこの無駄な時間の間に、ノーマンの気が変わるのではないかと恐ろしくてたまらなかった。

「もしあと一回でもノーマンに、まだやる気？と尋ねたら、あいつは精神崩壊するぜ」ジョナが言った。

わたしたちはバイロン館からできるだけ早く退散した。メルとわたしはノーマンからの連絡をオフィスでイライラしながら待った。

長い二時間の後、わたしは大きなファイルが添付されたメールを、マグナス・ピムという名前の男性から受け取った。メルは、それはノーマンだと言った。マグナス・ピムなんて名前をどうして使うのよと尋ねると、メルはマグナスというのは本の中の二重スパイの名前で、それについては考えなくてもいいと言った。メルはファイルを開けた。

　わたしたち二人は画面の前で寄り添って、いっしょにエントリーを読んでいった。最初はわからなかった。4Swallow135。メルが息をのみ、ののしり言葉を連発した。まるで知っている罵言を全部思い出して並べたてているみたいだった。

「お医者さんへ行く?」

「ううん——4Swallow135はわたし」とメル。

　メルが怒ったのは前に見たことがあった。今のメルの怒りは、全身緑色になって服をビリビリに破る超人ハルクのようなすさまじさだった。その箇所を見る時にメルのプライバシーが保てるように、わたしは横に椅子をずらした。

「燕(スワロー)、燕、燕。ああなんてこと。すっごく気持ち悪い。わかりやすすぎるし、バカすぎる。それに——キモチワルイ。もおっ。言っとくけど、わたしは飲み込(スワロー)んでないからね」

「メル、深呼吸よ。呼吸して、お願い」とわたし。

「人殺しの気持ちが理解できるようになったわよ。前にはできなかったけど。今なら、一〇〇パーセント納得」

　わたしはメルを外に連れ出した。根腐れしているような、ひねこびた木を一本見つけた。彼女に斧を渡して、木を切り倒すのよと言った。

　メルとわたしが五年分のドルシネア・コンテストの資料を見終わった時には、一一時近かった。アダムが言っていたように、わたし自身の採点表も見つかった。

Bagman2　4Swallow718　エントリー・シート

テクニック：7（吸い方は優れているが、均一性に欠ける）

芸術性：8（両手で補助するやり方が興味深い。経験を感じさせる）

努力：7（全力を出していない印象）

フィニッシュ：8（満足できる。プロの腕前）

もっと怒りを感じるだろうと思っていた。でもいざ証拠を目の前に、行動開始できると思うと、逆にずいぶん気が楽になった。それにわたしの採点表は偽物だ。「Bagman」がジョナの兄のあだ名ということは知っていた。Bagman2はジョナだと思わせたいネーミングなのだろう。

「わたしのが作りごとなら、他にも偽物があるかもしれない」嘘をつくチャンスをメルにも提供したかったのでそう言ってみた。

「ううん。わたしのは本物」

「どうしてわかるのよ？」

「彼のことうっかり噛んじゃったから」

もっと詳しく聞きたかったが、そこまでにしておいた。暗室に侵入するところまでは、ただのはらはらするスリルだった。でもこれは違う。個人情報だ。醜悪だ。これのせいで、知っていると思っていた全員が、違って見えるようになってしまう。

「思ったよりずっと大がかり。エントリー四七人分、採点表が一三四個。どういうことか、計算するのも嫌」

メルはフードを目深にかぶり、ソファの上で体を丸めていた。

「ストーンブリッジには女子が二〇〇人弱。だいたい二五パーセントの名前が出ているってこと。四年生に限って言えば、たぶん五〇％以上よ」とメル。「気分が悪い」

「わたしも」

「疲れちゃった。次の木を切り倒せないぐらい」

　わたしは書類を全部集めて、メルのノート型パソコンをバッグに入れてあげた。

「行くわよ。助けがいる」わたしは言って、彼女の足を蹴った。

ウィット先生

グレッグの家にいる間に、父がメッセージを送ってきた。帰宅がどれほど遅くなっても、今夜中に電話をくれと。電話してみた。母がわたしとストーンブリッジにいることをパパが突き止めたのは明らかだ。パパは気にかけなかっただろう。もしグレタに新しい愛人のことがバレて捨てられたりせず、愛人が感謝祭に「お母さまに会いに」実家に帰ったりしなければ。

　わたしから招待されるのを父が待っている間、死のような沈黙があった。

「あの本、手に入れた？」

「手に入れたとも」

「送ってくれる？」

　沈黙。

「わかった。速達で送るよ」

「ありがと、パパ。それから、言うチャンスがないといけないから今言うわね。感謝祭、おめでとう」

　ママがわたしの部屋に顔を見せたのは、夜の九時だった。彼女はお茶をいれて、ブランデーをたっぷり注ぎ足した。わたしはカクテルパーティでストレートのウォッカを飲んでいたので、かなり酔っぱらっていた。でもわたしも母も気にしなかった。

「あなたの秘密を上手に守ってあげたわよね?」と母。

「すごく上手にね。ありがとう」

彼女は両手でわたしの顔を挟んで、にっこりした。

「愛してるわよ」

「わたしもママのこと愛してる」

「浴場で誰に会ったと思う? あの日焼けした男。あの人とセックスしたほうがいいわ」

「彼を高く評価しているのは、エロール・フリンが嫌いだからでしょ」

「違うわ。他の理由もある。それに正しい人とセックスしないと、間違った人とセックスするから」

それをもっと早く聞いていればよかったのだが。

チャイムが鳴った。会話が中断されて助かった。

メルとジェマが外に立っていた。メルがノート型パソコンを持ち、ジェマの持っている大きなフォルダーから紙の束がはみ出していた。二人ともボロボロに疲れて激怒しているように見えた。

「何があったの?」

「全部見ました」とジェマが言った。

「見すぎるぐらいに見ました」とメル。


二人があっというまに母と打ち解けたのには驚いた。ジェマは母に、暗室とドルシネア・コンテストの顛末を全部話した。それから鳥の名前についても全部。

母は、セックスの手続きとしてフェラチオがそれほど広く行われていることに、わたしと同じぐらい納得がいかなかった。

「わからないわねえ。女の子はもう手でやらないの? そのほうがラクなのに」

「フェラチオは、手でやるのの新バージョンなのよ」

「本当に? 何人ぐらい、コンテストに参加しているの？　何がもらえるの——賞金？」

「たいていの女子は、コンテストがあること自体知らないんです」とジェマ。

「やりたくもないことを、どうしてやるの？」とママ。

「男子の策略。やってあげないと、こちらが何か変だという気にさせられるの。気に入った男の子といいムードになるでしょ。キスしたりとか、いろいろ。そうするともう、彼がズボンのチャックを下ろしてる。それで、えっ？　何それ？　って感じなんだけれど、そうは言わない。何だか気まずいし——それに、もうあまりちゃんと考えられてない。だって、その子のことは気に入っているわけだし、それまでのところは全部いい感じだったから。だからやってあげる。それでやってあげている間は何も感じなくて、こんなの大したことじゃない、と自分に言い聞かせる。でもそれから、後になって何か感じるの。嫌な気分。汚れてしまった感じ。それから利用された感じ。自分がバカになった気持ち。それで、自分に何があったのか、と考える。あなたはちゃんとした人のはずでしょって」

「もう一杯飲まなくちゃ」とわたし。

「わたしも」と母。

「わたしも」とジェマとメルが言った。母は二人にバーボンを一杯ずつふるまう勢いだったが、グラスを食器棚から二つ取り出したところで、わたしは絶対ダメと言った。ジェマは採点表のいくつかを見せてくれたが、全部を手渡そうとはしなかった。

「燕、というのはスパイという意味でしょ？」母はページを凝視しながら言った。

「スパイ？　どうしてですか？」メルの顔が明るくなった。

「ロシア人は、女スパイを燕、男のスパイを烏（からす）と呼んだの。冷戦中のことだけれど」とわたし。

「ほらね、メル。あなたはスパイ、ということなのよ」とジェマ。

「わたしのことをこんなふうに言う男がいたらペニスをちょん切ってやる」母は採点表をにらみつけた。「わたしが見たいもの、教えてあげましょうか？ ワースト・フェラチオ・コンテストよ。こいつらに思い知らせてやらないと」

ジェマとメルはそれまでの途方に暮れた様子を一変させて、ママを新しい女王様のように見上げていた。

ジェマ・ラッソ

ウィット先生はわたしたちに、誰のペニスもちょん切らない、と約束させた。

二人は酔っぱらっていた。二人というのは、ウィット先生とお母さんのことだ。それから二人とも笑っていた——つまり、本気で笑っていた。これが幸福な家族の姿なんだろうか。ウィットはしょっちゅう目をぐるっと回して、本当にしょうがないわねという顔をした。でも愛があふれていて、妬ましくなってしまった。母が笑うのは時々見たことがあったけれど、どんな声だったか思い出せない。

メルはとても恥ずかしがっていた。彼女の気持ちをそらせたかった。わたしはナスチャのアドバイスを求め続けた。ウィット先生はその一つひとつに、必ず反論した。

「ワースト・フェラチオ・コンテストをやるべきね」とナスチャは言った。

「わたしは本気の、お互いに尊重しあっている人間関係でなければ、オーラル・セックスには全面的に反対。その目的が相手の欲望を転覆させることであってもね」

ナスチャはどうでもいいというように手を振った。

「もちそん、そうよ。わたしたち、フェラチオについてじっくり話したわよね。覚えてる？」

「覚えてる」ウィットは赤くなった。眼がその記憶の時点まで時間を旅していた。「モニカ・ルインスキーのスキャンダルの頃だったんじゃないかしら。モニカ・ルインスキー覚えてる？」

「覚えてる」とメル。「クリントン大統領と関係があった。それからドレスのことが何かあったんじゃない？」

メルはついに、暗いところから出てきていた。恥辱の雲が消え去りつつあった。

「あれはひどい見せしめの罰だった」とウィット。

「彼女は大統領とセックスしなかったの。ただフェラチオしただけ。わたしは娘に、フェラチオだけの関係は健康的な関係ではないと説明しようとした。それでアレックスは、どういう時にフェラチオをするのと尋ねた」

「ウィット先生にチャート式オーラル・セックスのことを教えたのは、お母さんなんですか？」とわたしは尋ねた。

ナスチャは説明を求めて、ウィットのほうを見た。

「オーラル・セックスをするべきかどうか決定するためのチャート図を作ったのよ」とウィット。

「どうしてチャートなんか必要なの？」とナスチャ。

「すごくいいチャート図なんです。見てもらわないと」とメル。

メルは携帯を出して、ナスチャにチャート図の写真を見せた。でも写真が小さすぎて、細かいところが見えなかった。わたしはペンと紙を出してもらって、ウィットのママのためにチャート図を再現してみせた。描き終えると、ナスチャはうなずいた。

「わかった。オッケー。了解よ。これはいいものだわ。でもいくつか、足りない項目がある」ナスチャは言って、赤ペンを握った。

フォード先生

休暇の間、ストーンブリッジに残ったのは失敗だった。すごく孤独だった。アレックスが連絡してくるかもしれないと思っていたのに、窓から外を見おろしたり、公共の場所に行ったりするたびに、彼女がキースの奴と一緒にいるところが目に入った。クロードはまるきり姿を見せなかった。彼女は通夜以来、ぼくのメッセージに一度も返信してこなかった。母親から相続した宝石を並べて、その上に寝そべってでもいるのか。ディナーでもどうか、それとも何か必要なものはないか、とメッセージを残した。思わぬ悲嘆の穴に落ち込んでいるのではないかと心配だった。水曜日の夜になってもまだ連絡がないので、もう一度メッセージを送った。

フィン：大丈夫？
クロード：大丈夫なわけないでしょ。

ぼくは彼女の家に行った。何度かノックして、チャイムを鳴らした。ドアを試してみた。鍵はかかっていなかった。

家はぐちゃぐちゃで、家宅捜索の後みたいに物が散乱していた。タンスが全部開いて、引き出しが床にばら撒かれていた。服、小物、積もりに積もった人生の層が、引きずり出されて、あたりに散らばっていた。入り口から廊下、台所まで、服や倒れた家具を踏まずに歩けないほどだった。台所は生ごみとアルコールの瓶の匂いがした。通夜のオードブルが、カウンターの上で腐っていた。

名前を呼んでみた。返事はなかった。廊下を歩いていきながら、寝室を一つずつ覗いた。乱雑さの度合いはいろいろだった。クロードの寝室もちょっと覗いた。彼女は何よりもまず主寝室を占領するとわかってはいたのだが。さらに廊下の奥に進んだ。ノックする手間もかけなかった。ドアは開いていた。

部屋の中は暗くて、壁一面のガラス窓から月の光が明るく差し込んでいた。クロードはあのバカげたベッドに、ゴールドの掛布団をかけて横になっていた。目が夜空をじっとにらんでいて不安になった。一度も瞬きをしなかった。掛布団がかすかに上下していたが、それがなければ死んでいるのかと思っただろう。

ぼくは彼女の横に腰かけた。

「クロード?」

彼女は泣きだした。

「どうしたんだ。ぼくに話して」

すすり泣きとしゃくりあげの間に切れ切れに出てくる言葉は、消費したばかりのドラッグかアルコールで重かった。

「母はわたしに……何も……何も…残さなかった。何も。何一つ」

「かわいそうに」ぼくは彼女の髪をなでて、落ち着かせようとした。

彼女が家を相続することをあてにしているのは知っていた。でもこの反応は、度がすぎているように思えた。

「いいえ。違うわ。あなたはわかってない」

「わかっていないって、何をだい?」

「この家はわたしのものだったのに。義父(ちち)は、わたしに相続させたかったはずよ」

彼女はめちゃくちゃに泣き叫んでいた。

「クロード、やめるんだ」ぼくも叫んだ。

「何もわかっていないくせに」彼女はまた言った。「わたしはこの家をもらうだけのことをしたのよ。この家のために尽くしたのよ。母よりもずっと、義父の妻の役割を果たしたのよ」

クロードがどうかしているのは知っていた。ここまでひどいとは知らなかった。告白にぞっとする一方で、今からこのエピソードを小説に取り入れる時間があるだろうかと考えていた。

ぼく自身も、かなりイカれてる、ということだ。

ノーマン・クロウリー

ジョナはしけったマリファナを兄からたくさんもらって持っていた。そしてマリファナをキメる一番いいタイミングは、校長の感謝祭ディナーの一時間前だと考えた。そうすれば食事がおいしくなる、というか、少なくともましにはなるはずだから。どうして校長の家に行くことになったのか、よくわからない。孤児たちは普通、ダール食堂でバラバラに食事をする。ジェマがスティンソンと妙な関係だからかと思ったが、何も尋ねなかった。これ以上のトラブルはたくさんだ。

ぼくの神経は破綻すれすれだった。ジェマとメルに、腐敗した王国の鍵を渡したばかりだった。一歩間違えたら、ぼくたちは破滅だ。いや、「ぼくたち」じゃない。ジョナは大丈夫だ。ジョナはなんとか切り抜ける。でもぼくはお終いだ。サーディンみたいに、切り開かれてクラッカーの上に載せられるんだ。サーディンは好きじゃない。でも急に食べたくなった。ぼくは爪を噛むのをやめられなくて、ジョナに落ち着けと言われた。ぼくはもっとマリファナを吸った。そんなことをすると被害妄想が出るし神経過敏になるのに、うっかり忘れていた。

バイロン館へ行く途中で、鳥が後をつけてきた。誓ってもいい。ぼくは肩越しに後ろを振り返ってばかりいた。そいつに「黙れ」と言ったような気がする。

「ノーマン、誰と話してるんだ?」

「鳥だよ」

ジョナが落ち着きはらっているのが信じられなかった。

「向こうに行ったら、なるべくしゃべるなよ」

スティンソン校長はぼくの手を妙に強く握った。それに、ウィット先生はしょっちゅうぼくのほうを妙な目つきで見た。暗室のことを全部知っていて、お前は唾棄すべき変態だ、と決めつけているみたいだった。冷蔵庫が唸るような音を立てていた。初めのうち、ジョナの腹が鳴っているのだと思った。それからオーブンが怪しいと思って、台所に調べに行った。

喉がからからに渇いていた。蛇口の水をグラスに入れた。飲み干して、もう一杯飲んだ。いくら飲んでも渇きがおさまらない気がした。キース監督が後ろに来た。両手でパイを持っている。それをカウンターに置くと、ぼくのほうを見た。

「ノーマン、落ち着け。誰にも知られていない」

知られていないって何をだ?

ウィット先生の両親がいた。なぜかわからない。ママの名前はナスチャ。パパは有名な作家で、二つの名前で本を出していたが、どちらが本名か思い出せなかった。ウィットのママとパパの間の会話はものすごく変だった。ナスチャが居間を出る時に、ほんのちょっとささやきあっただけだったのに。

「あなたの新しい助手はどう?」とナスチャ。

「君は心底残酷な女だな」

「あまりうまくいってない、ということだわね」

それからフォードが来た。レイチェル・ローズのスカーフがフォードのコート掛けにかかっていた、ということで頭がいっぱいになってしまった。それからメルとジェマが到着した。何かでハイになって酔っぱらったみたいだった。ああそうだ。力（パワー）だ。二人は、世界の支配者にでもなったみたいだった。メルは深紫のドレスと、膝まである編み上げブーツ。アイラインを濃くひいていた。映画に出てくる悪役の美女みたいだった。ジェマはいつものジェマで、ただ口紅をつけていた。ジョナは彼女にかわいくみえると言った。彼女はうるさいわねと言った。ジェマはぼくのほうをみて、「ノーマン」と言ってうなずいた。

ぼくはハローと言った、と思う。何か言った。そうすると彼女が、落ち着いてよと言った。

ぼくは部屋を横切った。何だか前菜みたいなものがあった。パンと湿ってぱりぱりしたセロリ?みたいなものを丸めたものだった。

スティンソン校長はジェマにグラスを渡して、彼女の頭の後ろに手を置いた。彼女は校長をグレッグと呼んでいた。校長をグレッグと呼ぶ奴なんかいない。何だか変だった。

誰かがミズ・シェファードについて何か言った。フォード先生だ。どうしてあいつがここにいるんだ? フォードはミズ・シェファードが「滅茶苦茶だ」と言った。そう、それが彼の言ったことだ。それを頭から追い払おうとした。何のことだろうが、フォードの意見なんて誰が気にする? ミズ・シェファードはタフな人だ。大丈夫だ。

食べ物は妙だった。ママの家とは違う。七面鳥は形が変だったし、七面鳥の味がしなかった。その味をどう表現したらいいかわからない。皆、それを「野性の味」と言っていた。その言葉がしょっちゅう言われた。「野性の味」「野生」何度も言うと変に聞こえてくる。何度も繰り返すと、どんな単語でも変に聞こえるのかもしれない。

スティンソン校長は、「野生」と繰り返されて、本当にイラついていた。

「野性の味がするのは、野生動物だからだ。牛肉を食べて牛の味だと言うかね？」

マッシュポテト以外は何もかもが野生の味だった。でもマッシュポテトは小さなボウル一杯分しかなかったし、ぼくはそれを全部一人占めしたかった。ジョナに料理を回してくれと言うと、彼はまず自分の分をたくさん取った。ぼくにはマッシュポテトがほとんど残っていなかった。

台所へ行って水を飲み、もっとマッシュポテトがないか探そうとした。水を飲んでいるとメルがやってきた。ぼくの顋を水が滝のようにつたい落ちていた。気が変になった奴みたいに見えたに違いない。

「大丈夫、ノーマン？」

「いや大丈夫じゃない。大丈夫なんかじゃない。全然」

「キメちゃってるんでしょ？」

ぼくはうなずいた。

「リラックスして。呼吸に意識を集中して」

呼吸するとすごく大きな音がして、スキューバ・ダイビングみたいだった。

「皆に知られている。全員に知られている」ぼくは言った。

その時には自分が何を言っているのか、自分でも理解していなかった。

「ノーマン、何かまともなことを言ってみて」

メルの指示を理解するのに長い間かかった。

「まともなことを言うまでは、ダイニングルームに戻っちゃダメだからね」

「君の服、いいね」とぼくは言った。たぶん五分ぐらいかかった。

「その調子よ、ノーマン」

ぼくはもっとマッシュポテトがないか、テーブルを探した。いくつか鍋があったから、蓋を開けてみた。残念な結果だった。誰かがマッシュポテトをたっぷり作っておくべきだった。

「何を探しているの？」とメル。

「マッシュポテトがもっとないかと思って」

メルは、パイがあるからお腹をへらしておくようにねと言った。パイも野性の味なんだろうか。メルはそうは思わないと言った。メルはぼくのグラスをとって、水道水を入れた。ぼくたちはダイニングルームに戻った。

ウィットの父親が話していた。

「最初の何ページか読んだだけだが、魅力的だと思ったね」

フィンは不機嫌か、被害妄想か、その両方みたいに見えた。たぶん彼も来る前にハイになってたんだろう。ミズ・シェファードがいないので、本当に悲しかった。

それからスティンソン校長が話した。「わたしとしては、非常に喜んでいる。わが尊敬すべき教員仲間がまた小説を発表するということは、もちろん経営上もよいことだ。今晩来てくれて嬉しいよ、フィン」

キース監督が、小説は何についてかと尋ねた。

「エリート寄宿学校だ」とフォード。

ぜひとも、頭をしっかりさせて会話についていくべきところだ。ぼくの卒業プロジェクトは、フォードの小説のパロディみたいだった。彼が何について小説を書いているのか、完全に確信があったわけではない。でもかなり心当たりがあった。ぼくの言いたいのは、それは情報として役に立つはずだということ。

「それよりましなものが何か書けるだろうに」とウィットのパパが言った。

彼の名前はレオナード・ウィット。ペンネームはレン・ワイルドだ。ウィット／ワイルドは、かなり飲んでいた。少なくともぼくが見るたびに、彼は赤ワインをグラスに継ぎ足していた。それがダメだと言うつもりはない。

「執筆中の作品について話すのは、きわめてナルシスティックな振舞いですから」とフォード。

「この意見に賛成かね」と校長はウィット／ワイルドに尋ねた。

「君はわたしの妻をファックしているのか？」とウィット／ワイルドは言った。

「君の前妻だ。それから、いや、そんなことはしていない。それからそのような言葉遣いは、わたしの生徒たちの前ではやめてくれたまえ」

「わたしたちなら大丈夫です」とジェマ。

「この子たちはこれぐらいすっかり聞いたことあるさ」とウィット／ワイルド。

ウィット先生は父親にいい加減にしなさいと言った。それをジェマはすごくおかしいと思ったみたいだ。ジェマはテーブルの下に落としたナプキンを探すふりをした。笑うのをやめられなかったからだ。

「その本が何について書いてあるのか、知りたいと思って」とキース監督は言った。

彼が知りたがっているとは思えなかった。話題を変えたかっただけだ。

「そうよ。そのストーリーについてもうちょっと聞きたいわ」とウィット先生。

「鹿肉はすばらしかったです」とフォード。

「バンビ」と誰かが言った。ひょっとするとぼくだった。

さっき食べたものは七面鳥だと思っていた。ぼくはとても混乱していた。

「わたしが自分で仕留めたのだ。アメリカの感謝祭の真の伝統にのっとってね」とスティンソン校長。

「ついでにインディアンも何人か殺害したのかね?」とウィット/ワイルドが尋ねた。

「「アメリカ先住民」だろ」ぼくは言った。

ぼくのマッシュポテトは再び姿を消していて、グラスは空になっていた。部屋の全員がぼくを凝視していた。

ウィット先生

あの感謝祭のディナーでいくつも積み重なった異常さをどこから解明していいか、まるでわからない。あれが人生最悪の感謝祭だったと言えたらいいのだが、それもまた真実からほど遠い。

わたしは到着し、飲み物を飲み、前菜を食べた。食べたことのない前菜で、これからも二度と食べたくない。グレッグはホットワインのグラスを渡してきた。キースが近づいてきて、グラスを交換しよう、これはホットワインじゃない、と言った。

「あなたのこと愛してしまいそう」わたしは言った。

「まず飲んで」

一口飲んでみた。それはホットワインを作るのに使うワインだった。

「あなたって、まあまあいい人かも」とわたしは言った。

その直後に父が登場した。もちろん招待されてなどいなかった。

「どうしてここにいるの?」わたしは、玄関でパパに詰めよった。

「今日は、郵便局が休みでね」

父はショルダーバッグを開けて、分厚い原稿の束を取り出した。最初のページが見えた。フィン・フォード作『フィンチ先生』。

「それに、感謝祭に娘に会いたかったのさ」

「読んでみた？」

「だいたい五〇ページぐらい。ひどいものだろうと予想していたがね」パパは肩をすくめ、コートが下に落ちた。

「それで？」

「いや、小説としてはまっとうだよ。わたしからすればちょっと煽情的だがな。今時の子どもがイカれてるとはいえ、ここまでひどいはずはない」

父と議論する気力はなかった。ノックの音がした。わたしは父のかばんに原稿を押し込んで、ドアを開けた。フィンが立っていた。彼は父に気づいて、とまどっているように見えた。

「あなたたち二人はもう会ったわよね」

二人は握手をした。

フィンはクロードについて何か言いかけたが、その時に父が割って入り、フィンに「すばらしい」小説おめでとうと言ってきた。父は「すばらしい」という単語を鳥の餌みたいに撒き散らす。それからパパはフィンに、一杯飲みたくないかねと尋ねた。自分が一杯飲みたかったからだ。

わたしたちはディナーの席についた。グレッグがわたしの両親の間に座った。

ノーマンは完全にラリっていて、フォークを口まで持ち上げるのに、途中で道に迷うようなありさまだった。ジョナは彼に、次に何をすべきか小声で指示を出し続けていた。メルはジェマにフォークについて文句を言い続けた。少なくとも、それが彼女の話していることだったと思う。

「どうして三本か五本じゃないの？　全部四本刃じゃない」メルは言った。

パパがグレッグと母の間の性的関係について尋ねた頃

から、会話がおかしなことになった。メインディッシュは、恐るべし、の一言。そしてグレッグがもう聞きたくないといくら言おうとも、野生の味だった。キースのパイは上出来。マッシュポテトがたっぷりあったのは先見の明というもの。

デザートが終わると、わたしは二五歳以下の者全員に、雰囲気が悪くないうちに帰りなさいと言いわたした。グレッグは「大人」を居間に招待した。そこでさっきからのウォッカとホットワインに加えて、さらに甘口のベルモットを飲んだ。皆大人だというのに、それがいい考えじゃないということがわかっていなかった。

キースがフィンに、もう一度本の内容を尋ねた。

「私立学校の教師が主人公で、苦悩する一〇代の若者たちの嵐の中を進んでいくのさ」フィンは、得意そうに鼻孔を膨らませた。

父は甘口のベルモットをもう一杯注いで、会話に割り込んだ。

「いいかね、君。短い、効果的なプレゼンテーションがちゃんとできなくてはダメだ。あれは、伝統ある寄宿学校のスクールカーストの根幹をなす奇妙な性的コンテストについての、ひねりの入ったノワールだろうが」

わたしはベルモットを飲み込みそこねて、猛烈に咳込んでしまった。フィンの本は、ストーンブリッジのノベライゼーションそのものみたいに聞こえた。わたしは彼を妙な目つきで見たらしい。フィンは言い訳をしてそそくさと出ていった。

キースは台所で洗い物をすると言った。わたしは後をついていき、拭く係をやると申し出た。そこからだと居間の様子がわかり、誰もとりかえしのつかないことを言っていないことが確認できた。

「今の聞いた?」

「何を」とキース。

「フィンの本。ストーンブリッジの話みたい」

「自分の知っていることを書けって奴だろ」

「独創的なプロットを思いつく男なんているのかしら」

キースは肩をすくめた。「さあね。ぼくは作家じゃないから」

「あなたのこと、好きになってきたみたい」


ディナーの後で、キースはかなりわけのわからなくなってきた父をわたしの部屋まで運ぶのを手伝ってくれた。それから二人で見回りをして、孤児が全員自分の部屋で安全に休んでいるのを確かめた。

キースは体育館で用具を片づけなければいけないから手伝ってくれないかと頼んだ。人気(ひとけ)のないキャンパスをベケット体育館までついていった。一階の廊下を歩いていくと、壁にチャート図が貼ってあった。裂け目や皺があって、一度はがされて、またもとに戻されたように見えた。キースは押しピンをはずして、もう一度皺を伸ばした。

「ゴミ箱に入ってた。マーサはその日、カンカンだったよ」とキース。

「あなたがもとに戻した?」

「健全なアドバイスのようだから。ぼく向けのアドバイスじゃないとしても」

浴場以外、体育館はわたしにとって未知の領域だった。キースはよく声の響く、つるつるした板張りときれいな白い壁の部屋にわたしを連れて行った。バスケットボール、レスリング、ダンス、ピンポンの個人教授が行われる場所。シミ一つなかった。片づけられていない道具一つ見当たらなかった。後をついていくと、キースは用具入れのドアを開けて、照明をつけた。ここも、用具――バスケットボール、野球のバット、ミット、ラクロスのスティック――は全部、きちんとしまってあった。

「受け止めて」とキースが言うと同時に、フェンシングの剣が目の前に降ってきた。

わたしはハンドルを受け止めた。左足が本能的に後ろへ一歩下がり、右腕が構えの姿勢になった。自分が「構え」の姿勢をとってしまったことに気づいて、腕を下ろした。

「思ったとおりだ」キースは言って、首を横にふった。

「誰にも言わないで」

「もちろん。どれぐらいの腕前？」

「まあまあ、という程度よ」

比較の問題だ。わたしはフェンシングの奨学金で大学へ進学した。オリンピックの銅メダルは取っていない。

ジェマ・ラッソ

メルは秘密漏洩に神経質になりすぎていた。燕やスパイの話が出てから、自分が実際にスパイだと思うようになり、想像しうるかぎりの二重スパイのシナリオを夜通し想像して、くたびれ果てていた。スパイ、二重スパイ、おとり、先端に毒を塗った傘、等々がメルの頭から離れなかった。

ケイトは金曜日の夜に戻ってきた。ドルシネアのサイトに侵入できたことを話すと、休暇が終わるまで待てないと言った。メルは懐疑モードで、ケイトが早く戻ってきたのはすごく怪しいと言った。スパイがいる証拠は何一つないのに、ケイトがスパイなのではと疑いはじめた。ケイトはメルの疑いを感じ取って、血の誓いを申し出て、スカートから安全ピンを抜いた。わたしは掌に唾を吐くと、誓いに使うなら唾液だって他の何にも劣らないし、不潔さだって同じぐらいだと言った。

唾の誓いでシスターフッドの結束を固めると、わたしたちは作業に戻った。

敵を破壊するのに充分な情報を手に入れたからには、次にするべきは、戦略を考えることだ。メルは「全面破壊戦争」を提案した。カーテンを全開にして、暗室、一三番の部屋、それからドルシネア・コンテストのすべての投票項目を公開する。ケイトは編集人を心理作戦で追い詰めるほうがいいと言った。暗室と、暗室に関係するものを壊滅させる前に、まず編集人の精神を破壊するのだ。わたしはどちらのアイデアも気に入った。それぞれにレベルの違う満足が得られそうだった。

両方の利点を議論していると、リニーからメッセージが来た。

リニー：エドガーはどうしてる？
ジェマ：エドガーって誰？
リニー：魚。餌やってくれてるよね？
ジェマ：ごめん。名前がわからなかった。

ヤバい。わたしはメルとケイトに戦略をまかせて、金魚が生きていることを願いつつウルフ寮にダッシュした。エドガーはまだ泳いでいた。リニーの机の引き出しに「魚の餌」と書いた付箋が貼ってあった。引き出しを開けると、書類フォルダーの上に香辛料入れの瓶があった。わたしはエドガーに何シェイクか余分に餌をやった。彼は水面に泳いできて、散らばった餌をバクバク食べた。

餌を引き出しに戻そうとした時、ファイルの横奥にラテックス手袋の箱が見えた。手袋？　意味がわからない。その引き出しの中のものが、急に何もかも怪しく見えてきた。ファイルを取り出して開いてみた。大きなチャックつきビニール袋が挟んであって、茎一本に三枚ずつついたきれいな木の葉の束が入っていた。ビニール袋にしまっておくような植物ではない。漆の葉の下には、湯沸かし器の使用説明書のプリントアウトがあった。自分がまるで何も見えていなかったことが信じられなかった。リニーがシャワー・テロリスト、漆かぶれ被害の犯人、そしておそらく、シラミ感染の犯人だ。携帯を取り出して、リニーに電話した。

「エドガーは生きてる?」リニーは電話に出ると言った。

「大丈夫。元気よ」

言いたいことがたくさんありすぎて、しばらくの間何も言えなかった。リニーが沈黙を破った。

「もっと早く気がつくと思った」

「誰かが手伝った?」

「手伝う、というのじゃないけれど。キースは知っていたけど黙っていてくれた。それからルパートが鍵を貸してくれたから、コピーを作った」

「ルパートはどうしてそんなことを?」

「放送部に入りたいとゴネたり、ルパートの偽クラブのことで面倒を起こさないと約束したから」

わたしは長い間何も言わなかった。リニーは計画を何とうまくやってのけたことか。

「漆はどうやって……」

「部屋の清掃はフロアごとだから。乾燥機から出したてのシーツに仕込んだの。清掃係は手袋をしているから危険はほぼないし」

「でもシラミは。どうしたの?」

「あれは本当に驚いたけど、単なる幸運。偶然シラミ感染が起きただけ」

「リニー。こんなことやめなさい。見つかったら殺されちゃう。ここからはわたしが責任もつから」

「でもこの何週間も何もしてないし。やったことは全部、完璧にうまくいったじゃない」

リニーの行動力を誇りに思った。その一方で、他人を本当に理解することは決してできない、他人の頭の中はわからないし、他人がどこまでやってのける気があるのかもわからないということに改めて気づいて、動揺してもいた。誰かに計画をダメにされる前に——それとも、誰かが本当に傷つく前に、ドルシネアを白日のもとにさらす必要がある。それもすぐに。

わたしはウィット先生の宿舎に行って、戦略会議について話した。先生ならどうしますか、と質問した。心理作戦か、爆弾か。

「心理作戦はただの復讐よね。それでクソ・ドルシネア・コンテストが中止になるかしら」

「ゆくゆくは」

「ダメ。これは猫がネズミをいたぶるような、ただのゲームじゃない。そもそも存在してはいけなかったものを終わらせようとしているのよ。それが一番の目的のはず」

「そうですね。それじゃ大々的に。学校全体をドルシネア採点表で爆撃すればいい。それで何もかもお終いになる、でしょ？」

ウィットは首を横に振って、ソファから立ち上がり、歩き回りはじめた。

「採点表を公開したら、全員がお互いのカードを見ることになるわよね」ウィットは声に出して考えていた。

「そうだけど、名前は暗号になってるし」

「一時間もしないうちに誰かが解読するわよ。女子全員の名前をさらして、おおっぴらに恥をかかせてしまう。どんな気がすると思う？　あちらのマイナス一点につき、こちらはマイナス二点よ」

そこまでは考えていなかった。
「先生はどうしたらいいと思いますか?」
「一人ずつ別々に知らせたらどう。女子に自分のカードだけを見せるのよ。恥ずかしくないように、こっそり。皆があの採点表を見たら、オーラル・セックスは事実上、過去の遺物になること請けあい」

計画をまとめあげるのにしばらく時間がかかった。メル、ケイト、わたしはどうやって情報を撒くか、何時間も話しあった。結局、昔ふうのやり方に決めた。ドルシネア採点表を一人分ずつカードに手書きで書いて、ブロンテ郵便室の個人用郵便受けに投函する。

添付するメッセージは、冷静さと正確さを意識した。

燕様
おめでとう! あなたはドルシネア・コンテストにエントリーを果たしました。それはあなたの意図したことかもしれないし、そうでないかもしれない。以下はあなたの採点表です。一枚以上の人もいます。

この採点表はあなたにとってショックであると我々は認識しています。おそらくあなたは、彼と恋愛している、少なくともお互いに好きだと思っていたでしょう。コンテストに今さら驚かないかもしれません。

採点評価を見て、どう感じますか。考えてみてください。

怒っていますか? 騙されたと感じていますか? 説明を求めたいですか? それとも復讐を? もしそうなら、この招待状を持って、今晩八時に、キーツ集会室まで来てください。

もし何も感じない、あなたの尊厳は傷ついていない、というのであれば、あなたに求めることはこのカードを破棄して、このことを誰にも話さないことのみです。この要求を受け入れなければ、恐ろしい報復があるでしょう。わたしたちはどこにでもいて、すべてを監視しています。

わたしたちを見くびらないように。

署名――レジスタンス

その週末ずっとメル、ケイト、わたしはオフィスにこもって、燕一人ずつのデータをまとめた。採点表（一枚以上の場合も有）を封筒に入れて、暗号名を表に書いた。

作業が終わってやることがなくなったので、お祝いすることにした。マリファナはなかったが、アダムが上等な酒を部屋に隠していることは知っていた。メルは犯罪には関わりたがらなかったが、最近何事にもクレイジー方向に振り切れたケイトは、すぐさま計画に乗ってきた。

わたしたちはルパートの予備の鍵をミルトンから盗んで、ディック寮を調べはじめた。ケイトが一階に誰もいないのを確かめた。わたしは中に入ってアダムの部屋に近づいた。鍵を一つずつ試してみる必要があった。

「誰か来た」とケイト。

わたしは確かめた分の鍵をまとめて握りこんだ手をバッグに突っ込んだ。壁にもたれて、誰かを何となく待っているように見せかけようとした。来たのはノーマンだった。わたしは「あら、ノーマン」と声をかけた。

ノーマンはドアを開けた。「続けろよ。ぼくは昼寝する。しばらくは出てこないよ」

ノーマンがこれから起きることに頬かむりすべく自室に姿を消すと、わたしはあと六本試してやっとアダムのドアの鍵を見つけた。

アルコールを探していただけだ。本当に。わたしはクロゼットを開けた。一番上の棚に、シャンペンが何本か、それからもっと強い酒が何本かあった。椅子の上に立って奥のほうを覗いた。全部で一六本。わたしはバーボンとウォッカを後ろの棚からとった。もっと取ろうかとも思ったが、欲張りすぎるのもよくない。

学校のクロゼットは、たいてい服が二列かかるようになっていた。アダムは前の列しか使っていなかった。そこにシャツ、ズボン、ブレザー、アダムのトレードマークのパステル色のオックスフォード・シャツ、それに体操服までぎっしり掛けていた。まるでアダムらしくない。だからもっと中を調べてみる気になった。わたしは彼の服を、平泳ぎみたいにかき分けた。灰色のファイルキャビネットが見えた。わたしはハンガーを一握りつかんで、ベッドに移動させはじめた。ケイトが見張っていた。

「ドアの鍵が閉まっているか、確かめて」とわたしは言って、場所を空けて引き出しに手が届くようにした。

ケイトはファイルキャビネットを見て、引き出しを開けようと手を出した。引っ張るとガタガタ音がした。

「鍵がかかってる」とケイト。

「アルコールにも鍵をかけていないのに、このキャビネットの中はいったい何?」とわたし。

携帯が鳴った。メルからのメッセージだ。

メル：ミッション中止。危険。

ノーマン・クロウリー

被害妄想が出るわ、マッシュポテトは足りないわの感謝祭ディナーの時を除けば、その週のぼくは幸福だった。母がまたもや休暇の間泣き通しなのを見なくていいから幸福だったし、女の子たちがぼくと話してくれて、その間ずっと誰かもっとましな奴が来ないかとぼくの背後を目で探したりもしないから幸福だったし、ジョナがテニスに誘ってくれたから幸福だった。本当はテニスはあまり好きじゃないのだけれど。

この幸福が長続きしないのはわかっていた。でもできるだけ楽しむべきだと思った。自分が存在する価値のある人間だと感じること、すてきな友人がいること。そんな状態をできるだけ長引かせたかった。そうしながら、もう終わってしまった懐かしい過去を振り返っているような気がしていた。ぼくの人生で最高の一週間だったかもしれない。今となってはマヌケな言いぐさだ。

土曜日の夜、ジョナ、メル、ジェマ、ケイト、それにぼくで、ディック寮の屋上に集まった。長居しすぎで迷惑がられているかもしれないとか、誘われてもいなかったのにと考えたりする必要もなかった。ぼくらはただ全員がそこにいて、誰にも見られていない時の、ありのままの自分でいた。途中で立ち去ったら変だっただろう。ぼくたちはすごくいいバーボンを飲んだ。少なくとも、ジョナはそう言い続けていた。ぼくはそれが誰のバーボンか知らないふりをした。

「知らなかったから責任はない、と。なるほどね。わかってるわよ、ノーマン」とジェマ。

「心配しないで。あなたがわたしたちの内部通報者（ディープ・スロート）だってことは誰にも言わないから」

ぼくは次の日もまだ幸福だった。そのすごくいいバーボンで二日酔いになってひどい頭痛がしたにもかかわらず。

月曜日の朝、何もかも通常に戻った。ぼくはルームメイトのカルヴィンと朝食を食べた。カルヴィンは休暇の間、いとこたちと四日ぶっつづけで「ギターヒーロー」

をやって、腱鞘炎になったと思い込んでいた。一時間に三回も、手首が腫れてないかと尋ねてきた。だから三回とも「さあね、ぼくは医者じゃないから」と答えた。

ウィットの授業に出てきた感謝祭の孤児たちは、この一週間ずっと一緒じゃなかったふりをした。ジョナはぼくのほうに目をやることさえしなかった。メルからはメッセージが一つ来た。夏休み中ずっと会わないとわかっている誰かから、授業の最後の日に来るそっけない挨拶のようだった。

メル：がんばってね。

カルヴィンは科学実験の予習があったから、ぼくは一人で昼食を食べた。自分を憐れんでいたのではない。ちゃんとした友人に囲まれる権利が自分にあるかどうか、自信がもてなかった。個性もなく、信念もなく、勇気もないぼく。今まではあまり気にならなかったが、今は違った。自分に何が欠けているか悟ったからだ。

ジェマ、テーガン、エミーリアは前のように十人組グループの中にいた。メル、ケイト、イニッドはガリ勉テーブルにいて、お互いの存在を無視して本に頭を突っ込んでいた。ジョナがダール食堂に入ってきた時、ぼくは目をそらした。

昼休みが始まって一五分後、ジェマが立ち上がってトレーを片づけ、出ていきながらメルやケイトと視線を交わした。それから合図をするようにうなずいて、食堂から出ていった。一分後にメルが出ていき、その後にケイトが出ていった。ぼくはナントカ・キャセロールを食べ終えていたし、皆が何をしているのか知りたかった。トレーを片づけ、三人の後に続いた。

外に出ると、三人が本部棟目指してバラバラに歩いていくのが見えた。ジェマ、それからケイトが一番近い入り口から中に入り、メルは建物をぐるりと反対側に回った。ぼくは一分ぐらいケイトの後をつけた。一階の廊下で、ジェマがブロンテ郵便室の入り口の横に立っていた。背中を壁にぴったりつけていた。メルとケイトは二手に分かれて、遠くの二つの出口に立っていた。

ジェマが郵便室の中を覗き込んで、それから姿を隠した。全員が、秘密の捜査をしているお巡りみたいだった。ケイトは肩越しに振り返り、ぼくに気づいた。

「あ、ノーマン」

「やあ、ケイト」

ぼくは廊下の両端に立っているケイトとメルを交互に見た。

「何をやってるの」ぼくは尋ねた。

「別に何も」とケイト。

数秒後、携帯が鳴った。メルからのメッセージだ。

メル：ブロンテ郵便室を五分キープする必要有。

顔を上げると、プリム先生が事務室から出てくるところだった。ケイトが「クソォ」とつぶやいた。メルは狂ったような目でぼくのほうを見た。三人が何を企んでいるのかわからなかったが、プリムがいるとその計画がおじゃんになるらしかった。ぼくはどちらの側につくかをもう決めていたから、するべきことは一つだった。郵便室の手前で、ぼくはプリムをブロックした。

「プリム先生。ちょうど先生のことを探してました」

「あら、ノーマン。何かで困っている、というのじゃないわよね？」

「はい、もちろんです。全然大丈夫です。でもちょっとお話したい——」

「ミズ・ピンスキーに予約を取ってもらったら、後からお話できるけれど」

ぼくは後ろ向きになって彼女の前を歩いていた。プリムは歩くペースを落とさざるをえなかった。

「今は時間ありませんか——先生の、えーっと、オフィスで、とか?」

プリムはため息をついた。でも相談したいと頼まれることがめったにないので、抵抗できなかった。

「いいわ。ちょっとの間なら」

プリムは向きを変えて、来た方向に戻った。メルはかがんで靴紐を結んだ。ぼくが横を通り過ぎた時に、見上げて「ありがとう」と口だけで言った。手榴弾の上に身を投げたヒーローみたいな気になった。

プリムをとどめて置けるだろう。しばらく手をいじったりして、それから彼女の電話が鳴るか、ぼくの携帯が鳴るか——バカだった。電話をかける奴なんか、今どき誰もいないじゃないか。

「ノーマン? 問題は何かしら?」

プリムは微笑んでいた。安心させようとするために微笑んでいるのだろう、でもむき出した歯が機械みたいで変だった。心からの笑顔じゃなかった。髪が照明を浴びて、ボリュームがすごく増したように見えた。集中するのが何だか難しかった。

あちらはもう大丈夫だろうか。携帯はチェックできないし。プリムに与える餌が何かないか、頭を絞った。それほどひどくない秘密を何か。自分で神経質に動かしている両手を見おろしているうちに、思いついた。

「手を洗うのをやめられないんです」

そういえば手がちょっと乾燥しているみたいだ。それにぼくはたぶん清潔さとか、ドアノブの汚れとかに神経質すぎる。

「それはどうしてだと思う?」

「わかりません。ばい菌がどこにでもあるから。液体せっけんのディスペンサーにも、有害なバクテリアがついているかもしれない。清潔にするために使うものが汚れているのに、どうやって清潔さが保てるんですか？」

ぼくの言ったことに嘘はなかった。その時気がついた。ぼくは本当に問題を抱えているのかもしれない。

「ノーマン、あなたが本当にきれいにしたいのはばい菌だというのは確か？」

「ええっと、そうだと思いますが？」

プリムのオフィスにこの前来たのはいつだったか、思い出せなかった。本当に誰かに打ち明けることがあるなら、たとえは清潔さに対する脅迫観念とかだけれど、プリムに相談するつもりはなかった。

「あなたが手を洗うのは、心理的な欲求の身体的な表現、という可能性はあるかしら？」

「うーん、どうでしょうか」ぼくはプリムに、この調子でもっとしゃべらせるつもりだった。

「ひょっとして、魂を清めたいのではないかしら」

魂を清めたくない奴なんかいるか？　ぼくは肩をすくめて、窓の外を見た。

「いいのよ、ノーマン」

ぼくはうなずいた。

「恥かしく思うことは、何もないわ」

「そうですよね」

何の話だかわからなくなった。咳込んだふりをしてポケットに手を入れ、机の陰でメルにメッセージを送った。

ノーマン：ＳＯＳ

ぼくは姿勢をまっすぐにして、咳ばらいをした。

「何だか気分が軽くなったみたいです」

「本当に？　ノーマン？　だってわたしは、直感的にそうは思えないのよ」

「いいえ、本当に。大丈夫です。いい気分です。もう何日も手を洗わないで過ごせそうです。言いたいことは、つまり、それは大げさだけど、でも前ほどしょっちゅうじゃなくってことです。すごく不潔だったり、病気になったりしない程度に」

「ノーマン。いいのよ。神様があなたをそのようにお創りになったの。自分の望む相手を誰でも愛してかまわないのよ」

プリムは心配している大人のような表情を作ったが、それはアニメみたいに作り物めいていた。彼女が皆から嫌われて気の毒だと思っていたが、その時、なぜだか理解した。彼女が何を言おうとしているかもわかった。

「ぼく、ゲイなんです」

プリムの顔がぱっと輝いた。

「ノーマン、あなたのこと、とても誇りに思うわ」

「ありがとうございます」

本当のところ、もし何もかもやり直せるなら、一年生の時にゲイだとカムアウトしただろう。ゲイじゃない男子はぼくに近寄らなかっただろうし、女子の友達がもっとできただろう。ストーンブリッジはヘテロセクシュアルにとって健全な環境じゃない。

ドアを大きく三回ノックする音。それから、外側からメルの声が聞こえた。

「ノーマン！　ノーマンったら！　経済学のノートがいるのよ！　ノーマン、そこにいるんでしょ？」

メルがドアを開けて、飛び込んできた。プリムは立ち上がって、プライベートな会話を邪魔したとメルにきつく注意した。メルは謝った。ぼくは、時間をとっていただいてありがとうございます、といった。メルはぼくの腕をつかんだ。ぼくたちは長い廊下を走って、階段ホールを抜けて、建物の外に出た。二人で芝生の上に倒れて、笑い転げた。

「完璧。いや、ちょっと待って。君そもそも経済学取ってたっけ？」

「取ってない。ジョン・メイナード・ケインズの伝記なら去年読んだけど」

「君、すごかったよ」

「ううん、ノーマン。すごかったのはあなたよ」

ぼくの人生で最高の瞬間だった。今でもそう思う。

ジェマ・ラッソ

その前の晩、すっかり予行演習してみた。ブロンテ郵便室は昼休みにはたいてい誰もいない。メルとケイトは本部の廊下で見張り、一人ずつ個別に書いた招待状を郵便受けに入れるのはわたし。封筒に書かれた宛名は、燕のハンドルネームだけだ。わたしをブロンテで見たのは、郵便配達人だけだった。こちらの存在を認識すらしなかった。

　それから、わたしたちは待った。

　リニーにメッセージを送って、自習時間にマッドハウスで待ちあわせた。リニーのディック寮での暗躍は方向が間違っていたし、危険でもあった。でも認められ、報われるべきだ。リニーの一番好きなチョコレート味のカップケーキを準備しておいた。

「これ何？」

「シャワー・テロリストとしての功績に、わたしの称賛を表明するために」

「カップケーキが？」

「この味が一番好きでしょ？」

「ありがと」彼女はぶっきらぼうに言った。

　じゃあ何だったら満足なのよ？　パレードでもやれっていうの？　わたしたちは急いでいた。期限内に遂行すべき任務があった。もしわたしが賢ければ、リニーにいろんな仕事を与えて忙しくさせていただろう。わたしはそうする代わりに、目立たないようにしなさいと彼女に言った。編集人たちに、彼女がわたしとつながっていることを気取られたくなかった。計画の第一段階が終わるまでチームから距離をとるようにと言った。

「でもわたしもチームの一員でしょ」とリニー。

「そのとおりよ。でも今の任務は、そうじゃないふりをすること」


　校内でテーガン、別名4Swallow202に出くわした。インフルエンザにやられたばかりみたいな様子だった。テーガンに同情したのはその時が初めてだ。つまり、本当に気の毒に思ったのは。

　集会まであと一時間。わたしは寮にいた。エミーリアがいた。テーガンはどこにもいなかった。エミーリアは私服に着替えていた。どこへ行くのと尋ねた。ニックとデート、とエミーリア。休暇の間中彼とメッセージを送りあって、交際が真剣になりつつある、と彼女はリップグロスを塗り直しながら言った。リップグロスは血を薄めたような色だった。今週あたりニックとヤる予定なのかと尋ねた。彼女はノーと言った。状況を教えてと頼んだ。あなた、どうしてそんなに変なの、とエミーリア。別に、とわたし。ニック・ラフリンはハナ・リクソールとレイチェル・ローズの採点表を出していると言いたかったが、それは他の子の恥を拡散してはいけないというウィット先生の方針に反する。エミーリアが本当にニックにフェラチオすると知っていたら、邪魔をしていただろうけれど。

　キーツでの集会には早めに出かけた。メルとケイトはもう来ていて、これからの不安に爪を噛んでいた。

同級生の前に立って、皆が世界は自分たちの思っていたような場所ではないと悟って、新しい世界に適応しようとしているのを見守るというのは、わたしたちが予想していたのとはまるで違っていた。親密な行為が、まるで体操競技の規定演技みたいに採点され、批判されるのは、ただの裏切りよりもずっとひどい。自分自身を見る見方がまるで変わってしまうゲームだった。ただの間抜けじゃなく、あばずれと言われたのだ。

採点と同じぐらい反応もバラバラだった。

サンドラ：これ何かの冗談？
エイミー：自分の見ているものが何か、わからない
テーガン：どこで手に入れたの？
ハンナ：皆は何点ぐらい？

最初の質問の嵐の後、大混乱になった。誰もが他の誰よりも大声を出そうと怒鳴っている、大荒れの市議会みたいだった。それで、誰も一言も聞き取れなかった。わたしは教卓に上って、混乱を鎮めようとした。

メルがポケットから笛を出して、力いっぱい吹いた。笛を持ってくる先見の明に感心した。鋭い音が怒りを貫いて、全員が静まりかえった。

「わたしたちがやったことは、誰を辱めるためでもありません」わたしは切りだして、木箱の上に立って辻説法をする説教師みたいな気分になった。「皆、自分のことで何が言われているのか知る権利があると思ったのです。これが愛だとか、恋だとか、敬意だと思う人はバカです。ドルシネア・コンテストの優勝者は何も勝ち取りません。褒められるのは一つ、一つのことのみです。少なくとも、売春婦は対価を得ます。ドルシネア・コンテストの勝者は何を得るでしょうか？　もし、この情けないストーンブリッジの伝統に何とも思わないというので

あれば、そのことを非難はしません。もし反撃したいのなら、もしわたしたちに協力して、ドルシネア・コンテストだけでなく、暗室、それからわたしたちをモノ扱いし、利用し、搾取するこの学校の文化を終わりにしたいのなら、残ってください。わたしたちには計画がありますす」

わたしは机の上に座った。それからメル、ケイト、わたしは皆がどうするか待った。あちこちに固まってささやき声で話すグループができ、グループのメンバーが時々くっついたり離れたりした。やがてエイミー・ローガンがやってきて、彼女のカード、4Swallow112を手渡してきた。立ち去るつもりらしい。

「あなたたちのやっているのはすばらしいことだと思う。でもこれはわたしじゃない。4Swallow112は誰か他の人よ」

「絶対に?」

「いままでにペニスをしゃぶったことは一度もないし、これからもそのつもりはないから」とエイミー。

わたしの採点表も、偽物だった。

「捏造したものもあるの。男子がただ――」

「ひょっとするとね。でもこの最低野郎の描写は、それにしてはリアルだと思う。このクソ採点表を書いた奴。長くてつやつやしたポニーテールとか、ね?」と彼女はカードを見せた。「そのポニーテールをつかむのが好きなんだって……つまり……あの時に」

「わかった」わたしはカードを受け取った。

わたしたちは名前を解読してデータを写すのに夢中になるあまり、暗号の名前が実際の人間だということを忘れていた。それじゃ男子と同じじゃないか。

「がんばってね。潮時だもの。もし必要なことがあれば、わたしにできそうなことなら、連絡して」

「誰にも言わないでいてほしいだけ」

「一言も言わない」とエイミー。

おしゃべりがやんだ。何人かの青ざめた頬に涙がつたっていた。関節が白くなるぐらいこぶしを握っている者もいた。テーガンが前に進み出た。冷凍ステーキみたいにクールで、しっかりしていた。

「それで計画って？」

「質問ありがとう。第一段階は、「今までと変わらないようにふるまう」よ」

「ちょっと変化をつけるけどね」メルが付け加えた。

ウィット先生

女の子たちは時間をかけた。用心深かった。計画もあった。いい計画だと思った。それ以外にどんな選択肢がある？　またセクシュアル・ハラスメントについての見当外れなセミナー、それともプリム先生の「調査」？　ドルシネアも暗室もその他諸々のクソ案件も、すべてが白日の下にさらされるべきだった。

「計画を発表したら、味方が何人か増えるだけじゃない。軍隊ができる」ジェマは言った。

軍隊。その言葉は、今となっては心に刺さる。その時には、あの年頃の少女たちには珍しく、自信過剰で大げさなだけだと思っていた。

ジェマは、同級生たちを真実でエンパワーするのだと言った。もし女子全員がコンテストの薄汚れた詳細を知ったら、いやいや参加するなんてできるわけがない。ジェマ、ケイト、メルはやるべきことをやった。わたしもやるべきことをやっただろうか、とわたしは自問しはじめた。

フィンの本を読んでみた。『フィンチ先生』。小説といってもいいぐらいに真実をぼかしてはあったものの、これでは「知らなかったから責任はない」と言い張るのは無理だ。彼の創作した学校、ウィンゲイト高校には、セックスのゲーム、暗号の名前、それからものすごく不適切な教員と生徒の関係があった。小説には星座のような暗号が多用されていた。禁じられた恋人たちはその暗号を使って連絡をとりあった。小説のいいところは、それがストーンブリッジの暗号システムよりずっとましなことだ。

主要人物の一人は、生徒たちがベッドに潜り込んでやっている現場に踏み込んでもまるで何も気がつかない、間の抜けた校長だった。ストーリーは、体操の教師が殺害された事件をめぐって展開した。そしてフィン自身をモデルにした主人公のフィンチ先生は、性の冒険をしたくてうずうずしている女子生徒たちから逃げ回っているうちに、軽い狂気に陥っていくのだった。

フィンの本はストーンブリッジのストーリーとは多くの点で違っていたものの、一つのことははっきりしていた。彼は知っている。そしてフィンが知っているなら、他にも知っている者がいる。誰が知っているか、見つけ出さなければならない。

感謝祭の休暇が終わって一週間、クロードはまだストーンブリッジに復帰していなかった。連絡して、とメッセージを送ると、ヘミングウェイで会いましょうと返信が来た。

教室を戸締りして、町へ向かった。

ヘミングウェイにはテーブル席の老人一人と、カウンターでヒューと向かいあっているクロードの他には誰もいなかった。わたしは挨拶がわりに、彼女を軽くハグした。二日酔いが抜けないうちに飲みはじめて真っ最中という人特有の、甘酸っぱい匂いがした。

「先に始めちゃった。追いついて」クロードは言った。

わたしはビールを注文した。クロードはバーボンの残りを一息で飲み干し、カウンターを叩いてお代わりの合図をした。

「ひょっとしたら、ペースを落とすべきなんじゃないの」とヒュー。

「ひょっとしたら、もっとさっさと注いでくれるべきなんじゃないの」とクロード。

彼女に会ってから二週間しかたっていなかったが、どこかが違っていた。何が違うのか、特定できなかった。いつものように、着こなしには一分の隙もなかった。でも服装とメイクが、自分を表現するスタイルというよりは何かの隠れ蓑のように見えた。

「どんな具合？」

「アレックス、お悔やみのセリフはもう一言もいらないわ。ビールを飲んでリラックスしなさいよ」

わたしは三分の一を一息で飲んで、話し出そうとした。クロードはビールを指さして「飲んじゃってよ」と言った。

わたしが一杯飲み干すまで、クロードは一言も言わなかった。飲み終わると、ヒューがお代わりを注いだ。クロードはわたしが二杯目のビールも飲み干すのを待っているかのように、眉毛を上げた。

「それはないわよ、クロード。この一杯は自分のペースで飲みたいの」

「期待していたほど楽しい飲み仲間じゃないのね」

「悪かったわね」

「いいわよ。他の皆も同じ」

「それで、ストーンブリッジに戻ってくるの？」

「もちろんよ。それ以外にどうするっていうの？」

「ひょっとして、家を売って長い休暇を取るんじゃないかと思って」

クロードは微笑んだ。少なくとも、その表情は微笑のように見えた。でも微笑の雰囲気はなかった。

「もっと後になったら、ひょっとしたらね。学年が終わるまではいないとダメでしょ」

彼女は空になったグラスを前にすべらせて軽く叩いた。ヒューが少なめに注いだ。

「それで、ウィット、あなたのほうは何をしていたの？ またフィンとよろしくやった？」

「いいえ、でも彼の本は読んだわ」

「その二つの重みは全然違う、ってわかってるでしょ」

「わかってる」

「で、どうだった？」

「オリジナルじゃなくて模倣」

「本の話よね？」

「そうよ」

「小説はたいてい、そうなんじゃない？」

「すごく広い意味ではね、そのとおりよ。でもフィンの小説は、ストーンブリッジからほとんどそのまま借りてる。ドルシネア・コンテストとそっくりなコンテストについてのストーリーがあるの」

「ドルシネア、それ何？」

「知ってるでしょ。フェラチオのコンテストよ」

「ドルシネアという名前なの？ なんて変なんでしょう」

彼女はコンテストの中身より、名前のほうにひっかかっているようだった。

「どうして誰も止めようとしなかったの？」

「どうやって？ 大ニュース。ティーンエイジャーがお互い同士でセックスしていました！ とか？」

「クロード、あれはまともじゃないわ。とても……組織的で。男子が、女子の知らないうちにコンテストで採点するために、わざと関係をもっているのよ」

「ねえ、アレックス、わかるわ。あなたはフェミニストで、これがひどいことだと思うんでしょ。でもわたしたちがあの年齢だった頃よりもずっとましだわよ」

「そうは思わない。でもそのことを議論するつもりもないけれど」

「去年、あなたがストーカー被害にあったことと関係ないと断言できる？」

その情報が知られているのはわかっていた。でもクロードが思い出させたのは、ウォレンで起こったことだけではない。わたしの動画を誰が作ったのか、再び疑問がよみがえった。

「誰から聞いたの？」

「フィンから。あの人、情報を引き出す才能があるのよね」

フィンがその情報を引き出したのはわたしからだ。それは言わないでおいたが。

「わたしたち、あの年頃の時にここまでひどかった？」

クロードは声を上げて笑った。「年をとったからって、治るものじゃないわね」

学校までは一キロ弱、いくら歩いても終わりがないように感じた。とても疲れていて、キースがベケットの階段に腰かけているのにも気づかなかった。宿舎に戻ろうとして、彼につまずいた。

「ここで何をしているの？」わたしは彼の長い手足をよけて階段を上りながら言った。キースはついてきた。ドアの前に紙袋があった。わたしは拾い上げて、中を覗いた。

「ブラウニーを見張って、指示を出さなければいけないから。全部食べないように」

「半分いる？」わたしはドアの鍵を開けた。

キースは中までついてきた。

「半分でも食べすぎだ。普通のブラウニーじゃない。理解していないようだがね」

「いいえ、わかってる。ブラウニーを一個食べて、しかもハイになる程度が適切であるべきだと思うだけ」

わたしは天井の照明をつけて、靴を蹴り飛ばして脱いだ。キースは照明を消して、窓に近づいた。

「木が。女の子たちが木を切り倒してる。見てごらん」

暗くなりかけていた。森の中に、五本の木が倒れているのがかろうじて見分けられた。

「これだけクソひどいことが起こっているというのに、木のほうが心配なわけ?」

「木が心配なんじゃない。いや、あの樫の若木は気に入ってた。左側の奴。でも大の男でも、木を一本切り倒すのは大仕事だ。誰か怪我をするんじゃないかと心配なんだ。リニーはあの楓の木にもう一週間も切りつけている。手がマメだらけだ。マメも名誉の印なんだそうだ。あの子に何かあるんじゃないかと思うと恐いんだ。他の皆にも」

わたしはソファに横になって、目を閉じた。とても疲れていた。何日もぶっつづけに寝られそうだった。キースが水を持ってきてくれた。

「飲みに行ったの?」

「クロードと」

「へえ」

「彼女と寝たか何か?」

わたしは腕で膝を抱えて、キースの座る場所を空けた。

「いや。どうして?」

「二〇年以上も知りあいなのに、お互いに口をきかない。普通は、何かがあったからだと思うわよ」

「彼女はぼくを落ち着かない気分にさせるんだ」

「あなたが彼女を落ち着かない気分にさせるのよ。どうしてお互いそういう気分になるのかしら?」

「ぼくがここの生徒だった時、教員の何人かと生徒の間に、胸クソ悪い関係があった。グッド先生、歴史の担当だった。そいつはいつも女子にちょっかいを出していた。最初はそんなに大したことだと思えなかった。今ではわかるけど——とにかく、ただいちゃついてるだけじゃなかった。三年生の時だったと思う。ある夜、教室に彼がいた。クロードと一緒だった。二人は——」

「セックスしていた?」

「そうだ。どうしていいかわからなかった。その時は今とは違った。クロードに話して、彼女が大丈夫かどうか確かめないといけないと思った。彼女はぼくが首を突っ込んだことに猛然と腹を立てた。誰かに話しでもしたら、ぼくにレイプされたと言う、と言われた」

「何それ。で、それっきりってわけね。あなたは誰にも言わなかった?」

「言わなかった。そう。ぼくはガキだった」

「その先生一人だけ?」

「違う。英語のウォルターズ先生は四年生とヤってた。その子の名前は思い出せない。気味が悪いのは、誰もが知ってたということだ。二人は隠そうともしてなかった。誰も気にしていないみたいだった。その時にはよく理解できなかった。それが普通じゃないことはわかってた。ウルジー校長に話そうとした。クロードの義理の父親だ。校長なら知りたがると思ったんだ。何か誤解したんだろうと言われたよ。それからぼくは卒業した」

「それ、まだあると思う? 教師と生徒」

「実際に見たことはない。最大の問題は、あのクソ暗室だ」

わたしたちはしばらくの間、無言で座っていた。

「わたしが以前勤めていた学校で何があったか、知ってる? 噂が広まってるみたいなんだけど」

「アルミホイルと関係あることかい?」

「じゃあ聞いたことあるのね?」

「ない。でも窓にアルミホイルを貼り付けるには、動機があるはずだ。宇宙人とか連邦政府の陰謀とかじゃなくてよかったよ。そうだろ」

「そうよ」

「ぼくに話したい?」

「今はまだ」

「オッケー。お茶をいれてほしいかい?」

「いいえ、大丈夫」

「他に何か必要なものは?」

わたしは足を伸ばした。そしてまた目を閉じた。キースは一方の足を両手で持って、土踏まずをマッサージしはじめた。気持ちよすぎる。やめてほしいのか、一晩中一緒にいてほしいのか、自分でも決められなかった。

「何をしているの、キース」

「君の気分がよくなるようにしたいんだ。そんなに疑ぐるなよ」

「この場所のせいよ」

「なるほど。ぼくには——白状すると、他にも動機がある」

「わたしとセックスしたいとか?」

「それはもちろん。でも他のこともしたい」

「たとえば?」

「そうだな。まずボーリングを思いついた。なぜかわからないけど」

「わたしはボーリングよりセックスのほうがいいけれど」

「どちらか一方にする必要はないよね」

キースに最近どこに居候しているのか尋ねた。学校から三キロほどの別荘に舞い戻っていた。そうしたければ泊ってもよいと言ってみた。それならぼくのベッドから降りてくれ、と彼は言った。そして足でわたしをソファからそっと押し出した。彼の気取らないところが気に入った。わたしは彼にキスした。彼がわたしにキスしたのかもしれない。わたしのベッドで寝てもいいわと言った。酔っぱらっていないよね、と彼は尋ねた。充分しらふよ、とわたし。アルコールのテストをしたければ別だけど……彼は、目を閉じて鼻に触って、と言った。テストは合格だったみたいだ。

彼はもう一度わたしにキスした。わたしたちはもつれあうようにして寝室にたどり着き、お互いの服を脱がせた。後悔はしなかった。

次の朝目が覚めると、ジェマからのメッセージがあった。

ジェマ：ドルシネアは死んだ。開戦。

PART 4
戦争

わたしは誰も信用しない。自分自身でさえも。
ヨゼフ・スターリン

ジェマ・ラッソ

燕たちの中には、悪いニュースを伝えたわたしたちに敵意を示す者もいた。採点表を見るのは、鏡に映った自分の一番ひどい姿を見るようなものだった。

わたしたちは秘密厳守を約束させ、自制が大切だと力説した。今こちらの手の内を見せてしまえば、編集人たちに有利になる。燕たちの最初の使命は、自室に戻って何も言わず、次の二四時間をいつもどおりに過ごすことだ。

ケイトは机の上に立って、『孫子』の引用から演説を始めた。

「『戦闘とは常に直接的なものだ。しかし勝利を確実にするためには、間接的な方法が必要となる』」

女子たちはぽかんとケイトを見た。先人の知恵を受け入れる心の準備はまだなかった。自分たちがフェラチオをしてやった相手が、感謝の念どころか人間らしい心ももっていないというニュースを消化している最中だった。

「手ごわい聴衆よね」とケイトは演説台から降りながら言った。

わたしは最後に指示を出した。「ここで明日また会いましょう。それからスタートです。その間、頭を高く上げて、口は閉じて」

わたしはリニーに伝染病作戦をストップするように強く申し渡した。男子たちには快適に過ごさせて、世は事もなしと信じさせておかなければならない。リニーはいやいやながら同意したが、戦略会議には参加すると言い張った。自分の闘いでもないのに、なぜそんなにこだわるのか？　そう言うとこれは自分の戦争だと打ち明けた。去年、コノー・ピッツという四年生に言い寄られて、屈服してしまった。その後、彼は話しかけてくることすらしなくなった。どうして今まで言ってくれなかったのかと尋ねた。

「あいつらがどんな連中か、ジェマが警告してくれたのに。自分のバカさ加減が嫌だったの」

テーガンは感情をうまく隠していた。寮の部屋に戻るとエミーリアがニックのことをペラペラしゃべっていた。テーガンは何も言わなかった。疑われないように、ちょっとした相槌をうちさえした。それからヘッドフォンをつけてこの世界から消えた。

その後、エミーリアはニックに会いにでかけた。ドアが閉まると、テーガンがヘッドフォンをはずして、わたしをじっと見た。

「『Doomsday』が誰かわかってるでしょ？」

Doomsday はジャック・ヴァンデンバーグだ。

「見当はついてる」

「彼、他に何枚の採点表を出してるの？」

「正確には知らない」

一二枚だ。

「三つ以上？」

「覚えてない」

「五枚より少ない？」

「五枚よりは少ない」わたしは言った。テーガンに嘘をつくのはこれきりにするつもりだった。

次の燕の集会で、わたしたちは戦略について話しはじめた。

「最初に『ガス燈』作戦で心理的に脅かす。混乱させて、精神のバランスを失わせる。それからこちらのカードを切る時が来たら、一斉に攻撃する。これは長期戦よ。わたしたちが皆に求めるのは、参加じゃなくて、忠誠心。闘う必要はない。場外にいてかまわない。そしてわたしたちは、各人の希望を尊重する。ただ裏切り者は尊重もしないし、見逃すつもりもない」

「『ガス燈』って何?」とハンナ。

「一九四四年のイングリッド・バーグマンの映画で――」とケイトが話しはじめたが、わたしがその後を続けた。

「自分が精神的におかしくなったのかもしれないと思わせるってこと。とにかく、今は軽めの『ガス燈』作戦だけ。コンテストに参加しないというのはその一つ。なぜかは言わないで。頭が痛いとか、忙しいと言うの。でももし関係を続けるなら、今までよりも熱心にやらないのがお勧め」

メルがささやいた。「ナスチャを覚えてる? 最低フェラチオ・コンテストが見たいって言ってた」

最低フェラチオでも、フェラチオに違いはない。勧めたくはなかった。

「ひょっとすると、ゲームの目的を変えたらいいのかも。コンテストにこちら側から優勝者を出すの。わたしたちの優勝者は、一番下手くそなフェラチオをした人」とケイト。

「あるいは全然やらないか」とわたし。

「連中をその気にさせて、じらして我慢させる」とテーガン。

何人かが笑い、歓声を上げた。反対する者もいた。

サンドラ・ポロンスキーが言った。「これを読んだ後に、連中の薄汚いアソコに触りたい人なんかいる?」

「好きに行動しても大丈夫。ただ何も言わないこと」

「質問は?」とメル。

「レイチェルはどこ? どうしてここにいないの?」とサンドラ。

ハンナはわたしを、それからメルを見て、答えを待った。わたしたちが答えないので、ハンナが代わりに言った。

「あの子が優勝候補なのね？」

「ここで休憩にします」とわたし。

わたしたちが外に出る前に、ハンナが近づいてきた。

「そのとおりでしょ、違う？」

ハンナはどちらのほうに傷つくだろう。自分の点数が低いことか、レイチェルの点が高いことか。

「わたしたち、レイチェルを信用できるかわからなかった。あなたを信用できるかもわからなかった」

わたしが言わなかったのは、リスクを計算したということ。優勝したいと思っている女子を一人、こちら側に引き入れる必要があった。ハンナのほうが簡単に寝返ると思った。

「わたしたち――あなた、しょっちゅうわたしたちって言うわよね」

「一人でやっているんじゃないから」

「『一九八四年』のビッグ・ブラザーみたいに聞こえるけど」

「ギャングっていうほうがしっくりくるから好き。団結して助けあうギャングよ。あなたは加わる、それとも加わらない？」

「そうね、加わる」とハンナ。

その声には敗北感がにじんでいた。心がへし折られたのはわたしたちのせいではなく、自分が加担してきたこと――ドルシネア・クソコンテスト――のせいだと悟ってくれたのならいいのだが。

わたしたち、つまり三人のオリジナル・メンバーは、オフィスに集まって、短い会議をした。

メルはエイミー・ローガンの採点表を取り上げた。「これがわからないのよね」

「TonyStarx、というのが誰かわかれば、役に立つかもね」

「ALという頭文字の四年生の女子って他に誰がいる？」とケイト。

「アイリーン・リーチ？」わたしは学年名簿を見ながら言った。

「アイリーンは小学校六年生の頃からずっと同じボーイフレンドとつきあってるわよ」とわたし。

「スペリングを間違えたのかもしれない。本当はELかも。エミーリアがEじゃなくてAから始まると思ったのかも」


校内のエネルギーに変化が感じられた。編集人たちはひそひそ話をかわし、女子のほうを横目で盗み見た。流れが変わったことは悟っているが、どうしてかはわからないようだった。燕たちは彼らの精神的なバランスを奪った。わたしたちが厳命したように、敵意はむき出しにしないで隠し、わたしたちが戦闘準備を整え、槍をかざし、野蛮な鬨の声を上げながら攻撃を開始するまで待機の構えだった。

計画は――アソコじらし作戦、と名づけられた――うまくいっていた。男子に目に見えて効果がでてきた。イライラして、集中力を欠き、元気がなかった。すごく混乱していた。得意そうな表情をしないようにするには努力がいった。ジョナはわたしが成功を喜んでいることに気づいて、メッセージを送ってきた。

> ジョナ：ニヤニヤするのはやめろよ。君が首謀者だとバレる。

でもこれは、攻撃の始まりにすぎない。男子の欲求不満は、同志の復讐欲をいや増すばかりだった。それを満足させるには何かまるで別のものが必要だ。溜め込んだエネルギーの発散が必要だった。戦闘が必要だった。「そろそろ大きく打って出るタイミングよ」テーガンが次のミーティングで言った。

その時は今だ。ただ、次の手を何にするべきか確信がもてなかった。意見をつのってみた。

こちら側の暗室を作って、連中の恥ずかしい秘密を全部公開する。

後をつける。

靴を盗む。

リニーが手を挙げた。「わたしの妹(シスター)から聞いた話なんだけれど。その子の友達がピリ辛の食べ物が大好きで。ハラペーニョ唐辛子を種から何から丸ごと食べられるぐらい。というわけで、すっごく辛いサルサを食べていたらボーイフレンドがやってきて、アソコをなめろと言ったの。だからその子はやってあげた。彼氏の激痛は泣くほど、本当に涙を流して泣くほどひどかった。後遺症はなかったけれど、それから二度と彼女になめろと言わなかったの」

リニーは準備万端整えていた。紙袋を手渡してきた。

「さっき一つ食べようとしてみたけれど。無理でした」とリニー。

「そんなこと、わたしが許さないわ。でもそのアイデアは気に入った」とわたし。

部屋は静まりかえった。全員が銃を抜いて、にらみあっている瞬間そっくりだった。この計画を皆が気に入っているようだった。でも自分がやるという子がいるだろうか。

その時、テーガンが進み出て、紙袋を手にとった。

「もらうわね。でもメッセージが伝わるにはあと二人、特攻隊員が必要」

テーガンは唐辛子を一つポケットに入れて、他の志願兵が銃弾を要求するのを待った。一瞬の間があり、それからハンナとサンドラが進み出た。

「攻撃のタイミングをあわせてね」わたしは指示した。「終わったらすぐ飲めるように、牛乳を手近に用意しておいたほうがいい。それともパンの塊か」とメル。

「炭水化物？　冗談やめてよ」ハンナが言った。

感謝祭の休暇でつきあいが深まった後、ジョナは以前のよそよそしい日常に戻りきれないでいた。時々、会いたい、気をつけるから、と言ってきた。わたしは用心のため、それと広い意味での忠誠心のためにノーと言った。でもそれからもう一度、会う必要があると連絡があった。彼は返事を待たずにオフィスに現れた。

「よっぽど重大な事なんでしょうね」わたしは彼を見て言った。

「ノーマンとぼくは、誰かが君たちのことを突き止めないか、一三番の部屋を見張っていた」

「それで？」

「ドルシネアに新しい投稿があった。二時間ぐらい前だ」

「見せて」

「スクリーンショットを取ってきた」彼はポケットから携帯を取り出した。

一番上の行を読んでみた。

VicVega が 4Swallow512 を登録

「クソ」わたしは言った。VicVega はニックだ。５１２はＥＬ。エミーリア・レアード。

見た。これがエミーリアだ。直接伝える役目はやりたくなかった。

「もういいかい？」

「もちろんよくないわ」

彼の表情はすごく真剣だった。腕を組み、眉根にしわを寄せていた。何だか可笑しかった。彼が老人になったらどんな様子になるか、目に見える気がした。

「何を考えてるの？」

「これはやりすぎだよ。連中を誘い出し、正体を暴露して、くだらないコンテストを終わらせる。暗室を閉じて、それから、ひょっとしたら謝罪、そこまでできたら勝ちだ。そうだろ？」

「真実を暴露するだけじゃもうおさまらないの。あの連中は、失敗から学ぶ必要がある。自分のやったことに対価を払う必要がある」

「それじゃ、君が求めるのは復讐？」

総合点：5
テクニック：5
芸術性：6
努力：5
フィニッシュ：4
コメント：こいつのエントリーには長い間手こずった。かわい子ちゃんはフェラが下手、という教訓が正しいことを証明。

「ノーマンはニックが VicVega だと言ってる。他の女子もエントリーしているけれど、でも……」

わたしは 4Swallow112 のカードを見つけてジョナに見せた。

「TonyStarx はアダムス、よね？」

「そう」とジョナ。

わたしは配達相手を間違えた TonyStarx のカードを

「償いを求めているだけよ」

「気取った言い方をしただけで、復讐ってことだよね」とジョナ。

わたしの携帯は狂ったように鳴っていた。画面を見てみると

テーガン：戦闘態勢。準備オッケー。

わたしは返信した。

ジェマ：落ち着いて。一〇分で戻る。

わたしはジョナを見た。「他に何か？」

「ぼくのこと、少しは好きなのか？　それともこれはその償いとやらの一部？」

その答えはわかってくれていてもよかったのに。でもわたしたちがいる場所では、セックスは偽りだらけ、そういうのが幅をきかせている。というか、普通にありふれている。

「あなたのこと好きよ」

わたしはもう一度彼にキスした。

「ぼくは君のこと愛してる」

異性からそう言われたのは初めてだった。心に響かなかったと言ったら嘘になる。でもお返しはできない。闘いの真っただ中では無理。ジョナを見るたびに――紺のズボン、ワイシャツ、青と赤のネクタイを見るたびに、彼の仲間、兄弟たち、友人たちの姿が重なった。彼が身につけているのは敵の制服だ。そのことから目をそむけることはできない。

「もう行かないと」

わたしは寮の部屋に戻った。エミーリアは出かけていた。テーガンは鏡の前に立って、ハラペーニョを見つ

め、何度も深呼吸をして勇気を奮い起こしていた。

「そろそろね。ハンナとサンドラは準備オッケー。チャンスは一度だけ」

彼女は冷蔵庫から牛乳を出して、蓋を開けた。

「わたしが戻ってきた時用に、これを準備しておいてね」

「ホントに大丈夫?」

テーガンはうなずいた。「宣戦布告よ。ゲームはもう終わり」

彼女は唐辛子をティッシュにくるんで、ポケットに突っ込んだ。

「幸運を祈るわ」

「幸運は必要ない」とテーガン。

怒りと血を求める欲望が、彼女の中で煮えたぎっていた。その時のテーガンは、今までで一番美しかった。

ノーマン・クロウリー

廊下の一番向こうから、最初の叫び声が聞こえた。罠にかかった動物みたいな、ぞっとするような声だった。ドアを開けると、目の前をテーガンが走って行った。泣きながら、微笑んでいた。気味が悪かった。ジャックが彼女に何をされたかは知らないが、自業自得にちがいなかった。

次に、ニックの部屋から叫び声が聞こえた。ハンナが出てきて、廊下を駆けていった。彼女の目も、テーガンみたいに赤くうるんでいた。それからゲイブリエル・スミスが悲鳴を上げると、サンドラが彼の部屋から飛び出してきた。ぼくは彼女を呼び止めた。彼女は「牛乳」と言うと、走って行ってしまった。

三人の男子は皆、狼のように吠えていた。

アダムは廊下に走り出てきて、ぼくを見た。「いったい何なんだよ?」

ぼくは「わからない」とだけ言うと自室に戻った。

廊下を大勢の足音が行ったり来たりした。牛乳をくれと叫ぶ声、医者、という声。苦痛の原因はわからなかったけれど、理由は知っていた。ぼくはドアの後ろに立って、何が起こっているか知ろうと耳をすませた。後でジョナにメッセージを送ると、女子が何をやったか教えてくれた。いい気分だった。正義がみごとに達成されたんだ。

次の日、アダムが怒り狂ってやってきた。セキュリティを破られたのはお前のせいだ、だらしない仕事をしたからだ、と責めたてた。ぼくのことをありとあらゆる罵り言葉で罵倒した。彼にどう思われているか、ぼくがまだ気にするとでも思っているみたいだった。

「全部削除。全部削除だ。跡形残さず、間違いなく全部消すんだ」

「わかりました、ボス」ぼくは立派な兵隊らしく言った。

ぼくは仕組みを壊さなかった。データを秘密のサーバーにうつし、コードネームとパスワードを全部消去した。ぼくは今や暗室の番人、五年分の肥溜めに光をあてて風を通すことのできる唯一の人間だ。

女子たちが死に物狂いで闘っているのは知っていた。でもハラペーニョつきサービスで、あらゆる曖昧さがふっ飛んだ。戦争だ。編集人たちは最初まごついたが、気を取り直すと、アダム、ジャック、ミック、ゲイブ、それからニックが、ラウンジで秘密の会合を持ちはじめた。時々、階段ホールのちょうどいい場所に立つと、連中の声が聞きとれた。

「このクソ状態は、ウィットが来てから始まったよな」とアダム。

ジョナは、事態は泥沼化すると警告していた。あらゆることが変わる、と彼は言った。ぼくは彼が正しいことを願った。

フォード先生

こんなクソ仕事に見あうだけの給料はもらってない。レイチェル・ローズはぼくの部屋に来るたびに、あのピンクのスカーフを置いていく。しばらくして、わざとだと気づいた。ぼくとの間に何かあると同級生に思われたいのだ。あの子の父親コンプレックスがどういうものだか見当もつかない。毎回、ぼくはそれを遺失物の受付に届けた。でも彼女はまだやってきた。前回やってきた時に、もう中に入ってはダメだと言った。レイチェルが嘘泣きを始めたところで、本物の叫び声が聞こえてきた。一階で、誰かが泣き喚いていた。

部屋に鍵をかけ、階段を駆け下りた。

下りたところでアダムと出くわした。

「いったい何なんだ？」

「あいつらのチンポコが燃えてるみたいだ」とアダムが言った。

冗談かと思ったが、いつも冷静さを失わないアダムが取り乱していた。ぼくは廊下に出て、アダムについて共有トイレに向かった。ミック・デヴリンがドアの前で立ち番をしていた。

アダムはジャック・ヴァンデンバーグ、ゲイブリエル・スミス、それからニック・ラフリンが攻撃されて、すごく苦しんでいると言った。女子がフェラチオしながらチンポコに何かやったのだ。アダムは連中に、シャワーを浴びろ、何だろうがとにかく洗い流せと言った。

三人ともシャワーカーテンの向こうでまだウンウン唸

りながら、どうやったら楽になるかアイデアを交換していた。

石鹸をつけるといいみたいだ。洗い落とさないとダメだ。

救急医療室へ行くべきかな？

俺はクソ病院なんか行かないからな。

クソクソクソ。クソビッチ死ね。

「何があったか、話してくれる人？」ぼくは言った。

シャワーの一つが静かになったと思うと、ゲイブリエル・スミスが腰にタオルを巻いて出てきた。泣いていたみたいに目が赤かった。彼はタオルの前を開けて、赤く腫れ上がったペニスを見せた。

「うわあ、何てことだ」ぼくは目を背けた。

「口でやる直前に唐辛子を食べたんだと思う」とゲイブ。「様子がおかしかった。始める時、目をつぶってねと言われた。それから音がした。何か噛んでいるみたいだった。それから彼女が、つまりその——それから感じが来た。チンポコに火がついたみたいだった。俺は女を押しのけて——」

「おいおい、俺の女もまったく同じことをやったぜ」とジャック。

二人とも、相手の女の子を名前で呼んでいなかった。

ニックとジャックがシャワーから出てきた。腰にタオルを巻いていた。アダムが首を横にふった。

「三人一度にか？　示しあわせて攻撃してきたんだな」とアダム。

「クソビッチども」とジャック。

ニックが股ぐらをつかんで、体を二つに折り曲げた。

「クソ。また来やがった」

彼はシャワーに戻った。

「牛乳がいる」とぼく。

ミックは廊下にいる誰彼となく声をかけて、ダールから牛乳一ガロンもってこいと叫んでいた。

「あいつらは知ってる。知ってるに違いない。暗室に侵入したんだ。妙なクソ事件がいろいろ、起こりすぎだろ」

「何か手を打たないと」とミック。

「医者を呼ぶか？　往診してくれる医者を見つけられるかもしれん。それとも救急病院だ」とぼく。

「それは必要ないと思います」アダムは言って、携帯を引っ張り出した。「ちょっと調べてみます」

「チキショー、クソ。石鹸じゃ全然ダメだ」とゲイブがいいながら、シャワーに戻った。

「何があったんだ？」とミック。

「誰か、どういうことか説明できるかな？」とぼく。

被害者全員がシャワーの中に退却した。

アダムが携帯から顔を上げた。「ヨーグルトをもってこなければ」彼が誰にともなく言うと、何人かの少年が廊下を駆けていった。

「フォード、ありがとう。これからぼくたちは何かしないといけないんで」とミック。

こんなふうに生徒から退出を命じられるとは、ひどい屈辱だった。ぼくはその場を立ち去った。他にどうしようもないじゃないか。連中のチンポコを洗ってやれとでも？

自室に戻ってたぶん五分ぐらいたつと、ウィットがやってきた。

「今のは悲鳴、それともお祝い？」

「気にしなくていい。もう終わったから」

ウィットは大きな封筒を差し出した。

「父がこれを返すようにって」

中を覗いた。それはぼくの草稿で、余白にコメントが走り書きしてあった。最初のコメントを見た。

外見の描写がちょっと紋切り型すぎるのでは?

ぼくはレオナード・ウィットに考えを聞かせてくれと頼んだ。励ましの言葉、ひょっとしたら賞賛をメールで送ってくれるのではないかと思っていた。また創作コースの学生時代に逆戻りしたみたいに、採点された草稿が戻ってくるとは思っていなかった。

「偉大なレン・ワイルドのコメント。何と思いやりのある」

「書き込みはわたしのよ」ウィットは冷たくとりすまして言った。

重罪犯か、彼女の部屋に隠しカメラを仕掛けた犯人でも見るような目つきだった。まるでわけがわからない。

「君、これを読んだの?」

「読んだわ」

「どう思った?」バカな質問だ。

「あなたのストーリーは、ストーンブリッジと気味悪いほど似ている」

「すべての作家は、現実から盗む。君も知ってのとおりね」

「あなたが自前でプロットが作れなくても、わたしの知ったことじゃない。あ、いいえ、ちょっとは気になるかな。でも一番気になるのは、男の子たちがあなたを信頼して打ち明けたっていうこと。何か言うべきだと思わなかった?」

「何かって、何を? フェラさせるのはやめろとか? そんなアドバイスを、あいつらが受け入れるはずがないだろ」

「あんたはクソったれよ、フィン」

父親は言葉の職人だけれど、アレックスは違う。彼女は捨てゼリフを言って、いなくなった。行ってしまって清々した。

あの残酷な芸術の女神や有名人の父親に目がくらんだか、それともストーンブリッジには大人の男の選択肢がろくにないからか。

アレックス・ウィットは、見え透いた気取り屋で、まったく退屈な女だ。

そしてあのひどい歯のせいで、田舎っぺみたいに見える。

ジェマ・ラッソ

テーガンは皆のために、真の犠牲的精神を発揮した。メルが牛乳を一杯飲むようにという前に、もうパンの塊の半分ぐらいも飲み下していた。

「ピリ辛って大嫌い」テーガンは口の中がやっと治ってくると言った。

テーガンとわたしは、エミーリアにその夜打ち明けた。そしてアダムとニックがドルシネア・コンテストの採点表で彼女の「パフォーマンス」につけた採点表を見せた。エミーリアが泣かなかったのは意外だった。テーガンは、ハンナがニックにやったことを話した。

「わたしがやるべきだったのに」とエミーリア。

エミーリアはその夜、一言も口をきかずに床についた。朝、わたしが目を覚ました時には、彼女は美しい髪にハサミを入れていた。長い髪の束を頭ぎりぎりでばっさりカットした。どうして、とわたしはたずねた。

アダムがポニーテールをつかんだところを読んで気持ち悪くなったから。

テーガンは、レイプ魔は長い髪の女を犠牲者に選ぶと言った。コントロールしやすいからだ。テーガンが次にハサミを取り上げた。

わたしはエイミー・ローガンのドアをノックして、剃刀を貸してと頼んだ。エイミーはいつも頭の左側に、きれいな剃りこみを入れている。

わたしはエミーリアに頭を剃ってもらった。自分のざらざらした頭蓋に手を走らせるのはいい気分だった。すごく清潔で、すごく自由になった気がした。エミーリアは自分にも同じようにしてと頼んだ。それからテーガンも。わたしたちはお互いの頭を触るのをやめられなかった。

「すごくいい感じ」とテーガン。

ケイトとメルがその後、部屋にやってきた。

「すごい、何それ」とメル。

あなたたち、気でも狂ったの、と言われると思ったが、メルは椅子に腰を下ろした。

「次はわたしの番」メルは言った。

メルはわたしたちの誰より髪が多かった。豊かでウェーブがかかっていて、つやのあるきれいな髪だ。

「本当に、本気?」

「もちろんだってば。さあやってよ」

「じゃわたしがやっていい? わたしはまだやってないから」テーガンが剃刀を取り上げた。

テーガンとメルが最後にお互い直接口をききあったのがいつか、わたしには思い出せなかった。

「どうぞ、お願い」とメル。

テーガンは剃刀のスイッチを入れると、メルの頭の真ん中をきれいにまっすぐ剃り下ろした。

「これでもう後戻りできないわよ」とわたし。

「次はわたし」とケイト。

その時の連帯感は、本当にすばらしかった。とはいえ今から思えば、シートを敷き詰めるなり、戸外でやればよかった。あれだけの髪を完全にきれいに掃除するのは、どれだけがんばっても無理だった。

でもあの朝は本当に最高だった。本部棟の廊下を歩いていきながら、力がみなぎった。バズカットにした怒れる女、五人。

敵の恐怖が感じられた。

もうわたしたちの誰も、自分が被害者だと感じていなかった。

ウィット先生

ジェマ、メル、ケイト、エミーリア、それにテーガンは坊主頭で教室に入ってきた。女子が取り囲んで、自分たちのリーダーの頭を触った。わたしはまず考えた。この子たちはわざと、自分の女性的な面を排除しようとしている。現状への異議を表明しているのだ、と。頭を剃った彼女たちはとんでもないワルのようにも見えた。

わたしはジェマに廊下に出るように頼んだ。他の生徒全員には、着席するよう指示した。

「触ってみますか?」ジェマは得意そうに言った。

わたしはやわらかい紙やすりのようにざらざらした頭を触った。

「うわぁ」

「シャワーを浴びる時にすごくいい感じ」とジェマ。

ジェマがこれほど幸せそうに見えたことはない。

彼女はエミーリアの採点表のこと、エミーリアが真っ先に髪の毛を切ったことを話した。

「人って思いもよらないことをするんですね」

同感だった。

キースが放課後、温室で会わないかと言ってきた。彼は廃材の板を彫って看板を作っていた。「グレアム・グリーン・ハウス」。彼はそれをドアの上に掛けた。

「世はすべて、こともなし、ね」とわたし。

なんという大間違いだったことだろう。

キースは枯れているみたいな植物に水をやっていた。わたしは、女子たちが暗室に侵入して内容を暴露したことを話した。最悪な部分は終わったと。彼は尋ねた。「それじゃ、どうしてあの子たちは木を切るのをやめないんだ？」

彼は樹木への集中攻撃が行われた箇所が書き込まれた森の地図を見せた。地図を作ったのはリニーとのこと。倒れた木の横に、切り倒した女子の名前が書き込まれている。リニーはすべて記録に残しておきたがっていた。

「あの子たちと話をしてくれないか。もう一〇本以上切り倒している。環境問題をさておいても、使っているのは斧だ。誰かがそのうち怪我をすることになる」

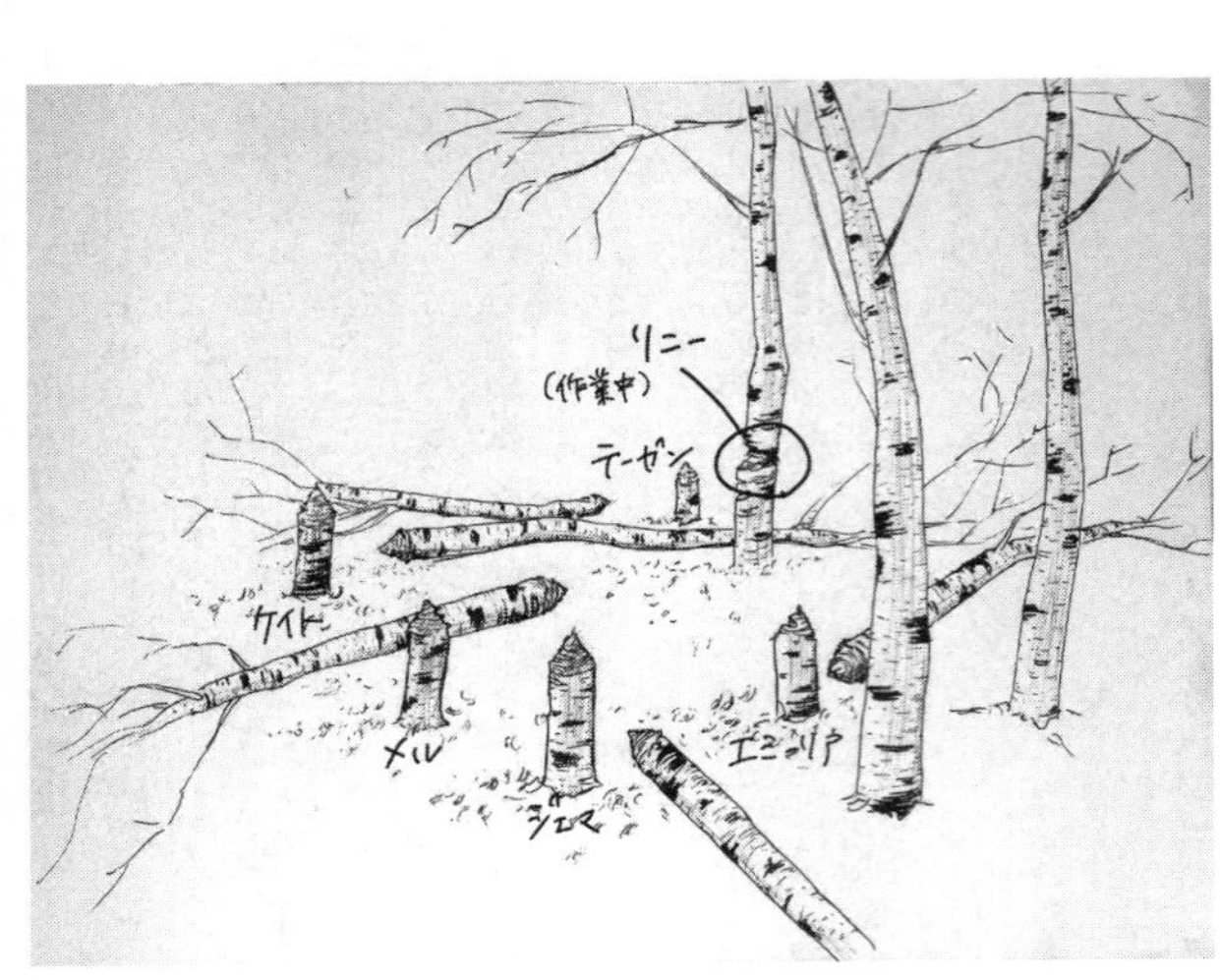

後になってジェマに問いただしてみた。奴らの首を切る代わりに木を切っている、と言った。

あの冬休み前の二週間のことは、不吉なほどの明晰さで思い出せる。

わたしの授業で、女子と男子は左右に分かれて座るようになった。誰一人、ささやき声一つ立てなかった。敵に聞かれるのを怖がっていた。ジェマはもう自分たちは攻撃を終了した、自分たちは勝った、とわたしに話した。もう終わりだと。終わりはまだだった。

わたしは授業を自習にした。その時間を生徒たちが携帯メールか陰謀に使うことは重々承知だった。その時点で、アダム・ウェストレイクが手を挙げた。

「ウィット先生、前の学校をなぜ辞めたんですか?」

「別の可能性を試したかったからよ」

「変だな。ぼくが耳にしたのは、何か映画のプロジェクトに関係あることでしたがね」

蜘蛛が全身をはい回っているような感じ。この生徒のことをどう考えたらいいか、ずっとわからなかった。でもその時に悟った。ビデオを撮ったのは彼、あるいは少なくとも、ビデオは彼の差し金だ。

その日の午後、プリムからメールが来た。

To:アレックス・ウィット
From:マーサ・プリム
Re:会合

伺いたいことがあります。なるべく早くわたしのオフィスに来てください。

こういうメッセージにはイライラさせられる。質問があるならメールですればいい。サスペンスドラマじゃあるまいし、これからする話を伏せておくべきじゃない。

わたしはプリムの呼び出しに応じなかった。彼女のほうが教室にやってきて、冬休みに備えて教室を掃除しているわたしを見つけた。

「あら、ここにいらしたのね」

「そう、ここにいるわよ」

「メール、見てくださった?」

「いいえ」わたしは嘘をついた。

なぜかわからないが、そうしたほうがよいと思った。

彼女は教卓に歩いてきて、片方の尻を机に乗せた。それからため息をついて、天井を見上げた。このドラマチックなタイミングで教室を出ていこうか、という誘惑にかられた。

「何が言いたいの? プリム」

「最近知ったあることについて、お話しさせてもらうわね。あなたには数年の教歴がある。自分でもたくさんの教訓を学んできたでしょう。でもカウンセラーとして、注意を促さなければ怠慢ということになってしまうから。つまりあなたの生徒たちは、特にあの年齢では、権威のある立場の人に影響を受けやすいということ。わたしたちの発言は誤解されがちなの。だから、この関係性において、わたしたちは大人としてふるまわなければならない。一つの過ちも許されないのよ」

「お説教に要点があるなら、あと三〇秒で話してよね」

プリムの口は不機嫌そうにすぼめられて、腐った果物のような形になった。わたしは、深呼吸しろ、と自分に言い聞かせ続けた。わたしはすごいスピードで深呼吸をしていた。

プリムはバッグを開けて、たたんだ厚紙を取り出した。机の上に、チャート図を置いた。

「問題はこれよ。元々はあなたが作ったものだと理解しています」

「それで?」

「性的なふるまいについての決定は、生徒とその両親の間で話しあわれるべき問題よ。わたしが思うに、生徒に対する適切なふるまいについて、わたしたちは会話をもつべきね」

「『会話』は『説教』の別名でしょ。あなたの話を聞かされるなら、少なくとも一年分のサラリーを上乗せしてもらわないと」

わたしはコートとバッグをつかんで、ドアに向かった。

「拒否するのなら、報告の必要が生じるわ」

「何を報告するの？　フェラチオはやめなさいと注意したこと？　それともあなたにクソ女消えろ、と言ったこと？」

プリムは言葉を失った。わたしは深く満足した。しかし残念なことに、彼女は動きも失っていた。

「もう行ったほうがいいわよ。それとも教室の中に閉じ込められるか。お好きなほうをどうぞ」わたしは鍵をじゃらじゃらさせた。

やがてプリムは立ち上がった。

「これで終わりだと思わないでね」プリムは言うと、ばかばかしいまでにゆっくりと歩いて出ていった。

ノーマン・クロウリー

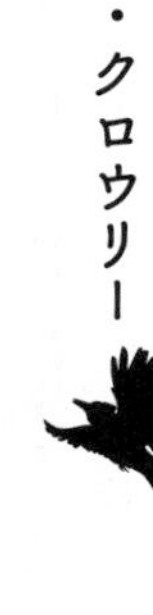

彼女たちを見た瞬間のことを、今でも覚えている。一丸となって廊下を歩いていた。坊主頭で、誇り高く、怒りに満ちて。男子は彼女たちを見ても笑わなかった。あんなに静かだったことはない。男子の恐怖が感じられた。

女子たちは、もう女子のように見えなかった。戦士のように見えた。

最初、編集人たちはただあっけにとられていた。ゲイブは、アダムが相手を騙して恋愛モードに持ち込む作戦を開始して以来、いろいろなことが番狂わせになったと考えていた。その一方、ニックは英国人らしさを発揮して、傍観者の立場をとった。

「君たちのゴタゴタに関わりあいになりたくないね。ぼくが来る前のことだしね」

ジャックは女子の生理のタイミングがぴったりあってしまったのが原因だ、待っていれば落ち着くと繰り返していた。

ぴったりあうといえば、たいていはミックとアダムだ。ミックは実行部隊の顔、アダムがブレーンで、機械に油をさす裏方だ。アダムはいい奴を演じて、他の連中に悪役をさせるのを好んだ。ぼくはずっと、なぜアダムが暗室にもドルシネアにもあれほど少ししか採点を書き込まないのか、不思議だった。でもこうなると話は別だ。女子はハンマーを（あるいは斧を）振るって彼の全世界を叩き壊そうとしていて、その手を緩める気配を見せなかった。

アダムはもう、えくぼとピンクのワイシャツの擬態に隠れるのをやめた。ぼくが女子を助けている証拠はなかったが、彼がぼくを見る目は変化した。ぼくが何かへまをやらかすのを待ち受けていた。その後どうするつもりだったかは、わからない。ぼくはまだジェマやメルを助けていた。携帯の登録名をトム（ジェマ）とジェリー（メル）に変えてあった。あまり上手な隠し方とはいえない。ぼく自身、どちらがどちらだかわからなくなることもあった。「トム」は暗室を閉めてドルシネア・コンテストのことを暴くだけでは満足していなかった——それがどうやって始まったのか、知りたがった。最初の「Hef」は誰なのか、特定できないかと尋ねた。暗室のアイデアを推進したのはMadMaxだろう。でもドルシネア・コンテストを創設したのは初代Hefだ。ぼくは古いチャットルームのデータにアクセスして、ドルシネアという名前はHefの昔のハンドルネームに関係があることを発見した。ジェマにはすぐ教えなかった。ジョナに、温室で会おうとメールした。

行ってみると、プリム先生が温室のまわりを歩いて中を覗き込んでいた。またプリムに邪魔されるのだけは勘弁してほしかった。ぼくは隠れた。ジョナが来たので、注意をひくために、足元に小石を投げた。彼は何気なさそうにぼくのほうに歩いてきた。

「おい、どうして草むらにしゃがんでるんだ」

「プリムに見られたくないから」

「どうしてさ?」

「この間プリムと話した時、ぼくがゲイだって言っちまったからだ」

ジョナはしょうがないな、という表情をした。たいしたことじゃないだろ、というように。

「それ皆やってる奴だろ?」

ぼくたちは木の後ろに隠れて話し続けた。ぼくと一緒のところを見られたら、ジョナにとっては危険だ。その時までに彼のやったことは、編集人を辞めることぐらいだ。彼が本気で反逆していることは誰も知らなかった。それに、ジョナは連中の誰とも大っぴらに対立していなかった。少なくとも、まだこの時には。ジョナはできるかぎり対立を避けた。実際のところ、ぼくたち二人はそこが同じだった。違う形をとっていただけだ。そういう態度をぼくがとると、パラシュート用のズボンみたいに不格好で目立った。

ぼくはノート型パソコンを開けて、ジョナの兄「Bagman」と、「LongJohn」とのメッセージのスクリーンショットを出した。Bagmanが最初にドルシネアのアイデアを出し、非公式なコンテストにして、暗室にそのための場所をつくろうと提案しているところだ。

「これは何だ?」ジョナはスクリーンショットを見降ろした。

「君の兄さんが、ドルシネア・コンテストを始めたんだ」

「違う。初代 Hef はエドウィン・シルバーだ。エドウィンとジェイソンは親友だった、でも……」

「ぼくはロッカー室のサイトから過去の情報を見た。LongJohn はエドウィン・シルバーだ。君の兄さんとエドウィンの二人が暗室を作ったけど、ドルシネアはジェイソンのアイデアだった。データを全部見たけれど、これが一番最初に出てくるところだよ」

「まさか。本当に?」ジョナの口調は、君の飼ってる猫が死んだと言われた人みたいだった。

「ジェイソンは、『ドン・キホーテ』が特別な愛読書か何かなのか?」

「ぼくの知ってるかぎり、ジェイソンが読んだことあるのは新聞のスポーツ欄だけだ」

ジョナは地面に座り込んで、頭を両手に埋めた。知らなかったんだ。あるいはうすうす知ってはいたけれど、はっきり知りたくなかったんだ。

「このクソが丸ごと終わってほしいよ」彼は言った。

「ぼくもだ」

校内放送

ストーンの生徒諸君、おはよう。二〇〇九年、一二月一四日、月曜日だ。

まずこのニュースから。わたし自身、意見箱に提案を投函した。読んでみよう。**危惧すべきほど多数の木が、面白半分に切り倒されている。いいか、もし紙の製造とか、暖房のために薪が必要というなら理解できる。でも君らは木を切り倒してその場に放置しているだけだ。誰かがつまずくかもしれない。キース監督に確認した。木こりの真似ごとは、体育の新しいトレーニング方法ではないとのことだ。校内の植物を攻撃しているところを見つかった生徒は放校処分とする。いかなる例外も認めない。そして頼む、頼むから斧はもとの場所に戻すこと。ストーンブリッジの備品を持っている生徒は窃盗罪で訴えられる。これは真剣な話だ。**なんだって？　ちょっと待って。

(聞き取れない声)

訂正がある。放校処分と逮捕は必ずしも行われない。しかしながら重大な処分は必至だ。いいかね？(聞きとれない声)。スティンソン校長は、最後の部分に関して同意とのことだ。

繰り返すが、斧の使用と木への攻撃は厳禁。二七度、温かい、よい日差しの日になりそうだ。

ジェマ・ラッソ

わたしたちは皆大きな転換点を体験した。自分が知っているはずのこと、従ってきた規則が変化した。怒りが、狂暴さに変化した。

テーガンにとってはリストだった。彼氏とくっついていた女子の名前一覧表のプリントアウト。

エミーリアにとっては、騙されたショックだった。自分を大切に思ってくれているはずの相手の本心を見せつけられたのだ。

ハンナにとっては、自分の点が低くて勝てないと悟ったこと。

メルにとっては、データの問題だった。わたしたち女子を文字、数字、ランク、暗号に変換する、膨大な労力。

ケイトにとっては、学校中に写真を見られたことだった。友人を信用した罪で罰せられたのだ。

そしてリニーにとっては、無垢が奪われたこと。でもリニーは道の曲がり角のずっと先を走っていた。わたしたちの誰よりも早く獰猛な戦士に成りおおせていた。

他の女子たちは、それでもまだおさまりがつかなかった。弱い木に斧を振るっても傷口にバンドエイドを貼るようなもの。つのる一方の激しい怒りを止める役には立たない。もっと何かが必要だった。魂をえぐってできた屈辱のクレーターを埋める何かが必要だった。

わたしの怒りは違う方向に向かった。照明のスイッチのオンとオフを切り替え続けているうちに、ショートして爆発するような感じだった。

ノーマン・クロウリー

血を見ないではすまされないぞ。

アダム・ウェストレイクは本当にこう言ったんだ。あいつがどれほど芝居がかった奴か、初めて気がついた。女子が彼の王国を包囲しはじめた今になって。

ひょっとすると、アダムは最初からぼくが裏切り者だと気づいていたのかもしれない。ぼくはポーカーフェイスがまるで苦手だ。ついに証拠をつかんだのかもしれない。そうじゃないかもしれない。すべてが吹っとんで、もう証拠なんか重要じゃなかった。誰か罰を受ける必要があった。

アダム、ジャック、ミックは、夜遅くぼくの部屋に押し入ってきた。ドアには鍵がかかっている。錠をいじる音は聞こえなかった。どうやってか鍵を手に入れたのだ。ミックがカルヴィンをゆすぶって起こし、ラウンジで寝ろと言った。ぼくのルームメイトはぼんやりした目で、よろよろ出ていった。後になって知ったのだが、カルヴィンはジョナのドアをノックして、何かが起きていると教えた。あいつに礼を言っていないことがずっと気になっている。

最初、アダムは馴れ馴れしく、ギャング映画みたいに気味悪い猫なで声を出した。『スカーフェイス』でも見直して予習したんだろう。ベッドの上に座り、ぼくの肩に腕を回して、何をやったんだ、と尋ねた。

ぼくはすべて否定した。女子は独力で暗室に侵入したんだと言った。彼はがっかりしたように首を横に振った。週末に一緒にハンティングに行きたくないと言われた父親みたいな態度だった。

ミックがもう一方の側に座った。間抜けゴリラ二人は両側からぼくに腕を回して、にやにや笑っていた。写真を撮って卒業アルバムに載せたら、誰でも三人が親友だと思うだろう。

「なあ、お前。白状したら、心がすっきりするぜ」とミック。

「白状することなんか何もないよ」

本当は告白したかった。めちゃくちゃに殴られたり、マットレスを尿瓶がわりにされたくなかっただけだ。ぼくは何も言わなかった。

「なぜやったのかは、わかってる。女子を助けて白馬の王子様になってやれば、今度こそオマンコが手に入ると思ったんだろ」とアダム。

「だとしたら、誰もお前を責められないよな？」とミック。

「そうだよ。オマンコこそすべてだもんな」とジャック。ジャックはぼくの正面に立って、ギャング気取りのポーズをとっていた。

「だけどコトはそんなふうに運ばなかった、だろ？　お前は今や、あいつらのガールフレンドで、あいつらの一人になっちまった。望みを捨てるなよ。大学を出る頃にはラッキーに恵まれるだろ。その女は眉毛が真ん中でくっついてて、ケツがケンタッキー州ぐらいでかくて、目がぼんやりしてるだろうけどな。それでもお前は、そんなありのままの彼女を愛してるってことになるだろうさ」

低能どもは、尻がもげるほど大笑いに笑っていた。

「少なくとも、ぼくは女子に好かれてる」ぼくは言った。「お前たち、どんな陰口を聞かれてるか、知るべきだな。あちらにもあちらバージョンの暗室があるんだよ。当然だけど」

それはほんの小手調べだった。どう転んでもぶちのめされると気づいて、それなら苦痛に見あうだけの見返りが欲しかった。

「セックスのランキングはもうやめたんだそうだ。誰も満足できたためしがないからだとさ。たいていはお前たちがベッドでいかにサイテーかって話で大笑いして、それから時々、ペニスを採点して比べあったりして――」

その後自分が何を言ったかはもう覚えてない。最初に腹にパンチを食らわせてきたのはジャックだった。ぼくは体を二つに折って、床にうずくまった。ミックが肋骨に空手チョップを食らわせた。ひび割れる音がしたように思った。痛みより、次に来る攻撃への恐怖のほうがひどかった。

ジョナがやめろと言うのが聞こえた。

「やったのはぼくだ。女子を侵入させたんだ。ぼくのパスワードを教えた。ジェマが知りたがっていることを全部教えてやった」

すごく静かになった。目を開けると、ジョナがドアのところに立っていて、両手を拳に握って喧嘩の準備のように構えていた。アダムが立ち上がってジョナの前に立った。

「こいつは俺にまかせてくれ、皆」アダムが言った。

フェアな喧嘩なら、ジョナはアダムをやっつけていただろう。でもミックとジャックがジョナの両腕を押さえた。だからアダムはジョナの股間を蹴り上げることができた。ジョナはくずおれた。ジャックとミックはジョナのかたをつけるために廊下に引きずり出した。

ぼくはトムとジェリーにメッセージを送った。二人が何をすると思ったのか、自分でもわからない。

編集人たちが部屋に引き上げた後、ジェマ、メル、ケイト、エミーリア、テーガンがやってきた。頭を剃っているのがまだ見慣れなかった。それだけでも充分怖かったけれど、ジェマとエミーリアは斧を背負っていた。エミーリアは武器をアダムのドア目がけて振り下ろした。大きな裂け目が口を開けた。

女子たちはジョナを保健室に連れて行った。ジョナは何があったか、誰にも言おうとしなかった。その後、メルがぼくの部屋に来た。ひどい痛みが続いていたが、質問に答えたくなかった。ただ眠りたかった。ぼくはメルに帰ってくれと言った。彼女はドアを閉めて鍵をかけ、カルヴィンの机をドアの前に押して行った。見かけより力があった。

「眠って、ノーマン。わたしが守ってあげる」彼女はベッドのぼくの隣に滑り込みながら言った。

女の子に助けてもらうなんて、自分のことを情けなく思うべきだったんだろう。

ぼくは気にしなかった。

ウィット先生

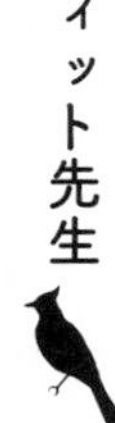

ノーマンは足を引きずりながら教室に入ってきた。頭を垂れ、脇腹を抑えていた。三列目二番目の席、男子の側の、通路を挟んでメルの隣に座った。それでも生徒の分裂は前よりもはっきり目に見えていた。何かが煮え立っているような沈黙だった。敵対する二つのグループの間で、会話はたった一回きりだった。

ニック：そんな冷たい態度をとらないでくれよ、カワイ子ちゃん。

エミーリア：そのチンポコを焼き切られなくてラッキーだと思え。

ジョナの欠席は目立った。生徒たちに彼は病気なのかと尋ねた。

「保健室です」ジェマが、アダムから視線をはずさずに言った。

携帯のキーを打つ音がひっきりなしに続いた。暴動になると思わなければ、携帯を全部没収していただろう。講義をしたりディスカッションをしたりする意味はなかった。全員が殻に閉じこもっていた。わたしは皆に、静かに自分のプロジェクトに取り組むようにと指示を出した。自分はあまり何も教えていないということが頭に浮かんだが、それはこの時が初めてではなかった。ストーンブリッジでの一番長い講義は、チャート式についてのものだったと思う。辞めるというアイデアが、増幅されて戻ってきた。

ジェマに、授業の後に居残るようにと頼んだ。

「ひどい状況みたいだけど」とわたし。

「ずいぶん前に片がついているべきでした。男子が新しい世界に慣れるには少し時間がかかるでしょう。今より良くなる前に、もっと悪くなるかもしれません」

「そんなこと言わないで。わたしに何ができる?」

「何も」

空き時間を使って保健室のジョナを見舞った。

彼の様子からすると、フェアな喧嘩ではなかった。看護師によれば、脳震盪の疑いがあって前の晩は入院したという。目のまわりが黒あざになり、唇が切れ、その他、わたしには見えない場所に怪我をしていた。

何が起こったのか尋ねて時間を無駄にするつもりはなかった。彼は答えなかっただろう。

「あっちはどんな様子か、教えてくれる気ある?」

「ひたいが狭くて目がバカっぽくて、息をする時には口があけっぱなし。つまり何も変わらず。残念ながらかすり傷一つなしです」

わたしはバッグからピーナッツバターの瓶と、大きな板チョコを出した。

「チョコレートとピーナッツバターは教員用の食料品ストック。我々教員は、生徒よりいいものがもらえるの」

「ありがとう」彼は食べ物をベッド脇のテーブルに置いた。

「正義の味方なんですってね。あなたのこと誇りに思うわ」

「そんなのやめてください。正しいことだから助けたのか、自分でもあやふやなんですから。女の子のためにやったんです」

「どちらの理由もあったんじゃないかしら」

「そうかも」

「何か必要なものがあったら、わたしに連絡する方法はわかってるでしょ」

「ありがとう、ウィット先生」

その後、グレッグのオフィスに行った。男子と女子の対立は誰の目にも明らかだった。暗室とコンテストのことを話すと、グレッグは集中して耳を傾けた。難解な哲学の講義をしているような気になった。話し終わると、グレッグは目を閉じてこめかみを手でさすった。

「まったく知らなかった、そんなに大勢の……なんと言ったらいいのかね？」

「肥溜め野郎」

「そうそれだ。緊張がおさまっていかないのなら、すぐに代案が必要だ。男女で授業を分けることができるだろう。時間割を大きく変えなければならんし、授業の内容にも支障が出るかもしれない。それでも明らかに敵意に満ちた環境の中で学ばせるよりはいい」

グレッグは疲れて、老けこんだように見えた。罪の意識を感じずにいられなかった。

「休暇までにあとほんの数日。二週間のクールダウンがあるわよ」

年が明ければ、新しいスタートになるはずだ。一〇代の若者は何にしろ立ち直りが早い。そうじゃないか？

クロードにはヘミングウェイでの午後以来会っていなかった。彼女が水曜日の夜に携帯メッセージを送ってきたので驚いた。

> クロード：キーツ演習室に、一五分後に来て。あなたに見せなければならない重要なものがあるから。
>
> クロード：入ってくる時は静かにね。

わたしはベッドで読書中で、もう少しで明かりを消すところだった。好奇心に勝てなかった。それに正直なところ、今の状況について彼女と話したかった。わざわざ着替えたりせず、パジャマの上にコートを着て、雨靴を履いた。フレミング広場を横切る。ウルフからもディケンズからも、物音一つしなかった。ほんのいくつか照明がついているだけ。校内には不気味なほど人気(ひとけ)がなかった。わたしは暗い道を校舎のほうへ歩いた。

指示されたとおりに、一言もいわずにキーツに入った。要求の奇妙さに気づいたのは後になってからだ。照明は消えていた。ほとんど何も見えなかった。目が暗闇に慣れると、遠い方の壁に誰かがもたれているのに気づいた。自分が何を見ているのか、よくわからなかった。入り口の照明スイッチを探した。蛍光灯がつくと、二人が見えた。何もかもが明るすぎた。その時見たものを見ないですむためなら何でもやったのに、と言ってもいいだろう。

アダムが部屋の向こう側に立ち、わたしのほうをまともに見て、口元に薄笑いを浮かべていた。彼の前にひざまずいているのはクロード。クロードは――

「ああ、なんてことなの、ああ」彼女は言って、照明から顔を覆った。

わたしは何も言わなかった。来た方向に向きを変えて走った。気持ちが悪く、ぼうっとしていた。頭がずきずき痛みはじめた。宿舎への階段を上がりながら、息が切れて苦しかった。

クロードと最初に会った時のことを思い出した。彼女の完璧な姿。親友になれそうだと思ったこと。

宿舎に戻ると、バーボンのボトルとグラスを持ってベッドに入った。眠れないのはわかっていた。一杯飲んでは、継ぎ足し続けた。次の日にどうなろうがかまわなかった。ただ、突き刺してくる刃をこの世界から取り去りたかった。わたしの酔っぱらった頭は、あの最初の出会いの場面に何度も何度も戻っていった。

「こんにちは。わたしがクローディーン・シェファード」

クローディーン。よくある名前ではない。クローディーン。

スクラブルの文字ならべは上手ではない。言葉のあふれる家で育ったのに。でも心が無意識に見まいとすることを、脳が知らせてくることもある。

クローディーンCLAUDINE・ドルシネアDULCINEA・クローディーンCLAUDINE・ドルシネアDULCINEA。

クソ。どうして気がつかなかったんだろう。

フォード先生

アレックスがスティンソン校長のオフィスから出てくるのが見えた。目は開いていたが、ぼくを見たかどうか疑わしい。まるでトランス状態だった。マーサが彼女の後から出てきて、グレッグがドアを閉めた。

「何があったんだい？」

「廊下で立ち話するようなことじゃないの」とマーサ。

彼女のオフィスまでついていって二人きりで話したいと思うなんて、珍しいことだった。マーサはおぞましい語を嬉々としてしゃべった。ぼくは彼女と机を挟んで座った。彼女はぼくの隣に自分の椅子を持ってきた。親しく、打ち解けたおしゃべりができる雰囲気作りだ。

「今朝早く、始業時間の前に、アダム・ウェストレイクがわたしのオフィスに来たの。専門家と話したいと言って」

その時たちどころに、アダムが彼女をあやつっているのがわかった。残念ながらマーサにはわかっていなかった。

「奴は何を話したかったんだい？」

マーサは深く息を吸って、ドラマチックな間を置いた。

「アダム・ウェストレイクとアレックス・ウィットは、

新学期が始まって三週間後からずっと、性的な関係をもっていたのよ」

ぼくは笑った。

「笑いごとじゃないわ、フィン」

「マーサ、そんなのデタラメだ。君だってわかってるだろ」

「まあ、フィン。あなたって本当に惨めな人。信じられない、まだあの……女が好きだなんて。動かしがたい証拠もあるわ。彼女は本当にやったのよ。すごくシンプルな事件。スティンソンがたった今、彼女を停職処分にしたところよ。理事会も招集した。彼女は学校を離れるように指示されたわ。たった今から調査が始まるのよ。理事会はあなたとも面談したいはずよ。全員に」

「アレックスは何か認めたのか？」

「もちろん認めないわよ」とプリム。

「証拠って何だい？」

「目撃者よ。その人——学生ではないわ、念のために言うと、成人よ——が、二人が一緒のところを見ているの」

「誰が？」

「会ったその日から、あれはやっかいな人だとわかってたわ」

「目撃者は誰だったんだ？」

「わたしたちの友人、クロードよ」

アレックスが自分の意思でストーンブリッジを去るならかまわない。でもこんなことは、間違っている。

ぼくは図書館に直行した。クロードの机はからっぽだった。生徒に彼女を見なかったかと尋ねた。何人かが図書館の隅にある書庫を指さした。ぼくは歩いて行ってノックした。返答なし。ドアノブを試した。鍵がかかっていた。

「開けてくれ、クロード。話がある」

ぼくは待った。何も起こらなかった。ぼくはまたノックして、この場を離れないからなと言った。彼女はドアを開けた。暗がりの中で、書棚用の脚立に腰かけていた。ぼくは照明をつけた。長い間泣いていたらしい。顔の化粧がすっかりはげ落ちていた。

「どうしてこんなことを、クロード?」

　彼女はぼくを見なかった。

「しかたがなかったの」かすれ声だった。

　それまでは疑っていただけだ。でもこの時、アダムがクロードにこんな嘘を言わせる方法はたった一つだと悟った。

「どれぐらい前からだ?」

　彼女は片手で、やめて、というしぐさをした。

「そんなふうに見ないで。あなただって模範的な市民とはいえないくせに」

「ぼくは生徒とファックしたりはしない」ぼくは声をひそめて言った。

「噂によれば、そうじゃないわ」

　クロードに打ち明け話をするべきじゃなかった。レイチェルとはきわどいところまでいった。でもそれだけだ。クロードの言うことには、それでも一理あった。他人からどう見えるかということだけが重要なんだ。

ノーマン・クロウリー

　休暇まであと二日。ぼくたち全員、お互いから離れる必要があった。授業はもう終わっていた。先生たちは映画を見せたり、自習しなさいと言うだけだった。化膿した傷のように敵意が爛(ただ)れていくのを傍観しているしかなかった。

　アダムは授業をサボったが、ウィット先生は気がつかないふりをした。それからウィットは校長室に呼ばれ、二度と戻ってこなかった。アダムは休暇になる前に出発した。何が起こっているか、誰も知らなかった。

キース監督はまだぼくたちにランニングをやらせていた。ランニングは罰ゲームみたいだった。クロスカントリーの途中で、ゲイブリエル・スミスがスピードを落として、横を追い越そうとするぼくを突き飛ばした。ぼくは溝に落ちて、膝を切った。ジェマが走ってきて、ぼくに手を差し出した。

ゲイブなの、と彼女は尋ねた。ぼくはうなずいた。

彼女は彼の後を追った。ぼくがゴールに到着した時には、ゲイブリエルは運動場に座り、監督が彼の足に包帯を巻いていた。何があったのかとジェマに尋ねた。つまずいたらしいわよ、とジェマ。彼は病院に運ばれた。その夜戻ってきた時には、松葉杖をついていた。

アダムの一味は、ラウンジで秘密の会合を開いた。盗聴器を仕掛けようかと考えたが、もう一度ぶちのめされることに耐えられるかわからなかった。カルヴィンは怯えていた。彼はルームメイトを変更したいという申請書を提出した。プリムはぼくをオフィスに呼び出した。カルヴィンの申請はぼくの性的志向と関係があるだろうか、と尋ねられた。

「たぶん」ぼくは答えた。

ここでは真実なんて、意味がないんだ。

ウィット先生

わたしは自分の見たものに動転するあまり、罠の存在にまるで気がつかなかった。

アダムといるクロードを見て、どうしていいかわからなくなった。その夜考える時間が必要だった。でもアダムの計画はすでに動きはじめていた。ショックがうすれ、理性が働きはじめたのは次の朝だ。わたしはグレッグとオフィスで話そうとしたが、彼のほうから先に話しはじめた。

彼はきまり悪そうで、口ごもりながら話した。

「大変深刻な申し立てがなされた——」

頭が高速で回転し、周囲の世界がスローモーションみたいだった。最初は、アダムとクロードのことだと思った。でもグレッグはそれを誰から聞いたというのか。

「——わたしに対してだ。もちろん、わたしは信じていない。しかし手続きを踏まなければならない。成人一人と生徒一人が同じ申し立てをしているからだ。こちらから次の連絡があるまで、君は休職扱いとなる。残念だ、アレックス。ここで何が起きているのか、わたしにはわからん」

「わたしが休職？」

「そうだ。残念なことだ——わたしには何もできない。イヴリン・ルボヴィッチが宿舎まで同行する。身の回りの必需品をまとめるのに一五分が与えられる。他の私物はわたしたちが荷作りして後日発送する。一時間以内に学校から出てもらわなければならない」

「わからないわ。わたしが何をやったと？」

「君は生徒の一人と性的な関係をもったと糾弾されている。即刻免職になる案件だ」

「わたしが？　糾弾されている？」

グレッグの目は何か失くしものをしたように、オフィスの中をさまよった。わたしを見たくなかったのだと思う。

「アダムはマーサに話した。君と彼がその——そしてミズ・シェファードはその申し立てを確認した。彼女は君たち二人が一緒にいるところを見たと言っている」

「いいえ。違う。彼はそんな——彼女はそんな——」

「もし彼の証言だけだったら……でもシェファードの証言がある。どう見えるかわかるだろう?」

「それは実際にあったこととは違うわ」

でも、それを言った口調には力も、心の中で感じる怒りもこもっていなかった。すっかり掬いとられたアボカドの皮みたいに、からっぽの抜け殻になった気分だった。わたしの声はか細く、弱々しかった。

「クロードとアダムだったのよ。わたしにはわからないわ、なぜ彼がそんなことを言った——」

その時、わたしにはわかった。

両手が震えていた。顔に熱い涙がつたっていた。身動きできなかった。

「調査が行われる。わたしたちはこの事態を解明する」

グレッグは言った。

プリムが入ってきた。彼女はわたしに何かに署名させた。それが何だったかはわからない。

「調査が完了するまで、あなたは生徒とのあらゆる接触を禁じられます。常に学校の敷地から一〇〇メートル以上離れていること。わたしの言うことが理解できますか?」プリムが言った。

「あなたの言うことは何もかも、わからない」

「わたしの指示を理解できますか? 生徒との接触は禁止。携帯メールも、会話も、それから——」

「あっちへ行って、マーサ。あなたを見るのも耐えられない」

「マーサ、頼む。行ってくれ」とグレッグ。

プリムは出ていった。

「弁護士を見つけてあげるよ。アレックス。残念なことだ」とグレッグ。

イヴリンがわたしと一緒に宿舎に来た。わたしは中に入ると、どうしてそこにいるのか、何をしなければならないか、思い出せなかった。ソファに座って、ついていないテレビの画面をじっと見つめた。

イヴリンが荷作りした。彼女は正門までわたしと一緒に来た。

「そんなことは起こってない。わたしは絶対にそんなことしない」

「アレックス、わたしたちは誰でも間違いを犯すのよ」

「あなた、あちらの言うことを信じるの？」

「わからないわ。でもどうして嘘をつく必要がある？」

イヴリンの目は冷たかった。わたしのことを、怪物であるかのように見ていた。

わたしは自分がやってもいないことのために罪悪感を覚えていた。

ジェマ・ラッソ

ウィットは授業に来なかった。ルパートはテレビとＤＶＤデッキを運び込んできて、『博士の奇妙な愛情』をかけた。それは明らかに、彼のお気に入りの映画だった。

わたしはルパートに、ウィットはどうしたのと尋ねた。

「家族の急用か、ひょっとするとインフルエンザかな」

ウィットに何度か携帯メールをしたが、返事はこなかった。そのことはあまり気にしなかった。あとたったの二日。早く切り上げるのはよくあることだ。

ジョナはまだかなりボロボロだったが、大丈夫だと言っていた。わたしたちはこっそりウィットが以前住んでいた小屋で会った。かび臭かったが、誰も来ない。わたしはジョナの傷になったところにキスをして、それからわたしたちはセックスした。つまり、ちゃんとしたセックス。とてもいい感じだった。彼は怪我したところがあたって何度も顔をしかめたが。最初から最後まですごくすてきだった。ひょっとすると、すてきすぎた。彼にもそう言った。男としてふるまうにはどうしたらいいのか、知るのは難しい、と彼は言った。ずっと混乱していたと。

わたしも同じ気持ちだった。

ジョナの両親は一日早く彼を迎えに来た。彼はわたしを二人に紹介したがったが、もし両親がわたしを気に入らなかったら、彼はわたしと別れてしまうのじゃないかと怖かった。会ったこともない相手なら気に入らないこともない。ジョナはわたしの両親がいつ迎えに来るのかと尋ねた。わたしは土曜日にニュージャージー行きの列車に乗ると言った。

「君の家はコネチカットだと思ってた」

「両親はコネチカットに住んでる。お婆ちゃんがホボケーンに住んでいるの」わたしはすばやく考えて言った。

「それ、メモしておいたほうがいいよ。次の時に忘れないように」とジョナ。

「そうする」

わたしたちは普通につきあっているボーイフレンドとガールフレンドみたいに、さよならのキスをした。とはいえ、誰にも見られないように気をつけた。ジョナはすでに裏切り者というレッテルを張られていた。彼にこれ以上怪我をしてほしくなかった。

わたしはどこか他の場所に家庭があるというふりをするのをやめた。友達や同志が荷作りをするのを見守り、さようならを言った。

テーガンとわたしは初めてハグをした。彼女はわたしがグレッグの家で二週間過ごすことに、ポジティブな意味づけをしようとした。
「校長先生の料理でどれほど痩せられるか、考えてごらんなさいよ。わたしは家に戻ったらぜったい太っちゃう。代わってほしいぐらい」

リニーの母親はメイン州ポートランドから車で迎えに来た。これまでわたしはリニーを正門まで送っていったのだが、今、彼女の母親が彼女の頭を見るところに居あわせたくはなかった。リニーはハサミを使った。剃刀ですっかり剃り上げたがったのだが、わたしが説得してやめさせた。ジャンヌ・ダルクのような頭は彼女にちょっと似あっていた。でもお母さんがそう思わないのはわかっていた。

メルとエミーリアは二人とも、自分のうちに泊まりに来ないかと誘ってくれた。わたしは断った。グレッグとわたしで決めたやり方がある。それはうまくいっている。それに、ケイトがわたしたちの中断されたミッションのことを思い出させた。
「わたしたちがいない間に、アダムの鍵のかかったキャビネットに何があるか見つける時間があるかも」

時間は充分あるはずだ。

学校が完全にからっぽになる時が冬と夏に二週間ずつある。その間は寮にいられないので、グレッグの客間に居候する。彼の家にいる時にはスティンソン校長先生とは呼ばない。

わたしたちは朝昼晩と一緒に食事をして、ＢＢＣのミステリー番組をいっぱい見る。グレッグはエルキュール・ポワロの大ファンだ。日中はばかばかしいほど長い散歩にでかけて、グレッグはストーンブリッジに生えているありとあらゆる雑草について教えようとする。これだけ雑草があるなら、一つぐらい本当に「雑草」という名前の植物があってもいいはずだけれど。

わたしたちがこうやって過ごすようになって、二年半がたつ。グレッグは何年も前にわたしの里親になる手続きをした。そうすればわたしは年二回ストーンブリッジが休みになるたびに、知らない人の家に行かなくてもいい。

わたしはバイロン館の台所で、シリアルを食べていた。名前ほど高級感のある宿舎ではない。グレッグはテーブルにいた。何か考え事があるようだった。

「どうしたの?」

「その頭にどうも慣れなくてね。シラミを除去するために頭を剃らなければならないと君たちが考えたとは、いまだに信じられない」

「そうよね。バカだったかもね?」わたしは言って、首を振った。

シラミの作り話をするほうが楽だった。時々、彼を真実から守ってあげたくなる。彼が望む世界がどんな様子をしているか、わたしは知っている。彼が見る景色をそちらのほうへほんの二、三センチ近づけられるなら、そうしたっていいじゃないか。

「話したいことがあるんだが……そうだな。言ってしまおう。あと四か月で君は一八歳だ」

「そうだけど」

「わたしたちにはもうあまり時間がない」

「何のこと? わからない」

「もしわたしが君を養子にするなら、君が一八歳になる前に手続きしなければならないんだ」

彼がそんなことを考えていたとは。頭に浮かんだことすらなかった。

「わたしを養子に?」

「ただのアイデアだ。今までと何も変わらない。わたしの家は君の家だ。何がどうあろうとね。君が大学に行くつもりなのは知っている。でもクリスマスや夏休みにはここに来ていいんだ。今みたいに。正式な形にするのがいいのではないかと思っただけさ。いくつかのことが簡単になる。わたしの保険に君を加えることができるし、君にかかる費用を申告して節税できる」

わたしは泣き出した。二〇分ぐらい、涙が止まらなかった。わたしはどうしてしまったんだろう。わからなかった。グレッグはただそこに座って、わたしに次々とティッシュを渡した。

わたしはやっと泣き止んだ。グレッグは言った。「わたしのことをパパとか何とか呼ばなくてもいいんだよ」

今度わたしは吹き出して、止まらなくなった。わたしたちは一緒に書類に記入した。これで何かが変わるわけじゃない、とわたしは思った。でもそれは間違いだった。

グレッグが午後の昼寝をしている間に、わたしはディック寮へ向かった。グレッグのマスターキーを使って、アダムの部屋に侵入した。それから書類キャビネットの鍵を開けた。ピッキングの才能があるとか、そういうことではない。インターネットの動画を見たのだ。動画の男は錠を三〇秒で開けた。わたしは四〇分かかった。紙のファイルとUSBメモリの入った小さな箱を取り出して、ついでに彼が盗んだシャンペンを三本頂戴した。オフィスに戻るとわたしはシャンペンをしまって、盗んだものを調べてみた。

アダムが全体を仕切っているのは、前から勘でわかっていた。彼がどれだけのことをやっているかは、ファイルを見るまでわからなかった。アダムは、ストーンブリッジで少しでも目につく生徒の恥になるような秘密を探ってリストにまとめていた。他人の汚物をかき集めることがアダムの人生で一番の目的といっても、的外れではなかった。

ミズ・シェファードの名誉を損なう写真を見つけた時

も、驚かなかった。アダムはわたしを仲間に引き入れた時、彼女といるのを目撃されたと思ったのだ。だからわたしをコーヒーに誘い、愛想のよい態度をとった。わたしが何も見なかったと言うと、アダムはわたしが忠誠を誓ったと考えた。実際に二人が図書館でヤっているのを見つけたのは、その後ほとんど一年近くたってからだ。その時は、アダムはわたしに気づかなかった。わたしはいろんな理由で誰にも話さなかった。ストーンブリッジで密告者がどんな目に合うか、すでに知っていた。それにアダムは被害者ではない。ミズ・シェファードの弱みを証明する写真を見て、わたしの考えは裏づけられた。大人たちは正否を議論したらいい。わたしの問題じゃない。

　アダムのファイルを見ていくうちに、ウィット先生のフォルダーを見つけた。セックスシーンの録画を探しているという暗号めいた走り書きがついていた。ウィット先生のファイルにはUSBメモリが入っていたので、彼がそういうものを何か見つけたんだ、と思った。見たくはなかったが、見なければならない。知らなければならない。

　あんな退屈な動画を見て、あれほど嬉しかったことはない。ウィットが座ってレポートを採点してるだけの動画だった。

　それでも、何かがまずいという感覚があった。アダムは決してあきらめない。そしてウィットから、携帯メールの返信がずっとないままだった。

　次の午後グレッグが昼寝をしている時に、台所のテーブルに携帯が置きっぱなしになっていた。わたしはウィットにメッセージを送った。単語を省略せず、文章は最後まで書くように気をつけた。

グレッグ・スティンソン：アレックス君。休暇の間滞在している場所をもう一度教えてくれたまえ。
敬具。グレゴリー。

わたしはやきもきしながら待った。グレッグが目を覚ます前に、ウィット先生が返事をくれることを願いながら。すると返事が来た。

アレックス：キースと一緒。彼から聞いたと思ってた。

「グレッグ」は住所を尋ねた。アレックスから数分後に返事が来た。マウンテン・ロード二八六五。

わたしはメッセージを消去して、外に飛び出した。

キースが、ローランドの別荘地であれほど多くの金持ちの知りあいをどうやって作ったのかは今でもわからない。でも、とにかく彼の手並は見事なものだった。マウンテン・ロードのその家は、全面窓でできているタイプのモダンな建築だった。ウィットとキース監督が座って、昼から飲んでいるか何かしているのが見えた。わたしがガラスのドアの正面に立つまで、二人ともわたしに気がつかなかった。

ウィットはすごくあわてていた。キースが何か言ったがわたしには聞こえなかった。ウィットは本物の壁の後ろに姿を隠した。

「ジェマ」監督はドアを開けながら言った。「ここに来ちゃダメだ。帰りなさい」

「ウィット先生と話したいの」

キースは外に出てきて、ドアを閉めた。

「ジェマ。帰らなきゃダメだ。アレックスは生徒と接触してはいけないんだ」

「何があったの？　アダムは何をやったの？」アダムの仕業だと、なぜかわたしにはわかった。

「グレッグに聞いてくれ。行きなさい」

わたしは学校まで走って戻った。グレッグは台所でわたしを待っていた。監督はわたしがいなくなるとすぐグレッグにメッセージを送ったのだ。

グレッグはこの件に関わるなとわたしに言った。言いなりになるつもりはなかった。グレッグがその汚らしい話を白状するのに、一時間かかった。最初の部分を、グレッグはわりあいあっさり話した。アダムがウィットと不適切な接触をしたと申し立てたというところ。アダムがその申し立てをどうやってまともに取り上げさせたか、という部分にはもう少し時間がかかった。グレッグはそれを、猥褻でない表現にしようと苦労した。

わたしは、アダムとミズ・シェファードとの関係についてはもう知っている、とグレッグに言った。彼はわたしに腹を立てた。つまり、本当に腹を立てた。もっと早く彼に話さなかったということで。

それで調査は終了だとわたしは思った。ウィット先生は休暇が明けたらストーンブリッジに戻ってこられると。グレッグは、そんなに簡単ではないと言った。被害届が提出されてしまった。調査を続ける必要がある。

グレッグはわたしを部屋に行かせた。外出禁止だと言い渡された。

わたしはウィットの携帯にメッセージを送った。

> ジェマ：先生はわたしに闘えと言ったじゃないですか。どうして先生は闘わなかったの？

ウィット先生

イヴリンがわたしの荷物をまとめた後、わたしはモーテルまで歩いていってチェックインした。ブラインドを降ろし、ベッドに這い込んで、睡眠をとった。起きた時には午後だった。キースがドアをノックしていた。誰から聞いたのかは知らない。彼は自分の住んでいるところにわたしを連れて行った。町の東側の、三階建ての石の彫刻。古びてはいたが施設は充実していた。スイミングプール、ジャグジー、それからストックが充実したバー。プールの向い側には、うっそうと茂った森。

わたしは外に出て、木を一本切り倒した。白いトウヒだった。斧を振り回し、幹を少しずつ削り取っていき、体全体を何かにぶつけていくことで得られる疲労感は、納得のいくものだった。木を切り倒すのは初めてだ。どうしてだろう？

わたしたちは伝染病のことを話すように学校について話した。キースは、クロードの教師から虐待の悪循環がスタートしたのだろうかと言った。もしそうだとしたら、その輪はクロードで切れるだろうか？　彼は自分の愛する場所を救うにはどうしたらいいか、考えようとしていた。その話をし続けたら、木がもう一本犠牲になりそうだった。彼は二度とその話題を持ち出さなかった。でもそれが彼の頭を離れないのは知っていた。

次の朝、母が車で到着した。キースはわたしたちが二人で話せるように、席をはずした。

「どうしてここにとどまっているの？」

「汚名を晴らしたいの」

「グレッグは、年明けまでは理事会は開かれないって。二週間ぐらいうちに帰ってこられるじゃないの」

「ここにいるつもり」

「彼が好きなのね」

「そう。でも長くは続かないと思う」

「それはまた、どうして？」

「だってストーンブリッジが彼の家だから。ここは決してわたしの家にはならないわ」

「それじゃあ、恋に落ちないようにするのね」

「がんばってみる」

母は、そういう感情はコントロールできるという持論の持ち主だ。ママがいなくても大丈夫なの、とわたしに尋ねた。戻らないといけないからだ。父は二度目の締め切りを破った。そして何年かぶりに、パパは直接ママに助けを求めた。スローンは去り、わたしも役に立てないから。母はまだレン・ワイルドの出版物から著作権料を受け取るので、喜んで手を貸すつもりだった。もし自分の問題がこれほど深刻でなければ、わたしは二人のストレス過剰必至の協力関係を止めさせただろう。両親がいがみあいながら年をとっていくこれからの年月は長い。わたしには自分自身のペースが必要だった。

母が去ると、ジェマがやってきた。どうやってわたしを見つけたかわからない。わたしは寝室に隠れた。自分の汚名を晴らすために、あらゆることを正しくやろうとしていた。無知のなせるわざだ。汚名が晴らされることなどない。

もう二度と教壇に立つことはない。それはわかっていた。それだけは、確信があった。

ノーマン・クロウリー

クリスマス休暇は最悪だった。ママの新しい彼氏のロンがずっと一緒だった。外に出てフットボール投げを一緒にやらないかとしつこくつきまとった。そうすると母が幸せになるので、仕方なくつきあった。ロンはぼくに弾丸みたいなボールを投げてきて、自分の力を見せつけた。そのうち一回は、たぶんひびの入っている肋骨に当たった。

「君を鍛えてやらないとな」ぼくが痛みで体を二つに折り曲げていると、ロンが言った。

いいことも少しはあった。パパが買ってくれたiPhoneと、メルが毎日メッセージをくれたことだ。

ウィット先生に何が起こったか、ミズ・シェファードがウィット先生に何をしたかを教えてくれたのはメルだった。ミズ・シェファードは大人で責任を負うべき立場なのはわかっているけれど、何もかもアダムが悪いという気がする。ミズ・シェファードを許したわけではないけれど、嫌いになることはできなかった。彼女と話して、味方になってあげられたらよかったと思う。一連の顛末の中で、今でもぼくの知らないことが何かあったという気がしてならない。

メルは、ジェマが計画を立てていて、年が明けたらアダムに復讐すると言った。ぼくはアダムがしでかしたひどいことに償いをさせたかったけれど、これ以上事態が悪くなるのも嫌だった。

大みそかにはママと二人だけになった。例のリアン・シークレストがホスト役の年越し番組を見て、ディスコのミラーボールが三〇メートル下に落ちる瞬間を二時間待った。ぼくにはわからない。あれはいったい何なんだ？　ボールが落ちてきて、皆の上でくす玉みたいに割れて現金がばら撒かれるとでも言うならともかく、なぜ何千もの観客が、トイレにも行けずに人混みと寒さを何時間も何時間も我慢するんだろうか。

ママはぼくに、シャンペンを細身のグラスで一杯飲ませてくれた。ママはすごく特別なことだと思っていた。ぼくはストーンブリッジでどれだけ上等のバーボンを飲んでいるか言わなかった。少なくともママは幸せそうだった。ぼくの髪を何度もくしゃくしゃにして、ほっぺたにキスをした。それから時々、ママはぼくのほうをまるで、パズルを見るような目で見た。

「ママ、どうしたのさ?」

「何でもないの。あなたが前と違って、大人っぽく見えるの。どことは言えないのだけれど。成長したのね」

家にいる最後の晩は、寝つけなかった。ドルシネアのことを考え続けていた。奇妙な伝統につけた奇妙な名前。特に、その創設者は、ジョナによれば本などまるで読まない奴だというのに。アダムとミズ・シェファードのことをぼくに教えたのはメルだ。ぼくは何年かの間にいろいろな噂を聞いていた。嘘だと思っていた。編集人たちはすごくたくさん嘘をついていた。ぼくが本当であってほしくないことも、信じなくていいはずだ。ミズ・シェファードとアダムが一緒にいるなんて、考えるだけでも耐えられなかった。メルはシェファードなんか大嫌いだと言った。ぼくは彼女がしたことを憎んだ。でも――こんな気持ちをもってはいけないことはわかっているけれど――ぼくはまだ、彼女のことを愛していた。

ぼくは日曜日の午前中に、ストーンブリッジに戻る予定だった。その前の晩、ぼくは吐いた。ずっと家にいてもいいんだ。母はもともと、ぼくを寄宿学校に入れたくなかった。もう戻らないほうがいいとも考えた。でも臆病者になりたくなかった。メルに臆病者だと思われたくなかった。それに、ぼくは必要とされている。自分が何かの一部だと思えたのは、これが初めてだった。

ジェマ・ラッソ

ストーンブリッジの冬休みはいつもすごく退屈だった。たぶんグレッグは、それで罰としては充分だと思ったのだろう。一日に一回はハイキングに行った。鹿肉を二回我慢して食べた。でもそれはわたしのしでかしたこととは無関係だ。やがて、やりたいことは何でもやっていいのだと気づいた。今以上にまずいことにはなりようがなかった。

ホワイト・クリスマス。グレッグはうきうきしていた。ベランダに立ち、白い粉雪のきらめきを見渡していた。新しく積もった雪を踏み荒らす何百ものブーツがないストーンブリッジは、穢れなく美しかった。子どもの絵本みたいに。

わたしはバイロン館の裏庭で雪だるまをこしらえた。グレッグのツイードの上着を着せて、いつものハイキング用の鹿狩り帽をかぶせた。ラッピングしたプレゼントをグレッグのために用意できなかった代わりに、雪だるまの足元にシャンペンを一瓶突き刺しておくことにした。アダムから盗んできたものだ。

「メリー・クリスマス」わたしは言いながら、グレッグを裏庭に連れ出した。

「おや、これはすてきだ」グレッグは言った

彼はすぐに上着と帽子を脱がせて、雪を振り落とした。それからシャンペンに気づいた。

「これはどこから来たものかな？」

「気にしないで。お店から盗んだりはしてない。学校から盗んだ泥棒から盗んだだけ」

「なるほど。それで、その最初の泥棒が何者か、尋ねてもいいだろうか？」

アダムの名前を口にしたら、その日のいい気分が台無しだ。

「どういたしまして」

グレッグはその問題を追及すべきかどうか、考えているようだった。すてきなクリスマス・ツリー、温かい食事がたっぷりのテーブル――わたしが普通のチキンにするように説得した――それにサイン済みの養子手続きの

書類。

「ありがとう、ジェマ。立派な雪だるまだね」

クリスマス・プレゼントにシャンペンを一杯もらえるか、とわたしはグレッグに尋ねた。彼はウールの靴下を三足、五〇ドル札一枚、それから雪用のブーツをプレゼントしてくれた。次の日、わたしは新しいパウダー・スノウの中を歩いて、自分の名前を大きな筆記体で雪の上に描いた。

キース監督が時々尋ねてきた。クリスマスと新年の間の日々は何だか一緒になってぼやけている。少し暖かい日があって、雪の輝きが鈍くなった。キースは泥だらけのブーツを入り口で踏みならした。グレッグが彼にコーヒーをいれに行っているすきに、わたしはアダムがシェファードと関係をもっていたと証明できるかもしれない物証を持っていると言った。わたしの証言だけで足りないというのであれば。

「あいつのことは片をつける。心配しないで」

「ジェマ、ギャングみたいな口をきかないでくれよ。誰のことでも「片をつける」のはよしてくれ」

わたしはキースに肩の力を抜いてよと言った。彼はそうしなかった。何もしないと約束してくれ、とわたしに言った。

「何もしない。約束するわ」わたしは言った。

大人たちを守ってあげるために、嘘が必要なこともある。

ハイキングと教育番組の日々を二週間過ごしたわたしは、二〇一〇年に立ち向かう準備ができていた。友達や同志に会いたかった。それに正直なところ、闘いのスリルをまた味わいたくなっていた。もうじき決着をつけてやるのだ。

ジョナはわたしといっしょに過ごしたくて、一日早くストーンブリッジに戻ってきた。ディケンズ寮はまだがらんどうだったから、わたしたちは彼の部屋で会った。ツインベッドで抱きあってみたけれど、わたしたちは別々のパズルからとってきたピースみたいだった。ジョナは背中を痛め、わたしの一方の足はしびれて感覚がなくなりそうだった。

「コネチカット改めホボケーンの休暇はどうだった?」

「特別なことは何も」

わたしは嘘を最小限にとどめようとしていた。

「わかってるよ、ジェマ。休暇の間ここにずっといたってこと。君が孤児だってことも知ってる」

「実は、もう孤児じゃなくなったの」

養子縁組のことを初めて打ち明けた相手がジョナだった。わたしが喜んだよりも喜んでくれた。その瞬間、とてもすてきな気分になって、それで怖くなった。そういう気分は決して長続きしない。決して。五分も続かない。

わたしは告白モードになっていたから、アダムのファイルを盗んだことも話した。というのは、話しはじめた、ということ。でもジョナは妙な雰囲気になった。もう幸せそうじゃなくなった。自分は関心がない、それについて話したくない、と言った。

「アダムは自分がやったことの報いをうけるべきよ。あの人たち、全員が」

「目には目を、は世界を盲目にする」

「そのご宣託はどこからとってきたの?」

「ガンジー」

「ああもう、引用って大嫌い。言いたいことがあるなら、自分の言葉で言えばいいじゃない」

「わかったよ」とジョナ。「テレビアニメの悪役みたいなセリフを吐くのはやめてくれ」

「休暇で家にいる間に、なぜドルシネアを始めたのか、お兄さんに聞いてみた?」

ジョナは無反応だった。その情報にも、わたしが知っていることにも驚いた様子はなかった。

「知ってたのね」

「二週間前に、ノーマンから聞いた」

「クローディーン・シェファードにちなんだ名前。知ってた?」

彼はそのことは知らなかった。とはいえそれほど驚きもしなかった。

「ジェマ——」

「わたしに話すつもりあった?」

「ぼくが知ったのは君と同じ頃だ。そう、兄は立派なクソ野郎だ。でもぼくの兄だ。それにもうストーンブリッジの生徒じゃない。ぼくにできることは何もない」

「お兄さんの伝統を廃止する手助けはできると思うけど」

「それはもうやった。これ以上、誰も傷つくべきじゃない」

「それについて、わたしたちは意見が一致してない」

わたしは持ち物をまとめて、部屋を出た。ジョナとわたしがつきあっているのかどうかすら、わかっていなかった。そうだとしたら、その瞬間別れたばかりだった。


グレッグはその午後、マンチェスターに出かけた。ウィットに対する申し立てと、わたしが文書で提出したシェファードに関する証言のことを話しあうために、緊急の理事会が招集されたのだ。わたしは、もし必要なら写真があるとグレッグに言った。

「アダムとミズ・シェファードが二人でいるところの写真を持っているのか?」

「そうじゃない。アダムが撮影した、シェファードのヌード写真を持っているの」

「その写真を今持っていると?」

「ＵＳＢメモリでね」

グレッグは具合が悪そうだった。わたしのせいで、ストレスがかかりすぎているのではないかと心配だった。

「それが何を証明するのか、わたしには確信がない。それにそのような素材を理事会で提示するのは、当然のことながら気が進まない」

「わたしを信じてる?」

「もちろんわたしは君を信じている。でも君のやり方には懸念をもっている」

わたしは、ウィット先生はどうなるのかと尋ねた。

「彼女の汚名が晴らされることは、わたしが責任をもつ」

「ということは、先生は戻ってくる?」

グレッグは首を振った。「何があろうと、ウィット先生は戻ってこないよ」

グレッグが理事会に出ている間に、わたしはグループをオフィスに召集した——新しいグループのメンバーは五人——そして、計画を練り上げた。

誰もが気もそぞろだった。エミーリアは、新しいニックがもう戻ってこないと聞いたばかりだった。

「わたしの斧を見せてやりたかったのに」エミーリアはぴかぴかの新しい武器を振り回しながら言った。お母さんからのクリスマス・プレゼントだそうだ。次に、メルがケイトの手首をつかんで言った。「タトゥー入れたの?」

たちまち全員がケイトを取り囲んだ。ケイトは模様を見せびらかした。単純な線描の斧だったが、全員が自分も同じのを入れたいと言った。ローランドにタトゥー専門店があったら、なりゆきはまったく違っていただろう。その代わりに、エミーリアが全員の手首に斧の絵を描いた。リニーが呼ばれもしないのにやってきた。わたしは出ていきなさいと言った。この学校にあと二年いるのだ。わたしたちの行動で何かまずいことがあるといけない。彼女を巻き込みたくなかった。

わたしは引き出しを開けて、分厚いフォルダーを取り出した。アダムの秘密のファイルをまとめたものだ。わたしは仲間たちにそれを見せた。

テーガンはアダムとシェファードはいつからファックしてたんだろう、と言った。

メルは図書館員が何人の男子と関係があったのか尋ねた。

エミーリアはミズ・シェファードの写真から目が離せなかった。裸で、カメラをまっすぐに見つめていた。思いつきで撮ったスナップ写真ではない。こんな日が来ることをアダムは知っていたかのようだった。

「あいつ、J・エドガー・フーヴァーみたい」とメル。

「それ誰?」とテーガン。

「ビョーキよ」とエミーリア。

「女のほうがビョーキよ」とケイト。

「二人ともビョーキ」とメル。

「アダムは被虐待児だった。義理の母親と何かあったとか」とエミーリア。

「そんな、ひどい」とテーガン。

「その情報、利用できるよね」とケイト。

「ダメ。わたしを信頼して打ち明けたんだから」とエミーリア。

「それが何よ」とケイト。

「あいつがウィットにやったことを、わたしたちは許さない」とわたし。

「賛成。でも今のはここだけの話にして」とエミーリア。

その情報はいずれにせよ必要なかった。クズ王国を崩壊させて、アダムを王様の地位から引きずり降ろすには、このファイルさえあれば充分だ。

ケイトはショックの第一段階にあった。ファイルにすっかり心を奪われていた。今でも忘れない。ページをめくって「うわあ何これ」のエンドレスなリピート。

一七歳の少年が集めたものとしては、たいしたコレクションだった。知られたくないことがあれば、アダムがもれなくその情報をファイルしていた。醜聞はささいなものから、最悪の恥まで幅広かった。カール・ブルームは痔に悩んでいる。サンドラ・ポロンスキーは乳首が三つある。ベサニー・ワイズマンは抗うつ剤を服用している。ハンナ・リクソールは万引きで四回補導されたことがある。ノーマン・クロウリーは一四歳の時自殺を試みた。レイチェル・ローズはフィンとファックしたと言いふらしているが、そういう事実はない。ただ、二人がキスしているピンボケの写真がある。

まだまだあった。

アダムの仲間の編集人、いわゆる「友達」の秘密は、もっとも容赦なく暴かれていた。スミスはペニス極小症だ。彼のネット検索履歴は、ヒステリー患者そのもの。ミックは一一歳の時にカトリックの司祭から性的に虐待された。その数年後、法廷で司祭に対する証言もしている。ニックのファイルには、ニックと義理の姉クロエが交わしたラブレターがあった。ニックがストーンブリッジに来たのは、両親が二人を引き離そうとしたためだ。ジャック・ヴァンデンバーグのファイルに入っていたのは、今さら驚くようなものではなかった。一一歳と一二歳の二人の少女が、二年前、ニューヨーク州の北部でサマー・キャンプの指導員をしていたジャックから性的暴行を受けたと訴えていた。ジャックの両親は、正式な警察の記録に残らないように何とかもみ消した。

アダムが集めた情報のいくつかは、ガス・ムーディという私立探偵からのメモの形をとっていた。ムーディの部分がなかったとしても、アダムの調査能力は年齢をはるかに超えて高かった。

わたしも見逃されはしなかった、ということは言っておくべきだろう。アダムの私立探偵は、わたしがストーンブリッジに来てまもなく報告書をまとめていた。もっともおいしそうなファイルの一つだったかもしれない。

わたしの過去をアダムが突き止めたことには、驚かなかった。誰でも閲覧できる情報もあった。八年前、わたしたちの家が爆発した時の新聞の切り抜きとか。福祉局の担当職員の報告書が何点か。その中の一つは、以前ならわたしの決意をくじいたかもしれない。メモの余白に手書きで書かれていたのを見つけた。**マサチューセッツ州二〇〇六年一一月五日、売春容疑で逮捕。**

現金を稼ごうとして、たったの二回目で捕まった。補導された後では、他の方法を見つけた。自分が忘れたいことを暴かれたくはない。でももう秘密はたくさんだった。

わたしたちには計画があった。いい計画だと思った。アダムを破滅させ、編集人を一人残らず強力な斧の一撃で打ち倒す。

わたしたちが情報をばら撒く前に、アダムはファイルがなくなったことに気づいた。彼が学校に戻ってくる前にファイルを戻しておくことも考えた。でもそうはしないと決めた。アダムに、ファイルがなくなっていることを知らせたかった。足元の地面がしっかりしたものではないと気づくあの瞬間を、アダムにも体験させたかった。

彼の反撃は、わたしの予想をはるかに超えていた。何と言いくるめて編集人たちを協力させたのか、いまだに謎だ。彼らがファイルのことを知っていたとは思えない。

ウィット先生がいてくれたら、わたしたちを助けて、平和的な解決へと導いてくれたかもしれない。でも先生はいなかったし、わたしたちはもはや平和を望んでいなかった。

ノーマン・クロウリー

カール・ブルームからジョナにメールが来た。カールの部屋はラウンジの隣だ。カールがアダムと仲間たちのことをチクってくれた勇気に、ぼくは感心した。ジョナとぼくが行ってみると、カールが壁にコップをくっつけていた。コップなしでもよく聞こえると言うのはやめておいた。


ぼくたちは全員壁にはりついて、耳をすませた。

「暗室に侵入したことで、知っていることを全部話せ」とアダム。

「暗室？」と答えたのはリニーだ。「写真を現像する場所のことじゃないの？」

リニーの冷静さと落ち着きぶりはたいしたものだった。ぼくはメルにメッセージを送った。

ノーマン：編集人たちがリニーをラウンジで監禁中。何があった？
メル：人質交換。ジェマはアダムのものを何か持っている。だからAはGから奪った。

「リニー。君が知ってることを、ぼくらは知ってる。話しさえしたら解放してやるよ」とアダム。

「何のことかわからない」

「なあ、こいつの手をろうそくか何かであぶってみようぜ。ぜったい口を割るって」とジャック。

「ジャック、いいか。ぼくたちはこの捕虜を、ジュネーブ条約に従って扱う。わかったな？」とアダム。

「感謝感激よ」とリニー。

「この子に何か飲み物をもってきてやれよ」とアダム。

「いいえ、けっこう。下衆男の飲み物はいただかないことにしてるから」

「こいつは、いったい何でここにいるんだ。だって、暗室の件はジェマとその一味だろ？」とゲイブ。

「もっと情報が必要なんだ」アダム。

アダムは何か隠している様子だった。ジェマが何を持っているか知らないが、彼にとって重要なものに違いない。

「そうだな。たとえば、シャワーに細工しやがった女は誰か。結局、捕まえてないからな」

「手首を自由にしていただけないかしら？」とリニー。

これを聞くと、ジョナは目を閉じ、カールの部屋の壁に頭をもたせかけた。打ちのめされた様子だった。ぼくはメルにもう一度メッセージを送った。

「あいつらを刺激するな。もっとひどいことになる」

ジョナが言った。

カール・ブルームはその間ずっと、フィンか誰か、とにかくこのメチャクチャな場所の監督をしているはずの大人を見つけようとがんばっていた。

「フィンの電話はつながらない。スティンソン校長は固定電話に出ない。プリム先生に連絡すべきかな？」

「やめろ！」ジョナとぼくは声をあわせていった。

「交換条件(クィド・プロ・クオ)だ」壁の向こうでミックがいうのが聞こえた。「シャワー・テロリストが誰か白状しろ。知ってるならな。そうしたら手首をほどいてやる」

「手首をほどいたら、教えてあげるわよ」

ジョナはカールの部屋から出て、ラウンジに通じるドアを開けようとした。全部内側から鍵がかかっていた。連中はたぶんがっしりしたクローム製のハンドルに何かかませて、動かないようにしたんだろう。ジョナはこぶしでドアを叩いた。「皆、ドアを開けろ。どうしても言わなきゃいけないことがあるんだ」

「ジョナ、失せろ」アダムが中からどなった。

「話せ」とミックが言った。リニーに、だと思う。「誰がやった?」

「わたしよ、野蛮人の抜け作ども」とリニー。

「クソッ」とジョナ。

ジョナとぼくはカールの部屋に戻って、薄い壁越しに耳をすませた。

「誰の差し金だ?」とアダム。

「ノン・ドゥコー・ドゥコ」とリニーは言った、と思う。

「なんだそりゃ」と連中の一人が言った。

「ノン・ドゥコー・ドゥコ。わたしは導かれない。わたしが導く」とリニー。

「クソが」とジャック。

それから静かになった。ぼくは胸が悪くなった。

突然、ジャックがリニーをぼろ人形のように肩にかついで、ドアから飛び出してきた。彼女は何か叫んでいた。ラテン語で。

「いい加減にしろ、その子を放せ。お前のものはぼくが取り返してやる」とジョナはカールの部屋を出て、ジャックを追って廊下を走りながら言った。

「何の話だよ?」とミックがジョナに言った。

「リニーはシャワー・テロリストだ。罰を与える」ジョナが何か言う前に、アダムが言った。

水のほとばしる音、リニーの悲鳴。ジョナは廊下を走った。ゲイブが松葉づえでジョナをつまづかせた。それからミックとアダムがジョナを捕まえた。リニーの悲鳴がやんだ。それは悲鳴よりずっと悪かった。

ぼくは携帯を見た。フィンにメッセージを送った。それからスティンソン校長の自宅に電話して、それからウィット先生にメッセージを送った。それから、この場を離れて見つからないように階段までたどり着けたら、誰か管理の立場にいる大人を見つけて、このぐちゃぐちゃに秩序を取り戻してもらえるのではと考えた。

「どこへ行くつもりだ、クソ野郎」アダムが言った。

彼は違う人間だった。このアダムは。気味の悪い妙にナイスな奴という見せかけはなくなっていた。アダムがふいに殴った。そもそもアダムのパンチはすべて不意打ちだ。ぼくの首が後ろにがくんとなり、手から電話が落ちた。ぼくは意識がぼおっとなって、床にくずおれた。アダムはぼくの電話を拾ってポケットに押し込んだ。ひたいが焼かれているように熱かった。カール・ブルームは自室のドアをそっと閉めて、鍵をかけた。

「ノーマン、お前は見下げた密告屋だ」とアダムは言った。

またリニーの叫び声が聞こえた。

アウト・ネカ・アウト・ネカレ（殺るか殺られるかだ！）。

ジェマ・ラッソ

アダムから、リニーが猿轡（さるぐつわ）をかまされて椅子に縛られている写真とメッセージが送られてきた。

> アダム：俺のファイルとお前の側の女だ。

アダムのファイルは彼の強大な権力の源だった。あれがなければアダムは、クリプトナイトの残骸の横につったって、スーパーマンに変身できないただのクラーク・ケントだ。アダムのファイルを盗むよりもバカだったのは、シャンペンを盗んだことかもしれない。クロゼットを一目見れば、泥棒が入ったことが丸わかりだ。ファイルだけなら何日も、何週間も気がつかなかったかもしれない。でもシャンペンがなくなっていたからファイルも確かめた。それでわたしのやったことを悟ったのだ。

本当に、彼がここまでやるとは思っていなかった。

「リニーが捕まって縛られてるって。ノーマンが言ってきた」メルが携帯から顔を上げて言った。

「知ってる」わたしは写真を見せた。

「じゃ救出しよう」とメル。

「そうね、行こうよ」とエミーリア。

その時ジョナからメッセージがあった。

ジョナ：エスカレートするな。
ジェマ：大丈夫。

ジョナは、今回は正しかった。優先すべきは、リニーを助け出すことだ。


「これはアダムとわたしとの間のことよ。あちらはファイルを取り戻したい。それだけ」

「わたしたち、何ができる？」とエミーリア。

「ウルフ寮に戻って、部屋から監視して。リニーが見えたらメールして」

エミーリアとテーガンは出ていった。わたしはファイルとUSBメモリを紙袋に入れた。

ケイトはドアのところに立って、廊下に誰もいないのを確かめた。

「図書館からメールを発信するタイミングじゃない？」とケイト。

メルとわたしは目線を交わした。

「そうね、その時が来た」とわたし。

「じゃ、あちら側でね」ケイトは言うと、出ていった。

メルがわたしのファイルをもう一枚別の紙袋に入れて、持つところが切れるのは紙質が弱いからだとかなんとかぶつぶつ言っている間に、わたしはアダムにメッセージを送った。

> ジェマ：ファイルは用意した。リニーを解放しなさい。
> アダム：五分後、ディケンズの向かい側のベンチ。ファイルが先だ。
> ジェマ：同時。

「用意オッケー？」メルが紙袋を手渡してきた。

「オッケーよ」

「リニーが戻ったらストップする。いい？」

「オッケーよ」

「疲れた」メルが言った。

わたしも疲れていた。

メルとわたしは本部棟を出て、フレミング広場で左右に分かれた。メルはトールキン図書館の中から見張り、わたしはディック寮の外のベンチに座って、紙袋を脇に置いて、待った。

一分もたたないうちに、アダムがやってきた。最新モデルのダウンジャケットで、これから山頂でも極めるのかという姿。なんて弱虫だ。彼はわたしの隣に腰を下ろした。わたしたちはまっすぐ前を見て、スパイ同士のようにしゃべった。

アダムは、いつもの明るい、親しげな口調で言った。「ジェマ。ここ最近、ずいぶんいたずらっ子だったよね？」

「そっちは凶悪な犯罪者だったけどね」

「ぼくたち親友だったじゃないか。いったいどうなっちゃったのかな？」

「お互いに求めるものが違うことに気がついただけ」

彼はにっこりした。「ぼくたちはお互いに距離を置いた。それでも友達ではいられるだろ」

「あのコンテストにわたしをぶち込んで、さぞ面白かったわよね」

「ちょっと楽しんだけだよ。ジェマ。怒るなよ」

わたしはアダムの隣に紙袋を置いた。

「リニーが五分以内に出てこなかったら、あなたのファイルのハイライトを生徒全員にメールする」

「それはまた恐ろしいな。君自身の古傷もか？　ジェマ。実際のところ、普通は君みたいな過去のある孤児だったら、少年院送りにならないだけで精一杯だろ。ストーンブリッジとは、大変な出世をしたものだよ」

「メールは準備できてる。お友達連中に、あなたの趣味は皆のクソを収集することだと知られたい？」

嘘だった。ケイトはもうメールを何人かに送信済みだった。

「リニーを返しなさい」

アダムは紙袋を覗き込んだ。携帯でメッセージを送り、寮の北出口を見た。リニーとジャックが寮から出てきた。アダムがうなずいた。ジャックはリニーを放した。リニーが駆けてきた。アダムは紙袋を持ち、わたしに敬礼の身振りをした。

「楽しかったな、ラッソ」アダムは言うと、ディック寮に戻っていった。

フォード先生

新年、とはいえ新しい気分にならなかった。履き古した靴、底が薄くなり、裸足で歩いたほうがましな古靴のようだった。

ぼくは冬休みの間ストーンブリッジから完全に離れて

いた。ブラックボードをチェックせず、メールに返信せず、一枚の答案も採点しなかった。でもプリムが容赦なく、次々とメッセージ攻撃を仕掛けてきたから、望む以上に情報が入ってきた。グレッグが不適切な行為の調査を中断してクロードを停職にしたことを知った時だ。誰かに密告されたのか、自白したかはわからなかった。自分が関わりあいにならなくてすんだ、としか思わなかった。クロードは酔っぱらっていて、申し立てのことも気にしていないようだった。

「ヴァーモント州では、同意年齢は一六歳。彼は一七歳よ」

「へえ、だからかまわないのか」

「あんたなんかクソ野郎よ、フィン」

これは二度と忘れない。

ぼくは授業が始まる前の日曜日の夕方に学校に戻った。一杯注いで、ノート型パソコンを開き、ブラックボードのメッセージに対して身構えた。

生徒からのメッセージが三〇件、これは後で見よう。それからいつもの事務的なゴミメッセージ。その中にはプリムからのメールが五件あったが、わざわざ開く手間もかけなかった。クローディーン・シェファードからのメッセージも一件あったが、これは変だった。停職処分になっているなら、ストーンブリッジのアカウントからメッセージを送ってくるのはなぜなんだ。書くことは何でも、きわめて詳細に調べられるだろうに。

ぼくはタイトルをクリックした。

To：フィン・フォード
From：クロード・シェファード
Re：重要　すぐ読むこと

フィン、
今のわたしたち二人の状態は本当にひどい。わたしは嫌な奴だったわ。謝罪します。わたしの過ちはわたしだけのもの。あなたはいつもいい友達でいてくれた。
戻ったらすぐうちに来てください。
クロード

今からすぐ行くとクロードにメッセージを送った。コートと鍵をひっつかみ、ディケンズの裏手にある駐車場に向かった。車に乗り込み、学校から出て大通りに向かう。出る時にジェマとアダムの二人がベンチに座っていた。昔の映画に出てくるスパイのように、お互いに知らない者同士のふりをしているように見えた。

クレストビュー通り三四四番地に直行した。クロードの車が私道にあったのでホッとした。なぜかわからない。考えてみたら、彼女が逃げ出して、髪を染め、名前を変え、最後の一セントまで貢いでくれるような老人を見つけたほうがよかったのに。

ドアをノックして、待った。もう一度ノックした。枯れた植木鉢の下にスペアキーがあるのは知っていた。少なくとも二年前には。鍵はまだあった。ぼくは鍵を開け、中に入って、彼女の名を呼んだ。もう一度呼んだ。なぜかわからない。

ぼくは居間のソファに座り、警察を呼んで発見させるべきかどうか悩んだ。そうしなかったのは、クロードはぼくに発見してほしいと思っていて、それには理由があるからだ。ぼくはドアを一つずつ開けながら長い廊下を歩いていった。

時間稼ぎをしていただけだ。彼女を主寝室で見つけることになるのは、わかっていた。黒いカクテルドレス姿だった。ストラップのついた赤いサンダルまで履いていた。一方は、爪先にかろうじてひっかかっていた。頭にビニール袋がかぶさっていて、空になった錠剤の瓶が枕元に転がっていた。

サイドテーブルの上に、走り書きのメモがあった。


袋は脱がせてね。


救いようのない見えっぱり女。

頭から袋をはずす時、口紅とアイメイクをこすってしまった。ティッシュできれいにしようとした。

携帯が鳴った。ギクリとして腰が抜けそうになった。心臓発作を起こすかと思った。

画面をチェックした。アレックスだ。留守電に流して、九一一に電話した。

ジェマ・ラッソ

ジャックに解放されたリニーはずぶ濡れで震えていた。わたしは彼女を抱きかかえるようにして、大急ぎでウルフ寮に戻った。

「いったい何をされたの?」

「シャワー。熱いのと冷たいの、熱いのと冷たいのを交互に」

「火傷は?」

「大丈夫。火傷した子が出た時、キースがヒーターを固定したから。冷たかっただけ」

「どうしてあいつらにバレたの?」

「わたしが自分からしゃべった」

「バカな。どうしてそんなことを」

リニーは目を細めた。口調は激しかった。

「あいつらに知らせたかったから。わたしがこの闘いに果たした役割を、誰も知らない。あなたたちはスキンヘッドで歩き回って、斧を振り回してる。皆が知ってるし、認めてる。皆はわたしのことも認めて、わたしに何ができるのかを知るべきよ」

リニーとわたしはラウンジの前の廊下にいた。エイミーは窓からわたしたちを見て、毛布を持ってきてリニーに着せかけた。

「熱いシャワーを浴びなくちゃ」エイミーが言った。

「シャワーはもうたくさん！」リニーがわめいた。

「シャワーはいいわ」とわたし。

「それじゃ着替えて」とエイミー。

「皆はどこ？」とわたし。

「お友達はラウンジ。あなたから話して、落ち着かせたほうがいいかもね」

ドアを開けると、四人が勉強机を囲んで座っていた。ケイトが火炎瓶の作り方をネットで調べて、美術室から材料を強奪してきていた。机の上には古いTシャツ、ハサミ、瓶が並んでいた。

「瓶の外側をきちんと拭いて。それからテーガン、それ、燃料入れすぎ」とケイト。

「夜のテレピン油の匂いって大好き」とテーガン。

「こんなこと、必要？　リニーは取り戻した。決着はついたわ」わたしは言った。

「バックアップの手段をもっておくのは悪くないでしょ」とケイト。

「あなたも一つ作ってみるべきよ。心が癒される」とエミーリア。

わたしは腰を下ろして、布を細く切り、瓶の中に薬品を注ぎ入れてから、布の一方の端を棒で中に押し込んだ。できあがった作品を眺めてみた。それは復讐を象徴していたけれど、慰めをもたらしてくれなかった。少なくとも、その時には。からっぽで、気が抜けたような感じだった。すべてが終わったら達成感があると思っていた。でも、何も感じなかった。満足感もなかった。

その時エイミーがラウンジに入ってきた。彼女はわたしに手招きした。

「どうしたの?」

「リニーが、奴らにシャワーで裸にされたって。写真を撮られたそうよ。その写真を取り戻せるか、知りたがってる」

無力感が消えた。

ウィット先生

冬休み最後の日。キースは家にいて映画を見ようと言った。わたしは時計を見てばかりいた。グレッグは理事会が終わった後、九時頃に電話をくれることになっていた。

「わたしの携帯はどこ?」

「会議はまだ終ってないよ」

キースは夕方早めの時間に、わたしから携帯を取り上げた。

「文化の終焉はこういうものから始まるんだ。やがてわかるだろうが」

「文化の終焉の始まりはあの『カーダシアン家のお騒がせセレブライフ』みたいなバカ番組よ」

胸騒ぎがしていた。自分の将来に関することだと思っていた。それ以外は予想もしていなかった。キースに携帯を返してとせまった。隠し場所は植木鉢の中だった。携帯の隠し場所としては変な場所だ。返ってきた携帯の画面は、メッセージで埋まっていた。時系列を逆から読んで、何が起こっているか理解しようとした。

ジョナ：念のため。編集人たちはラウンジに閉じ込めた。
ジェマ：先生。戻ってきて。ここには誰もいないの。
ジョナ：彼からのメッセージに返信するな。
ジョナ：ノーマンが連中に携帯をとられたと先生に伝えてくれとのこと。
ノーマン：リニーが人質にとられた。連中から何をされてるかわからない。

「クソ。わたしたち学校に戻らなきゃ」
「アレックス、君が考えたほうがいいのは――」
わたしはキースにリニーについてのメッセージを見せた。
「あいつら全員殺してやる。今日の宿直は誰なんだ？」

わたしたちはコートをひっつかみ、キースの車に乗り込むと、学校までのおおかた制限時速四五キロの道を七五で飛ばした。彼が運転し、わたしはグレッグ、フィン、イヴリンに死に物狂いでメッセージを送り続けた。急ぐ先に何があるのか、何を発見することになるのか、まるでわかっていなかった。今こそどん底だと思っていた。その時のわたしはまるでナイーブだった。

ジェマ・ラッソ

細かいことは思い出せない。わたしはジョナにメッセージを送った。写真のことを知らせないといけないからだ。

それから爆弾製造班の仲間に、リニーが何をされたか話した。

わたしたちは戦略について話しあった。

わたしたちは計画を立てた。

反撃しなければならない、それが道徳的に必要だと話しあった。瓶にテレピン油を詰めた。臭いが鼻を刺した。ディック寮を偵察したことも覚えている。一階のラウンジに編集人たちがいた。窓を開けようとしたが、鍵がかかっているか、さびついていた。

わたしたちは斧で、ガラスを三枚叩き割った。

わたしたちはコーラ瓶三つに点火した。ラウンジに投げ込んだ後、映画の中で手榴弾のピンを引き抜いた兵士がやるみたいに、姿勢を低くして隠れた。最初は、ちょっと拍子抜けだった。部屋の中に小さな火が見えたが、火が大きくなるには少し時間がかかった。でもそれから大きく、勢いよく燃え上がり、わたしたちの心の中とぴったりになった。部屋が燃え上がると、わたしたちはウルフ寮に走って戻り、証拠を隠滅した。

わたしたちの息づかいは、暴風雨のように荒々しかった。

非常ベルの音。それから消防車のサイレン、それから救急車、それから警察。編集人たちがラウンジに閉じ込められていることは知らなかった。

最上階から見おろすと、ディケンズから男子たちが走り出てきた。それから、誰かがウルフの火災報知機を鳴らした。整然と避難する者はいなかった。誰もが無我夢中で逃げた。

わたしたちはウルフが火事でないことを知っていたから、寮がほとんど無人になるまで待ってから避難した。テーガンは中で隠れていようと言った。奴らに捕まる、わたしたちのスキンヘッドは目立つからと言った。メルは、隠れていたほうが疑われると言った。ケイトは火事が実際に起こったので驚いている様子だった。

「あれ、本当にわたしたちがやったの？」ケイトが言った。

わたしたちは外に出て、逃げ隠れせず、炎を眺めた。炎は、昔見たことのある日の出の色だった。

わたしたちはまともに考えていなかった。それはわかってる。まともに考えなくなってどれぐらいたったかすら、思い出せなかった。

わたしたちは見続けた。そして待った。他の誰もがそうしていた。わたしたちは怖かったし、誇りも感じていた。

やっと大人たちが到着した。ウィット先生、キース、フィン。プリムがやっとやってきた。その晩の宿直だったが、宿直の時にはいつも浴場に行ってしまうのだ。プリムは何があったか知らないまま、わたしたちを指さした。ウィット先生がプリムを突き飛ばした。プリムはしりもちをついた。フォード先生がウィット先生を羽交い絞めにした。先生が戻ってきてくれて嬉しかった。先生にわたしたちのやったことを見てほしかった。

男子たちがラウンジに閉じ込められていたことは知らなかった。

消火が終わった。救急隊員が、誰かを担架に乗せて運び出した。怪我をしただけだと思っていた。

制服警官がわたしたちのほうに歩いてきた。

わたしたちは、逃げなかった。その場にとどまった。捜査に協力した。

ノーマン・クロウリー

アダムは何年もかかって、仲間の恥になる情報をため込んでいた。メルによれば、裏切られないための保険だ

そうだ。女子たちがその保険を使って彼の権力を失墜させたやり方は本当に冴えていた。アダムが交換に気をとられている間に、メルかケイトかその他の全員かが、アダムの「友人」たちにメールして、彼が集めていた不愉快なクソの塊を送りつけた。ぼくはメールを見ていない。ぼくの名前がその中にないのはわかっていた。

情報が何だったにせよ、期待された効果が発揮された。リニーを解放した後、連中は自室に戻ってアダムの本性を発見した。ミック、ジャック、ゲイブが、戻ってきたアダムをラウンジで待ち受けていた。

彼が自己弁護する声が聞こえた。「なあお前たち、いいか、あの女たちがぼくをはめようとしてるんだぜ。ビッチどもの言うことなんか信じられないだろ」

ジョナがぼくの部屋に来て、ジェマからのメッセージを見せた。

> ジェマ：リニーがあいつらにシャワーで写真を撮られた。

ぼくは気持ち悪くなった。彼女が叫ぶのは聞こえていた。でも水が冷たいせいだと思っていた。

「フィンはどこにいる？」とジョナ。

ぼくは首を横にふった。ジョナはカール・ブルームの部屋のドアを叩いた。

「自転車のロックを貸してくれ。たった今すぐ」

カールは何も聞かずにロックを手渡してきた。ジョナはそれを使って、ラウンジのドアが開かないようにした。

「それは何のため？」

「こいつらを閉じ込めておかないと」

ブルームは耳に電話をあてていた。「フォードも出ない」

「必要な時に限って、大人どもがどうして一人もいないんだ？　いつもは追い払ってもそこら中にいるのにさ」とジョナ。

ジョナはぼくに携帯を手渡した。

「誰かから返信があるまで、メッセージを送って、電話もかけ続けてくれ。誰かキース監督の番号をもってるか？」とジョナ。

「キースは携帯が嫌いで持ってない」とカール。

ぼくはジョナの携帯を見た。ウィットにはもうメッセージを送ってあった。ぼくはさらにいくつか、ウィットにメッセージを送った。

編集人たちが、ラウンジのドアをがんがん叩きはじめた。閉じ込められたことに気づいたばかりだった。ジャックが唸り声で脅し文句を並べていた。一階全体が揺れていた。連中が外に出たら何をするか、見当もつかなかった。ぼくは怖かった。助けが必要だった。

「リニーは一五歳だ。それは――それは、児童ポルノだよ」

「クソ、いいから、救急車を呼べよ」とジョナ。

「そんなことして大丈夫か？」とカール。

ぼくたちは何が大丈夫なのか何だか、もう判断できなかった。

「悪い予感がする。救急車だ」

ぼくは救急車に電話した。ジョナはカールの部屋から机を運び出して、ラウンジのドアの前に置き、開かないように念を入れた。オペレーターが出たが何を言ったらいいかわからなかった。住所を告げて切った。

ジョナの携帯が、ジェマからのメッセージ二つで振動した。

> ジェマ：そこから出て。
> ジェマ：味方を外に出して。

ガラスの割れる音。ジョナに閉じ込められた連中が、窓を破って外に出ようとしているのだと思った。それから火災報知器が鳴り、ぼくたちは外に走り出た。女子の一人が男子を混乱させるために報知機を鳴らしたのだと思った。煙の臭いがしてくるまで、火事だと気づかなかった。

ウィット先生

何がどういう順番で起こったのか思い出せない。耳を聾するばかりのサイレン、それから救急車両と懐中電灯と火事の、あたり一面を照らす光。生徒たちはウルフとディックから群がり出て、広場で固まって立っていた。女子の一人が、ラウンジに閉じ込められている人がいると叫んでいた。それから男子が三人、火事を逃れて窓から飛び降りてきた。最初にゲイブ、それからミックとジャック。

キースとわたしは男子たちのほうへ走った。

男子たちに、全員外に出たかと尋ねた。彼らは出たと言った。わたしは彼らを信じた。

「リニーはどこだ？　中にいるのか？」とキースが尋ねた。

キースはミックのシャツの襟をつかんで、ゆすぶった。消防士が彼を引き離した。

「もう解放した。他の女子と一緒だ」とミック。

「リニーを見つけてくれ。ぼくは中に誰もいないか確める」キースはわたしに言った。

キースは建物の中に走り込んだ。

警察車両が到着した。その後から消防車、それから救急車が来た。

生徒たちがもっと広場に出てきた。男子は建物の外に出ようと、我先に争って脱出した。女子は見物するためにゆっくり歩いて出てきた。

リニーは広場にいて、火を見ていた。バスローブで、頭にタオルを巻いた姿で震えていた。わたしの大丈夫かという呼びかけにうなずいただけで、炎を凝視し続けていた。

二人の消防士が窓の割れたところをホースで狙った。水の噴流で、火が次第に煙に変わっていった。別の二人がディケンズに入って行った。警察官が近寄ってきて、この場の責任者は誰かと聞いた。わたしはわかりませんと答えた。

消防士が警察官と話していた。何か手製の爆発物についてだった。

ジェマと他の四人の女子が、キーツ演習室の傍で固まって立っていた。

それからマーサが現れた。いったいどこにいたのか。彼女は警察官に紙を一枚渡し、女子のほうを指さした。学校が燃えているというのに、密告をしているのだ。

女子たちは逃げると思ったが、逃げなかった。わたしは彼女たちに声をかけて、何も言うなと忠告したかった。でもその時、マーサが立ちはだかった。

「何をしたの？」

「逮捕する女子のリストを警官に渡したのよ。あなたはここにいてはいけません。それははっきりさせたはずよ」

爪が掌に食い込んだ。これほど誰かを殴りたいと思ったことはなかった。

誰かに制止された。それが誰だったかは覚えていない。

やがて火が消えて、学校全体がバーベキューの後みたいな臭いになった。女子たちはローランド警察に移送された。キースは体育館の鍵を開け、警察署員が建物を調査した。男子がいつ寮に戻るのを許されるのか、そもそも許されるかどうか、誰も知らなかった。

わたしはローランド警察で、一人きりで三時間待った。グレッグは病院にいて、負傷者がどうなったか結果を待ち、家族と連絡をとっていた。ガラスで分離された向こう側に警察官がいた。その後ろに、金属製のドアが見えた。誰かがドアを開けるたびに、女子たちが椅子に手錠で繋がれているのが見えた。

やっとグレッグが到着して、担当の警察官に身分証明書を見せた。

「わたしはストーンブリッジの校長です。女子生徒たちに面会したいのですが?」

「今は両親か保護者でないと会えません」と警察官。

「わかりました。実は、わたしはジェマ・ラッソの父親です」

「一〇分だけですよ」と警察官は言って、金属ドアの後ろに消えた。

グレッグはやっとわたしに気づいた。彼はやってきて、わたしの隣に腰を下ろした。それから目を閉じた。彼の頰を涙が一筋つたって落ちた。

「ジョナは大丈夫?」

「手術中だ。足を斧で傷つけてしまったらしい。回復すると言われたよ」グレッグは言った。「そのうちに、ということだがね」

皺だらけのスーツを着た中年男が入ってきた。彼はその夜到着した四人の弁護士の一番目だった。

「アダムは助からなかった」グレッグは言った。

わたしには心の準備ができていなかった。その夜、誰かが死ぬかもしれないとは思いもしなかった。同情心を呼び起こそうとした。彼が結局のところ問題を抱えた若者になり果ててしまったことには、多くの原因があったに違いない。でもその瞬間のわたしは、ほとんど何も感じなかった。それから何も感じないことに罪の意識を感じた。

「他の生徒たちは？」

「ゲイブリエル、ミック、ジャックは大丈夫だ。煙を吸い、後は切り傷や擦り傷だ。それからゲイブは足を骨折したと思う。もう骨折していた箇所かもしれないが」

「残念だわ」

何といっていいかわからなかった。時間が過ぎた。どれぐらいか、わからない。

「それからクロードのことは？」

「聞いたわ」

「わたしがどうやって知らされたと思う？　フィンが携帯でメッセージを送ってきたんだ。携帯でだ。もうわたしには、この世界がまるでわからん」

ジェマ・ラッソ

火事を起こしたのはわたしたちだけれど、死人を出すつもりはなかった。

ドアがびくともしないと気づくと、ジャックは炎の中で唯一近づける窓を椅子で叩き割った。ゲイブが這い出して、骨折したほうの足で着地した。ミックとジャックがその後から這い出した。三人は警察に、アダムはもう逃げ出したと思ったと話した。煙で何も見えなかったと。ミックかジャックがアダムの死に責任があるのか、それとも彼を見殺しにしただけなのかはわからない。いずれにせよ、警察は三人の証言を受け入れた。

ジョナが気づいた時には、火勢はもう手がつけられなくなっていた。火災報知器が鳴って、ジョナは編集人たちが燃えるラウンジに閉じ込められていると気づいたが、カールも、自転車のロックの鍵も見つけられなかった。ジョナはロックをはずそうとしたが、やり方がわからなかった。それで野球のバットを試した。それから火災用の斧を見つけて、力いっぱいドアを壊そうとした。でもあの種類の斧は、わたしたちのとは違う。廊下は暑かった。ジョナの手は汗ばんでいた。斧がすべり、彼のふくらはぎに深く刺さって骨に到達した。救急隊員が、一階の点検で彼を発見した。それから彼らはロックをはずしてアダムを見つけた。

ジャック、ミック、ゲイブリエル、ジョナは病院に運ばれた。ミックとジャックは次の日に退院した。ゲイブリエルは観察のために、さらに二四時間入院した。ジョナは血を二リットル以上失い、足の神経を損傷した。完全に回復するのか、皆が噂をし続けた。それはつまり、六か月後に杖なしで歩けるようになるか、一年後にひょっとしたらジョギングができるようになるか、という意味。ほぼ確実だったサッカー奨学金は、手の届かない夢となって消えた。

これは全部、後から知ったことだ。

火事の後、わたしたちはローランド警察にいた。廊下のベンチに座って、お互いに手錠でつながれていた。留置用の部屋は酔っぱらいで塞がっていた。

しばらくして、尋問が始まった。わたしたちは話さなかった。一つのミスで将来を棒に振るつもりはなかったし、口を閉じておくやり方はずっと前から身につけていた。警察が無能だったからか、ストーンブリッジの父母のお抱え弁護士集団のお陰か、沈黙のおきてが支配したせいか、いずれにせよ、誰一人として殺人未遂や放火や傷害致死で起訴されなかった。

でも誰かがこの惨事の責任を負う必要がある。死者に罪を着せるのが一番簡単だった。

　調査官たちは集めた証拠を捻じ曲げて結論を下したらしい。アダムはその夜起こったことのほぼすべての犯人にされた。彼の常軌を逸した精神状態は、ミズ・シェファードとの関係のせいだということになった。どういう理屈か知らないが、火事も彼のせいだということになった。

　グレッグは辞職した。外聞のためにも、学校側の犠牲者が必要だったから。わたしが彼のキャリアをダメにした、それはわかっている。彼の人生もダメにしたのではなければいいのだが。

　グレッグは、アダムの死に責任を感じている。それがわかるのは、わたしにも責任を感じるかと一度ならず尋ねたからだ。わたしはたいていその質問を無視するか、話題を変える。アダムのことを考えると、成長したらどんな大人になっただろうかと考えてしまう。

　グレッグはまだ、何がいけなかったのか、自分が何を見落としていたのかと考え続けている。時々、この一年の間の些細な出来事を思い出し、状況を読み間違えていたと気づく。それからわたしに、それについて尋ねてくる。

「君の髪。あれはシラミ対策なんかじゃなかった。そうだね？」彼はついこの間もそう尋ねた。

　わたしは説明しようとした。理解したかどうかわからないが、でもグレッグは本当に理解しようと努力している。

　わたしたちはお金持ちの別荘を借りて、学校の宿舎から引っ越した。わたしが行く大学が決まったら、また引っ越しだ。今学期は自宅学習をしているが、それはわりと面白い。

　グレッグは、わたしが大学一年生の間は同居するつもりだ。節約のためか、わたしを見張るためかはわからない。

わたしの思い描いていた大学生活とは違うが、刑務所よりはましだ。確実に待ち受けているはずだとかつては思っていた人生よりもいい。

わたしと同志たちを、時間と空間が遠ざけていった。相手によっては、その距離はずっと続きそうだ。エミーリアは過去について話すことを拒否するし、わたしたちはそれ以外に何の共通点もない。五分間電話で話して、そのことがわかった。彼女も忘れたがっている。テーガンとわたしは電話すらしなかった。彼女も忘れたがっている。誰かと忘却の間に立ち塞がって邪魔するつもりはない。

ジョナにとっては、忘れられないということ自体が問題だ。歩く一歩ごとに、痛みの一撃ごとに、あの夜を思い出すのだ。彼は、わたしが殺人犯ではないと知っている。でも結局のところ、放火犯だ。そう、一度は放火犯だった。その一度の事件で自分を定義するつもりはない。ジョナがつきあいたい相手は、一度も放火犯だったことのないような女の子。その気持ちをわたしは尊重する。本当に。

メルとケイトは違う。わたしたちは、唾液、血、それから今ではインクで結ばれている。メルとわたしは、ケイトと同じ、わたしたちが選んだ武器のタトゥーを入れた。絆が壊れることを恐れていた時の、団結の身振りだった。メルとケイトはタトゥーを得意そうに見せびらかしている。今のところ、わたしは自分のタトゥーをグレッグから隠している。グレッグは今でも心配することが多いのだ。彼はわたしがタトゥーを隠すためにつけている、バカっぽい赤い手首バンドのことすら気に病んでいる。

わたしたちに良心があることを理解してもらうのは大事なことだ。わたしたちは自分たちのしたことがわかっている。自分の行動のせいで誰かが死んだことを、わたしたちは忘れない。メルは起こった出来事を頭の中で再現して、誰も死なずに現状を破壊するやり方があったのではないかと、わたしたちのたどった経路を再構築し続けている。ケイトは違っていて、一つひとつの出来事は、最後の結末に続く方程式の中で必要な要素だったと確信している。

「数学の問題よ。ああなるしかなかった」とはケイトお得意のセリフだ。

ケイトの計算をどれぐらい信用していいかわからないが、自分のやったことを背負って生きていくことはできる。あれは必要なことだった。

一つ後悔することがあるとすれば、リニーのことだ。リニーをわたしと一緒に闘わせるべきだった。そうしたら気がすんだだろう。リニーにとっての解決があるのかどうか、わたしにはわからない。

写真が取り戻せなかったのだ。

ウィット先生

ローランドを去って一年がたつ。期待したほど記憶は薄れてくれないし、わたしの人生も同じくそれほど変わっていない。でもなんとかやっている。まだ両親の宇宙の中で生きている。実際のところ、その宇宙のメカニズムの中のただの歯車ではなく、車輪ではある。パパは一年一冊のペースで本を出せなくて、わたしがピンチヒッターを務めている。ゴーストライターの気分は、ページ上に君臨する神ではないにしても、慈悲深い独裁者というところ。ストーンブリッジで起こったいろいろなことの後では、自分でコントロールできることが一つでもあるととても満足だ。

ローランドから車で脱出した時には、二度とキースに会わないかもしれないと思っていた。ローランドに戻るつもりはないし、彼は決してあそこを離れないから。彼は、火事の後で学校に戻ったその日、ここはもう自分のいるところではないと判断した。彼はボストンから三〇キロ範囲以内のあらゆる私立学校に履歴書を送った。そしてサッカーとバスケットボールのレベルがかなり高い男子校に監督として雇われた。ストーンブリッジの半分の広さしかないんだよ、と彼はよく言う。わたしは彼が幸福だと思う。わたしは自分が幸福だと思う。

ストーンブリッジのこと、わたしにもっと何かできたのではないか、悲劇を防ぐために何かできたのではないか、と考えない日はない。いい答えを思いついたこともない。わかっているのは、火事がなければストーンブリッジはまだそのまま、真ん中には腐った塊があって、校舎に入っていく生徒全員を汚染し続けていたということ。

キースの学校の校長は、わたしに非常勤でフェンシングを教えないかと言ってきた。わたしは断った。何日か後、わたしはそこからほんの一キロ半のところにある姉妹校の事務室に行き、同じ内容を無料で教えると申し出た。

生徒たちは、構えや突きの練習をしながらためらうことがある。もちろん痛みを受けるのは怖い、でも痛みを与えるのはもっと怖い。生徒たちは何よりも自分自身を恐れている——闘っている時に表面に浮かび上がってくる、原初的な、強烈な快感をもたらす何かを。長い間ずっと押し殺してきて、今となっては見知らぬ、見分けもつかない何か。わたしの仕事は、生徒たちにそれをもう一度認識させることかもしれない。たった一回勝つだけで、快く、これが正しいという感覚がよみがえることもある。それが達成できたら、生徒たちはもう大丈夫だ。

世界が完璧な場所なら、あの娘たちは闘う必要がない。わたしの生きているこの世界はそうではない。

少女たちに礼儀正しくしなさい、頭をしゃんと上げていなさい、そうすれば、最後には何もかもうまくいく、と教え続けることはできる。でもそれが嘘だったと彼女たちが悟る日が来ても、驚いてはいけない。少女たちが声だけを武器にあなたのルールでプレイすることにうんざりしてしまっても、あわてふためいてはいけない。そして、正々堂々と闘っても勝てないなら、汚い手を使うしかないと彼女たちが判断しても、ショックを受けるべきではない。

謝辞

『スワロウズ』はわたしの一〇番目の長編で、わたしを一番狂気ギリギリに追いやった作品です。以下の方たち、そしてその他の方たちに、ここまでこぎつけられたことに対して本当に感謝します。その感謝の言葉の多くに、少なくともちょっとしたお詫びの言葉を添えるべきですね。

まずエージェントのステファニー・キップ・ロスタン。初稿から最終稿、そしてその間のすべてのバージョンの間ずっと、この作品を信じてくれたことに対して。もう二度とあんな目にはあわせません、と言いたいと思います。それからレヴィン・グリーンバーグ・ロスタンのとびきりの人々全員に感謝。特にこれ以上にないほど助けてくれたセアラ・ベディングフィールド、メリッサ・ロウランド、エリザベス・フィッシャー、ミーク（マイクの間違いではありませんよ）・コッシア、チム・ウォジシック、マシュー・ハフ、それからチームの皆さん。いつもケーキをつきあってくれて、ありがとう。

担当編集者のカーラ・セザーレへ。勤勉さ、賢明なアドバイス、忍耐心に感謝します。BBDの人々：カーラ・ウェルシュ、ジェニファー・ハーシー、それからキム・ホーヴェイ。感謝してもしきれません。ジェシー・シューマン、ローレン・ノヴェク、カレン・フィンク、デビー・

アロフ、コリーン・ヌッチオ、キャシー・ロード、そしてダイアン・ホビング。あなたたち全員、最高。エミリー・オズボーン、〔原書のカバーに描かれた〕鳥のイラストはわたしが想像したよりずっとステキでした。

ジェイミー・テメアリック、地図とチャート図、それから本書には書かないことにしたもろもろについて、ありがとう。ケイト・ゴールデン、木のイラストとチャート図のアイデアをありがとう。

エレン・クレア・ラム、デイヴィッド・ヘイワードはありえないほど多くの草稿を読んでくれました。これは感謝と謝罪を兼ねると思ってください。カトリーナ・ホルムには、最初の草稿を読んでもらったことで（しかもこうやって出版されたからには）ドリンク何杯分もの借りがあります。それから、ジュリー・シロイシ、草稿の段階ですばらしい校正をありがとう。今となってはすべてが霧の向こう側です。セアラ・ワインマン、何もかも、ありがとう。完成された形であなたがこの本を読んでくれるチャンスがあってとても嬉しいです。

モーガン・ドックス、最初の頃の草稿を読んでくれたことにも、感謝します。それからスティーブ・キム、レイ、ジュリー・アルマー、ピーター、キャロル、ただもう、感謝としか。

いとこのジェイ（フィンバーグ）に、ハッカーとテクノロジー関係のことすべて、それからずっとクールでいてくれたことに、ありがとう。それから家族の皆、べヴとマーク・フィンバーグ、ジェフとイヴ・ゴールデン、ダンとロリ・フィンバーグに感謝します。

最後にとっておきの感謝を。友人であり同志であるメーガン・アボット、本当にありがとう。

訳者解説

探偵一家スペルマン・シリーズで知られるリサ・ラッツのノン・シリーズ作品を、『パッセンジャー』（邦訳　小鳥遊書房）に続いてご紹介したい。

寄宿制の高校で深刻さを増していく人間関係の闇を描いた本書は、謎解きミステリというよりサスペンスものの要素が強い。とはいえ、主人公を含めた登場人物たちがそれぞれに抱える過去と秘密、邪悪な「ドルシネア」コンテストのネーミングの謎など、ミステリ的な興味でも最後まで楽しませてくれる。

舞台は緑豊かなヴァーモント州にある私立の寄宿学校ストーンブリッジ。若き女性教師アレックス・ウィットは着任早々、担当科目を「文学」から「創作」に変更されて怒り心頭、とはいえ彼女なりのユニークなやりかたで「創作」を教え始める。

年相応に屈託を抱えたり反抗的だったりする生徒たち、その中で「十人組」と呼ばれる人気者集団を頂点とするスクールカースト、その一方で、さまざまな個人的事情を抱えた教員たち――一見、今時ありふれた学校事情だ。しかしウィットはやがて、男子グループが非公開のウェブサイト「暗室」を運営して性差別的な書き込みや猥褻な写真をシェアしているばかりか、女子生徒のセックステクニックを採点する「ドルシネア・コンテスト」を行なっていることを知る。そして過去に「コンテスト」の存在に気づいて抗議の声を上げた女子、問題を解決しようとした教師たちが逆に窮地に追い込まれ、学校を去っていたことも。

ウィットは「暗室」の存在を突き止めた女子のグループを励まし、校内にはびこるセクシズムに対抗しようとする。しかし彼女自身が悪意ある攻撃の標的となって窮地に立たされる。そして「高校生によくある恋愛がらみのトラブル」と大人たちが事態を見くびるうち、ついに恐ろしい事件が起きる。

女子を「モノ」として見下し利用するスクールカースト一軍の男子たち。人気者の男子にとりいって一軍入りしようとする女子。性被害にあった女子の話を受けつけず、「自己責任」「エンパワメント」を口実に、被害者を責めるカウンセラー。事なかれ主義その他の理由で現状から目をそむける教師たち。多かれ少なかれ、日本の読者にも思い当たる内容ではないだろうか。こういった出来事が学校に限定されたものでないことも、ここ数年の諸事件の報道で明らかだ。「訴えても無駄」「二次被害でさらに傷つくだけ」「なかったことにして人生をやり直したほうが賢い」等々を処世術として学び、身につけてきてしまった女性たちが声を上げはじめたのは、アメリカ合衆国でも近年のことであるし、そうして被害者として名乗り出た女性たちの道のりもいまだに決して平坦なものではない。そのような女性のリアルを知りたい男性読者にも、本書をぜひ読んでほしい。性的にあからさまな表現が頻出するが、中学生、高校生にもすすめたい。

それと同時に、それぞれの理由から「暗室」撲滅のために協力する女子グループの面々の、個性と魅力、抱える悩みはとりわけ共感を誘う。教え子を助けようとして渦中に巻き込まれていくウィットもまた、両親との距離の取り方、生き方の方向性に悩んでいる。ウィットの奮闘、リーダー格のジェマを中心とする女子生徒たちの葛藤、怒り、決意と行動力、ショッキングな結末——登場人物それぞれが抱えて生きる事実の重みが胸をうつ。本書はサスペンス小説であると同時に、傷つきながら生きる若い女性たちを応援する青春小説でもある。

単純な勧善懲悪ストーリーではなく、それでも世の中のありようは結局個人の努力では変えられない、と思い知らされるバッドエンドでもなく、結末と真相にいたるサスペンスを楽しみながら登場人物の若い女性たちのこれからに希望が感じられる……そんなストーリーを楽しんでいただければ幸いである。

ところで、ストーンブリッジ校内の地図についてひとこと。文中にあるように、建物や道、広場などに英文学の有名作家にちなんだ名前がつけられている。ちなみに生年順に並べると、ジョン・ミルトン、ジョージ・ゴードン・バイロン、ジョン・キーツ、チャールズ・ディケンズ（寮の愛称は「ディック」が男性器の俗語でもあることにかけた、いかにも男子寮らしいもの）、ジョージ・エリオット、J・R・R・トールキン、ブラム・ストーカー、オスカー・ワイルド、P・G・ウッドハウス、ヴァージニア・ウルフ、イヴリン・ウォー、グレアム・グリーン、サミュエル・ベケット、イアン・フレミング、ロアルド・ダール、A・S・バイアット。

補足すると、「グレアム・グリーン・ハウス」は小説家の名前と「グリーンハウス」（温室）をかけたネーミング、ウィットが住む「ソローの小屋」は、もちろん一九世紀のアメリカ作家、ヘンリー・デイヴィッド・ソローにちなんだ名前。ソローの代表作『ウォールデン　森の生活』（一八五四）は、ウォールデン湖のほとりに小屋を建てて自給自足の生活を送る中で、現実をただ受け入れ流されて生きていくのではなく、無駄をそぎ落として人生の意味を見つめようとする実践の記録で、ウィットは『白鯨』は嫌いだがどうやら『ウォールデン』は愛読したようだ。同僚フォードの「池にも名前があるよ。もし退屈な本の話をしたいなら言うけど」というセリフは、池の名前が明らかに「ウォールデン」というユーモアで、メルヴィルの大長編小説『白鯨』とならんで『ウォールデン』を高校の授業で読まされた多くの読者がニヤリとするはずだ。（『白鯨』も『ウォールデン』も決して退屈な本ではありません。念のため。）

本書の翻訳、出版に際しては、『パッセンジャー』に続き多くの方にお世話になった。出版を快くお引き受けいただき、丁寧にサポートしてくださった小鳥遊書房の高梨治氏と編集の林田こずえ氏にまずは感謝したい。長年の友人ジョアン・クインビー聖オラフ大学教授からも貴重なアドバイスをいただいた。翻訳原稿に丁寧に目を通して「押しはジョナ、ノーマンもかわいいよね！」とエールを送ってくれたのに出版を待たず急逝した旧友にして優れたエンターテイメントの読み手、笠松綾氏にも心からの感謝をささげたい。

なお、本書の地図、チャート図などは原書掲載のイラストの文字のみ、雰囲気そのままに日本語訳へ置き換えたものである。

【著者】

リサ・ラッツ

(Lisa Lutz)

1970年生まれ。
脚本家から小説家に転身、長編第一作で、
探偵一家の長女イザベルが主人公の
『門外不出　探偵家族の事件ファイル』とその続編シリーズ、
ノンシリーズの『パッセンジャー』などがベストセラーになる。
女性3人の友情を描いた『火を起こす』等、
女性を主人公とする話題作を書き続けている。

【訳者】

杉山 直子

（すぎやま・なおこ）

1960年生まれ。
主な著書に
『アメリカ・マイノリティ女性文学と母性
——キングストン、モリスン、シルコウ』（彩流社）、
『アメリカ文化年表——文化・歴史・政治・経済』（共著、南雲堂）、
主な訳書に
ベル・フックス『アート・オン・マイ・マインド
——アフリカ系アメリカ人芸術における
人種・ジェンダー・階級』（三元社）、
アマンダ・クロス『インパーフェクト・スパイ
——プロフェッサーは女探偵』（三省堂 ）、
リサ・ラッツ『パッセンジャー』（小鳥遊書房）など。
日本女子大学教授。

スワロウズ

2024年5月10日　第1刷発行

【著者】
リサ・ラッツ
【訳者】
杉山 直子

発行者：高梨 治

発行所：株式会社**小鳥遊書房**（たかなし）
〒102-0071　東京都千代田区富士見1-7-6-5F
電話 03 (6265) 4910（代表）／FAX　03 (6265) 4902
https://www.tkns-shobou.co.jp
info@tkns-shobou.co.jp

装幀　坂川朱音（朱猫堂）
印刷　モリモト印刷(株)
製本　(株) 村上製本所
ISBN978-4-86780-041-6　C0097

The Passenger
パッセンジャー
リサ・ラッツ
Lisa Lutz
杉山直子［訳］
“わきまえない女”
が主人公の痛快ミステリ。
すべてが伏線。二度読み必須
パッセンジャー：
乗客／旅人／助手席にいる者
「無実」なら、なぜ逃げる——
［海外文学／小説］